Une rivière
sur la lune

Du même auteur
chez le même éditeur

L'Arbre aux haricots
Les Cochons au paradis
Les Yeux dans les arbres
Un été prodigue
Une rivière sur la lune

en collection de poche

L'Arbre aux haricots (n° 224)
Les Cochons au paradis (n° 242)
Les Yeux dans les arbres (n° 331)

Barbara Kingsolver

Une rivière sur la lune

Roman traduit de l'anglais (États-Unis)
par Guillemette Belleteste

Rivages

Illustration de couverture :
© Lisa Desimini

Titre original : *Animal Dreams*
HarperCollins Publishers, New York, 1990

106, boulevard Saint-Germain – 75006 Paris

ISBN : 2-7436-1171-5
ISSN : 1160-0977

En mémoire de Ben Linder

Note de l'auteur

Grace, petite bourgade de l'Arizona, ainsi que sa gare de dépôt sont imaginaires, de même que le pueblo de Santa Rosalia, bien qu'ils présentent certaines ressemblances avec les villages keres [1] du nord du Nouveau-Mexique. En revanche, d'autres lieux et faits du livre sont bien réels.

Toute ma reconnaissance va aux bénévoles nord-américains qui ont montré l'exemple en allant vivre et travailler à un nouvel ordre social au Nicaragua au cours de la décennie qui a suivi la révolution de 1979. Aux côtés du peuple nicaraguayen, ils auront marqué d'une trace indélébile l'histoire de ce pays.

Pour leur soutien et leur contribution à ce livre, je remercie également chaleureusement ma maison d'édition, Harper & Row, Janet Goldstein, mon agent littéraire, Frances Goldin, ainsi que mon admirable famille, en particulier Jessica Sampson (ingénieur des chemins de fer extraordinaire), Wendell et Ginny Kingsolver, Joe Hoffmann, et Camille Hoffmann Kingsolver qui m'ont solidement attachée à ce monde.

1. Keres ou Queres : peuple et langue propres à l'un des groupes d'Indiens Pueblos occupant certaines régions du Nouveau-Mexique. *(N.d.T.)*

Homero

1

La nuit de tous les saints

Ses deux filles sont blotties l'une contre l'autre, comme des animaux qui ont l'habitude de dormir sous terre dans le plus petit espace qui soit. Cosima sait qu'elle est l'aînée même lorsqu'elle a perdu conscience : l'un de ses bras repose sur l'épaule de Halimeda comme si elle pensait ainsi les protéger toutes deux de leurs mauvais rêves. Le Dr Homer Noline retient son souffle pour tenter de percevoir du mouvement, là, dans l'obscurité, exactement comme il voit les femmes enceintes fermer les yeux pour écouter au-dedans d'elles, dans l'espoir d'y percevoir de la vie.

À la fenêtre, un quartier de lune blanche divise nettement leurs corps entre ombre et lumière, sans les séparer l'une de l'autre. Aucun éclairage ne pourrait révéler où se termine un corps et où commence l'autre lorsqu'elles dorment ainsi. Sans doute un œil de mère en serait-il capable, mais c'est la seule éventualité que l'on ne puisse envisager.

Le lit de Halimeda n'est pas défait. Au matin, elle le mettra en désordre pour qu'il croie qu'elle y a dormi seule et, par la suite, les filles recommenceront. Leurs ruses destinées à le tromper sont d'une précision chirurgicale. Mais le matin est à des mondes de distance, la nuit est à peine entamée en cette fête des Morts. Toutes deux ont passé la journée entière à jouer au cimetière avec leurs petits voisins, Pocha et Juan Teobaldo, Cristobal et les jumeaux, à aider Viola Domingos à bâtir un berceau de soucis sur la tombe de l'arrière-grand-mère qui ne fait pas partie de la famille.

Pendant un long moment, il reste là, la main agrippée au chambranle de la porte, qui a la largeur exacte d'un crâne de nouveau-né et qui s'arrondit de la même manière au creux de sa paume. Il contemple ses filles, bien qu'il n'y ait rien à contempler, et ces mots lui viennent : « Une arrière-grand-mère qui ne les concerne pas. » Il décide que ce sera leur dernière année au cimetière et leur dernière fête des Morts. Il y a trop de squelettes là-bas. Les gens comptent trop longtemps sur la faculté d'oubli des enfants.

Elles sont profondément plongées dans cet abandon des corps qui s'empare des petits lorsqu'ils sont épuisés, malgré tout il ne s'aventurera pas à se pencher au-dessus du lit comme il l'aurait fait autrefois. Il verrait l'ordinaire : des nattes défaites et des genoux écorchés, dissimulés à ses antiseptiques punitifs. Ce soir, il verrait aussi des joues et des paupières teintées de jaune vif par le pollen des soucis. Son existence s'est passée à remarquer ces petits détails à distance. Depuis le seuil de la chambre, il perçoit l'odeur amère des pétales de fleurs écrasés sur leur peau.

Il y a une respiration plus profonde et toutes deux bougent un peu. Leurs longues chevelures retombent ensemble sur le drap, couleurs mêlées, mèches bouclées s'enroulant mollement autour de mèches raides. Il ressent une crispation du côté du cœur, qui n'a rien de maladive et qui n'est que de pur chagrin, et il sait qu'il en pleurerait s'il le pouvait. Non pas à cause de la rivière qu'il est incapable de franchir pour atteindre ses enfants, non pas à cause de la distance, au contraire. Parce que ces deux-là sont si proches l'une de l'autre, et parce qu'elles ont tant à perdre. Comme elles ont déjà tant perdu pour leur vie à venir.

Cosima

2

Les ossements de Hallie

Je suis la sœur qui n'est pas partie en guerre. Je ne peux vous donner que ma version de l'histoire. Hallie, c'est celle qui s'en est allée vers le sud, avec son pick-up et ses traités sur les maladies des cultures, le cœur définitivement fixé sur un monde nouveau.

Qui sait pourquoi les gens font ce qu'ils font ? Moi aussi, je me suis rendue autrefois sur un champ de bataille, mais c'était quarante ans après la fin de la guerre : au nord de la France, en 1982, dans un champ où le soc de charrue des fermiers exhumait sans cesse des squelettes de vaches. Elles avaient été les premières victimes de l'occupation allemande. Dans le calme soudain qui avait succédé à l'évacuation, ces vaches étaient mortes lentement, par milliers, dans ces pâturages, en meuglant de douleur faute d'avoir été traites. Mais à présent les fermiers qui faisaient pousser de la betterave à sucre sur ces terres trouvaient tout bénéfice à la présence de ces ossements. Le sol était riche en calcium.

Trois ans plus tard, lorsque ma sœur parla de quitter Tucson pour aller travailler dans les champs de coton du côté de Chinandega, là où les fermiers tombaient dans des embuscades en rentrant chez eux, pensant à leur dîner, la seule chose qui m'était venue à l'esprit avait été la France. Ses interminables champs sans relief, l'herbe engraissée d'os. D'une certaine manière, nous nous protégeons ; c'était l'idée qui se rapprochait le plus de ce que j'imaginais être le Nicaragua. Tout en sachant que les os de cette terre n'étaient pas ceux d'animaux.

Elle est partie en août après la dernière pluie de la saison. Dans le désert, les orages d'été sont des événements violents et nets qui vous laissent l'impression d'avoir pleuré. Hallie ne m'avait jamais quittée jusque-là. C'était toujours l'inverse car, étant son aînée de trois ans, j'avais dû faire les choses la première. Elle me rattrapait au moment où je partais de nouveau, avançant plus loin dans la vie puisque je n'avais pas encore trouvé le roc sur lequel m'appuyer. Jamais parce que je voulais partir. Hallie et moi étions tellement attachées l'une à l'autre : de vraies sœurs siamoises, dissemblables mais soudées l'une à l'autre par l'esprit. Nous nous séparions sans cesse et chaque fois c'était comme si nous courions un danger mortel, comme si notre libération entraînait un coût terrible : celui d'un organe commun. Nous ne cessions jamais de ressentir la lame de ce scalpel.

Mais elle partit. Et fidèle aux lois de la chimie familiale, en réaction égale et contraire, je fis bientôt mes valises moi aussi et mis le cap vers le nord-est à bord d'un Greyhound. À notre manière, je crois que nous rejoignions toutes deux notre port d'attache. Je me rendais en Arizona, à Grace, où Hallie et moi étions nées et avions été élevées, là où notre père habitait toujours et perdait la tête – d'après les rumeurs. C'était un dimanche. J'étais assise près de la fenêtre car, dans les Greyhound, on domine le paysage. On traverse la campagne tel un rajah qui du haut de son éléphant domine son royaume, lequel se réduisait ici à un paysage brûlé, craquelé, et aux toits de nombreuses voitures. Ce n'était pas vraiment si différent de ma vision habituelle de la vie car je suis grande, tout comme le sont mon père et Hallie. Je ne ressemble pas à ce que je suis. Eux si.

C'est en milieu de matinée que je débarquai du bus à Grace. Que je n'ai pas reconnue. En l'espace de quatorze ans, elle n'avait tout de même pas dû changer énormément, j'ai donc cru que cela venait de moi. Grace est constituée de choses dont l'usure est trop lente pour être perceptible : de grandes parois de granit rouge du cañon, de vergers d'antiques arbres fruitiers tenaces, d'un ciel honteusement exempt de pollution. On y avait bâti les maisons sans hâte à une époque où l'abondance de main-d'œuvre allait de soi et, à présent, ces dernières ne se pressaient pas de se dégrader. Des prosopis arthritiques poussaient au creux d'improbables failles, dans les falaises, manifestant par là, si besoin était, leur capacité d'adaptation à la vie sur Mars.

Je fus la seule passagère à descendre. Le chauffeur, petit, impérieux, ouvrit la soute à bagages et fit tout un cirque en sortant des valises pour arriver jusqu'à la mienne, comme si je me montrais difficile. Une femme plus accommodante se serait satisfaite, laissait-il entendre, de n'importe laquelle de celles qui étaient devant. Pour finir, il lâcha brutalement mes deux énormes valises au milieu de la poussière. Ayant claqué les portières, il regagna son trône, ce qui fit aboyer comme un chien le bus qui largua un nuage de gaz d'échappement dans l'atmosphère, histoire, je pense, d'avoir le dernier mot.

D'ici on ne voyait que des vergers : de pacaniers, de pruniers, de pommiers. La grand-route longeait la rivière, les divisant comme par une longue raie sinueuse dans une chevelure de feuillages. Les arbres couvraient entièrement le sol de la vallée jusqu'aux flancs du cañon, où étaient perchées, adossées à sa paroi, des maisons aux couleurs de confettis. Et là-haut, à l'extrémité du cañon, il y avait l'ancienne mine de cuivre de Black Mountain. Sur la falaise qui dominait la vallée, l'unique cheminée de brique de la fonderie pointait de façon obscène vers les cieux.

Je traînai mes bagages jusqu'au bout de la rue. Carlo, mon amant depuis dix ans que j'avais le sentiment d'avoir tout juste quitté, me ferait parvenir une malle de Tucson dès qu'il le pourrait. Il y avait peu de choses auxquelles je tenais. Je me sentais vidée et pleine d'échos, méconnaissable à mes propres yeux : cette impression particulière de ressembler à une maison le jour d'un déménagement. Hallie me manquait. Carlo aussi – à cause de tous ces possibles envolés. Au moment où je l'avais quitté, lui et moi dormions encore ensemble, mais c'était tout, nous dormions simplement, dos à dos. Parfois il arrivait à Hallie de tousser dans la chambre voisine et je me réveillais, avec le bras sur l'épaule de mon compagnon, mes doigts effleurant sa poitrine, parce qu'il faut des années à votre moi qui dort pour rattraper ce que vous êtes réellement devenu. Il suffit de regarder ses rêves : en voyage, on rêve qu'on est encore chez soi. Au retour, on rêve de l'endroit où l'on était. C'est comme une sorte de décalage horaire de la conscience.

Carlo adorait Hallie. Lorsque lui et moi étions revenus nous installer à Tucson, nous nous étions arrangé tous trois une petite maison dans un quartier mal famé où les plantes qui décoraient notre perron étaient volées sans arrêt jusqu'à ce que Hallie eût l'idée d'en fixer les pots par des vis. Nous y avions joué les femmes d'intérieur pour nous singulariser. Hallie et moi confectionnions de la gelée de figues de Barbarie, bouillie, filtrée et versée, couleur rouge sang, dans des bocaux propres. Nous avions récolté les fruits sur le terrain de rééducation de l'hôpital dans lequel travaillait Carlo. Une bonne sœur nous ayant aperçues là-bas armées de nos sacs en papier pendant qu'elle faisait faire un petit tour de piste à un vieil homme, nous nous étions contentées de lui faire signe de la main. Nous disions que nous vivions des produits de la terre.

Notre foyer fut brisé lorsqu'elle partit. Elle était notre centre de gravité, la seule d'entre nous à voir en la vie un projet maîtrisable. Carlo fut orphelin comme moi. Nous avons délaissé les plantes, elles devinrent fragiles comme des pommes chips sur le perron et Carlo se dessécha comme si lui aussi avait besoin d'eau. Tous les hommes que j'avais aimés préféraient Hallie mais s'étaient décidés en ma faveur. Cela ne m'ennuyait pas autant qu'on aurait pu le croire ; je comprenais parfaitement. Moi aussi, je l'aimais.

Désormais, sa vie en compagnie des filles Noline était arrivée à son terme. Il pouvait aller où bon lui semblait. Carlo était une pierre qui roule : urgentiste, il jouissait d'une forme de liberté pratiquement inconnue de la profession médicale. On trouve toujours du travail quand on est prêt à récupérer un corps humain dans l'état où un quelconque traumatisme de la vie l'a laissé. Carlo et moi nous étions rencontrés à la faculté de médecine, et pendant ces années vécues ensemble, nous avions à nous deux collectionné plus d'adresses que l'annuaire téléphonique de Grace en Arizona. En cours de route, j'avais réussi à décrocher quelques boulots présentables, mais dans l'intervalle, j'avais eu tendance à partir à la dérive, telle une extraterrestre de bonne volonté en attente d'instructions. Mon plan de carrière s'était enlisé dans les terrains vagues, du côté mal famé de la ville. C'est la vérité. Les six derniers mois à Tucson, j'avais travaillé en équipe de nuit dans un 7-Eleven, à vendre de la bière et de l'Alka-Seltzer à des gens qui auraient mieux fait d'être au lit chez eux. Je ne pouvais guère descendre beaucoup plus bas. Maintenant, j'étais ici.

Une amie de lycée, Emelina Domingos, m'avait offert de venir m'attendre au bus mais je lui avais dit, non, ne t'inquiète pas, je trouverai bien le chemin. J'étais censée venir habiter chez les Domingos, dans leur annexe. Et non chez mon père. Mes rapports avec Doc Homer s'étaient toujours améliorés avec la distance, ce qui revient à dire que la correspondance était d'autant plus parfaite qu'elle était brève, et que les liaisons téléphoniques étaient mauvaises. Je trouvais que je devais encore maintenir quelques kilomètres de distance entre nous, même s'il était malade et probablement mourant. Cela promettait d'être délicat. Il serait un candidat récalcitrant au sauvetage, moi-même étant une catastrophe en la matière. Mais il ne lui restait que deux parentes en vie, et l'autre était au volant d'un pick-up Toyota, en route pour le Nicaragua. Je déposai mes valises côte à côte et m'assis dessus une minute dans le but de m'orienter. Je crois que j'avais espoir qu'Emelina arriverait encore.

Il n'y avait aucun signe de vie humaine – ni d'ailleurs de vie tout court. Le seul véhicule garé devant le palais de justice, un break bleu, reposait sur ses quatre jantes et un autocollant, placardé sur un pare-chocs, décrétait : À CHAQUE JOUR SUFFIT SA PEINE. Je le soupçonnais d'avoir été déjà là en 1972, l'année où j'avais quitté le lycée et grimpé à bord d'un Greyhound pour tourner le dos à Grace. Aujourd'hui, il n'y avait pas âme qui vive dans la rue et cela me faisait penser à l'un de ces films où, pour une raison quelconque – holocauste nucléaire ou virus mutant mortel –, la ville, totalement vidée de ses habitants, n'est plus qu'une carcasse de biens de consommation. L'objectif étant, je pense, de prononcer une forme de jugement sur la façon dont nous nous laissons prendre à nos propres pièges, sauf qu'ici ce n'était pas l'endroit idéal pour tourner ce genre de film. Grace, par exemple, n'était pas encore entrée dans l'ère des parcmètres. Il y avait des anneaux de métal scellés dans le mur du palais de justice auxquels on pouvait attacher sa monture.

J'imaginai Doc Homer arrivant en ville à cheval, l'air ballot, sa grande échine raide secouée malgré lui dans tous les sens. J'effaçai ce fantasme de mon esprit, en proie à un sentiment de culpabilité. Il était trop tard pour prendre une revanche imaginaire sur mon père.

Le centre commercial de Grace se réduisait à peu de choses. La vitrine de la boutique d'Hollywood me faisait de l'œil de l'autre côté de la rue autour d'un féroce étalage de polyester. Les mannequins sans tête étaient sur leur trente et un, avec leurs mocassins de vinyle argent et leur vernis à ongles rouge. En me déplaçant légèrement, je les rejoignais grâce à mon reflet dans la vitrine : moi en jean Levi's et avec ma coupe de cheveux à la Billy Idol (j'étais la seule à avoir une tête). Une de mes amies fabriquait des collages bizarres du même genre – Nancy Reagan en vison au milieu d'esclaves sur fond de fresque égyptienne, une

Barbie de Malibu menant des chiens de traîneau dans l'Iditarod. Elle les vendait un bon prix.

La boutique d'Hollywood était flanquée de celle du Johnny's Breakfast (ouverte toute la journée) et du cinéma. À l'arrière de ces bâtiments filaient les rails du chemin de fer. De l'autre côté du Johnny's, il y avait le State Line Bar et l'Épicerie baptiste. J'avais envie de me revoir à l'intérieur de ces magasins. Je savais que j'y étais allée. Pilotant Hallie le long des rayons d'épicerie un certain samedi, cochant des articles sur la liste de Doc Homer. Installée par la suite au Johnny's, me faisant toute petite à l'intérieur d'un box à siroter des Coca défendus et à observer avec vénération l'élégance aisée et distante des filles qui avaient des amies et des mères. Mais je ne vis rien. Tout cela ne semblait pas tant des souvenirs réels que des images que j'aurais pu me rappeler d'un livre que j'aurais lu et relu.

J'avais menti dans le bus. À la femme assise à côté de moi, j'avais affirmé être une touriste canadienne jamais venue à Grace. Il m'arrivait parfois de faire ce genre de choses, de raconter des histoires dans les bus et les avions – ça passe le temps. Et les gens vous en sont reconnaissants. Ils croient n'importe quoi pour peu qu'on leur donne assez de détails. Une fois, j'étais restée tout le temps d'un vol transatlantique à discuter avec un type basané et attentif d'une technique médicale que j'aurais aidé à mettre au point à Paris, et qui permettrait dans l'avenir de conserver des organes de cadavres humains grâce à des injections d'hormones. Et cela à des fins de transplantation. Et qu'on allait me remettre un prix médical prestigieux que j'inventai sur-le-champ. Il avait l'air tellement impressionné. On aurait dit mon père…

J'avais cessé de le faire, m'en étant plus ou moins corrigée. Ce que j'avais dit ce matin-là, je pense, était le plus vrai des mensonges que justifiait une peur viscérale : j'étais étrangère à Grace. Partie depuis quatorze ans, au fond de moi-même j'espérais avoir changé : j'allais descendre du bus et poser le pied par terre avec un total sentiment d'appartenance. Serpentins, excuses, luxe du pardon, la maison enfin. Grace se révélerait être l'aune à laquelle j'aurais mesuré tous les autres lieux, telle la mystérieuse photographie fatiguée que, dans les histoires, les petits orphelins trimbalent partout sans jamais s'apercevoir avant la fin que c'était celle de leur maison.

Rien de tout cela ne se produisit. Grace ressemblait à une langue que je n'aurais pas parlée. Et Emelina n'arrivait pas. Je soulevai mes valises et me mis en route.

Oh mon Dieu, la terreur des recommencements. Je redoutais de rencontrer tous ces gens qui allaient me dire : « Vous êtes ici pour combien de temps, ma chère ? » Sachant probablement que je ne venais que pour la durée d'une année scolaire. Nous poursuivrions comme si je n'étais là que pour ça : le travail. Et non pour Doc Homer qui, dernièrement, s'était mis à donner à ses patients des noms de gens qui étaient morts. Puisqu'il avait bien fallu que je vienne, je m'étais fait embaucher en remplacement d'une prof de biologie du lycée, une jeune mariée qui était partie sans crier gare. Je dois ajouter que je n'avais pratiquement aucun diplôme d'enseignement et que ce genre de détails circulent vite. Difficile de passer pour une nouveauté aux yeux d'une ville qui vous connaît déjà. Grace s'était fait une opinion de Hallie et de moi avant même que nous n'ayons nos dents définitives. Les gens d'ici se souviendraient de notre taille invraisemblable dans le secondaire et des noms dont nous avions malheureusement été affublées : de fait, notre père avait appelé ma sœur Halimeda, ce qui signifie « songe de mer ». Et mon nom, Cosima, veut dire quelque chose qui exerce une influence sur l'« ordre du cosmos », ce qui est franchement cocasse étant donné mon parcours professionnel. J'avais dû de très bonne heure deviner le manque d'ordre cosmique de mon avenir. Dans le but de me faire accepter, je l'avais raccourci en Codi, à l'école primaire, à l'époque où Buffalo Bill et les cavaliers du courrier Pony Express étaient en faveur dans mon futur entourage.

L'abréviation de Hallie était plus naturelle, et depuis l'époque où ma sœur s'était mise à marcher, les gens ne l'avaient plus appelée que comme ça, bien que le prénom de Halimeda eût en fait été plus proche de la vérité : ma sœur vous faisait chercher les choses au-delà du visible. Je voyais d'ici Doc Homer rêver ces noms, confiant que toutes deux nous nous engagerions dans une noble voie. Soudainement, au gré de mes pas, je me sentais submergée d'émotions comme si en nageant dans une mer calme j'étais tombée sur un mauvais courant sous-marin. Je transportai mes valises vers le bout de la ville.

Un antique verger de pacaniers plantés serré partait de l'extrémité de la place du palais de justice et, quelque part derrière, se situait la maison d'Emelina. Le ciel reflété courait telle une veine d'argent dans le fossé d'irrigation, mais au moment où je quittais la rue pour faire quelques pas sous la voûte des arbres, tout s'assombrit. S'il ne vous est jamais arrivé de traverser un vieux verger, imaginez donc : une illusion d'optique vous est offerte. Vous vous déplacez dans ce qui semble être un hallier de diverses essences, et puis, à intervalles vous vous retrouvez au milieu d'arbres espacés en longues rangées démentiellement droites qui se dressent comme des soldats au garde-à-vous. Au nord de la France se trouve un cimetière dans lequel sont enterrés tous les jeunes soldats morts le jour du Débarquement. Les croix blanches vont d'un horizon à l'autre. Je me souviens de les avoir parcourues du regard et pensé à une forêt de tombes. Mais les rangées étaient, comme ici, en diagonales, parfaitement rectilignes, vertigineuses, et elles donnaient davantage l'impression d'un verger que d'une forêt de tombes. Rien à voir avec la nature, à moins d'y voir la nature humaine.

Dans les feuilles retentit un cri d'oiseau dont l'écho se répercuta en un frisson le long de ma colonne vertébrale jusqu'à mon cuir chevelu. Je crois que c'était le premier son que j'entendais depuis celui de la boîte de vitesses qui grinçait dans le bus. Je m'arrêtai pour écouter. Silence. Puis un autre oiseau lui répondit derrière moi, tout près. Il ressemblait au rire de gorge exotique d'un étranger – d'un oiseau de la jungle. Les paons. Ces vergers étaient envahis de paons, plus ou moins à l'état sauvage et à la merci des coyotes, mais qui survivaient miraculeusement en bandes. D'après une légende locale, censée véridique, ils étaient arrivés là quelque cent ans plus tôt : les neuf filles Gracela aux yeux bleus étaient venues d'Espagne pour épouser neuf heureux mineurs du camp d'or, du jamais vu. À l'époque, ces collines étaient traversées de veines aurifères et attiraient une foule d'hommes trop riches et en manque d'amour. Les sœurs encore enfants n'avaient accepté de venir qu'à condition de prendre leurs bêtes avec elles dans la coque du bateau. Leur apport au cañon de Gracela s'était traduit par une population de descendants aux yeux bleus et aux cheveux sombres et par un millier de paons sauvages. Leur père, resté au pays, était devenu riche par procuration après avoir littéralement vendu ses filles en échange d'une mine d'or.

À présent, les ramures retentissaient de cris d'oiseaux. Et j'entendais des rires d'enfants. Tout à coup un chœur de hurlements éclata. À l'extrémité du verger, j'aperçus des silhouettes qui bondissaient et dansaient sous les arbres. Il faisait sombre malgré l'heure de midi, mais c'était bien des enfants que je distinguais : des petites filles en robes bouffantes et des garçons en chemises blanches. Je n'aurais su dire à quoi ils jouaient. Le plus grand des garçons tenait un bâton à la main et ils poursuivaient quelque chose et le frappaient. En suivant la rangée, je marchai vers eux, traînant ma valise la plus grosse telle une ancre. Je voyageais léger en principe, mais j'avais emporté avec moi à Grace une bibliothèque considérable de manuels de référence. Il m'avait fallu des semaines d'angoisse pour réduire le nombre de livres à prendre. À la toute dernière minute, j'avais éliminé l'*Anatomy* de Gray parce que Doc Homer l'aurait sans doute chez lui.

J'enjambai les fossés d'irrigation, veillant à épargner mes souliers de cuir italiens. Je suis difficile en matière de chaussures, et il ne me serait plus possible de les remplacer désormais. Je souris en pensant aux affreux mocassins argent de la boutique d'Hollywood. En imagination, je voyais celle qui m'avait précédée au lycée, ainsi chaussée face à une classe de jeunes de quinze ans, et triturant nerveusement son foulard en pongé de soie blanc pendant qu'elle leur expliquait la division cellulaire. À quelle sauce allaient-ils me manger, ces enfants ? Mes chaussures étaient pointues et j'avais du style, comme disent les magazines, mais tendance punk honteuse. Je n'avais jamais eu de professeur qui me ressemblât, et pour cause.

Je fis une pause pour masser mon épaule douloureuse. Il y avait bel et bien quelque chose là-bas à l'autre bout du verger, un groupe d'enfants, et il y avait quelque chose aussi dans les arbres au-dessus de leurs têtes. J'eus l'idée de prendre la petite bande à revers pour éviter de leur gâcher leur plaisir, mais sans doute aussi parce que – pour être honnête – j'avais peur. Je veillai à me déplacer sans faire de bruit. J'ignore quel était l'objet de leur poursuite, mais ils allaient certainement s'en emparer.

C'est alors que je me rendis compte que c'était un paon au corps massif qui se balançait d'un côté à l'autre sur une branche basse. Apparemment, sans doute déjà blessée, la bête était trop affolée ou trop terrorisée pour s'échapper. Les enfants s'acharnaient farouchement après, faisant des bonds et tirant sur les longues plumes de sa queue, prêts à la tailler en pièces. Le garçon armé du bâton la frappa d'un grand coup sur le ventre et tous ils poussèrent des cris perçants. Il la frappa de nouveau. Sans voir le bâton, j'entendis le bruit écœurant de l'impact.

Je détournai les yeux. J'étais arrivée à Grace, arrivée à ce stade de ma vie en ne sachant quel parti prendre en ces circonstances. Dans la famille, ce n'est pas moi qui suis la gardienne de la morale. Personne, ni mon père, absolument *personne* ne s'était précipité à mon secours lorsque j'avais été une petite fille malmenée par la vie et, au niveau le plus mesquin de l'instinct, j'avais le sentiment de n'avoir de comptes à rendre à personne. En particulier à un oiseau. C'est le côté « Hallie » de ma conscience qui me taraudait tandis que je m'avançais. Je lâchai mes bagages et hâtai le pas, en quête d'un argument percutant. S'ils ne cessaient pas immédiatement, la bête serait estropiée ou mourrait.

« Arrêtez ça ! » hurlai-je. Mon cœur battait à se rompre. « Vous êtes en train de la tuer, cette bête ! »

Le garçon s'immobilisa tel un lapin surpris dans la lumière des phares. Les autres petits, qui étaient à genoux, me regardèrent, ébahis. Je les avais pris en train d'attraper des poignées de papier brillant et de bonbons qui étincelaient par terre. Le paon – muet – se balançait au-dessus de leurs têtes au bout d'un fil de fer. De son corps éventré sortaient des fragments de poterie de la taille d'une assiette, retenus par une enveloppe de papier crépon.

À l'âge de dix ans, j'avais démoli une *piñata*, exactement pareille à celle-ci, avec des ailes bleues et une longue queue rutilante de vraies plumes. À l'occasion d'une fête d'anniversaire. À un moment ou à un autre, tout enfant de Grace en avait fait autant.

Au bout de quelques secondes impossibles, ils retournèrent se disputer leur butin. Deux filles plus âgées aidèrent les plus petits à amasser les sucreries sur leurs genoux. Une bande de garçons se donnaient du coude et se flanquaient des claques dans le dos des filles.

Je me sentis perdue, honteuse d'avoir violé des rites familiaux. Je m'éloignai du petit groupe pour retourner au milieu du verger où je devais avoir laissé mes valises. Me demandant dans quel coin obscur de Grace j'avais bien pu laisser mon enfance.

Homero

3
La crue

Les feuilles brillent comme des lames de couteaux dans le faisceau de la torche électrique. La pluie a ralenti, mais l'arroyo est encore un féroce torrent de boue et d'arbres déracinés qui n'atteindra pas son niveau maximum avant le lever du jour. L'homme est trempé et transi jusqu'à la moelle. Les filles se sont perdues. Le bruit de la crue lui glace les sangs.

Elles voulaient cueillir des figues de Barbarie pour faire de la gelée. Elles savaient qu'une tempête menaçait mais elles y étaient allées tout de même pendant qu'il était dans son bureau. Il suit l'étroite piste des animaux entre les buissons d'épineux du long de la berge, éclairant de sa torche le bord de l'eau qui monte. Des acacias se penchent au-dessus de la rivière, leurs branches s'agitant follement dans le courant comme des mères qui tendraient le bras pour se saisir de bébés perdus. Les filles ont ignoré ses mises en garde car ce sont des enfants volontaires qui pensent que rien ne peut les atteindre. Hallie est terrible, mais Cosima est pire, jolie et entêtée comme un cheval sauvage, mais privée de cet instinct de conservation propre aux bêtes – et c'est elle l'aînée. Elle devrait avoir davantage de bon sens.

Il s'enfonce dans la haie de lauriers proche de la maison et retourne vers le lit de la rivière pour explorer l'arroyo du côté sud. Il n'a aucune idée de l'endroit où elles ont pu aller. Elles hantent ce désert comme des souris à abajoues.

Et dans le désert tout est poison ou épines. Seigneur, il a déjà perdu une épouse, et ne pensait pas que son cœur lui survivrait. Il avait espéré qu'il ne le ferait pas. Il balaye les lauriers du rayon de sa torche métallique. Il avait pensé les couper à la naissance de Cosima. Une feuille bien mâchée était capable de provoquer un arrêt cardiaque chez un enfant. Il avait vu un cas semblable des années plus tôt, ou était-ce plus tard, après le départ des enfants ? Cette petite fille en bleu ?

Dans son lit, Doc Homer se redresse sur son séant et fixe des yeux les flacons de pilules orange sur l'appui de la fenêtre. Il fait jour derrière les carreaux. Un dimanche matin d'août. Un mois seulement qu'il a perdu cette petite en bleu. Ses filles à lui sont grandes et vivent quelque part ailleurs, autonomes, mais la pompe de son cœur travaille dur encore. Son appareil circulatoire les croit toujours perdues.

Il retourne son oreiller et pose la tête dessus avec précaution car tout se bouscule dans son cerveau et il y a des choses qui bougent à l'intérieur de sa tête comme des olives dans un bocal de saumure. Penser à la crue. Il se dirige vers le sud de la rive de l'arroyo la plus proche. Il s'arrête pour regarder derrière lui, en amont, et sa torche les trouve par pur hasard sur la berge opposée. Les minces bras de Cosima s'agitent, brillants comme les lames de ciseaux en action. Elles hurlent, mais il ne distingue que leurs bouches élargies comme des becs d'oisillons. Espoir absolu, papa va nous sauver. La route est emportée et il doit réfléchir comment faire pour parvenir autrement jusqu'à elles. Il réalise avec stupeur qu'elles sont réfugiées là depuis une demi-journée. La route a disparu depuis tout ce temps.

Comment les a-t-il atteintes ? Par bateau ? Non, cela n'aurait pas été possible. Il se rassoit. Il n'a aucune image nette de la manière dont il les a rejointes, aucun souvenir de leurs bras sur son cou, il les entend seulement pleurer au bout du téléphone. Et il comprend péniblement qu'il n'a pas réussi à aller jusqu'à elles. S'il n'y a pas de souvenir, c'est qu'il n'était pas là. Il a dû faire appel à Uda Dell, de l'autre côté de l'arroyo. Son mari était encore vivant à l'époque, il est allé jusqu'à la berge à dos de mule et les a retrouvées dans une tanière de coyotes éventrée par l'eau en compagnie des sept chiots que les petites voulaient sauver.

« Il y en avait sept, gémit-elle au téléphone. J'en portais quatre mais Hallie n'était capable d'en prendre qu'un dans chaque main et on voulait pas abandonner l'autre. Il se serait noyé. » Cosima sanglote, parce que pour finir, après avoir attendu la moitié de la journée, recroquevillées dans le petit abri de ce talus de gravier que la mère coyote revienne sauver ses petits, elles ont dû les laisser. Il entend Hallie, derrière, qui pousse des cris perçants. Elles pleurent toutes les deux comme si elles étaient en train de se noyer. Des chiots en train de se noyer.

Une fois ramenées à la maison, elles resteront assises cramponnées l'une à l'autre sur le divan, enveloppées du châle rouge et noir fait au crochet. Elles n'arrêtent pas de trembler. Elles veulent savoir si les bébés coyotes sont morts. Si les animaux vont au ciel. Il ne sait que répondre. « On a essayé de les mettre dans le sac en papier qu'on avait pris pour les figues, mais il a pas résisté. » Les larmes coulent à flots et mouillent le châle et il pense qu'il n'y aura plus assez de liquide en elles pour faire circuler les globules dans leurs veines. Il leur fait boire du jus d'orange. Mon Dieu, pourquoi faut-il que l'être mortel ait des enfants ? Il est insensé de tenir autant à quelque chose.

Cosima

4
Meurtre de poulets

La maison d'Emelina était un endroit plaisant, délabré, occupé par des animaux, un verger de pruniers et cinq garçons. Au moment où je me présentai dans l'allée avec mes valises, ils s'apprêtaient à tuer des poulets. Emelina, bouche bée, l'œil rond, eut l'air – un bref instant – d'un poisson étonné. « Codi, on est dimanche, je croyais que tu avais dit demain.

– Non, c'était aujourd'hui, et me voilà », dis-je en manière d'excuses. J'étais heureuse de n'avoir pas attendu plus longtemps devant le palais de justice.

« Vrai, tu es aussi belle qu'un billet de cinquante dollars. Où est-ce que tu t'es fait couper les cheveux, dis, à Paris, en France ? » Elle me serra contre elle et agita la main en direction de l'allée. « Je suis désolée de tout ce bazar. On vient juste de faire chauffer de l'eau pour les poulets. Zut ! »

Je venais d'assister à ce que j'avais cru être l'assassinat d'un paon, si bien que j'éclatai de rire, mais cette fois le meurtre et les voies de fait étaient bien réels. L'allée était bordée de seaux, de sacs en papier et d'un billot de bois tragiquement souillé des précédentes immolations. Les jumeaux d'Emelina, qui avaient dans les dix ans, tenaient chacun un gros coq blanc par les pattes. Un frère plus jeune chevauchait avec précaution un tricycle sur un sol caillouteux. Je déposai mes valises.

« Curty et Glen, non mais regardez-moi ça ! dis-je. Et toi, Mason. Les garçons vous grandissez trop vite.

– Tante Codi, regarde. Quand tu les tiens la tête en bas, ils s'endorment, dit Glen.

– Mais non, dit Curty, ça les hypnotise.

– D'une façon comme d'une autre, c'est bien commode ce tour de magie, dis-je, quand on n'a pas envie qu'ils voient ce qui va se passer. »

Emelina avait l'air contrarié. « Codi, on n'est pas obligés maintenant. Quelle abomination d'avoir à faire ça devant des invités.

– Je ne suis pas une invitée. Vous étiez prêts, alors allez-y. Vous n'allez pas changer vos habitudes sous prétexte que je viens habiter ici. »

Elle roula des yeux. « Alors, retourne dans la maison de la grand-mère. John Tucker était censé passer un coup de balai ce matin avant de donner le biberon au bébé et de partir à son entraînement de baseball, mais je serais bien étonnée qu'il y ait pensé. Je te parie quinze dollars qu'il est vautré là-bas, à la maison, en train de regarder MTV. »

John Tucker était l'aîné d'Emelina, mais je ne l'imaginais pas d'un âge suffisant pour nourrir le bébé. Je n'avais pas encore vu ce dernier puisqu'il n'était arrivé que depuis six mois. Mais toutes ces années Emelina et moi étions restées en relation. J'avais scotché les portraits d'école de ses gosses sur les éléments de bibliothèque de Carlo et dans mes nombreux appartements mal meublés. Quelquefois, les dépanneurs me demandaient si c'étaient mes fils.

Je fis le tour jusqu'à la cour située sur le côté et poussai une barrière en grillage qui n'aurait pas découragé une poule entêtée. L'annexe, derrière, faisait face au vaste ranch de l'autre côté d'une immense cour dallée de brique, mal entretenue et envahie de plantes grimpantes en fleurs. Le moindre pouce d'espace était encombré d'arbres fruitiers, de pots de fleurs décorés et de chaises longues qui semblaient être là depuis la dernière guerre. J'entendais des poulets glousser doucement en quelque lieu invisible et, dans le fond de la cour, une chèvre tendait le cou pour atteindre un figuier.

La maison d'hôtes avait une porte rose flanquée de pots de géraniums, dont les fleurs rouge sang se détachaient sur les murs blancs comme des taches de vin qui auraient fleuri sur une nappe. À l'intérieur, la petite maison blanchie à la chaux était immaculée. Il y avait deux pièces dallées de brique : une pièce à vivre et une chambre. La lumière qui tombait à flots des fenêtres bougeait avec le mouvement des branches de figuier du dehors. La tête de lit était en bois sculpté, laquée rouge, et il y avait une courtepointe moelleuse en tissage. Un vrai lit de conte de fées. J'aurais bien aimé m'affaler dessus et dormir cent ans dans cette maisonnette aux ombres pâles et enchevêtrées sur les murs.

J'entendais la chèvre se déplacer dehors, mâchonnant bruyamment et cognant contre le mur. J'ouvris les placards. Tout était impeccable. Dans la salle de séjour, la fenêtre qui s'ouvrait à l'est donnait directement sur la paroi de granit du cañon, à quelques mètres de là, une absence de vue saisissante. La maison d'Emelina, qui était la dernière et la plus haute de sa rue, se dressait tout contre le cañon. Le plancher de sa galerie était au niveau des toits de ses voisins.

Je pris tout mon temps pour explorer les lieux. Je savourais les premières minutes passées dans un nouveau foyer. Carlo se serait mis tout de suite à défaire les bagages, à chercher les draps et la cafetière, jurant que nous allions nous organiser. Moi, j'arpentais à pas feutrés les planchers nus, jetant un coup d'œil dans les coins et derrière d'attirantes portes qui se révélaient généralement être des placards à balais. Mais il y avait cette impression exaltante que, tel un nouvel amant, les lieux avaient des qualités qu'il me fallait découvrir. Mon livre préféré quand j'étais petite s'appelait *Le Jardin secret.* J'éprouve une certaine réticence à reconnaître que je cherchais à le resituer joyeusement et interminablement quand j'accompagnais Carlo jusqu'aux confins de la terre, attirée par un éventuel grenier ou un cagibi secret. Mais c'était probablement le cas.

J'essayai les deux très vétustes sièges de la salle de séjour. Ils étaient confortables et recouverts de housses roses. Dans un angle près de la fenêtre, il y avait une cheminée en forme de ruche flanquée d'un vase de terre cuite rempli de plumes de paon. Chaque foyer de Grace possédait le sien, une caractéristique locale. On pouvait ramasser une demi-douzaine de plumes n'importe quel jour dit, dans les vergers, en se rendant à ses occupations. Dès que le vase était plein, on allait les porter chez une des vieilles dames qui confectionnaient des piñatas en plumes véritables et ensuite on recommençait la collection. À la maison, on ne nous avait pas permis de prendre cette habitude parce que Doc Homer disait que les plumes étaient pleines de poux ; il n'osait pas penser aux quantités de micro-organismes que les maisons de ces vieilles femmes étaient susceptibles d'abriter. C'était devenu une plaisanterie entre Hallie et moi. Chaque fois qu'il nous défendait de faire quelque chose sans raison valable, nous nous regardions et nous prononcions silencieusement les mots « poux d'oiseaux ».

La salle de bains et la cuisine devaient avoir été rajoutées un demi-siècle plus tôt. Le réfrigérateur paraissait antédiluvien mais il fonctionnait tout de même. Il contenait du pain frais dans un sac en papier, quelques tomates et des figues, un fromage de chèvre et un pack de Miller Lite. Ce qu'Emelina considérait comme le minimum vital. Après avoir fait sauter la capsule d'une bière, je fis le tour de la maison pour assister à la mort du deuxième coq.

« Est-ce bien normal qu'il y ait une chèvre en liberté dans la cour ? demandai-je à Emelina.

– Merde ! Je vais tanner les fesses de John Tucker. John Tucker ! hurla-t-elle. Fais sortir ta fichue chèvre du jardin, s'il te plaît, sinon on la mangera au dîner ! »

Il y eut du remue-ménage à l'intérieur et la porte de derrière claqua.

« Tu n'as pas vraiment besoin d'assister à ça, Codi, dit-elle. Mais je devine que tu vois bien pire à ton travail. »

Je m'assis sur la rambarde de la galerie. Je ne travaillais plus dans le domaine médical. C'est vrai que j'avais grandi dedans et que j'avais bien réussi à l'École de médecine. Mon erreur avait été de croire que la médecine était une science comme une autre. Quand on s'y connaît en carburateurs, on est capable de réparer des voitures, d'après mon raisonnement ; si on a affaire à des veines et à des tendons, on raccommode les gens. Pour des raisons qui demeuraient obscures pour moi, j'avais acquis les connaissances, mais j'étais incapable de faire des miracles : j'avais connu une crise en essayant de faire venir un enfant au monde. Mon problème s'était révélé irréversible. Emelina était au courant de tout ça. J'étais là, après tout, sans plus de mission que je n'en avais en naissant des années plus tôt. La seule vraie différence entre le passé et maintenant, c'était ma garde-robe.

« Dis-moi si je peux t'aider », dis-je.

Elle m'ignora. « Très bien, fais attention à tes mains, Curty. Éloigne-les suffisamment. » Emelina était petite, mais n'en donnait pas l'impression. Sur son jean il y avait la marque « Little Cowboy » cousue sur l'étiquette et il appartenait sans aucun doute à un de ses fils. Emelina et moi avions terminé le lycée la même année, en 1972. Sous ma photo, dans l'annuaire de l'école, il était écrit : « Ira loin », et sous celle d'Emelina : « Heureuse en amour ». On pouvait prendre ça pour une prophétie ou pour de l'humour douteux, selon. J'avais fait la moitié du tour du monde et j'habitais maintenant à presque un kilomètre et demi du lycée. Emelina avait épousé Juan Teobaldo Domingos, en ce même mois de juin où nous avions obtenu notre examen. Maintenant J.T. travaillait dans les chemins de fer et, d'après ce que j'avais compris, était hors de la ville la plupart du temps. Elle disait que cela ne l'embêtait pas. Sans doute était-ce tout ce que l'on pouvait espérer de l'amour.

Curty déposa son coq hypnotisé sur le billot en lui tenant les pattes, s'en écartant le plus possible. La bête ne reprit conscience à aucun moment. Emelina balança la hache par-dessus son épaule et la fit tomber sur le repère. Le cou rose musculeux glissa hors de la collerette de plumes comme s'il avait été fait de deux parties différentes. Les garçons poussèrent des hurlements et poursuivirent le corps qui courait ventre à terre dans la poussière. Mais j'étais fascinée par la tête : le bec s'ouvrait et se fermait, en silence, car les cordes vocales étaient dans la partie qui avait été détachée.

« Voilà, c'est ça, Curty, le guidait Emelina. Fais attention de ne pas asperger ton frère. Penche-le carrément. Maintenant plume-le en vitesse sinon il va devenir rigide. Commence par les ailes, tu vois comment s'y prend Glen ? » Elle essuya la transpiration qui lui tombait dans les yeux.

J'étais sidérée de la musculature du haut de ses bras et de sa parfaite maîtrise de la hache. Ses mains restèrent étonnamment propres pendant toute l'opération. Elle me rappelait Hallie, sa façon de faire les choses. Sauf que Hallie n'aurait jamais décapité quoi que ce soit.

« J'arrive pas à croire que tu puisses regarder ça », dit-elle une fois que les deux garçons furent installés pour plumer leurs bêtes. Elle entra dans la maison et en ressortit avec une bière. Elle prit place à côté de moi sur la large rambarde de bois, cognant les talons de ses tennis contre l'entretoise comme une gamine. J'étais très consciente de ma grande taille. Parfois je trouvais que les petites femmes étaient mieux bâties et que, d'une certaine façon, elles avaient une plus grande maîtrise de leur corps.

« Tu devenais dingue quand nous allions chez l'Abuelita et qu'elle tuait des poulets, me dit Emelina. Tu te souviens ? Même quand nous avons été plus grandes, vers douze ou treize ans.

– Non, ça c'était Hallie. Elle a toujours eu le cœur tendre. Nous étions très différentes, de ce point de vue-là. Elle fondait en larmes pour le moindre insecte écrasé. » J'avalai ma bière d'un trait. « Elle est restée comme ça, mais maintenant, elle pleure sur les femmes sans abri. Je te jure. Elle leur donne des pièces de vingt-cinq cents et regrette ensuite de ne pas leur avoir fait cadeau d'un dollar. »

Je regardais attentivement la cime des arbres et les pignons vert feuille du toit d'une maison au-dessous de nous. Les ardoises étaient d'une forme curieuse, compliquée, comme des piques dans un jeu de cartes. Je me demandai à quelle époque on avait cessé de fabriquer ce genre d'ardoises et comment ce voisin se débrouillerait pour réparer sa toiture après une mauvaise tempête.

« Tu es vraiment magnifique, dit Emelina. Quelle superbe coupe de cheveux, si, vraiment. Ici, tu ne passeras pas inaperçue tant que tu ne te seras pas fait bousiller les cheveux chez Beth. »

Pleine de désespoir, je passais les doigts dans mes maigres cheveux. Toute mon enfance, j'avais vécu en marge de Grace. J'avais envie d'aller en ville et de me faire bousiller sur-le-champ, si ça devait me permettre de faire partie du club. J'avais vécu une vie tellement aventureuse, sur le plan géographique, que les gens me prenaient pour une aventurière. Ils ne pouvaient pas se douter. J'aurais vendu mon âme et toutes mes chaussures de voyage pour réussir à me fixer quelque part.

« J'oublie toujours que tes cheveux sont auburn. C'était la couleur de Doc Homer, il me semble ? Un peu roux avant de virer au gris ? » Elle tripotait ses propres cheveux qui lui arrivaient aux épaules. « En parlant de lui…

– En parlant de lui, dis-je.

– Est-ce que tu l'as vu ? » Elle paraissait inquiète. Emelina était mon informatrice. Quand il avait commencé à se perdre entre la maison et le drugstore, c'était la seule personne de Grace à avoir pensé à m'appeler plutôt que de se contenter de lui dessiner un plan.

« Je monte le voir demain.

– Et est-ce que tu sais où est partie Hallie ? Tu me l'as dit, mais j'ai oublié.

– Au Nicaragua, dis-je. Pour sauver les cultures. Une sorte de croisement entre le bonhomme aux doigts verts et un combattant de la liberté. »

Emelina éclata de rire et je me sentis déloyale. Je n'avais pas eu l'intention de faire de l'esprit. Il était simplement difficile de situer Hallie dans un contexte de vie normale. « Je crois que c'est vraiment dangereux, dis-je. Mais tout ça l'enthousiasme. Elle sera heureuse. » De ça, j'étais sûre. Hallie n'avait pas mon problème. Elle était partout chez elle.

Emelina hochait la tête. Elle surveillait les garçons qui étaient assis dans l'allée, les jambes croisées, transfigurés par l'importance de leur tâche. Ils étaient couverts de sang et on aurait dit qu'ils avaient eux-mêmes vécu une étrange guerre – une guerre d'enfants.

Une bougainvillée écarlate recouvrait la galerie de devant. En fait, elle avait tellement poussé que le bois de la plante semblait soutenir la structure au-dessus de nos têtes. La brise qui montait de la vallée me donnait l'impression d'un liquide chaud sur mes bras et mon visage. Je tenais la bière glacée contre ma tempe tout en contemplant les sarments de la bougainvillée qui se balançaient autour de nous comme des algues sous l'océan.

« Non, dit Emelina au bout d'un moment. Je suis certaine que c'est toi qui es devenue dingue à cause des poulets. Tu commençais et Hallie s'y mettait aussi. Elle copiait toujours tout ce que tu faisais.

– Non. Hallie ? On était comme le feu et l'eau. Quelqu'un devrait faire une étude sur nous, si on cherche à savoir à quel point des enfants d'une même famille peuvent devenir différents. Elle est née avec son caractère à elle.

– Peut-être, mais elle te copiait, dit Emelina. Elle était tellement malheureuse quand je ne te suivais pas dans ton boycottage des poules au riz d'Abuelita. »

Je ne me souvenais pas d'avoir organisé des boycotts. « Bon, tu es témoin. Du sang partout dans l'allée et je ne me suis pas évanouie.

– Les gens changent, dit-elle. Tout ne vous suit pas dans la vie. »

Je restai assise en contemplation de mes valises pendant une bonne quinzaine de minutes, comme si, frappées d'une soudaine inspiration, elles allaient se défaire d'elles-mêmes, puis j'allai dans la chambre où je m'étendis un peu, laissant tomber mes chaussures l'une après l'autre sur le sol de brique. J'essayai d'imaginer où pouvait être Hallie maintenant. Au Guatemala. Peut-être plus loin. Terrifiant de spéculer sur des détails ; j'avais restreint mes pensées à propos d'elle, mais à présent j'étais épuisée et mon cerveau marchait tout seul. Je pensai à Hallie au passage des frontières. Des hommes en uniforme, décorés de leur quincaillerie de machos et de munitions. Non, pas si loin. Je la ramenai à Tucson, où je l'avais vue pour la dernière fois quand elle était encore saine et sauve.

Elle était passée au 7-Eleven, ses bagages prêts, à la fin de mon service de nuit. Elle avait frappé à la vitre pour attirer mon attention. J'avais verrouillé le tiroir-caisse et j'étais sortie. Des moineaux s'ébouriffaient dans des flaques de pluie récentes sur l'asphalte. Tandis que je traversais le parking avec elle jusqu'à son pick-up, j'imaginais le spectacle que nous devions présenter pour un étranger, nous tenant par le coude : deux baigneuses en danger, toutes deux pareillement menacées de noyade.

Ou encore que seule l'une de nous se raccrochait à l'autre pour sa survie. Difficile de croire que j'avais pu être celle qui était partie courageusement à l'université, abandonnant une Hallie en larmes devant l'Épicerie baptiste. Maintenant, il semblait que c'était moi le bébé de la famille, celle qui n'avait aucun projet défini et à qui on permettait de folâtrer indéfiniment, redonnant un coup de jeune à tout le monde autour d'elle.

Hallie partait pour un pays en guerre. Elle marcha droit au milieu des flaques d'eau, me traînant derrière elle, et je dus allonger le pas et tremper mes souliers pour rester à sa hauteur. Lorsqu'elle était prise d'une excitation intense, Hallie avait une expression de bête sauvage capable de laisser les gens interdits. Elle émettait des vibrations de cloche que l'on vient de frapper. Ses cheveux étaient longs, coiffés à la sauvageonne, frisés par l'humidité. Tout, dans ma sœur, incitait à la rébellion. Je me disais que si quoi que ce soit lui arrivait je ne lui survivrais pas. Je voyais bien qu'il n'y aurait aucun moyen ni aucune raison de le faire.

Tant que je retiendrais Hallie par le bras, elle resterait là, elle ne monterait pas dans le pick-up, ne tournerait pas la clé de contact pour rouler vers le sud à travers l'Arizona et le Mexique et les coins dangereux au-delà, ne serait pas arrêtée à un barrage par des hommes qui seraient fichus de lui tirer une balle dans la tête uniquement parce qu'elle avait vingt-neuf ans, qu'elle était seule et femme, en jean, avec ses antihistaminiques dans sa boîte à gants. C'était comme un enchaînement d'événements que je pouvais empêcher, là sur le parking, en étreignant d'une main ferme les os de son coude.

Son petit pick-up déglingué paraissait chargé de manière invraisemblable, comme les ânes que l'on voit sur les cartes postales et qui transportent sans se plaindre des charges grosses comme des éléphants. Je n'étais pas inquiète pour le véhicule. Je lui demandai où elle avait mis ses antihistaminiques. Nous savions qu'un photographe avait été tué, soi-disant pour avoir passé des drogues, en réalité à cause d'un petit pot pour bébé rempli d'aspirine et de vitamines rangé dans son sac d'appareil photo.

Hallie dit que ses pilules n'étaient pas dans un endroit facile à trouver.

La tête posée sur son épaule, je lui demandai ce qui se passerait si nos plantes crevaient.

« Elles ne crèveront pas », dit-elle. Hallie savait que j'avais besoin de réponses simples.

Je relevai la tête et elle me regarda avec attention, pensive. Le ciel s'était dégagé. La lumière du début de matinée, derrière sa tête, était orange, formant un halo autour de ses cheveux, et elle avait l'air d'un ange. Elle n'avait aucune idée de l'image qu'elle donnait d'elle aux autres ; elle se trouvait moche.

« Si les puces du jardin s'attaquent à celles qui sont sur la galerie, dit-elle lentement, saupoudre-les de Celite. » Hallie assurait un service de renseignements téléphoniques dépendant de l'université et répondait au numéro vert 626-PUCE. Un cycle s'achevait ce jour-là, durant lequel les insectes nuisibles de jardin avaient représenté sa vie.

Je l'étreignis de toute la force de mes bras. « Hallie, peux-tu s'il te plaît changer d'avis maintenant et ne pas partir ?

– Tu m'aimes tant que tu voudrais que je reste ici à protéger les géraniums des banlieues ?

– Je sais ce que je devrais éprouver, mais je n'y arrive pas. »

En respirant, elle gonfla sa poitrine pour se dégager de mes bras, ce qui me fit penser à la façon dont pousse un arbre autour duquel on a fixé une clôture à l'aide de fil de fer. L'incroyable force de cette amplitude. Et je la laissai partir.

Elle démarra son pick-up et agita la main dans le virage, non en un geste d'adieu définitif mais de défi, comme on en voit dans les films sur la Seconde Guerre mondiale où tous les gens courageux relèvent le menton parce qu'ils croient en la même chose. Je me dis que Hallie s'en sortirait parce que je n'avais guère d'autre choix. Et que nous allions survivre toutes les deux.

Je marchai sur la longueur des six immeubles qui me séparaient de la maison sous les arbres qui dégouttaient et un soleil déjà trop chaud. De l'autre côté de la rue j'entendis une femme dire à son compagnon avec un curieux accent : « C'est le musée du *désert*. J'avais compris qu'il disait le "musée du dessert", et évidemment je m'attendais à quelque chose de tout à fait différent. » Et je me dis : voilà, c'est comme ça la vie, grotesque au-delà de tout entendement. Ce que j'éprouvais n'avait rien à voir avec du chagrin mais plutôt avec une certaine vacuité, comme un tambour dont la peau est trop tendue. Il me fallut cinq minutes pour réussir à ouvrir notre porte d'entrée car, à Tucson, tout ce qui est fait de parties mobiles regimbe à la saison des pluies. Hallie avait eu l'intention de mettre de la graisse dans la serrure avant de partir.

Un ballon blanc, reliquat de sa soirée d'adieux, me suivit de la salle de séjour jusqu'à la cuisine. De la grosseur d'une tête, il avait perdu un peu d'hélium de sorte qu'il flottait à hauteur d'yeux, traînant sa ficelle sur le plancher comme un vieux fantôme fatigué. L'électricité statique l'attirait dans mon sillage. Je l'écartai d'un mouvement de tête pendant que je dévalisais le réfrigérateur. J'y trouvai des poivrons rouges payés un prix exorbitant au marché bio et après en avoir lavé un, je le mangeai, debout, dans la cuisine. Après quoi, à l'aide d'un couteau à éplucher je m'attaquai à un concombre. Je n'avais pas envie de me préparer un petit déjeuner pour moi toute seule. Carlo était à l'hôpital et je n'avais aucune idée de l'heure à laquelle il devait rentrer.

Le téléphone sonna et je sursautai, sans doute parce que je me sentais coupable d'être à la cuisine en train de manger des légumes hors de prix. Je redoutai que ce soit quelqu'un qui appelle pour les nuisibles de jardin, mais la ligne était déjà coupée. C'était Hallie qui appelait d'une cabine téléphonique de ce côté-ci de la frontière pour me dire qu'elle avait oublié de graisser la serrure.

« J'étais sûre que tu téléphonerais pour ça. » J'étais remplie d'une joie étrange parce qu'elle ressentait la même chose que moi : que nous ne pouvions survivre l'une sans l'autre. Je me contentai de rester immobile l'espace d'une minute, pour donner aux pensées de Hallie et aux miennes une dernière occasion de filer tranquillement le long des lignes, touchant au passage chacune de nous d'un signal secret, telle une colonne de fourmis. Impossible de faire ce genre de choses au prix des communications internationales.

« Il y a aussi un bouquin de la bibliothèque, dit-elle. Ces contes du baron Münchhausen. Je l'ai retrouvé au milieu de mes livres en nettoyant ma chambre.

– Je sais. Je l'ai vu. Je le rapporte aujourd'hui.

– La date de retour est dépassée, Codi. Tu le lisais dans la voiture il y a un mois quand nous roulions vers Bisbee. »

Je mordis dans le concombre et mâchai avant de répondre. J'aurais voulu que cet appel dure toujours. J'aurais voulu me souvenir de tous les livres que nous avions lus ensemble à haute voix en conduisant. « Tu as raison. Il a du retard.

– Rapporte-le et paye l'amende, tu veux bien ? Les bibliothèques sont parmi les institutions américaines qu'il ne faut pas rouler.

– Oui, m'dame, dis-je. Mlle Patty Hearst en second. » Je l'entendis qui se retenait de rire. Hallie était subversive intellectuellement et possédait en fait un exemplaire de *Steal This Book*, d'Abbie Hoffman, mais elle était naturellement honnête et ce, jusqu'à la perversité. Je l'avais vue scotcher des pièces de monnaie sur un parcmètre en panne.

« En dehors de toute question morale, ils vont te sucrer ta carte.

– Je ne sais pas pourquoi tu me prends pour une voleuse de bibliothèque. Mes comptes sont à jour là-bas. » Je croquai à même le concombre. Ce n'était pas si différent que de manger une pomme trop grosse ou un pêche épluchée et pourtant si on m'avait vue à travers la fenêtre, on m'aurait jugée folle. « Ne t'inquiète pas pour moi, Hallie, dis-je enfin. Contente-toi de faire attention à toi.

– Je ne m'inquiète pas pour moi. J'ai une veine insensée. »

C'était une vieille plaisanterie – ou une vieille vérité – née de toutes les catastrophes dont elle s'était sortie. Accidents de bicyclette, de voiture, ce genre de truc. J'avais toujours plus ou moins attiré la guigne, mais pour Hallie c'était l'inverse. Une fois, au moment de franchir la porte de l'antique bibliothèque de la fac de sciences, elle était retournée sur ses pas pour aller chercher ses lunettes de soleil oubliées à côté de la machine à microfiches et, deux secondes plus tard, la façade de marbre du bâtiment s'effondrait. Elle s'était tout simplement détachée pour aller s'écraser par terre, on se serait cru à Beyrouth.

Hallie ne pensait pas être invulnérable. Elle n'avait jamais fait partie de ces gens qui sont intrépides ; elle savait qu'il pouvait lui arriver n'importe quoi. Je crois que, ce qu'elle voulait dire, c'était qu'elle avait de la chance d'aller au Nicaragua. Il me fallut un temps fou pour me mettre ça dans la tête : à quel point elle était heureuse. Heureuse de partir.

Nous avions connu une époque de compagnonnage idéal dans nos vies d'adulte, l'année où nous étions toutes les deux à l'université de Tucson – sa première année, ma dernière – où nous avions vécu pour la première fois loin de Doc Homer. Cet hiver-là j'aurais voulu rater une matière, juste pour prendre du retard et rester là-bas avec elle, pour que nous puissions continuer à traîner toutes les deux en sweaters et en chaussettes de laine dans la maison pleine de courants d'air, unies par une parfaite compréhension mutuelle. À nous apporter l'une à l'autre des tasses de thé sans avoir à les demander. De sorte que je restai à Tucson pour faire l'École de médecine, au lieu d'aller à Boston comme j'en avais fait le projet, et que je fis la connaissance de Carlo en parasitologie. Hallie, dans le même temps, se lia d'amitié avec des gens qui dirigeaient une maison d'accueil pour les réfugiés d'Amérique centrale. Par la suite, nous avons reçu des étrangers dans la cuisine à n'importe quelle heure de la nuit, des gosses hébétés de terreur, des gens qui avaient subi toutes sortes de vicissitudes. Notre vie n'avait plus jamais été idyllique.

J'aurais dû m'en douter. Une fois, elle et moi étions allées voir un documentaire sur l'Abraham Lincoln Brigade, ces Américains qui s'étaient engagés sans la bénédiction du gouvernement dans la lutte contre Franco et Hitler pendant la guerre civile espagnole. À ce stade de l'histoire des États-Unis, le fascisme était *peut-être* mauvais, alors que le communisme l'était *indubitablement*. En rentrant à la maison après le cinéma, Hallie avait fondu en larmes. Non à cause des gens qui n'avaient donné leur vie que pour mieux laisser l'Espagne à Franco, non plus à cause de ceux qui en étaient revenus et se trouvaient harcelés pour le reste de leur existence d'avoir été rouges. Le drame pour Hallie, c'était qu'à notre époque il n'y aurait peut-être plus jamais de cause qui vaille la peine de tout risquer. Elle avait dix-neuf ans en ce temps-là, et pendant qu'elle se mouchait et pleurait sur mon lit, elle me disait ça. Qu'il ne restait plus de vraies causes à défendre.

À présent, elle en avait une – elle partait pour le Nicaragua, pour faire une révolution à base de coopératives agricoles et de campagnes d'alphabétisation –, j'imagine donc qu'elle avait de la chance. Tellement peu de gens savent exactement ce qu'ils veulent. La plupart sont même incapables de formuler un souhait quand ils lancent leur pièce de monnaie dans une fontaine. Presque personne n'a véritablement l'occasion d'infléchir le cours des événements exactement comme ils le souhaiteraient.

Je l'aimais de ressentir les choses avec autant de force. Mais j'avais vu Doc Homer passer sa vie à dispenser sa solennelle charité au peuple de Grace et je ne suis pas certaine que l'existence de qui que ce soit en avait été affectée, en dehors de celle de Hallie et de la mienne, dans une direction que nous avions appris à détester. Il est vrai que j'avais moi-même essayé d'exercer la médecine, une profession de dévouement, mais je l'avais fait pour les motifs les plus mesquins. Je l'avais fait pour m'attirer de l'amour et pour me prouver à moi-même que j'étais capable. Non pas de soulever des montagnes. À mon avis, les montagnes sont inamovibles. Elles ne paraissent changées que lorsqu'on les regarde de très haute altitude.

5

La *semilla besada*

J'avais accepté de m'installer dans l'annexe à la condition de ne pas déranger la vie familiale d'Emelina, mais apparemment sa vie était bien au-delà de toute forme de dérangement. Dans la matinée, elle envoya John Tucker me chercher pour le petit déjeuner.

Il se tenait timidement derrière l'écran métallique de la porte, ne sachant que faire de ses abattis. « M'man dit qu'elle te cassera la figure si tu viens pas prendre ton petit déjeuner avec nous.

– Très bien, d'accord », dis-je en le suivant jusqu'à la maison. John Tucker était, dans son genre, l'adolescent le plus séduisant qui soit. Impossible pour moi d'imaginer l'homme qu'il serait bientôt – aisselles fournies, arrogance, grattage de nuque, lancer de balle de baseball. Hors de question. Il portait une casquette pour cacher ce qui ressemblait à une coupe d'été un peu trop enthousiaste.

« Je sais que tu n'as encore rien à manger là-bas, dit Emelina. Tout était fermé, hier c'était dimanche. Aujourd'hui, tu pourras te débrouiller. J.T. a téléphoné d'El Paso et m'a recommandé de bien t'embrasser. » Emelina beurra une tranche de pain grillé qu'elle tendit à un Mason de quatre ans, presque cinq. « Glen, ne flanque pas de confiture sur ton frère. Si tu veux être couvert de confiture de prunes aujourd'hui, c'est ton affaire, pas celle de Curtis. Curty, mon chéri, ne donne pas de coups. John Tucker, tu peux l'aider ?

– Il a téléphoné d'El Paso ? » repris-je. Une conversation avec une mère de cinq enfants est une véritable leçon de patience.

« Ouais, il est au Texas. Il est obligé de rester là-bas pour une enquête. Alors, est-ce que tu crois que tu vas pouvoir supporter d'habiter dans ce taudis ?

– Ça n'a rien d'un taudis, Em. C'est joli là-bas. J'aime bien.

– Codi, ma chère, il y a eu des chèvres là-dedans, autrefois. Et Grammy y a vécu là aussi, avant les chèvres. Ensuite elle a prétendu qu'elle avait le palu dans les os et elle a décidé de déménager là-haut. » Grammy c'était la mère de J.T., Viola Domingos.

« M'man, tu peux dire à Glen d'arrêter, dit Curtis.

– Glen, pour l'amour du ciel, s'il te plaît mange cette tartine et fais-lui un sort. Le bus sera là dans une minute et tu n'as même pas enfilé tes chaussures.

– Non, mais je sais où elles sont, déclara Glen.

– Alors, va les chercher.

– L'école ne reprend pas avant la semaine prochaine, dis-je, tout en craignant de me tromper. (C'est le genre de rêves que je fais constamment.)

– Non, mais ils organisent ces machins d'été pour les gosses. Ils vont au parc, du côté de la rivière, et se tirent dessus avec des arcs et des flèches, des trucs comme ça. Demain, c'est le dernier jour. Donc, tu penses que tu te plairas là-bas ? On fait assez de bruit ici pour réveiller les morts.

– Ça ira. J'ai habité à trois immeubles de l'entrée des ambulances de l'hôpital. » Sans ajouter que c'était avec un type qui recousait des morceaux de corps pour vivre. Je tartinai mon toast, les coudes serrés, surveillant de l'œil des couteaux à confiture susceptibles de s'égarer. « Quel genre d'enquête ?

– Tu veux parler de J.T. ? Il a flanqué seize wagons par terre aux environs d'El Paso. Un déraillement. Aucun blessé. Oh, la barbe ! John Tucker, mon chéri, peux-tu emmener le bébé dans la salle de séjour et le surveiller une minute ? Je ne m'entends plus penser. »

John Tucker enleva le bébé de sur les genoux d'Emelina et l'embarqua sous le bras dans la pièce d'à côté. Le petit gigotait de tous ses bras et jambes comme un nageur en grenouillère verte.

« Allons, Mason, mon chéri, pose tes pieds sur mes genoux que je t'attache tes tennis. » Emelina avala une gorgée de café. « Ils ont dû tous fournir un échantillon d'urine – J.T., le chauffeur, le chef de train et quelqu'un d'autre, je me rappelle plus qui. Sans doute un autre conducteur. Il a fallu faire tout ça dans la demi-heure qui a suivi l'accident. La compagnie en a fait tout un plat. J.T. dit qu'ils sont restés plantés là au beau milieu d'un champ de vaches avec seize wagons de toutes sortes de légumes congelés, éparpillés dans tous les coins, et que tout ce qui intéressait ce crétin d'inspecteur, c'était de s'assurer qu'on pisse bien dans le bon bocal.

« Tu sais quoi, malgré tout, dit-elle l'air inquiet. Nom d'un chien. On était justement en train de plaisanter à propos des tests anti-drogue, avant-hier. Grammy avait fait un gâteau aux graines de pavot pour l'anniversaire de Curty et Glen et J.T. dit...

– M'maaan !

– Excuse-moi, Curtis, j'avais oublié. Il veut pas qu'on l'appelle Curty. En fait, leur anniversaire, c'était hier. »

J'avais envie d'en savoir un peu plus à propos du déraillement, mais le déroulement de cette conversation n'était pas sans rappeler la conduite sur l'autoroute de Los Angeles ; pas moyen de revenir en arrière. « Alors, bon anniversaire. Dites les garçons, vous savez que je vous trouve plus beaux à chaque fois que je vous revois ? »

Les oreilles de Curtis virèrent au rouge.

« Dis donc, toi, ça te ferait mal de dire “merci madame”. Codi, ils n'ont pas arrêté de me demander quand est-ce que tu arrivais à en devenir tout rouges, et voilà que maintenant ils se comportent comme si on les avait élevés au chenil.

– Ce n'est pas grave. » Je me sentais moi-même un peu intimidée. Bien que j'eusse gardé des contacts avec la famille, il me paraissait inconcevable que, durant mon absence de Grace, Emelina eût fabriqué toute cette tribu d'êtres humains aux yeux bleus.

« M'man, est-ce que j'peux dormir dans le chenil avec Buster, ce soir ?

– Non, monsieur, tu peux pas. Donc, pendant que nous étions en train de manger ce gâteau, J.T. a dit qu'il vaudrait mieux qu'il n'ait pas d'accident sur la voie parce que les graines de pavot se voyaient dans les tests anti-drogues.

– Oui, c'est vrai. » Je reconsidérai la question. « Ils se révéleraient positifs aux opiacées. Les graines de pavot ont un rapport avec l'héroïne. Est-ce qu'il va avoir des ennuis ?

– Non, ils savent que ce n'était pas sa faute. Que c'était à cause d'un rail gauchi par la chaleur ou une saleté de ce genre. Le test, c'était juste pour protéger leurs arrières. Tu sais qui il y avait d'autre dans le train ? L'autre conducteur et le chef de train étaient tous les deux en classe avec nous, tu te souviens peut-être d'eux. Roger Bristol et Loyd Peregrina. Loyd a vécu un moment à Whiteriver, mais il est revenu. »

Je vérifiai l'allure de mon cœur pour voir s'il réagissait à cette information. Il n'en donna aucun signe.

« Tante Codi, dis quelque chose en Grèce, demanda Glen.

– En grec », corrigea Emelina en m'adressant un regard confus. « Je leur ai déjà dit que tu avais l'air d'un mannequin et que tu avais vécu à l'étranger. Ils pensent que David Bowie fait partie de tes relations.

– Votre mère exagère », dis-je.

Glen ne sembla pas trop déçu.

« Dis-moi, Em, si je reste ici, est-ce qu'il faudra que je m'offre une paire de mocassins argent de la boutique d'Hollywood ? »

Elle hocha la tête avec sérieux. « Je mettrais ma main au feu qu'ils te laisseront pas enseigner au lycée sans ça. »

Le bus scolaire corna dehors. « Allez, filez, dit Emelina. Mason, un petit baiser. »

Les garçons foncèrent à toutes jambes à travers la porte de la cuisine, laissant le bébé échoué sur les genoux d'Emelina. Il parcourut d'un regard anxieux la cuisine silencieuse en s'apercevant qu'elle était vide.

Emelina et moi, nous nous dévisageâmes. Toute la matinée, j'avais ressenti l'étrange hiatus qui s'installe au moment où l'on renoue avec son passé. Un tel fossé vous sépare de la personne que vous avez été à l'époque. Et pourtant, les gens s'adressent à cette personne qui leur répond ; c'est comme si un étranger avait pris pension à l'intérieur de soi.

« Alors, quoi de neuf ?

– J'en sais rien. Tout. Je ne trouve pas que Grace ait changé, mais j'en ai une impression différente. Il y a beaucoup de choses dont je ne me souviens pas. »

Emelina sourit. « Je vois ce que tu veux dire. C'est la sénilité qui te guette. » Quel drôle de truc à dire ; le problème exact de Doc Homer, c'était que son esprit commençait à vagabonder dans d'inquiétants et nouveaux pâturages.

« Oui, c'est possible.

– Il y a des choses qui ne changent jamais. » Elle se pencha en avant et me chuchota : « Grammy fait toujours la collection de figurines d'Elvis. »

Je fus obligée de rire. Enfants, nous avions connu la mère de J.T., bien sûr – car ici les gens passaient leur enfance à envahir les maisons de leurs futurs beaux-parents – et je me souvenais de sa salle de séjour que nous appelions le musée Elvis. Elle jurait que celles qui étaient en forme de bouteilles de whiskey n'en contenaient pas. Elle nous parlait toujours d'après-rasage.

« Alors, c'est complètement terminé avec Carlo ? Ou juste des vacances ?

– Je ne sais pas. Terminé, je pense. Il m'a fallu tout ce temps-là pour comprendre qu'il ne me révélerait pas le secret d'une vie qui ait un sens. » Je parlais sérieusement. J'avais mieux aimé Carlo quand il me donnait des conseils.

« Moi, je trouvais que le mari idéal, ça aurait été le docteur Kildare.

– Carlo est chirurgien urgentiste. Un homme qui décide comment remettre un pouce en place doit bien savoir aussi comment appréhender la vie, à ton avis ? Je me suis simplement dit que ça déteindrait sur moi.

– Débile, jeta Emelina.

– Je crois que c'était à cause de ses sourcils. Tu sais comment ils sont tombants, comme chez les Italiens ?

– Non, je ne l'ai jamais rencontré. Il était toujours à l'hôpital. »

C'était la vérité. Réservé, Carlo était capable d'affronter quotidiennement de nouvelles blessures de la chair à son travail, mais il évitait les personnes réelles. « À cause de son expression, il paraissait constamment sur le point de dire quelque chose qui allait changer ton existence. Même quand il dormait, il avait cet air-là.

– Il ne l'a jamais fait ?

– Ben non. C'était juste les sourcils. »

Il me manquait, ou du moins, il me manquait d'être théoriquement attachée à quelqu'un. Carlo avait des mains magnifiques et un sens de l'orientation légendaire. Même lorsque nous étions à Venise, où les guides touristiques vous disent qu'« une partie de l'expérience de cette ville consiste à errer dans les étroites *strade* jusqu'à vous perdre », nous errions, mais ne nous perdions jamais. L'homme avait une aiguille de boussole au fond de son cortex cérébral. Et en dépit de tout ça, il refusa toujours d'être l'étoile du Berger dont j'avais besoin. Comme mon père. Et voilà que mon père mourant me retombait sur les bras.

Emelina ramassa les assiettes et les tasses. Elle se leva et noua un tablier par-dessus son peignoir, réussissant miraculeusement à garder le bébé sur sa hanche pendant la durée de l'opération.

« Eh bien, tu n'as vraiment pas l'allure de quelqu'un qui a fait cinq enfants en quatorze ans », dis-je, et elle se mit à rire, sans doute persuadée du contraire. Emelina était particulièrement jolie. Ce mélange typique de Grace, ces yeux bleus et ces cheveux noirs, ne manquait jamais de faire sensation, quel que soit le nombre de versions que vous en rencontriez. Les yeux étaient une anomalie génétique – dans les premières heures qui suivaient la naissance, les spécimens avérés du patrimoine génétique de Grace étaient supposés avoir les iris blanchâtres, comme des billes. J'avais vu des photos. Doc Homer avait rédigé un article là-dessus pour l'*American Journal of Genetics*, il y a des années de ça.

« John Tucker est un vrai jeune homme, dis-je. Se peut-il que nous soyons déjà si vieilles ?

– Moi oui, pas toi. » Elle entreprenait de débarrasser la table d'une main. « Chaque minute consacrée à un enfant supprime sept minutes de ta vie. » Je lui pris le bébé des bras, et elle ajouta : « Ne dis pas que je ne t'aurai pas prévenue.

– C'est ce que tu possèdes de plus précieux, Em. Tu as de quoi te faire valoir.

– Ouais. Je sais bien », dit-elle.

Le bébé s'appelait Nicholas, mais personne ne l'appelait autrement que « le bébé ». J'avais lu quelque part que le cerveau organise l'information par ensembles qui n'excèdent pas quatre chiffres – c'est d'ailleurs la raison pour laquelle les numéros de Sécurité sociale et les numéros de téléphone se présentent avec des subdivisions ; et, sans doute, la mémoire des parents n'enregistre pas les noms au-delà de quatre enfants. Je m'installai sur la chaise à bascule et posai le petit Nicholas sans nom sur mes cuisses, la tête sur mes genoux. Juste la longueur suffisante pour accueillir son petit corps.

Emelina rassembla les restes de toasts dans un seau bleu en émail et remplit l'évier d'eau chaude. « Je crois que j'aurais eu du mal à laisser Mason partir à la maternelle l'année prochaine s'il n'y avait pas le bébé. C'est tuant de les voir grandir. Mais j'imagine que ça me tuerait plus vite s'ils ne le faisaient pas.

– D'après mes souvenirs, tu avais dit que tu t'arrêterais au bout du quatrième.

– On dit ça. »

Tout en la regardant s'agiter dans la cuisine, mes doigts fourmillaient du plaisir de caresser les fins cheveux noirs du bébé. Ils étaient plusieurs centimètres plus longs que ceux du grand frère John Tucker – quelqu'un avait dû utiliser des ciseaux dans une idée de vengeance. Probablement Emelina. Une femme capable de décapiter ses propres poulets savait sûrement couper les cheveux de ses gamins.

Emelina lava et rinça les assiettes et les mit à sécher dans l'égouttoir métallique. Assise, je me sentais inutile bien que Nicholas parût à l'aise sur mes genoux et commençât à s'endormir. Quand cela se produit, on les sent devenir plus lourds, comme si, en se détendant, ils prenaient un surcroît de substance. Mon cœur se serra. J'avais failli avoir un bébé autrefois, mais à présent j'y pensais si rarement que l'idée d'être mère me prenait toujours par surprise.

Malgré la chaleur extérieure, le lave-vaisselle d'Emelina embuait la fenêtre. Une petite collection de plantes en pots se dressaient en rang sur l'appui de la fenêtre. Des *Maranta leuconera*. Un souvenir de la maison de la grand-mère d'Emelina me revint avec force. Hallie et moi, nous l'appelions aussi Abuelita, bien qu'elle ne fût rien pour nous, et la vieille femme nous avait baptisées les « orphelines » – *huérfanas*. Personne n'avait jamais pensé que nous comprenions l'espagnol. La maison sentait l'odeur aigre des vieilles dames, mais nous aimions ses boîtes à « trésors » pleines de charrettes en fonte aux roues brisées, de soldats de plomb, d'énormes joints et boulons carrés, de toutes sortes de pièces métalliques inqualifiables. Son défunt mari avait été forgeron. Il y avait aussi des cartons d'antiques déguisements en satinette aussi fragiles que du papier. Notre salle de jeux de prédilection était l'alcôve ensoleillée envahie de plantes où nous traquions des lions au milieu des palmiers du salon, vêtues de nos parures, plus séduisantes que l'aviatrice Beryl Markham et la baronne von Blixen réunies. Nous affrontions de vrais dangers sous forme de consoles grêles en fer forgé, supportant de lourds pots fragiles et des plantes délicates. Les violettes du Cap étaient veloutées comme des bêtes de compagnie et les marantas avaient des feuilles qui ressemblaient à des mains de vieilles, veinées de rouge sur le dessus, qui s'ouvraient grand au soleil et se repliaient, collet monté, à l'ombre. Abuelita nous enjoignait de rester assises pour les surveiller, et pour essayer de les surprendre au moment où leurs feuilles se refermeraient. C'était Hallie qui tenait le plus longtemps, dans son désir d'en savoir plus, tandis qu'Emelina et moi étions retournées depuis belle lurette à nos brutales distractions.

« Tu sais, j'ai tellement l'habitude que J.T. soit parti, me dit Emelina, me ramenant sur terre. Je crois bien qu'il n'aurait pas le dessus s'il était là. Je ne nous donnerais probablement pas dix jours avant de le flinguer. Meurtre d'un mari, à Grace, catastrophe ! » Elle semblait répondre à une question, que, pleine de tact, je n'étais pas sûre d'avoir posée.

« Il est dans les chemins de fer depuis combien de temps ?

– Seulement depuis la fermeture de la mine, ce qui s'est produit en... » Elle fronça les sourcils en inspectant le verre qu'elle essuyait, décoré de cochons blancs ornés de nœuds papillons rouges. « Ça fait à peu près dix ans.

– Ils disaient toujours qu'ils réembaucheraient là-haut quand le cours du cuivre remonterait.

– Tu sais, ce n'était que des on-dit. Personne n'attend plus rien ici. À présent, il ne reste que les pacaniers et les pruniers. Et les chemins de fer, Dieu merci. D'après moi, nous pourrions vivre du produit des vergers si les garçons ne mangeaient pas comme des ogres et si leurs chaussures n'étaient pas trop petites au bout de dix jours. Tiens, maintenant ils sont trop conscients de la mode pour porter celles des uns des autres. Tu te rappelles quand les garçons se foutaient bien de ce qu'ils mettaient ? On n'aurait jamais dû s'offrir la télé satellite. » Elle se retourna en s'essuyant les mains sur son tablier. « Est-ce qu'il dort, ce petit voyou ? Merci, Codi, je monte le coucher pour sa sieste. » Elle embarqua le bébé sur son épaule comme un sac de précieuse farine. « As-tu de grands projets pour aujourd'hui ?

– Je pensais faire un tour en ville, dis-je. Voir ce qu'il y a comme légumes secs à l'Épicerie baptiste. »

Elle se mit à rire. « Si tu peux m'attendre un instant, je viens avec toi. Grammy peut tendre l'oreille pour le bébé. Elle ne va pas tarder à rentrer de sa réunion. » Emelina roulait des yeux en quittant la cuisine. « Le club des Couseuses-Râleuses, tous les lundis, dès potron-minet. »

Debout devant la fenêtre, je contemplai la forêt d'arbres qui occupait toute la longueur du cañon. Pruniers, poiriers, pommiers. Et des cognassiers, je pense, malgré mon incapacité à reconnaître cette essence d'arbre, ma vie eût-elle été en jeu. Je ne me souvenais du mot que parce que les gens d'ici le prononçaient différemment, influencés qu'ils étaient par l'espagnol. Au loin, je distinguai les antennes paraboliques blanches perchées parmi les cactus sur la falaise rouge – une par habitation, comme les chiens. Ça, c'était nouveau. Le ciel était couvert. Dans les vergers situés de l'autre côté de la rivière, je voyais des hommes qui travaillaient parmi les arbres. Je me rappelais qu'ils battaient les branches à l'aide de longues perches, faisant pleuvoir les pacanes ici et là. On appelait ça faire le battage. Dans les vergers les plus anciens, on était parfois obligé de grimper dans les arbres les plus hauts pour atteindre les branches supérieures avec la perche. Mais il était trop tôt dans l'année pour cela. Les pacanes ne seraient pas mûres avant la fin de l'automne.

Hallie et moi étions venues jouer une ou deux fois dans cette maison quand nous étions petites, à l'époque où deux cousines de J.T. aux genoux cagneux habitaient là. Désormais elle appartenait en toute propriété à Emelina. Difficile de se rendre compte à quel point la vie avait passé. Évidemment. J'aurais pu rester là, ou partir comme je l'avais fait, cela n'aurait fait aucune différence pour Grace.

Je rinçai la tasse du bébé en passant un doigt sur le pourtour intérieur. Le temps que le soleil quitte l'appui de la fenêtre et qu'il se déplace sur d'autres objets, je m'aperçus que les marantas s'étaient fermées pendant que je ne les regardais pas. Elles étaient alignées, contentes d'elles, sur leur quant-à-soi.

« Tu leur laisses un peu de terre autour et tu les mets dans des sacs en papier que tu laisses dans l'obscurité, dit Lydia Galvez. Avez-vous une resserre à légumes ?

– Heu, non. Nous en avions une, mais les garçons s'y sont installés et ont eu l'idée d'y creuser un peu, dit Emelina.

– Eh bien, tu peux les entreposer dans n'importe quel endroit sombre. Le fond d'un placard ferait l'affaire. »

Lydia Galvez était la femme de l'entraîneur de la petite équipe de John Tucker. J'avais été présentée. Nous avions discuté de John Tucker, de baseball et du talent d'Emelina à fabriquer des garçons. La ville entière avait parié que le dernier serait une fille, me dit Lydia Galvez. À présent, elles envisageaient de se partager les bulbes de glaïeuls.

« J'en ai des noirs, disait Lydia. Vous en avez des comme ça ? Je peux vous en mettre de côté. Ils ne sont pas franchement noirs, moi je dirais plutôt violets, mais c'est important qu'il y en ait. »

Emelina me lança un coup d'œil pour me faire comprendre qu'elle essayait d'accélérer le mouvement. Tout notre après-midi s'était passé à peu près de la même façon. Lydia, comme les autres, n'avait strictement pas su quoi me dire, non plus que moi d'ailleurs. La plupart du temps, je ne me rappelais même pas qui elles étaient. Mais nous étions toutes polies, comme si j'avais été la vieille tante un peu fantasque d'Emelina.

Je m'installai sur le muret en face du palais de justice tout en me regardant dans la glace sans tain de la devanture du Johnny's Breakfast, qui était vide à cette heure-là. Mon reflet me renvoyait mon regard, et il paraissait plus solitaire que jamais. Il me vint à l'esprit que je n'avais jamais respiré ici sans Hallie. Du moins, pour autant que je me souvienne. J'avais trois ans à sa naissance. Avant, j'ignorais la place que j'occupais en ce monde, c'était donc sans importance.

Par la suite, cela avait importé plus que tout. Doc Homer nous serinait sans arrêt à quel point nous étions différentes des jeunes de notre âge : que ce soit du point de vue ambition, aptitudes naturelles, ou même constitution physique. Ce qui se rapprochait le plus du compliment, à ses yeux, c'était : « Personne d'autre ne sait ça, à Grace ! » Ou encore : « N'oubliez pas que vous êtes des Noline. » Nous culminions, telle une paire de silos au milieu d'une prairie du Middle West. Visiblement, être une Noline équivalait à avoir des jambes interminables comme notre père et comme tous les autres Noline que nous n'avions jamais réussi à connaître. Ma mère et lui venaient de quelque part en Illinois – je cite – où les gens étaient sensés et grands.

La taille, du moins, ne nous avait pas été comptée, à Hallie et à moi. Nous finîmes par mesurer une moyenne de un mètre quatre-vingt-deux, Hallie deux centimètres et demi de plus, moi deux et demi de moins. Au lycée, on nous appelait toujours les « quarante pour cent d'une équipe de basket-ball ». Nous ne faisions pas de sport, mais c'est ce qui se disait. Les centimètres, c'est quelque chose qu'on ne peut pas se contenter d'avoir comme de jolies dents ou des cheveux qui frisent naturellement. Les gens sont persuadés qu'il faut en tirer parti, pour jouer au basket par exemple, ou pour surveiller le temps qu'il fait de là-haut. À une fille, on ressent particulièrement le besoin de lui faire remarquer sa taille, comme si elle n'était pas au courant.

En fait, Hallie et moi n'étions pas quarante pour cent de n'importe quoi – nous étions tout ce qu'il y avait. L'image du miroir qui vous prouve que vous existez encore. Nous avions exactement une sœur chacune. Nous avions grandi pleinement conscientes de l'arithmétique rudimentaire de la pénurie : une sœur, c'était plus précieux qu'un œil.

« Vous direz à votre papa que j'ai besoin d'une pilule pour faire disparaître mes rides », dit Lydia d'une voix forte.

Je fis un effort pour me reprendre. « Entendu. »

J'aurais dû lui dire : « Vous n'en avez pas besoin », ou un truc comme ça, mais ça ne me vint pas assez vite à l'esprit. Je ne gérais pas parfaitement bien cette première journée. Une boule en travers de la gorge, j'avais envie de rentrer dans ma petite maison et de tirer les stores. Grace était un champ de mines pour la mémoire ; le simple fait d'aller jusqu'à l'Épicerie baptiste avec Emelina m'avait remplie d'une émotion et d'un désespoir sans nom. J'eus terminé mes courses en quelques minutes et, pendant que j'attendais qu'Emelina ait fait un ravitaillement d'une semaine pour ses troupes, je restai à considérer bêtement les conserves de légumes et de soupe, toutes investies de quelque mission secrète. Les rayons de l'épicerie semblaient avoir été rechargés pour les gens de Grace responsables d'un abri antiatomique familial. J'étais étrangère à ce genre d'alimentation. Lorsque la caissière me demanda si j'avais besoin d'autre chose, je faillis fondre en larmes. J'aurais aimé lui dire : « J'ai besoin de tout ce que vous avez. »

Il était minuit passé mais une lune froide brillait à la fenêtre et je n'arrivais pas à dormir. J'étais couchée sur le dos dans le petit lit peint de la maison d'Emelina et je détestais dormir seule. Si peu de choses qu'il y eût entre Carlo et moi, je m'étais habituée à sa respiration. Ma vie entière, j'avais partagé un lit avec quelqu'un, Hallie en premier. Par la suite, pendant mes premières années d'université, j'avais découvert une armée d'amoureux qui offraient divers degrés d'une folie passagère et un salut à court terme. Et puis Carlo, qui se révéla être comme les autres. Mais une compagnie acceptable tout de même. Dormir seule me paraissait contre nature et pitoyable, quelque chose qui se fait dans les hôpitaux ou quand on est contagieux.

J'avais finalement atteint ce point d'insomnie électrisant qui exige de se lever. Je rentrai ma chemise de nuit dans mon jean et trouvai mes souliers dans la cuisine. Je refermai doucement la porte et m'engageai sur un sentier qui, partant de la maison sans passer devant d'autres habitations, allait directement vers le nord, à travers le verger de pruniers d'Emelina et un bouquet de pommiers tordus qui paraissaient morts. De temps à autre, des paons s'interpellaient à travers la vallée. Ils avaient des cris différents : un rire aigu, un gloussement guttural – tout un langage animal. À l'instar des coqs ou des enfants, par une nuit de pleine lune, ils ne réussiraient pas à retrouver leur calme.

Je voulais retrouver la route qui remontait le cañon jusque chez Doc Homer. Je n'étais pas encore prête à m'y rendre, mais je voulais m'assurer que je connaissais le chemin. Impossible de demander à Emelina de m'indiquer comment retrouver la maison de mon enfance ; je ne voulais pas qu'elle sache à quel point j'étais désorientée. J'avais toujours eu du mal à me rappeler certains traits spécifiques de mon enfance, mais je ne m'étais jamais rendu compte jusqu'à maintenant que je n'étais même pas fichue de les reconnaître le nez dessus. Ce que j'avais fait avec Hallie conservait une certaine netteté, parce que, j'imagine, nous nous gardions tant de souvenirs mutuellement, mais pourquoi n'avais-je pas reconnu Mrs. Campbell à l'épicerie ? Pas plus que Lydia Galvez qui conduisait le bus scolaire et qui prétendait m'avoir prêté son mouchoir quand Simon Bolivar Jones m'avait frappé sur la tête, par bravade, à coups de cahier à dessin. En fait, je me sentais comme victime d'une blessure à la tête. J'espérais qu'en me lançant maintenant, j'allais deviner mon chemin jusque chez Doc Homer, à la façon dont un sourcier avance, les yeux fermés derrière sa baguette, pour trouver de l'eau. Je n'en savais rien. J'avais pu totalement perdre l'instinct du retour au gîte.

J'étais sur une route qui paraissait pleine de promesses, de toute façon. J'entendais la rivière. (Pourquoi les sons portent-ils plus loin, la nuit ?) Le souvenir de la mort de ma mère me hantait. L'un des rares souvenirs distincts de mon enfance, c'était ce jour-là. Je n'avais pas encore tout à fait trois ans, Hallie venait de naître et on me disait qu'il n'était pas possible que je m'en souvienne parce que je n'étais pas là. L'image que j'ai en tête est pourtant bien nette : deux hommes en pantalons blancs manipulent une civière comme un paquet fragile, important. Les pales de l'hélicoptère tournent, expédiant des courants d'air à travers le champ de luzerne derrière l'hôpital. C'était en surplomb du cañon, là où poussaient des cultures, à l'époque. Les pousses aplaties de luzerne révélaient leurs dessous argentés en motifs semblables à des vagues. Le champ devenait l'océan de mes livres de contes, là, en plein milieu du désert, tel un quelconque miracle.

Lorsque le rotor ralentit, puis s'arrêta, les gens de la foule murmurèrent : Comment ça ? Pourquoi ? Ensuite la porte s'ouvrit et le long paquet blanc de ma mère en ressortit, transporté différemment cette fois, ayant cessé d'être une affaire urgente.

Selon la version sur laquelle tous s'accordent en général, Hallie et moi étions restées à la maison avec une garde d'enfants. C'est que j'ai un problème – il m'arrive parfois de me souvenir avec précision de choses qui ne se sont jamais produites – pour mieux tirer un trait sur celles que j'ai vécues. J'ai souvent répété à Doc Homer que j'avais vu l'hélicoptère, comme j'avais insisté une fois, presque jusqu'aux larmes, que j'étais montée sur le bateau en compagnie des neuf sœurs Gracela et de leurs paons. Mais cette fois-là il m'avait forcée à garder la chambre et à lire l'*Encyclopaedia Britannica*. Les romans avaient été interdits pendant un mois : d'après lui, j'avais besoin de me vider la tête de toute fiction. Par dépit, j'avais poussé jusqu'au tome XIX, bien que le souvenir de ce voyage avec les Gracela m'eût toujours hantée. Elles s'inquiétaient de savoir si les paons auraient assez d'air dans la cale du bateau.

Je reconnais maintenant que tout cela n'était qu'élucubrations venues d'histoires que j'avais entendues. La mémoire est une affaire compliquée, parente de la vérité sans en être la jumelle. Le fait que notre mère eût été terrorisée à l'idée de prendre l'avion. Cette partie de notre passé familial était bien connue à Grace. De toute sa vie, elle n'avait jamais quitté la terre ferme. Lorsque sa santé avait décliné à cause d'une insuffisance rénale, un hélicoptère de la garde nationale était descendu du ciel pour l'emmener à Tucson, mais elle avait expliqué aux hommes qu'elle n'irait pas. Ils l'avaient ignorée et elle était morte juste avant que l'hélicoptère ne décolle du champ de luzerne. Le grand oiseau avait plané pendant une minute puis s'était éloigné, le ventre creux.

Ce n'est pas sa peur de voler qui impressionnait : à Grace, on ne voyageait pas beaucoup en voiture, encore moins en avion. Il me semble que la morale de l'histoire, d'après ce que les gens en ont dit, c'est que ma mère possédait une force de caractère insoupçonnée. « Qui d'autre qu'elle aurait pu épouser Doc Homer ? » insinuaient-ils. Et j'imagine aussi : « Qui d'autre qu'elle aurait pu donner naissance à ces filles hors du commun ? » On ne nous le disait pas en face, mais quand nous nous montrions têtues, on disait immanquablement : « Les chiens ne font pas des chats. »

Pour moi, ça se tenait. Je n'avais aucun souvenir visuel d'une mère, et j'étais incapable de me rappeler quelque événement l'incluant, en dehors de l'épisode de l'hélicoptère qu'elle avait refusé de prendre. Mais j'avais gardé d'elle une impression de force et d'amour farouche. Presque d'amour violent. La seule chose que j'eusse reçue, je pense, et que Hallie n'avait jamais connue. À mesure que nous grandissions paisiblement dans l'ombre de Doc Homer qui dispensait sans passion soins et nourritures, j'avais essayé d'entretenir au mieux cet amour maternel et de le transmettre. Mais je n'y étais pas bien parvenue. J'étais si jeune.

Et d'une certaine manière, Hallie s'était épanouie – le fleuron de la famille, l'un de ces miraculeux arbres fruitiers qui puisent leurs nourritures dans une veine invisible et portent des boisseaux entiers de prunes merveilleuses pendant que vivotent les autres arbres alentour. À Grace, dans les temps anciens, lorsque les gens trouvaient l'un de ceux-ci dans leur verger, ils lui donnaient le nom de *semilla besada* – la graine qui a reçu un baiser. Parfois il arrivait que l'on tombe sur l'un de ces arbres, vers lesquels les gens étaient venus et revenus dans l'espoir d'être gratifiés d'un bienfait. Les branches étaient décorées comme un arbre de Noël d'humbles gages familiaux : un chausson de nouveau-né, une paire de lunettes cassées, l'enveloppe à fenêtre d'un chèque de retraite.

Hallie et moi avions notre *besada* préférée dans le verger des Domingos, et par une froide journée, en rentrant de l'école, nous avions enfoncé des mèches de nos cheveux sous son écorce. En secret. Nous nous étions cachées dans la cour de récréation pour tailler les bouts de nos nattes et les nouer ensemble à l'aide d'un fil rose dévidé d'un bouton de mon manteau. Si Doc Homer s'en était aperçu, il aurait inventé quelque punition pour nous guérir de toute superstition. Nous étions d'accord avec lui sur le principe – nous étions de jeunes scientifiques de façon innée et acquise. Mais les enfants privés d'amour ont besoin de magie.

Je m'arrêtai soudain au milieu de la route, sous la lumière crue de la lune, une ombre coulant dans la pente depuis mes talons comme l'eau que le sourcier a fini par faire jaillir. J'avais trouvé le bon chemin. La route bifurquait depuis les vergers vers le haut du cañon. Cette côte rude paraissait la bonne. Je reviendrais en plein jour et terminerais le trajet jusque chez Doc Homer, en passant par l'ancienne piste d'atterrissage de l'hélicoptère, là-haut dans le champ de luzerne. À présent, ces champs étaient certainement à l'abandon comme la moitié des terres de culture en Arizona, couvertes de sel par des années d'irrigation aberrante. Je ne voulais pas monter là-haut maintenant pour tout découvrir au clair de lune, le sol blanc miroitant comme un ossuaire. C'était trop.

Je regagnai la route, émue par la pression familière et émoussée d'un chagrin ancien. Même les gens qui me connaissaient bien ignoraient que mes années passées à Grace avaient été particulièrement marquées par la mort : j'avais perdu une mère et j'avais perdu un enfant.

6
Le miracle

J'avais quinze ans, deux ans de moins que n'aurait mon enfant aujourd'hui. Je n'y pensais pas en ces termes : la perte d'un bébé. Au début, cela ne ressemblait en rien à un enfant que j'aurais porté en moi, sinon à un petit secret impossible. Lentement, il avait grandi jusqu'à atteindre une force aussi tenace et intouchable que le tonnerre. Je serais aimée à tout prix. Pourtant, même dans les derniers mois, je ne m'étais jamais vraiment représenté l'enfant que j'aurais pu tenir un jour dans mes bras ; cette image vint plus tard. La réalité humaine en avait disparu avant que je ne le sache. Mais évidemment ce mot « perdu », je l'avais quelque part dans la tête, car j'avais rêvé des milliers de fois de perdre – d'être littéralement en train de ne pas retrouver – un bébé.

Dans un de ces rêves, je cours au bord de la rivière et je cherche parmi les gros galets. Ils sont volumineux, blancs, et le cours d'eau est en crue, il gronde, et je sais que j'ai laissé un petit enfant quelque part. Je me fraye un chemin à travers les buissons de prosopis, m'arrêtant souvent pour écouter et n'entendant que le rugissement des eaux. Affolée, jusqu'à ce que, enfin, je l'aperçoive au milieu de l'eau, rebondissant comme une petite pomme rouge et brillante. Je me dirige vers elle en pataugeant dans l'eau, l'en sort, et elle repose là sur la berge, sans même de nom, l'ombilic noué d'un lacet noir de soulier masculin, de ceux qu'aurait portés mon père. Je la contemple en pensant : « C'est un miracle qu'elle ait survécu. »

Cette réflexion est la partie la plus vraisemblable du rêve. Vraiment, il n'y aurait rien d'extraordinaire ni d'étonnant à ce qu'un bébé né en secret soit jeté à la rivière. Mais l'en retirer serait surprenant. Un nouveau-né ne possède pas encore de graisse, il ne flotterait pas. Il coulerait comme une pierre.

Loyd Peregrina était indien. Il m'avait sortie trois fois. Notre équipe de football s'appelait les « Apaches », et Loyd, lui-même apache, était du genre beau gosse qu'on voit arriver de loin et qui n'annonce rien de bon. Quand il m'avait invitée la première fois, j'ai cru qu'il se trompait ou que c'était une blague et j'ai regardé autour de moi pour voir s'il n'y avait pas quelqu'un qui nous observait. Il n'y avait personne. Quatre samedis de suite, le temps exact d'un mois lunaire : toutes les chances d'en ressortir enceinte étant prévisibles, mais j'étais profondément naïve. Fille sans mère que j'étais. J'avais découvert les mots *puberté* et *nubilité* dans l'*Encyclopaedia Britannica*. Le reste, je l'avais appris des filles de la cour de récréation qui ne s'adressaient même pas à moi quand elles en parlaient.

Loyd ne s'en souviendrait pas. À mes yeux, cela restait l'événement remarquable et isolé d'une vie minuscule mais, pour lui – avec son nom mal orthographié et ses yeux de diable – ce n'était qu'un moment parmi cent autres : il était plus vieux et il sortait avec toutes les filles. Et aussi, il buvait tellement en ce temps-là que j'ai été franchement étonnée d'apprendre qu'il était toujours vivant. Il n'avait jamais rien su de l'enfant qu'il avait engendré, et encore moins de sa mort. Même Hallie n'en avait rien su. C'est la première fois que j'ai compris que, même en ayant une sœur, je pouvais être seule. La nuit, couchée, je tâtais mes membres, et je voyais ce que Hallie voyait encore mais qui n'avait aucun rapport avec la vérité, et je me sentais prendre de la distance, du détachement. J'étais une de ces femmes qui, en ville, boutonnait la veste de son enfant, tenant entre ses dents une liste de courses repliée faute d'avoir une troisième main, aussi préoccupée que le Bon Dieu. Quelqu'un d'important et de semblable aux autres. J'étais piégée et terrifiée. Je ne pouvais m'empêcher de songer parfois à une issue : que cette chose en moi se transforme en sang de son propre gré, que ses os se liquéfient et s'écoulent au-dehors. Et puis, un soir, mon sauvage souhait fut exaucé.

Je n'en ai jamais parlé à Hallie. J'ai gardé le silence, d'abord pour lui éviter de connaître ces choses terribles et, plus tard, pour me protéger de cet élément dur comme un roc qui était devenu sien. Sa droiture.

Cet événement me sépara aussi des gens que je connaissais, alors et par la suite, mais en termes humains plus généraux, je ne prétends pas que cela me démarque particulièrement des autres.

Une fausse couche est un événement naturel et commun. Tout bien considéré, les femmes qui ont perdu un enfant en ce monde sont probablement plus nombreuses que celles à qui ce n'est pas arrivé. La plupart n'y font pas allusion, et elles vivent jour après jour comme si cela ne s'était pas produit, à tel point qu'on pourrait s'imaginer qu'une femme dans cette situation n'a jamais réalisé ni aimé ce qu'elle a eu.

Mais demandez-lui donc quel âge aurait son enfant maintenant : elle le saura.

7
La terre empoisonnée

Emelina en avait terminé avec les poulets. Je l'entendais dans la cour qui arrachait des branchages de chèvrefeuille de l'antique barbecue en brique. Ils cédaient avec ce son particulier de déchirure que font les fils de couture d'un tissu pourri. « Tu peux voir qu'on n'a pas fait la fête depuis un bout de temps », dit-elle. Elle était en train d'organiser ce qu'elle appelait une « petite fiesta » pour le samedi de la fête du Travail. C'était une tradition familiale à l'occasion de laquelle on rôtissait une chèvre entière. (Pas celle de John Tucker.)

Je dénichai un balai et me mis à l'ouvrage, ôtant les fragments d'un pot de fleurs dont j'avais fini par croire qu'ils faisaient partie du décor ; Emelina me demanda du ton soigneusement détaché qu'emploierait une bonne mère si j'avais trouvé le temps de faire un saut jusqu'à l'école. J'avais reçu de nombreux appels concernant une réunion de professeurs.

« Je suis au courant pour la réunion, mais je ne suis pas encore allée là-bas », avouai-je. L'école recommençait le mardi suivant. Il fallait que je m'organise et que je me rende compte dans quel état se trouvaient les laboratoires, mais par pure angoisse, je repoussais sans cesse l'échéance. En réalité, je n'avais jamais enseigné. Quand Emelina m'avait écrit au sujet d'une disponibilité au lycée de Grace, il m'avait paru sensé de poser ma candidature. Pendant que Carlo dormait, je m'étais assise dans le lit avec mon bloc personnel et une petite lampe de chevet, afin de jauger de mes compétences et d'essayer d'organiser les zones problématiques de mon existence en catégories gérables : je n'étais pas particulièrement attachée à la vente de tickets de loterie au 7-Eleven ; Doc Homer filait un mauvais coton ; Carlo était Carlo ; Hallie allait partir à la fin de l'été et, sans projet personnel, je serais perdue. Grace, c'était au moins quelque chose. Si j'obtenais ce poste, il me serait possible de rester dix mois là-bas pour m'occuper de Doc Homer, probablement à son insu. Je ne pensais ni être qualifiée pour le poste ni avoir aucune chance d'être engagée, de sorte que je m'étais sentie assez d'audace pour postuler.

On m'engagea. L'État disposait d'une clause d'urgence qui, en cas de besoin, autorisait à enseigner sans homologation. Et bien sûr, j'avais un certain bagage en sciences de la vie. Je crois aussi que mon nom avait dû jouer. Car rien de ce que j'avais inscrit d'une écriture hésitante sur cette lettre de candidature n'aurait pu autrement faire forte impression.

Je vidai les tessons du pot de fleurs dans un sac à ordures en plastique, ce qui produisit un bruit satisfaisant de démolition. Je m'attaquai en compagnie d'Emelina aux branchages de chèvrefeuille. Tandis que nous les arrachions, elle en enroulait de longues lianes autour de son bras comme des guirlandes lumineuses de Noël. « Est-ce qu'il te tarde de commencer ? me demanda-t-elle.

– Je suis anxieuse.

– Écoute, Codi, tu feras sûrement mieux l'affaire que celle qui était là avant toi. John Tucker dit qu'elle avait peur de son ombre. Un des grands l'a terrorisée avec un fœtus de porc et elle est allée se réfugier dans la salle des profs. »

La foi d'Emelina en mes capacités était encourageante.

« Est-ce que je t'ai dit que J.T. avait appelé ce matin ? me demanda-t-elle. Ils vont s'arranger pour être là le jour de la fiesta. Lui et Loyd. Tu te souviens de Loyd ? »

Je tirai d'un coup sec sur une tige qui s'était enracinée directement dans l'adobe lézardé. « Bien sûr, dis-je.

– Je me demandais. Je crois que tu as été la seule fille de tout le lycée à ne pas avoir eu le béguin pour lui. »

Il faisait humide et chaud. Je m'étais noué un bandana autour du front et il était déjà trempé. Le sel me piquait les yeux.

« Je suis sortie plusieurs fois avec Loyd.

– Ah bon ? J.T. et lui sont très copains. Il a pas mal changé. C'est vraiment un type adorable. » Elle se délesta des vrilles, les mettant en tas, et se redressa, les mains à la taille, cambrant le dos. « Loyd, je veux dire. » Elle se mit à rire. « Pas J.T. Il est resté exactement comme il a toujours été. »

J'ôtai mon bandana et le tordis. Les gouttes sombres tombées sur la brique chaude séchèrent instantanément, laissant une auréole blanche de sel. Comme les eaux d'irrigation sur la luzerne. C'est exactement ainsi que les champs s'appauvrissent, pensai-je en mon for intérieur.

Emelina donna quelques coups de pied dans le corps du barbecue pour en éprouver la solidité. « Tu penses que ce machin-là va rester debout une fois qu'on l'aura dégagé du chèvrefeuille ?

– J'ai bien l'impression que c'est ce qui le retient. »

Elle pencha la tête en l'étudiant pensivement. « Eh bien, s'il s'écroule, la chèvre rôtie tournera à la catastrophe. Il faudra qu'on rachète de la bière. »

Le matin de la fiesta, elle nous envoya en ville, John Tucker et moi, faire des achats de dernière minute, y compris un supplément de bière, bien que le barbecue manifestât tous les signes de résistance à une fête du Travail de plus. Je suivis John Tucker le long d'un chemin que je ne connaissais pas, un raccourci à travers un verger différent. « Qu'est-ce que c'est comme espèce d'arbres ? » lui demandai-je. Les branches croulaient sous le poids de ce qui ressemblait à de petites grenades de couleur vert-jaune.

« Des coings », dit-il, avec une parfaite prononciation. L'accent teinté d'espagnol de l'ancienne Grace se perdait, grâce à la télé satellite, je pense. J'avais les yeux fixés sur l'arrière de son crâne tondu ; le sentier était étroit et nous marchions l'un derrière l'autre. À treize ans, il était de la même taille que moi, une tête de plus qu'Emelina. Cela devait changer les rapports qu'on avait avec son enfant quand on était obligée de lever les yeux pour le regarder.

J'entrevis l'éclat d'un pare-brise de voiture entre les arbres, et réalisai où nous étions. On pourrait imaginer Grace comme une maison dont les vergers seraient les pièces. Pour en dresser le plan, il faudrait évidemment être botaniste. Nous abandonnâmes les coings pour les pacanes, le sol était jonché de noix minuscules encore vertes. « Mais qu'est-ce qui se passe avec ces vergers ? dis-je en lançant un coup de pied dans un tas de pacanes de la taille de noyaux de pêches. Je vois ça partout.

– Les fruits tombent. »

John se révélait déjà d'un naturel laconique.

L'Épicerie baptiste était non confessionnelle mais renvoyait à une époque où tout, à Grace, y compris les magasins d'approvisionnement, était encore séparé. Sans être un phénomène récent, cela remontait peut-être à un siècle. Ici, avec l'arrivée des sœurs Gracela, les sangs hispaniques et britanniques s'étaient mélangés de bonne heure. À l'époque où, partout ailleurs, on commençait à se préoccuper d'idées comme le transport mixte en bus, en général, à Grace, on avait plus ou moins renoncé à toute prétention de lignage supérieur. De nos jours, l'Épicerie baptiste fourguait ses bâtonnets de poisson pané aux protestants comme aux catholiques.

John Tucker faisait les courses comme un automate, décomptant ses sacs de chips et ses bocaux de salsa. Puisqu'il semblait se soucier davantage d'efficacité que de convivialité, je lui suggérai de nous séparer. J'irais chez le marchand de spiritueux et le retrouverais devant le palais de justice.

Les débits de boissons avaient proliféré à Grace depuis mon temps. Évidemment, la mine avait fermé dans l'intervalle : les bars et les restrictions économiques vont souvent de pair. Je dépassai le Horny Toad Saloon et le Little Dipper, outre celui dont je me souvenais, le State Line, qui n'était pas plus situé sur la ligne de démarcation de l'État que l'épicerie n'était baptiste. Le Nouveau-Mexique était à quarante-cinq kilomètres à l'est. J'imagine que le nom faisait référence aux jours où le comté de Gracela était « à sec », ce qui obligeait les gens à aller chercher leur bière à la frontière.

Emelina m'avait dit que je trouverais de la bière à meilleur compte au Watering Hole, un marchand en gros. Je le trouvai au coin de Main Street et de l'allée du dépôt qui menait, en passant devant l'ancien cinéma, vers la gare des voyageurs. Ce dernier avait été recyclé en gymnase et en boutique de location de vidéos, appelée le Video Rodeo, avec une énorme pancarte manuscrite en vitrine qui annonçait NINTENDOS EN TOCK. Je la regardai une bonne demi-minute avant de comprendre qu'il s'agissait de EN STOCK. Le calligraphe avait dû se payer une crampe.

Le Watering Hole était fermé, et un écriteau sur la porte disait DE RETOUR DANS CINQ SEC. L'affiche était de la même main que celle des NINTENDOS. Peut-être, tel le magicien d'Oz, une seule et même personne tirait-elle les ficelles de toutes les boutiques de Grace derrière la scène, et manipulait-elle puissamment son monde grâce à des écriteaux manuscrits. Il faisait chaud et mon imagination dérapait. J'essuyai la sueur qui me dégoulinait dans les yeux et tentai de mater mon crâne hirsute, persuadée d'avoir l'air d'une poule mouillée, mais avec un peu de chance, personne ne me reconnaîtrait aujourd'hui. Vivre sans amoureux commençait à faire naître en moi la curieuse impression d'être invisible.

Un antique et gracieux caroubier se dressait près de la porte de la boutique de spiritueux, projetant une ombre pommelée sur le trottoir. Je savais que l'on pouvait en croquer les cosses tordues à l'apparence ligneuse, et qu'elles avaient un goût de chocolat. Je m'assis sur un bloc de béton et m'adossai au tronc. Apparemment ceci était un lieu d'attente fréquenté. Des cosses de caroubes tombées gisaient tout autour de mes pieds. J'en ramassai une, la frottai à mon T-shirt et mordis dedans : au premier abord, j'eus l'impression d'un goût de sciure, ensuite les bouts d'écorce prirent une forte amertume douceâtre sur ma langue, une saveur aiguë, nostalgique. Je levai les yeux sur les feuilles parcheminées. Hallie m'avait dit que les caroubes étaient dioïques, c'est-à-dire que les éléments mâles et femelles appartenaient à des individus distincts. En clair, ils étaient comme nous : il fallait être deux pour danser le tango. L'arbre était chargé de fruits, mais il n'y en avait pas d'autre en vue. J'inspectai toute la rue principale et plus bas, en direction de la gare de dépôt. Pas de caroubier mâle. Je tapotai le tronc, prise de sympathie.

La porte du Watering Hole fut ouverte par une propriétaire qui avait l'air de ne pas être en âge légal de boire. En fait, ce devait être le cas, car après avoir ensaché et enregistré mes achats, elle me demanda de bien vouloir attendre pendant qu'elle irait chercher son père à côté, au Video Rodeo. Il arriva prestement pour recevoir mon argent et l'encaisser. J'imagine qu'ils faisaient l'échange parce qu'elle n'était sans doute pas assez vieille non plus pour louer des films porno. Je ne reconnus ni le père ni la fille, et ils n'insistèrent pas pour faire comme s'ils savaient qui j'étais ou non : quel soulagement. La tâche quotidienne de refaire connaissance avec les gens était écrasante, et la réception d'Emelina allait se révéler de la même veine, en pire.

J'empoignai mes sacs en papier et me dirigeai de l'autre côté de la rue. Un pick-up rouge donna un coup de klaxon, ce qui me fit sursauter – j'avais traversé en fonçant, sans regarder. Je restai figée tel un de ces idiots d'écureuils qui se jette dans une direction puis dans l'autre, voué à une mort certaine sur la route. Sauf qu'ici ma vie n'avait pas été en danger ; il s'était arrêté. C'était Loyd Peregrina, exactement égal à lui-même. Il paraissait même plus jeune que quinze ans auparavant. Il avait le bras tendu hors de la fenêtre et je me hâtai de m'écarter de sa route, pensant qu'il signalait qu'il allait tourner. C'est seulement après qu'il eut disparu plus bas dans la rue que je compris qu'il m'avait saluée de la main.

Je restai une éternité sous la douche avec l'espoir de rincer le sel de sur mes cheveux et ma peau. Je rêvais de ne pas participer à ce truc, mais Emelina en aurait été blessée et, en outre, ma maison trônait au milieu de la fête comme un centre de table fleuri. Difficile de faire semblant de ne pas être chez moi. J'enfilai la tenue la plus minimale en ma possession, une robe de coton blanc, et me glissai discrètement dehors par la porte d'entrée.

C'était comme une réunion de lycée. Chacun me manifesta une amitié débordante et un désir fou de rattraper le temps perdu – quinze ans qui, dans mon cas, ne renvoyaient pas à une période heureuse – et, bien sûr, on me demanda des nouvelles de Hallie. Les enfants couraient dans nos jambes comme des cafards rebelles. Emelina, mon ange gardien, passait son temps à me faire participer à des conversations avant de se sauver pour nettoyer quelque désastre dans lequel s'étaient mis les enfants ou pour surveiller la chèvre.

J.T. vint me donner une accolade qui me souleva de terre – mais ça c'était tout J.T., avec quelques bières en prime. C'était vraiment bon de le voir. « J'ai entendu dire que tu avais démoli un train, lui dis-je.

– Ouais, complètement démoli. » J.T. était large d'épaules et brun, avec un visage qu'embellissent plus qu'elles ne l'enlaidissent les cicatrices d'acné de jeunesse. Nous nous connaissions depuis tout petits. Sa sœur aînée, Pocha, était à la réception, de même que ses frères Cristobal, Gus et Arturo, qui avaient tous été nos voisins quand Hallie et moi étions petites. Je me rappelais avoir joué à chat perché avec eux au cimetière, le jour de la fête des Morts – il y avait toujours un grand pique-nique familial là-haut – jusqu'à ce que Doc Homer eût décrété que nous étions interdites de cimetière. (À cause des parasites d'oiseaux, sans aucun doute.)

Les gens s'entassaient dans l'enceinte de la cour au coude à coude et il fut bientôt impossible de parler à cause du bruit. Je me tenais en marge, à l'ombre d'un olivier qui avait sans doute été planté là au moment de la construction de la maison, d'un certain âge, comme le sont souvent les oliviers. Un orchestre intitulé les Sting Rays, avec, en vedette, un des cousins de J.T. qui avait autrefois eu les pieds en dedans, braillait *Rosa Lee*. Je remarquai Loyd à l'opposé, mais j'aurais été obligée d'écraser un certain nombre d'orteils pour arriver jusqu'à lui. Adossé au mur, les bras croisés, il écoutait avec attention une petite femme en robe bustier. Loyd ressemblait à une publicité de cigarettes, sauf qu'il ne fumait pas : T-shirt blanc, sourire éclatant, ces mannequins représentent toujours une image de parfaite santé. Les cheveux d'un noir de jais, rassemblés en queue-de-cheval. Il avait des bras fantastiques. J'ai horreur d'admettre des choses pareilles, mais en fonction de mon état d'esprit, je suis fana d'une musculature bien définie.

Une femme s'approcha soudain de moi par-derrière en s'écriant : « Codi Noline ! Eh ben, ma belle, tu as tout d'une star de rock'n'roll. »

Avec ma robe de plage et mes tongs à trois sous, je ne ressemblais pas plus à une star du rock'n'roll que mère Teresa. « Je prends ça pour un compliment, lui dis-je. Je les prends tous d'où qu'ils viennent, par les temps qui courent.

– Je vois ce que tu veux dire », dit-elle. C'était Trish Garcia, qui était pom-pom girl et fumeuse clandestine la dernière fois que je l'avais rencontrée. À présent, elle fumait ouvertement, avait une toux rauque et faire la roue était devenu hors de question.

« J'ai appris que Hallie était en Afrique du Sud. »

J'éclatai de rire. « Au Nicaragua.

– Bon sang, qu'est-ce qu'elle est partie faire là-bas ? »

Au lycée, Hallie et moi n'étions pas à la hauteur du niveau de conversation de Trish. Je me rappelle tous les jours de ces années-là, aucun trou de mémoire à ce sujet. Une fois, dans les vestiaires, je l'avais entendue nous qualifier de grandes perches, et se demander si nous ne portions pas des dessous de seconde main. De quelle manière ces règles avaient-elles changé ? Avais-je progressé dans le monde ou Trish avait-elle régressé ? Ou peut-être grandir revenait-il à baisser les armes et à feindre l'ignorance quant aux dégâts causés. « Elle enseigne aux gens comment cultiver la terre sans l'appauvrir, dis-je. Elle est ingénieur agronome spécialisé dans les parasites et nuisibles. »

Trish avait l'air indifférent, mais elle avait du mal à jouer les blasées, alors qu'avant cela lui venait naturellement. J'interprétais ça comme un bon signe. « J'imagine que ça doit bien payer, dit-elle.

– Non, elle n'est pas vraiment payée, juste défrayée de ses dépenses courantes, c'est tout, je crois. Elle fait ça uniquement pour le principe. Elle veut faire partie d'une nouvelle société. »

Trish me regardait fixement. Je fis comme si Hallie avait été quelque part parmi les invités et sur le point de me rejoindre. « Il y a six ou sept ans, ils ont renversé leur dictateur et distribué la totalité de ses terres aux pauvres. Mais aujourd'hui, ils ont grand besoin d'être aidés dans le secteur agricole parce que les soldats passent leur temps à attaquer les malheureux fermiers depuis l'autre côté de la frontière et à brûler leurs récoltes. »

Hallie aurait ri du « secteur agricole ». Ri de toute la scène, de l'éducation de Trish, la pom-pom girl. Elle m'aurait adorée.

« Les communistes, dit Trish d'un air entendu. J'ai entendu parler de ça. J'ai entendu dire qu'ils pensaient envoyer les marines là-bas pour les empêcher de faire ça.

– Non, c'est l'inverse, dis-je avec patience. Les marines ne soutiennent pas la nouvelle société. Les États-Unis payent les contras, ces types qui attaquent les fermiers. » Hallie ne rirait plus, elle s'enflammerait. Elle disait que nous étions un pays qui s'ingéniait à oublier les faits. Elle gardait des coupures de journaux qui le prouvaient. Lorsque Castro avait relâché les prisonniers de Mariel : un jour, les grands titres annonçaient que nous avions réussi à lui faire libérer tous ces merveilleux prisonniers politiques. Un mois plus tard, quand ils s'étaient mis à incendier les foyers-étapes de Miami, ces mêmes journaux condamnaient Fidel pour avoir exporté ses voyous et ses camés.

Trish triturait sa bretelle de soutien-gorge. « Hallie prenait fait et cause pour tout ce qui se passait sous le ciel bleu, dit-elle.

– Tu as raison, dis-je à Trish. J'aimerais bien être aussi courageuse qu'elle. Je serais morte de peur d'être là où elle est actuellement.

– Tu sais, on ne peut pas tous être des héros », dit-elle en avançant la mâchoire inférieure pour rejeter sa fumée de cigarette vers les branches de l'olivier. Si j'avais été capable de l'écorcher vive, si j'avais pu le faire à l'aide de mots au lieu d'une lame, je l'aurais fait. Je n'étais pas sûre de savoir après quoi Hallie courait, mais je savais que ce n'était pas après la gloire.

« Et comment va Doc Homer ? » me demanda-t-elle.

Je n'avais pas encore trouvé le courage d'aller le voir. Je redoutais de le trouver en plus mauvais état. Et de l'entendre me critiquer, en plus. « Difficile à dire », répondis-je.

Je sentis qu'on me donnait une tape sur l'épaule et je me retournai pour découvrir Loyd qui arborait un large sourire. « Alors, on se croit trop bien pour adresser la parole à un Indien dans Main Street, c'est ça ? »

La brûlure d'une rougeur me prit derrière les oreilles, mais je l'ignorai. J'avais appris depuis l'époque du lycée qu'en cas de nécessité, on pouvait dissimuler sa timidité derrière un air faussement bravache. « Tu as essayé de m'écraser, Loyd ! Je devrais te dénoncer à la police pour conduite dangereuse. » Je me passai les doigts dans les cheveux. « En réalité, je ne pensais pas que tu savais qui j'étais.

– Non, tu plaisantes ? Combien de belles femmes d'un mètre quatre-vingt-deux crois-tu que nous ayons ici, en ville ?

– Un mètre quatre-vingts, rectifiai-je. Je suis la plus petite des deux grandes perches de sœurs. » Je me sentais soudainement ivre, bien que, chimiquement parlant, je ne le fusse pas. Trish s'éloigna en direction du barbecue.

Il me regarda longuement, se contentant de m'étudier. Un sourire narquois aux lèvres. De la main gauche, il jouait avec l'extrémité d'une branche d'olivier et je m'attendais qu'il la brise, mais il n'en fit rien, il se contentait d'en enregistrer la texture comme quelqu'un qui mangerait du chocolat ou avalerait la fumée de sa cigarette.

« Tu prends une autre bière ? » me demanda-t-il.

Alors, c'est ainsi que cela se passerait, on ne reviendrait pas sur les quinze dernières années. Pas de mise en scène de soi destinée à l'autre – du moins ce que l'on connaît sous les termes de « joute amoureuse ». « Tu penses pouvoir réussir à aller jusqu'à cette glacière et en revenir avant la fin de la fête ? » Je savais qu'il n'y parviendrait pas.

« Au cas où ce ne serait pas possible, j'ai ton numéro de téléphone. » Il me fit un clin d'œil.

« Pas d'inquiétude à avoir. Je te donnerai de mes nouvelles par avocat interposé. »

Je me sentis abandonnée et déçue bien que je n'eusse pas entretenu d'attentes particulières, du moins consciemment, par rapport à Loyd. Des yeux, je fis le tour des autres visages en me demandant si tous me réservaient secrètement des déceptions. Doña Althea, cette très vieille dame que nous appelions la « Dame aux paons », tenait sa cour dans une chaise longue sous le figuier. C'est elle qui recueillait les plumes pour les piñatas. Elle ressemblait aujourd'hui à ce qu'elle avait toujours été, vêtue de noir, farouche et minuscule comme une race de redoutables petits chiens. Même avec sa tresse en couronne de cheveux argentés, elle n'avait pas plus d'un mètre cinquante-deux en tout. La mère de J.T., Viola Domingos, et plusieurs autres femmes étaient assises, regroupées près d'elle, s'éventant au rythme de la musique et sirotant de la bière. J.T. et Loyd avaient apparemment été réquisitionnés pour leur servir à manger ; on venait de déclarer que la chèvre était cuite. Les gens commencèrent à s'avancer vers la table de fortune que j'avais aidé Emelina à improviser à partir des portes de chambre de Mason et des jumeaux, recouvertes de nappes brodées grâce au club des Couseuses-Râleuses. Il y avait assez de nourriture pour sauver tout un pays d'Afrique. De la salade de pommes de terre, des œufs à la diable, le *menudo*, des galettes et des haricots passés à la poêle et mille sortes de desserts. J'entendis quelqu'un dire d'une voix haut perchée : « De la soupe à la tomate dans ce gâteau ? Je ne l'aurais jamais deviné. »

Je n'étais aucunement pressée. Je m'éloignai de la ruée des invités et me tins près de la grille qui menait à la cour latérale, près de ma petite maison. Je remarquai un chien qui se tenait, totalement immobile et vigilant, juste de l'autre côté de la grille. Il avait l'air d'un coyote en plus grand, mais c'était manifestement un animal domestique. Il avait un bandana vert noué autour du cou. Ce chien ne faisait pas partie de la maisonnée d'Emelina – j'étais presque sûre de connaître toutes les bêtes de la famille. Assis, la gueule légèrement entrouverte et les oreilles dressées, il surveillait avec constance à travers la porte en grillage les gens qui étaient à l'intérieur.

« Tu envisages de participer à cette réception sans invitation ? » demandai-je au chien.

Il me regarda une seconde, avec une expression patiente, puis se mit de nouveau à fixer la foule des yeux. Ou peut-être la chèvre rôtie.

« Je vais t'en rapporter un peu, si tu veux bien attendre un moment. Ce n'est pas un petit bout qui fera défaut à qui que ce soit. »

Le chien ne réagit pas à cette promesse.

Tous les hommes âgés s'étaient servis en premier et s'installaient en une foule serrée de chaises pliantes près de l'entrée de ma petite maison, tenant précautionneusement leur assiette à l'horizontale sur leurs genoux. J'entrepris de m'éloigner, par déférence, mais je remarquai qu'ils parlaient de fruits qui tombaient. J'entendis nettement l'un d'eux prononcer les mots « terre empoisonnée ». Je restai immobile et invisible, à quatre pas de là, parce que c'étaient des hommes, j'imagine, et que les femmes ne se parlaient qu'entre elles. Ils se posaient des questions dont ils connaissaient apparemment déjà les réponses.

« Est-ce que vous êtes au courant de la quantité d'acide sulfurique qu'ils déversent dans la rivière ? Il a dit que l'Agence de protection de l'environnement donnait trente jours à Black Mountain pour en finir avec cette opération de lixiviation.

– Mais enfin, bon Dieu, c'est du *veneno*. Ça fait combien de temps, tu penses, qu'ils déversent ce truc sur nos arbres ?

– Depuis quand est-ce qu'on commande à la Mountain ce qu'elle a à faire ? » L'homme qui venait de prononcer ces mots avait le visage mat, remarquablement ridé, comme celui de la momie indienne que j'avais vue une fois dans un musée en bordure de route. « Ils vont sûrement tirer quelques ficelles », dit-il.

Un homme, assis sur sa chaise et qui me tournait le dos, prit la parole. « Ils vont pas s'empoigner avec l'APE. Ça vaut pas le coup. Ça fait dix ans qu'ils racontent que la mine est foutue. C'est tout juste s'ils en tirent quelque chose, de cette opération de lessivage. »

Un autre homme approuva de la tête, pointant sa fourchette vers le haut du cañon. « Juste de quoi payer les impôts. C'est tout. Ils vont fermer.

– Tu crois ça, demanda celui qui me rappelait la momie. C'est qu'ils en tirent de l'or et du molybdène de ces tas de résidus. Si c'était pas le cas, ils continueraient pas à les filtrer à l'acide. Vous autres, les gars, vous la connaissez c'te sacrée boîte. C'est pas demain la veille qu'ils vont arrêter de lessiver à cause de vos pacaniers. » Sa voix se perdit et il resta silencieux un moment à tripoter une cigarette non allumée dans ses doigts calleux. J'entendis des voix de femmes s'élever au hasard au-dessus du vacarme de la fête, donnant des instructions, serrant la bride à leurs gamins. On aurait dit que la réception se passait sous l'eau, comme un continent perdu, et j'en ressentis une profonde tristesse bien que ce continent ne fût pas le mien. J'irais me chercher une bricole à grignoter, dirais quelque chose de gentil à Emelina et m'esquiverais à l'intérieur de ma maison.

L'homme qui me tournait le dos, dit : « C'est dans les pommiers et les cognassiers de Ray Pilar. » Avec un accent espagnol.

Un autre, plus jeune que les autres, ajouta : « Ça va faire crever jusqu'au dernier arbre du cañon. Si je me trompe, mon pote, fais-moi la peau. »

L'homme au visage ridé conclut : « S'il se trouve que t'aies raison, mon gars, tu feras aussi bien de le faire toi-même. »

8
Images

Les terrils, à l'entrée de la mine, formaient une chaîne de montagnes inerte qui se dressait là, depuis des décennies, délavée par la pluie, et elle demeurait aussi aride que le Sahara. De loin, on aurait pu penser que ces tas de terre étaient fragiles comme des châteaux de sable, mais de plus près, on voyait le sol rosâtre creusé de stries verticales et érodé jusqu'à luire comme le rocher. Il fallait une pioche pour l'entamer.

Il était midi tapant et je savais où je me trouvais. J'évitai l'ancienne route de la mine au sommet du cañon et me cantonnai au sentier non indiqué que les gens appelaient, pour des raisons inconnues de moi, l'ancienne route du Poney. Toutes les rues de Grace portaient des noms qui avaient, pour la plupart, un rapport avec de pittoresques formes de transport : l'ancienne et la nouvelle route du Poney, la Patte-de-Chèvre, la route de la Charrette à chiens et l'inexplicable route de la Tortue. Le plus étonnant, c'est que la plupart, pour ne pas dire la totalité de ces dernières, avaient également des noms officiels, qui sonnaient normalement comme West Street et San Francisco Lane, et étaient bien indiquées sur des plaques de rue en aluminium peint mais totalement ignorées. Il est possible que quelqu'un eût rêvé tout récemment de ces noms plus normaux et accroché ces plaques afin d'améliorer l'image de la ville.

Depuis la crête du cañon, j'avais vue plus bas sur les campements isolés à l'extrémité nord de la vallée, certains abandonnés, d'autres ensevelis dans les tombes profondes de résidus de mine à travers lesquels, probablement, Black Mountain faisait couler des quantités d'acide sulfurique. Au loin vers le sud s'ouvrait le désert. La route que j'avais prise traverserait un autre groupe de petites maisons, toutes nichées comme des poules dans leurs jardins, avant d'atteindre l'édifice gris à deux étages, plein de courants d'air, de Doc Homer.

J'évitai l'entrée principale de l'hôpital, le seul bâtiment de la ville fantôme de Black Mountain à servir encore. L'hôpital lui-même avait finalement fermé – les gens étaient obligés de quitter Grace pour une ville mieux équipée si leurs problèmes se révélaient d'importance – mais le bureau de Doc Homer, au sous-sol, était capable de traiter n'importe quoi jusques et y compris des membres cassés. Il n'y travaillait pas aujourd'hui. Je l'avais appelé chez lui : j'étais attendue.

« Cosima ? Cosima Noline ! Je voudrais que tu me regardes. » Une femme massive en blouse de ménage et baskets, devant sa boîte aux lettres, me criait : « Petite, vas-tu me regarder. Si ça n'est pas le portrait de sa mère ! »

Ma mère était morte à mon âge. La femme m'entoura de ses bras. Elle n'était personne que j'eusse reconnu.

« On avait tellement hâte de te voir ! dit-elle à un niveau de décibels assez convaincant. Au club de couture, Viola nous a dit que tu étais arrivée, et que tu habitais chez elle, J.T. et Emelina, jusqu'à ce que tu puisses aider Doc à arranger sa maison et à emménager ici avec lui. Oh, je sais que Doc est content que tu sois revenue auprès de lui. Il n'a pas été bien, je pense qu'il n'a pas dû te le dire, mais c'est vrai. On a raconté que quand tu étais à l'étranger tu avais appris le traitement qu'ils ont fait suivre à cette actrice, à Paris, en France. Que Dieu te bénisse, ma chère petite. » Elle fit enfin une pause en voyant mon expression. « Tu te souviens pas de moi, c'est ça ? »

J'attendis, espérant qu'elle m'aiderait. Cela faisait quatorze ans, après tout. Mais elle ne me mit pas sur la voie. « Non, désolée, je ne me souviens pas.

– Uda ! dit la femme.

– Oh ! Uda. Je suis désolée. » Je n'avais toujours pas la plus vague idée de qui elle était.

« Je ne te retiens pas, petite, mais je veux que tu viennes dîner le plus tôt possible. J'ai préparé un gratin de courges pour Doc que j'avais l'intention de lui monter. Attends, je cours vite le chercher. »

J'attendis pendant qu'elle se dépêchait sur ses petits pieds vers le sentier qui menait à la maison. Elle disparut sous la grotte de chèvrefeuille qui avait englouti l'entrée de la véranda. Uda revint directement avec un moule recouvert d'aluminium que j'acceptai, de même que d'embarrassants baisers sur les deux joues. Je me demandai combien de personnes à Grace étaient persuadées que je venais de rentrer de Paris par avion, munie d'un traitement pour la maladie d'Alzheimer.

Il me l'avait dit deux ans plus tôt. Je ne savais absolument pas si c'était une vérité confirmée ou simplement son opinion, puisque Doc Homer ne faisait pas de distinction entre les deux. Et si c'était vrai, je ne savais toujours pas qu'en penser. Ce dont il était question, à la base, c'était d'une aliénation mentale autodiagnostiquée, et c'est là que ça se compliquait.

Carlo et moi, à dire vrai, ne vivions pas à Paris (n'avions jamais vécu là-bas), mais dans le Minnesota et nous étions déjà rentrés de Crète. Hallie avait gardé des contacts avec Doc Homer, moi non, et je me sentais coupable, de sorte que j'arrangeai une visite à Las Cruces. Autrement, Dieu sait combien de temps il aurait attendu pour m'en parler. Cette rencontre n'était pas un plan qu'il avait monté pour me faire part de la nouvelle, mais une idée à moi de dernière minute. Un hasard de la science, en réalité. Quelqu'un avait récemment introduit dans un plant de tabac le gène qui fait briller le ver luisant, et le monde scientifique était en ébullition à cause de cet événement vain bien que remarquable. Tous les généticiens de haut niveau se retrouvaient au Nouveau-Mexique et mon patron voulait que j'y sois pour prendre des notes. Je travaillais alors dans un très puissant laboratoire de recherches ; c'était avant que je ne retourne m'installer à Tucson et ne me rabatte sur un travail d'employée dans un centre commercial. S'il m'arrive un jour de coucher sur papier l'histoire entière de mon parcours professionnel, je puis assurer qu'il aura tout l'air de celui d'une schizophrène.

Et dans mon ascension professionnelle, je ne doutais de rien : il me vint à l'esprit qu'il serait facile à mon père de faire le trajet en bus au-delà de la frontière, de Grace à Las Cruces. J'avais donc téléphoné à Doc Homer.

Je fus étonnée qu'il accepte de venir. « Sauf difficultés imprévues à l'hôpital », me dit-il au téléphone. J'ignorais encore que l'hôpital avait fermé. Ce qu'il oubliait parfois aussi.

« Tu dis toujours ça. » C'était vrai, c'était sa manière classique de se dérober à tout ce qu'il nous promettait, à Hallie et à moi, mais il n'était pas dans mes habitudes de me moquer de lui. Sincèrement, après une telle période glaciaire, il n'y avait plus rien d'habituel. J'essayai de plaisanter, plus ou moins pour voir si ça marcherait. « Tu dirais ça à ton propre enterrement, papa », dis-je avec audace dans le récepteur. Par la suite, après qu'il m'eut parlé, je me serais mordu la langue de l'avoir fait.

Nous nous sommes retrouvés dans le hall de réception du Holiday Inn, pour un ou deux verres seulement, car il me dit qu'il devait rentrer à Grace le soir même. Le bar avait été refait dans un décor follement gai du sud de la frontière, avec une fontaine de céramique bleue et des bougainvillées de soie qui grimpaient de jarres en terre cuite en forme de cochons. C'est l'idée qu'on se faisait de ce à quoi l'ancien Mexique aurait ressemblé s'il n'avait pas fallu prendre la pauvreté en compte. Les serveuses portaient des minijupes froufroutantes à volants de couleurs primaires contrastées. C'est dans ce décor que mon père m'apprit qu'il souffrait d'une maladie incurable au cerveau.

Je continuais de penser qu'il devait se tromper. Je doutais qu'il ait subi une IRM. Il fallait le faire admettre à l'hôpital universitaire de Tucson pour un bilan neurologique afin d'éliminer d'autres possibilités, mais je ne fis rien pour l'en persuader. La nature de ma relation avec Doc Homer, qui avait pu m'abuser au téléphone, me revint instantanément quand je le vis. Il y a des petites choses que l'on aime ou que l'on déteste chez un parent : le regard déçu, les petites manies, le son de la voix autant que le sens des mots, qui s'ajoutent à cette chose singulière – la manière dont vous allez réagir tous les deux, bon gré mal gré. Elle s'était installée avec poids en travers de notre table et c'est à peine si j'osais respirer. Je connaissais le bonhomme. Il ne s'inquiéterait pas d'une autre opinion qui contrarierait la sienne. Il était capable de supporter ses doutes, jamais de la vie ceux de quelqu'un d'autre. La serveuse arriva toute bruissante et nous apporta des margaritas fraîches. Le ruissellement de la fontaine m'agaçait, à la manière de toilettes qui fuient, ou tout autre bruit d'eau gaspillée. « Qu'est-ce que tu comptes faire ? demandai-je à Doc Homer.

– Je ne vois pas la nécessité de faire quoi que ce soit de particulier, pour l'instant. Je prendrai des dispositions en temps voulu. »

J'eus l'estomac serré. Je me sentais irritée de façon perverse par le sourire des cochons de terre cuite. J'approchai mes lèvres du gros sel posé sur le bord du verre de margarita et les cristaux me donnèrent l'impression d'avoir du sable, ou du verre pilé dans la bouche. Je repensai aux murs que j'avais vus à Mexico – hautes murailles de briques des haciendas surmontées d'une crête de tessons de bouteilles pris dans du ciment, pour obliger les gens à rester du bon côté de la barrière. S'ils voulaient donner une idée de l'authenticité mexicaine, ils auraient mieux fait de prévoir quelque chose dans ce goût-là par ici.

« Personne d'autre n'est au courant, dit-il. Et j'aimerais que tu n'en parles pas à ta sœur. »

Je le regardai avec des grands yeux. Je savais que peu importait ce que je dirais par la suite, que ce soit « entendu », « pourquoi ? » ou « ce n'est pas juste » – ce que je ressentais plus ou moins. Le docteur Homer Noline s'était tu puisqu'il n'y avait rien d'autre à ajouter, selon lui. Je l'imaginai rentrer à Grace par le bus et, le soir, couché dans son lit, fatigué mais bien réveillé, en train de se remémorer les événements de sa journée et se demandant quels circuits de son cerveau déraillaient. Essayant de se rappeler quels légumes il avait préparés pour le repas ou quelle cravate il avait portée. Possible qu'il se livrât à ces pensées avec angoisse, ou seulement par intérêt clinique. Je n'en savais vraiment rien.

Pour la première fois de ma vie, donc, et seulement l'espace de quelques secondes, je fus capable de voir en Doc Homer quelqu'un pour qui j'éprouvais de la compassion. Ce fut un tournant pour moi, un de ces moments de clairvoyance bizarres où vous réalisez que votre parent s'est peut-être complètement trompé de voie dans la vie, même si cela inclut votre propre existence. Je plaignais Doc Homer de cette suffisance servile. De nous avoir fait nous tenir au garde-à-vous dans la cuisine, Hallie et moi, afin de nous inspecter comme un général, non pas tant pour des ourlets défaits que pour des faiblesses liées à notre âge : le rouge à lèvres caché dans une sacoche de livres, le désir brûlant d'être comme tout le monde. Être différent de tout le monde, seul, constituait l'éthique centrale de sa vie. De la mienne aussi, jusqu'à un certain point, non par choix mais par défaut. Mon père, l'unique prétendant véritable au centre de mon univers, était content de naviguer sur son océan personnel et de me laisser sur le mien. Je lui en voulais encore de ça. Je n'avais pas réfléchi auparavant sur le fait que l'autosuffisance pouvait se retourner contre vous avec l'âge et la maladie. Le capitaine était en train de sombrer avec son navire. Il n'était qu'un homme redevenu enfant. Il devenait possible pour moi de revenir à Grace.

J'arrivai à la maison, anxieuse, ridiculement encombrée du gratin de courges d'Uda. Mais il était dans son labo. Et ne m'attendait pas. Il l'appelait son cabinet de travail, dans l'espoir, je pense, de légitimer sa marotte à ses propres yeux. Doc Homer fabriquait des images. Plus précisément, il faisait des photographies de choses qui ne ressemblaient pas à ce qu'elles étaient dans la réalité. Il en avait des centaines : des nuages qui avaient l'air d'animaux, des paysages qui ressemblaient à des nuages. Elles étaient serrées entre des plaques de carton, dans des placards. Une seule était encadrée. L'encadrement était un cadeau que je lui avais fait à l'occasion d'un Noël lorsque j'étais au lycée, époque où je commençais à gagner mon propre argent. Un cadeau qui m'avait coûté cher et s'était révélé une erreur. Son passe-temps était une chose intime, trop frivole à son avis pour être montrée en public. J'aurais dû m'en douter, mais non.

Pourtant, il l'avait accroché dans la cuisine, Dieu seul sait pourquoi, le bonhomme étant loin d'être sentimental, mais le cadre était toujours là. Ce fut la première chose que je remarquai lorsque je frappai à la porte treillissée et que j'entrai. Cette photo était ma préférée : une main sur une table blanche. Et naturellement, ce n'était pas une main, mais une bouquet de cinq cactus saguaro curieusement incurvés et noueux, pris sur fond de ciel dégagé. Tous orientés de profil. Si curieuse qu'elle parût, cette chose de sa création, elle était très artistique.

Je mis le gratin dans le réfrigérateur et furetais un peu partout en me disant que c'était ce qu'aurait fait une bonne fille. Je les voyais d'ici ces filles – au bon sens domestique et pratique, permanentées, avec mocassins et cols ronds. Je ne ressemblais pas, et de loin, au rôle. Tandis que je rôdais à travers toute la maison, elle me fit l'impression d'un grand et triste secret récemment découvert. La cuisine me parut plus exiguë que lorsque j'étais petite et que, debout sur un seau, j'essayais d'arriver à la hauteur de l'évier, mais c'était normal. Elle était également encombrée d'objets divers et inattendus dans une cuisine : une paire de forceps, par exemple, lavée avec la vaisselle de la journée et posée en plein milieu de l'égouttoir. Cela ne révélait aucune excentricité nouvelle de sa part. Il avait toujours eu un curieux sens pratique. Je l'imaginais parfaitement se servir des forceps pour retirer une tête de chou d'un faitout d'eau bouillante. La tenir à hauteur. Non de manière ostentatoire, mais fier d'y avoir pensé, comme s'il faisait partie d'un club très fermé de gens qui avaient l'intelligence de se servir d'instruments d'obstétrique pour la cuisine.

Les pièces étaient fraîches et sentaient le renfermé même s'il faisait chaud dehors. Je fis quelques pas dans la salle de séjour, sur le tapis turc ancien, étique, aux fils de trame exposés comme des côtes. Doc Homer a les moyens de s'offrir mieux, entendis-je quelqu'un dire dans ma tête, une voix que je ne pus identifier. « Avec tout cet argent qu'il a là-haut. » Ce qui, bien sûr, n'était pas vrai, nous n'en avions jamais eu beaucoup, les gens ne pensaient ça que parce que nous gardions nos distances. Au-delà de la salle de séjour, il y avait le salon où il avait l'habitude de recevoir des malades venus jusqu'à la maison, confus – j'en ai l'impression maintenant – le soir, quand le cabinet était fermé. À présent, le salon était affreusement encombré. La porte qui menait à la véranda extérieure était bloquée par des meubles dont je ne me souvenais pas : deux divans et quelque chose qui s'apparentait à un banc de cordonnier. Pliée sur un des divans, il y avait un vêtement que je me rappelais bien, un châle noir à fleurs rouges au crochet. Hallie et moi avions l'habitude de le traîner partout, notre talisman contre le désastre. Il paraissait plus propre maintenant que je l'avais jamais vu auparavant.

Des revues et des journaux traînaient partout. Son *American Journal of Genetics* était toujours rangé chronologiquement sur l'étagère. C'était sa passion favorite ; ils avaient autrefois publié son article sur le patrimoine génétique de Grace, en grande partie dû à la consanguinité, avec ses bébés aux yeux couleur de billes. (Il avait même monté tout un système pour photographier les yeux de nouveau-nés, aux fins de sa documentation.) Cette caractéristique était apparue pour la première fois dans les années 50, lorsque des cousins de troisième génération descendants des sœurs Gracela avaient commencé à se marier entre eux. Emelina devait avoir figuré parmi ses sujets. Il fallait recevoir le gène des deux côtés, car il était récessif. C'était à peu près tout ce que je savais. Pour moi, cela suffisait pour comprendre que tout le monde, à Grace, était plus ou moins en famille, à part nous, les Noline, les exceptions. Notre patrimoine génétique se trouvait en Illinois.

D'autres revues, certaines en nombre, étaient empilées sur le plancher. Je ramassai un *Lancet* de 1977, époque de ma première année de médecine. Il y avait un article important sur le diabète dont je me souvenais. En dessous, un *National Geographic* récent. Tout était dans le désordre. Mais si je le lui avais fait remarquer, il aurait sorti quelque justification compliquée avant d'admettre le manque d'organisation. Les îles des mers du Sud avec les îlots de Langerhans, l'entendais-je déjà me dire, sans aucune intention de plaisanter. L'odeur de moisissure me faisait monter les larmes aux yeux. J'avais l'intention de prendre l'escalier pour aller voir dans quel état étaient les chambres, mais je n'en eus pas le cœur. Ce n'était pas ma maison. J'obligeai ma main à frapper à la porte de son labo.

« Ouvre. Je suis sur le point de faire un tirage. »

Je refermai la porte derrière moi. Il n'y avait qu'une ampoule à la faible lumière rouge. « Salut, papa », dis-je.

Il me regarda, sans surprise et très peu changé, comme je pus le constater une fois que mes yeux se furent habitués. Je m'attendais à le trouver fragile et incohérent, mais il était lucide, égal à lui-même. Avec sa solide ossature des mains et des poignets, son nez droit et long, sa bouche large – des traits que j'ai en partage sans y prêter beaucoup d'attention. Il me fit signe de m'asseoir.

« Alors, comment te sens-tu en ce moment ? » lui demandai-je.

Il ignora ma question. Nous ne nous étions pas revus depuis le salon du Holiday Inn, deux ans plus tôt, mais on ne pouvait s'attendre à des effusions ou à des embrassades de la part de Doc Homer. Sa réputation était légendaire à cet égard. Hallie et moi nous jouions à ce que nous appelions le « jeu des orphelines » quand nous étions avec lui au milieu des gens : « Qui, dans cette pièce, est ton vrai père ou ta vraie mère ? Quel est le seul adulte qui nous aime ici ? » Nous guettions un signe – un regard préoccupé, un compliment, quelqu'un qui mettrait même un genou en terre pour rectifier le nœud de ruban des cheveux de Hallie que nous avions mis de travers, pour appâter le client. Cette personne ne se révélait jamais être Doc Homer. Nous prouvant par là qu'il n'était pas l'adulte qui nous aimait ici.

Je m'assis avec précaution sur un meuble de classement froid. Il réglait des molettes noires sur l'agrandisseur, se préparant à tirer une épreuve. Il éteignit l'ampoule et une image – inversée – apparut sur le mur : arbres blancs, ciel noir, premier plan tacheté. J'avais appris à regarder les négatifs, il y a bien des années, avant même de savoir lire mes premiers clichés radiographiques. Il réduisit le cadre pour mieux centrer, le referma pendant qu'il glissait un rectangle de papier en place et démarra le minuteur, puis projeta de nouveau l'image qui vint se graver sur le papier. Au centre, deux vieillards voûtés sur un muret de pierres tournaient le dos à l'appareil.

« On dirait des rochers, dis-je. Difficile de voir où finit le mur et où commencent les hommes.

– Les hommes sont comme des pierres », dit Doc Homer. Son discours était plus conventionnel que les écrits de la plupart des gens. Qui d'autre que lui aurait employé le mot « pierre », en réalité ?

« À part le chapeau, ça c'est un indice.

– Je l'enlève. » Il tendit une petite spatule d'acier dans le rayon de lumière et l'agita en petits cercles dans la zone du chapeau de l'homme, comme s'il l'effaçait, ce qu'il faisait très exactement. Les photographes appellent ça « retoucher », et la spatule « outil à retouches », bien qu'en toutes probabilités celle-ci eût été utilisée en chirurgie de la vésicule biliaire. Quand j'étais petite, je l'appelais la baguette magique.

Le minuteur sonna et il éteignit le projecteur. Je le regardai de profil à la faible lueur rouge. De profondes rides descendaient de son nez jusqu'aux angles de sa bouche. Il ne paraissait pas bien, mais peut-être ne l'avait-il jamais été. Il saisit l'épreuve par les bords.

« Tu n'aurais pas de nouvelles de Hallie, par hasard ? »

Il secoua la tête.

« Tu es sûr que tu ne veux pas que je lui dise ce que tu as, que tu es malade ? Je suis désolée de soulever la question, mais c'est dur d'être la seule à savoir. Je crois qu'elle aimerait être au courant. »

Il eut l'air de ne pas m'avoir entendue. Je savais bien qu'il avait enregistré. Doc Homer ne discutait jamais, il se contentait de ne pas participer à une conversation qui ne lui plaisait pas.

« Alors, il est parti le chapeau du bonhomme ? » lui demandai-je.

Il glissa le papier dans une cuve de liquide transparent. « On verra. » À présent, il semblait soudain heureux, presque amical, comme il l'était souvent ici. Le labo était pour moi ce qui s'approchait le plus de l'idée d'avoir un père. Nous restâmes debout sans parler en regardant une image grise se former sur le papier tel un champignon animé d'une volonté propre. Je pensais à la chimie complexe de la vision, me remémorant l'école de médecine et, dans les manuels, les diagrammes d'une image projetée à travers le globe oculaire qui s'inscrivait temporairement sur la rétine.

« Je n'avais jamais réfléchi à quel point le tirage d'une photo reproduisait la vision de l'œil, dis-je. C'est exactement le même processus, en plus lent. »

Il hocha la tête, en signe d'appréciation, ce qui me fit chaud au cœur. Je lui avais fait plaisir. « Il n'y a probablement aucune invention véritable en ce monde moderne, dit-il. Simplement une bonne part d'élaboration à partir de la nature. » Il sortit le tirage lisse et le trempa dans une seconde cuve, pour le fixer.

« La pierre n'a pas de tête », déclara-t-il ; effectivement, on aurait dit un mur de pierres surmonté de deux autres pierres. On pouvait croire que ce n'était qu'une simple photographie de ce qui était. Son art le plus achevé se déjouait lui-même. Dieu seul sait pour quelle raison, mais cela le fit sourire. Lorsque le minuteur retentit de nouveau, il prit la photographie et la mit dans un dernier bain. Il repêcha plusieurs autres épreuves et les suspendit à un fil à l'aide de petites pinces à linge. Puis il s'essuya les mains avec une serviette, un doigt après l'autre. Ces gestes me firent penser à toutes les années qu'il avait passées, solitaire, à faire sa propre vaisselle, sa lessive.

Je sentis que ma visite touchait à son terme, telle une mort annoncée scientifiquement. Nous sortirions à la lumière, trouverions quelques mots de plus à échanger et ensuite, je m'en irais.

« Il y a un gratin pour toi dans la cuisine, dis-je. De la part d'Uda. Qui est-elle ?

– Uda Ruth Dell, dit-il, comme si cela expliquait tout.

– Je veux dire, qui est-elle par rapport à moi ? Est-ce que je l'ai connue ?

– Pas spécialement, dit Doc Homer, examinant toujours ses photos. Pas plus que tu ne connaissais d'autres personnes.

– Elle sait tout de moi, et même un peu plus, dis-je. Elle sait probablement ce que j'ai mangé à midi.

– N'oublie pas que tu es à Grace, dit-il.

– Eh bien, j'étais gênée parce que j'ai été incapable de me souvenir d'elle. Elle ne m'a pas été d'un grand secours. Elle est restée là à attendre que je me triture la cervelle pour retrouver son nom. Mais elle, elle m'a reconnue tout de suite. »

Doc Homer éteignit la lampe rouge avant d'ouvrir la porte du labo, nous laissant pendant un moment dans une obscurité absolue. Il savait, tout en refusant de l'admettre, que j'avais peur de l'obscurité. Le déclic et le noir me plongèrent dans la panique et j'étreignis le haut de son bras. De manière surprenante, il effleura légèrement mes phalanges du bout des doigts.

« Tu es à Grace, dit-il de nouveau, comme si rien ne s'était passé. Il n'y a qu'un exemplaire de toi à voir pour tous ces gens. Et tellement d'autres pour toi. »

Toute ma vie j'avais fait un cauchemar récurrent. Il m'arrivait dans ce vague crépuscule où le sommeil vous attire l'esprit grâce à sa musique séduisante mais encore résistible. Si je n'y prenais garde, le rêve recommençait, me renvoyant à l'insomnie pour des semaines. Je perdais la vue. Ce n'était pas un rêve compliqué comme dans un film, mais un unique cadre, figé, paralysant : il y avait un bruit d'explosion, comme du verre qui se brise et voilà : j'étais aveugle.

Une fois, il y a de ça des années, en Crète, Carlo et moi roulions sur une route de gravier très défoncée pour nous rendre à une plage dans le sud de l'île, lorsqu'un camion chargé d'oranges sanguines avait projeté un caillou qui était venu heurter le pare-brise devant mon visage. Je n'avais pas été blessée, le caillou n'ayant fait que marquer le verre et provoqué une toile d'araignée de fêlures, mais j'avais passé le reste de la journée dans une folie muette. Carlo n'avait jamais réussi à comprendre pourquoi. Toute explication imaginable lui aurait paru relever de la superstition. Mon rêve était beaucoup plus qu'un rêve. Il y avait un tel poids de vie en lui, une telle prescience, qu'il donnait l'impression de pouvoir se produire un jour.

L'insomnie, par ailleurs, n'était pas un problème aussi grave qu'on aurait pu le penser. Je m'en accommodais. Je lisais énormément. À la fac de médecine, c'était le moment où j'étudiais le mieux. Je voyais encore mes habitudes de noctambule comme une sorte d'avantage secret que j'aurais sur mes camarades. Je bénéficiais d'heures supplémentaires dans ma journée qu'ils auraient bien aimé avoir.

Emelina ne le comprenait pas. Le soir, avant que l'école ne commence, elle m'apporta du lait chaud.

« Ne te fais pas de souci pour ça », lui dis-je. Elle m'apporta également une nappe bleue, brodée, qu'elle déploya comme une petite voile et étendit avec efficacité sur ma table. Elle trouvait que les lieux réclamaient quelques touches de confort supplémentaire.

« Il faut que tu dormes ton compte d'heures. Il y a eu tout un reportage là-dessus dans *Nova*. Il y a un type, en Italie, qui est mort à force de ne pas dormir pendant huit mois. Avant de mourir, il est devenu fou. Il saluait les médecins comme à l'armée.

– Em, je survivrai. Elle est bien jolie cette nappe. Tu n'en as donc pas besoin ?

– Tu veux rire ? Depuis que Grammy fait partie du club des Couseuses-Râleuses, elle nous brode même les bordures des lavettes à vaisselle. Qu'est-ce qui se passerait si, une fois couchée dans ton lit, tu te mettais à compter à rebours à partir de quatre-vingt-dix-neuf ? C'est ce que je conseille aux garçons de faire quand ils n'arrivent pas à se calmer.

– L'insomnie, c'est une autre affaire », dis-je. Il était difficile d'expliquer ça aux gens. « Tu vois la lumière qui s'allume quand tu ouvres la porte du réfrigérateur ? Imagine simplement qu'elle reste allumée en permanence, même une fois que tu as refermé la porte. C'est ce qui se passe dans ma tête. La lumière reste allumée. »

Emelina s'était installée confortablement sur l'autre siège de la salle de séjour. « Tu me fais penser à ce Thoreau qui vivait à Walden Pond. Tu te souviens quand nous apprenions ça en cours supérieur d'anglais ? Il ne possédait que deux sièges. Il va falloir qu'on te trouve autre chose à mettre ici. »

Je fus surprise que Henry Thoreau entrât dans la vision du monde d'Emelina. « Si j'ai besoin de compagnie, je peux toujours aller chez toi, lui fis-je remarquer.

– Ça, c'est bien vrai. Mais je suis presque sur le point de déménager. Ce soir, Glen et Grammy ont remis ça, punaise, elle le traite d'impudent. C'est son mot préféré. Quand Mason se fâche après quelqu'un, il hurle : "T'es impuissant !" Et les gens rient, de sorte que maintenant nous n'arriverons plus à l'empêcher de le dire. »

Je bus le lait. Un peu de maternage n'était pas pour me déplaire. Je me demandais si je n'avais pas inconsciemment cette idée derrière la tête quand je m'étais installée ici.

Emelina examinait mes murs blancs et nus. « Codi, j'espère que tu ne prendras pas ça mal, mais je ne vois pas comment on peut habiter quelque part sans donner l'impression qu'on y vit.

– Mais j'ai des affaires ici. Mes vêtements, regarde dans le placard. Et des livres. Certains sont très personnels. »

C'était la vérité. En dehors de mon *Guide des invertébrés*, il y avait des choses que Hallie m'avait envoyées durant toutes ces années, plus un vieux volume de poésie américaine – un truc incompréhensible, un cadeau que m'avait offert Doc Homer à l'occasion d'un diplôme.

« Ta chambre était déjà comme ça quand nous étions au lycée. J'avais des posters de Paul Revere, des Raiders et des boutonnières fanées collées sur le miroir, toutes sortes de bêtises. Et quand nous allions chez toi, c'était comme une chambre qu'on aurait tout juste déménagée.

– J'aime bien l'ordre, dis-je.

– Ce n'est pas de l'ordre. C'est de l'*hyper*ordre.

– Est-ce que tu imagines ce que Doc Homer aurait dit si Paul Revere et les Raiders s'étaient pointés chez lui ? Et sans rendez-vous ? »

Elle se mit à rire.

« Emelina, qui est Uda Ruth Dell ?

– Oh ! tu la connais, elle habite à côté de chez Doc Homer. Il lui arrivait de s'occuper de vous, il me semble. Elle et l'autre femme qui est morte à présent, je crois qu'elle s'appelait Naomi.

– Elle s'occupait de nous ? » Toute la journée, j'avais essayé de la resituer. Je n'arrivais pas à croire que j'aie pu totalement oublier quelqu'un qui avait joué un rôle dans mon enfance.

« Bien sûr. C'est Eddie, le mari d'Uda, qui vous a sauvé la vie, la fois où vous vous êtes perdues pendant une tempête, au bord de la rivière.

– Je ne vois absolument pas de quoi tu parles.

– Mais si. Quand Hallie et toi avez failli vous noyer pendant la crue. Vous étiez toutes petites.

– Mais comment peux-tu te souvenir de ça alors que moi je ne m'en rappelle pas ?

– Tout le monde l'a su. Ça a été un incident mémorable. Vous vous étiez réfugiées dans une tanière de coyotes et vous refusiez d'en sortir. Eddie Dell vous a retrouvées et tirées de là, puis il vous a ramenées chez Uda. Doc Homer devait être en train de travailler à l'hôpital, ou quelque chose comme ça.

– Je ne me souviens de rien de tout ça. »

Emelina me jeta un regard bizarre, comme si elle pensait que je me moquais d'elle. « Ça a été toute une affaire. Dans le journal, il y a eu une photo de vous deux avec Eddie, le grand héros, et sa mule.

– Je crois que je me rappelle en effet », dis-je, mais en fait non, et j'étais contrariée que mon enfance appartînt à tout le monde sauf à moi.

« Tu sais ce que tu es, Codi ? Je ne sais pas s'il existe un mot pour ça, mais le contraire d'une "femme au foyer". »

Je ris. Elle était encore perturbée par mes murs nus. « Il existe une expression, "briseuse de ménage", ce que je ne suis pas.

– Non, je ne veux pas parler dans ce sens-là. Je veux parler de quelqu'un qui n'a pas le sens du foyer.

– Oh, dans ce sens-là », dis-je. Je prétendais ne pas comprendre. Mais je savais ce qu'elle voulait dire. Mon premier petit ami à l'université était bouddhiste et même lui avait davantage d'images sur son mur que moi. Ça n'avait rien de noble ; je ne pouvais me targuer de dédaigner les choses de ce monde. Une fois, Hallie m'avait fait remarquer que j'avais plus de chaussures qu'on n'en trouverait dans une salle de classe en Amérique centrale, pendant un cours. Ce que je n'avais pas, c'était ce que les gens appellent le « sens du nid ». En ce qui me concerne, je n'avais jamais l'impression que la saison des nids était d'actualité. Ou alors, c'est que je n'appartenais pas au genre d'oiseaux qu'il fallait.

Lorsque Emelina fut partie pour la nuit, j'écrivis à Hallie. Elle avait une adresse, poste restante, à Managua et je lui demandai, comme nous le faisions quand nous étions enfants et que nous nous déposions mutuellement des mots dans des cachettes : « Es-tu là ? Es-tu en train de me lire en ce moment ? » Je lui parlai des champs de luzerne morts autour du cañon de Gracela, pensant que cela l'intéresserait d'un point de vue professionnel et je lui dis que Doc Homer n'avait pas l'air d'avoir changé du tout, ce qui était la vérité. Enfin je lui demandai si elle se souvenait de l'époque où nous avions failli nous noyer dans une tanière de coyotes.

9

Des os dans le jardin du Bon Dieu

Le lycée de Grace, toile de fond des quatre années les pires de ma vie, m'était aussi familier que l'un de mes mauvais rêves. Remonter à pied Prosper Street dans sa direction me remplissait d'appréhension. Pourtant le bâtiment en lui-même était plein de charme, ce qui me surprit. Enfant, je n'avais guère prêté attention à la façade. C'était une bâtisse de l'époque de l'Administration des grands travaux, construite en granit rouge du cañon de Gracela, avec des moulures en forme d'œufs et de flèches sur l'avant-toit peint en blanc et sur l'ébénisterie qui surmontait des portes. En réalité, l'école bâtie par la société minière durant ses années fastes, avec un instinct minier (ou plus simplement des outils adaptés), était creusée à flanc de cañon, encastrée dans le rocher. C'était une partie ancienne de la ville où les rues pavées enveloppaient et contournaient les constructions, interrompues à l'occasion par des volées de marches, et tellement escarpées ailleurs qu'elles rendaient inutiles tous véhicules motorisés. À Grace, la principale forme d'exercice consistait simplement à aller de sa maison au point de destination voulu.

L'école avait quatre étages et chacun d'eux possédait une entrée au niveau de la rue. Je suis pratiquement sûre que le bâtiment figure dans quelque livre des records en raison de cette particularité. L'entrée principale était sur le côté, à mi-hauteur de la colline : au troisième étage. Sur l'arche de granit était inscrite une devise en latin grammaticalement douteuse, CAUSAM MEAM COGNOSCO, que les garçons avaient l'habitude de prononcer comme du latin de cuisine ou comme le parler « indien » niais que nous entendions dans les films.

Je signalai mon arrivée au bureau du principal où Anita, sa secrétaire, me remit un jeu de clés ainsi qu'une brassée de papiers d'allure officielle, tout en me souhaitant bon courage. « Voilà un million de formulaires : pour les classes, le tableau de service, quelque nouveauté du département de l'éducation et des sciences et de votre association de profs. Il faudra remplir tout ça.

– Comment ? Vous n'allez pas me dire qu'il va falloir que je travaille pour gagner ma vie ici ? On m'avait pourtant raconté qu'on se tournait les pouces au lycée. » Je compulsai la pile de formulaires. « Et qu'en est-il du certificat de décès ? Il se pourrait que j'en aie besoin. »

Anita me regarda bizarrement l'espace d'une demi-seconde, puis éclata de rire. « On appellera le médecin légiste dès qu'ils vous amèneront. »

Je souris. Doc Homer remplissait cette tâche à Grace, et l'avait fait pendant la totalité de mon existence et plus. Manifestement Anita ignorait qui j'étais et elle-même avait l'air fraîchement émoulue de l'université. Quiconque fréquentait le lycée actuellement marchait à peine à l'époque où j'avais quitté Grace. Cela me remplit d'espoir. Parcourir ces salles lambrissées qui étaient encore de l'exacte teinte vert dentifrice que j'avais connue, me faisait me ratatiner intérieurement et il fallait sans cesse que je me rappelle que personne ici ne me connaissait en tant que fille ratée de Doc Homer. Personne ici ne t'a vue en chaussures orthopédiques.

« Les enfants vont vous adorer, dit Anita, ce qui me surprit. Ils n'ont pas l'habitude de quelqu'un d'aussi... » Elle marqua un temps, tapotant d'un jeu complet d'ongles marron sur son bureau métallique, sans doute à la recherche d'un qualificatif plein de tact... « d'aussi moderne. »

Je portais un blazer vert foncé, un jean serré et des bottes de cow-boy violettes. Je me passai la main dans les cheveux en me demandant si, après tout, je n'aurais pas dû aller faire un tour à la boutique d'Hollywood. « Vous trouvez que je n'incarne pas suffisamment l'autorité ? Vont-ils se rebeller ? » La réunion des professeurs, deux jours plus tôt, avait tourné principalement autour des principes de discipline.

Anita se mit à rire. « Pas question. Ils savent qui distribue les notes. »

Je dénichai la classe dans laquelle j'enseignerais les sciences naturelles, niveaux 1 et 2, et passai la première heure dans la grande salle à faire de la présence en prenant un air préoccupé. J'avais fini par me rendre à l'école quelques jours plus tôt, en vue d'une inspection préliminaire, de sorte que je savais exactement à quoi m'attendre en matière d'équipement – bureaux, chaises, paillasses de laboratoire avec éviers et robinets chromés à col de cygne, douche en cas d'urgence, longue vitrine contenant des papillons et bien d'autres insectes en piteux état ; placard rempli de bacs de dissection et de mystérieux matériels audiovisuels. Les lieux surannés me laissaient penser que je travaillerais dans une sorte de musée, ou dans un décor de film britannique. Pourtant, lorsque les enfants remplirent la salle au moment du premier cours, ils lui donnèrent une tout autre allure. Jusqu'ici, je n'avais pas rencontré énormément d'adolescents en fleur à Grace. Je ne m'attendais pas à des coupes de cheveux du genre skate-board.

Les filles eurent l'air d'éprouver une certaine commisération à mon égard tandis que je restais là, debout, à épousseter les traces de craie de mon blazer et à expliquer ce je pensais que nous ferions au cours de l'année à venir. Mais les garçons, assis avec leurs énormes baskets montantes étalées dans l'allée, les bras croisés, la mèche sur l'œil, me considéraient exactement comme ce que j'étais – un des derniers trucs pénibles qui les séparaient d'un âge adulte avéré.

« Vous pouvez m'appeler Codi, dis-je, bien que l'on m'eût déconseillé de le faire. Miss Noline, ça sonne trop bizarre. J'ai suivi des cours ici même, dans ce lycée et dans cette salle, mais je n'ai pas l'impression d'avoir vieilli tant que ça. Ça peut sans doute vous paraître drôle. Pour vous, je suis la vieille sorcière chargée des sciences nat. »

Cela suscita une très légère houle chez les garçons, sans que ce fût exactement un rire. Les filles prirent l'air gêné. Un grand gars au T-shirt Heavy Metal et au crâne quasiment rasé tira une cigarette de sa poche qu'il tapota sur ses jointures.

« On m'a dit qu'il fallait une présence incarnant l'autorité dans cette salle, je vous en ai donc trouvé une. » Je me dirigeai vers le placard et en sortis un squelette humain monté sur roulettes. « Je vous présente Mrs. Josephine Nash. »

Je l'avais trouvée en bas, dans une réserve pleine d'équipements de hockey mal en point et d'uniformes de gym des années 50. Le squelette était en assez bon état, il m'avait simplement suffi de rattacher un coude avec de la corde à piano et du chatterton (fournis par le concierge). Son nom – accompagné d'une adresse à Franklin, dans l'Illinois – était inscrit en belles cursives anciennes sur la saillie du bassin. Quand je l'avais découverte dans la réserve, j'avais éprouvé une certaine émotion à l'épousseter, à l'accrocher après la lourde potence de fonte et à la rouler jusqu'au laboratoire. J'imagine que je devais désespérément manquer de compagnie.

« Miss, dit l'un des garçons. Miss Codi ? »

Je me retins de sourire. « Oui ?

– C'est le père Croque-Mort. » Il prononça le nom de telle façon qu'il provoqua un rire général. « Les grands s'en servent pour la danse de Halloween.

– Eh bien, voilà qui est terminé. » Mrs. Nash était une de mes compatriotes du Middle West, peut-être même une parente. Je l'imaginais en mère de famille, occupée à tailler ses rosiers. « Ce n'est pas un jouet, dis-je, la voix légèrement tremblante. C'est le squelette articulé d'une personne qui, autrefois, il n'y a pas si longtemps que ça, était encore vivante. Elle s'appelait Josephine Nash et elle habitait dans l'Illinois. Et il est grand temps qu'on lui témoigne le respect qu'elle mérite désormais dans sa retraite. »

Je les regardais d'un œil sévère : les adolescents ont tellement l'impression d'être immortels. « Qui sait comment on finira ici-bas ? »

Dix-neuf paires d'yeux vides, pour la plupart bleu pâle, me fixaient. On n'aurait pas entendu une cigarette tomber.

« Très bien donc. Prenez le chapitre 1 : Matière, énergie, organisation et vie. »

« J'ignore si je vais supporter tout ça », dis-je à Emelina en m'affalant dans sa cuisine. Ses chaises étaient des *equipales* qui vous accueillaient comme une étreinte, ce dont j'avais besoin. Ma première journée s'était déroulée aussi harmonieusement qu'on pouvait raisonnablement l'espérer – absence de rébellion, de crises – grandes ou petites. Et pourtant, sans pouvoir mettre le doigt dessus, le fait de se tenir face à une classe de lycéens semblait demander une énergie phénoménale. Cela me faisait penser à ces filles en bottes et minijupes blanches qui, dans les années 60, essayaient désespérément de distraire le public par les moulinets frénétiques de leur bâton, comme si leur vie en dépendait.

Emelina, Mason, le bébé et moi, étions en exil dans la cuisine ; Viola avait réquisitionné la salle de séjour avec ses copines pour l'après-midi, à l'occasion d'une réunion exceptionnelle du club des Couseuses-Râleuses. Elles se préparaient pour leur vente de bienfaisance annuelle et, en toile de fond de notre propre conversation, nous entendions malgré nous leur échange d'infos vraisemblablement essentielles.

« L'an dernier, le Comité d'équipement hospitalier n'a pas tiré quinze sous de ces petits coussins.

– Ben, c'est pas tellement étonnant : ils puaient.

– Lalo a vu dans un magazine qu'on pouvait fabriquer des avions avec des vieilles canettes de bière découpées. Avec des hélices qui tournent. »

Emelina déposa une tasse de thé devant moi. Je la pris et en laissai la vapeur monter vers mes paupières, m'apercevant qu'en ce moment même ce dont j'avais le plus besoin c'était de m'allonger dans un lit avec quelqu'un qui apprécierait le moindre centimètre carré de ma peau.

« Ça doit faire drôle, de retourner à cette école, dit-elle.

– Ça oui, on peut le dire. Je m'étais empêchée de trop réfléchir à cet aspect du travail. Du moins jusqu'ici. »

Mason était par terre, en train de faire du coloriage et Emelina vaquait à travers la cuisine avec une frénésie sans effort, refermant les tiroirs d'un coup de hanche, préparant le dîner et nourrissant le bébé en même temps.

« Attends, je vais le faire », dis-je, m'obligeant à aller jusqu'à la chaise haute et à retirer le bol de céréales des mains d'Emelina.

« Tiens, il fait de beaux dégâts, je vais te donner le tablier de Grammy », dit-elle en me nouant dans le dos un splendide échantillon de l'entreprise des Couseuses-Râleuses. Le bébé enfournait les céréales aussi vite que je les lui fourrais dans le bec, faisant très peu de gâchis, à ce que je pouvais voir.

« Tu dînes avec nous ce soir, d'accord ?

– Non, merci.

– Honnêtement, Codi, si tu crois qu'une bouche de plus à nourrir nous pose problème, tu déraillles. Si je me réveillais un jour avec six gamins de plus, je crois que je ne m'en rendrais même pas compte.

– Non, Em, merci, j'ai envie de reposer en paix.

– Tu n'es pas encore morte, ma petite. »

De la salle de séjour, nous entendîmes Viola élever la voix, cette fois en espagnol, et dire quelque chose à propos de paons – *pavones*. Les autres femmes répondirent en espagnol et je pus suivre suffisamment pour savoir qu'elles étaient passées très vite à la question des arbres fruitiers. Althea semblait agitée. Sa voix haut perchée était facilement reconnaissable, exactement celle qu'on pouvait attendre d'un minuscule bout de femme au caractère trempé. Emelina leva les sourcils tout en soulevant un couvercle de casserole. « Tu sais que les garçons refusent même de parler espagnol à leur Grammy ? » me demanda-t-elle en baissant la voix.

Je jetai un coup d'œil à Mason qui, bien que plongé dans son album de coloriage, était tout oreilles. « Ça pose problème ?

– Ah, je te crois ! Viola tient énormément aux trucs de la tradition. Elle est très liée à doña Althea. Elle veut que nous élevions les garçons *puro*, qu'ils parlent espagnol, qu'ils sachent toutes les histoires. J'ai comme l'impression que ce serait plus facile avec des filles, mais avec eux... » Elle haussa les épaules. « Mes parents étaient tellement modernes, tu te rappelles comment est maman : ouvre-boîtes électrique et tout. Tu sais, j'ai toujours eu l'impression qu'elle voulait que je sois blonde. Papa m'a dit qu'en réalité elle aurait voulu m'appeler Gadget ! »

Je me mis à rire. « Non ! Il te faisait marcher.

– Je t'assure que non. Et le pauvre Tucker a été affublé d'un nom de voiture. »

Tucker était un frère cadet, mort dans l'enfance, avant que je ne fasse connaissance avec la famille. À vrai dire, je l'avais oublié, bien que son nom eût été donné au fils aîné d'Emelina.

Le bébé était assis avec une énorme bouche ouverte, attendant que je m'intéresse de nouveau à son repas. Je lui enfournai une autre cuillerée. Une cascade de rires, sonores comme une pluie d'orage, arrivèrent de la pièce d'à côté, nous plongeant tous dans le silence à la cuisine. Cette bande de vieilles manifestait une telle présence que nous nous sentions pratiquement expulsés de la maison. Mason ramassa ses papiers et se mit en devoir de sortir.

Emelina le rappela. « Minute, Mason, avant de te sauver, viens donc montrer ta main à Codi. Codi, ça t'ennuierait de jeter un coup d'œil sur sa main ? Il y a une bosse dessus.

– Pourquoi voudrais-tu que ça m'embête ? Voyons ça. » Je me sentais mal à l'aise, non pas parce qu'elle me l'avait demandé, mais parce que je jouais les médecins. Je l'étais, en principe, ce qui voulait dire que j'en avais la formation, mais ça m'agaçait de penser que les gens me voyaient dans ce rôle. Emelina et Mason restèrent silencieux, le temps que j'examine sa main. Je lui imprimai une flexion en avant et en arrière et décelai une grosseur sur le tendon. « C'est un ganglion.

– C'est embêtant ?

– Non, ce n'est pas grave du tout. Juste une petite boule. Habituellement, elles disparaissent spontanément. Ça te fait mal, Mason ? »

Il secoua la tête.

« Seulement quand il a des corvées à faire », suggéra Emelina.

Je déposai un baiser sur le bout de mes doigts et je le fis pénétrer dans son poignet en le massant. « Tiens, voilà, un traitement spécial du docteur Codi. » Tandis qu'il se sauvait, il me vint à l'esprit, avec une certaine dose d'autopunition malicieuse, que c'était la seule catégorie limitée de soins spéciaux que j'étais autorisée à dispenser.

« Alors, ça ressemble à quoi, là-bas au lycée ? me demanda Emelina. T'as pas l'impression que Miss Lester va te prendre en train de fumer dans les toilettes ?

– Je n'ai jamais fumé dans les toilettes », dis-je en raclant le fond du bol de céréales et en essuyant la bouche du bébé avec son bavoir. Jamais de ma vie je n'avais vu une telle efficacité à manger.

« Oh c'est vrai, Mademoiselle la sainte-nitouche-aux-deux-chaussures, j'avais oublié. Tu ne faisais jamais des choses pareilles. » Emelina souriait. Elle avait été au moins aussi vertueuse que moi au lycée, à la différence qu'elle avait du succès. La vertu chez une pom-pom girl est admirable, chez une fille qui fait tapisserie, elle est gratuite.

« Mademoiselle la sainte-nitouche-aux-chaussures-orthopédiques », dis-je.

Elle éclata de rire. « Mais enfin pourquoi, Hallie et toi, étiez-vous obligées de porter ces souliers ? Je ne te l'ai jamais demandé. Je pensais que la politesse voulait qu'on n'y prête pas attention. Comme quand on a une crotte qui pend au nez.

– Merci. Nous les portions parce que l'ossature du pied était l'obsession de Doc Homer.

– Quel drôle de type, ce vieux Doc », dit-elle en plongeant avec vigueur une cuiller en bois dans une casserole de pommes de terre bouillies.

« Tu ne peux pas imaginer. Il nous faisait asseoir pour nous faire des discours sur la façon dont les femmes se démolissaient la santé à force d'être mal chaussées. (Je lui récitai le discours que Hallie et moi singions derrière son dos : "Deux cents os constituent le corps humain et le pied en compte plus du quart. Un instrument plus complexe qu'une transmission automobile et cependant traité avec beaucoup moins de considération.") »

Emelina riait à gorge déployée. « Franchement, il faut que tu lui reconnaisses ça. Tout ce que ma mère m'ait jamais dit, ç'a été : "Redresse-toi sur ta chaise ! Ne tombe pas enceinte ! Mets un jupon !"

– Doc Homer n'a pas été formidable en matière de grossesse et de dessous, mais Dieu sait que les petites Noline n'auraient pas d'affaissement de la voûte plantaire.

– D'où est-ce que vous les sortiez, ces horribles tatanes ? Pas de la boutique d'Hollywood, ça j'en suis sûre.

– Nous les achetions par correspondance.

– Non !

– Si, je te jure ! Hallie et moi brûlions les catalogues dans la cheminée sitôt arrivés, mais rien à faire, il les commandait tout de même, ces sacrées chaussures. Pour la pointure, il relevait le contour de nos pieds sur un bout de papier et prenait toutes sortes d'autres mensurations. Si je calcule bien, j'ai passé plus de temps avec Doc Homer à me faire mesurer les pieds qu'à autre chose. »

Emelina trouvait ça tordant. Je sais qu'elle pensait que j'exagérais, ce qui n'était pas le cas. D'une certaine façon, nous lui étions reconnaissantes de l'attention, mais elles étaient tellement moches, ces chaussures. Elles avaient eu un impact sur nos existences, différent pour chacune de nous. Hallie avait simplement renoncé à se donner une image, quant à moi, je m'étais mise à y prêter une attention exagérée. Ç'avait été plus dur pour moi du fait que j'avais été la première à entrer au collège et ensuite au lycée avec ces chaussures aux pieds. J'avais été la première à en souffrir et j'en avais donc bavé davantage.

« Je maintiens que c'est l'unique raison pour laquelle, au lycée, on m'a si rarement invitée à sortir, dis-je à Emelina.

– C'est grotesque, dit-elle. La seule raison qui faisait que les garçons ne t'invitaient pas, c'est parce qu'ils te trouvaient trop bien pour eux. Tu étais tellement intelligente, pourquoi aurais-tu voulu aller avec un type de Grace ? C'est ce qu'ils pensaient. »

Dans la salle de séjour, la réunion commençait à se disperser. Nous baissâmes le ton automatiquement.

« Non, dis-je avec solennité. C'était à cause des chaussures. C'est bien connu. Du jour où j'ai quitté Grace et où j'ai acheté une paire de sandales à lanières, ma vie sexuelle a démarré aussi sec. »

Emelina finit par se souvenir qu'il y avait une lettre pour moi qu'elle trimbalait tous azimuts depuis un moment. Elle l'avait fourrée dans le paquet de couches en allant chercher le courrier où elle l'avait oubliée, de sorte que cette dernière avait plus souffert dans la dernière centaine de mètres de sa livraison qu'au cours des deux mille kilomètres précédents. Bien sûr, elle venait de Hallie.

J'allai chez moi pour la lire comme un rat qui regagne son trou à toute bombe chargé de quelque trésor comestible. Je m'installai dans le fauteuil de la salle de séjour, nettoyai mes lunettes et fronçai les sourcils en voyant le cachet de la poste : le Chiapas, près de la frontière sud du Mexique, quelques jours seulement après qu'elle fut partie. C'était décevant, n'importe quoi avait pu se passer depuis. Je décachetai l'enveloppe.

Codi, ma bien chère,

Je roule comme on est censé le faire ici, à un train d'enfer, du mauvais côté de l'enfer toutes les fois où c'est possible. Je commence à tâter de la délinquance. Tu serais fière de moi. J'ai littéralement foncé ventre à terre jusqu'aux environs de La Cruz et puis j'ai ralenti pour jouir du spectacle des bananiers qui défilaient à côté de moi comme dans un brouillard. Les tropiques sont une vaste farce : les gens sont obligés de vivre toutes sortes de misères, mais avec une fortune de fleurs qui poussent de n'importe où et de n'importe quoi. Comme si on pouvait bâtir une économie sur des fleurs ! J'ai séjourné dans une maison dont les gouttières débordaient d'orchidées vanille ; il y avait même un bananier qui sortait de sous l'évier. Non, je te jure. Et aussi des bestioles du genre mangoustes. Je suis sûre que tu saurais me dire. Je suis contente d'avoir retrouvé la jungle. Tu me connais, je suis toujours ravie de voir des plantes domestiques pousser comme des malades à cinquante pieds de hauteur. Je n'arrête pas de penser au 626-PUCE et à toutes ces pauvres petites dames qui s'esquintent à vouloir faire pousser des zébrines en climat sec.

J'ai eu envie de prendre la grand-route de la côte, au moins jusqu'à Nayarit, là où ça devient plus accidenté, mais cette petite fantaisie m'a coûté cher. (Doc Homer dirait que j'ai payé pour l'apprendre.) J'ai cassé, non pas tordu, mais carrément bousillé un essieu à Tuxpan où j'ai poireauté deux jours en attendant qu'un type à bord d'un camion de livraison de Fanta – qui avait du temps à perdre – m'en rapporte un neuf de Guadalajara. L'unique hôtel du coin était une pension à deux étages avec orchestre « live » (un euphémisme !) pendant les week-ends. J'ai passé la plus grande partie de mon temps assise sur mon balcon à regarder des pélicans attaquer la mer en piqué, ce qui m'a rappelé notre voyage à San Blas. Tu te souviens des pélicans ? Si tu avais été là, à Tuxpan, on se serait bien amusées. Je n'ai pas réussi à me décider à faire quoi que ce soit de productif – il y avait des gens avec lesquels j'aurais pu parler de cultures et de la situation des réfugiés, mais au lieu de ça j'ai passé toute une matinée à regarder un bonhomme livrer des crevettes à domicile le long de la plage. Il avait une perche en travers des épaules avec un seau de crevettes accroché d'un côté et, de l'autre, un pichet en plastique rempli d'eau. À chaque kilo de crevettes vendu, il se versait l'équivalent d'eau et le buvait pour rééquilibrer la charge. Je l'ai suivi des yeux tout le long de la baie en me disant que j'avais envie d'être comme ça. Non comme le vendeur de crevettes. Mais comme son *système*. De me vouer à l'utilitarisme, sans gâchis.

Mais je n'ai rien fait d'utile à traînasser couchée pendant ces deux jours. À garder mes forces, je pense, pour ce qui m'attend. Je suis de plus en plus sur les nerfs au fur et à mesure que j'avance vers le sud, une véritable aiguille de boussole. J'ai vu une effroyable quantité de plantations fichues à l'intérieur des terres, et je sais que ce sera pire au Nicaragua. La guerre n'arrange rien en matière d'agriculture productive.

Demain, je traverse la frontière : difficile de dire où elle se trouve parce que toute cette partie du Chiapas où je suis actuellement est occupée par des camps de Guatémaltèques. Pendant toute une journée interminable, j'ai roulé sur d'horribles routes de montagne sous la pluie et j'ai vu des camps de réfugiés se succéder comme dans un rêve. Ils racontent que l'armée guatémaltèque se lance dans une nouvelle campagne de terre brûlée, c'est pourquoi les gens traversent la frontière au galop, vêtus de leurs seuls vêtements et la peur au ventre. Les bons jours, les flics mexicains les laissent tranquilles. Les mauvais, ils les forcent à réveiller leurs gosses, à décrocher leurs hamacs et à déguerpir dans une autre région. C'est une mort collective. Toute une culture liée à une terre qui se voit déplacée – comme un corps qu'on essaye de sortir de sa peau. Seul ce qui est transportable survit. Les femmes portent leur métier à tisser sur leur dos ainsi que leur marchandise, comme on en voit quelquefois dans les magasins de produits importés. Toutes ces couleurs vives dans cet endroit dénué d'espoir, ça vous tue.

À cet instant même, je suis assise sous la pluie, en train d'attendre le camion de livraison du courrier et de l'eau (j'espère sans arrêt voir arriver le type du camion de Fanta) et je regarde quatre gamines nu-pieds autour d'un feu de cuisine. Celle qui en est chargée a dans les six ans. Elle taille des brochettes pendant que des poulets noirs tout mouillés se pavanent en se secouant et que des tout-petits tirent les bûches qu'ils font rouler pour produire des étincelles. Je suis carrément sur les nerfs. On vit sa vie aux États-Unis et on est incapable de s'imaginer une chose pareille. Facile de s'habituer au privilège d'une existence protégée.

Je sais que tu te fais de la bile, mais c'est inutile, puisque nous avons décidé que j'étais la plus veinarde de tous les vivants. Même si je ne le ressens pas comme ça. Je t'écrirai bientôt du Nica. Je suis sûre que ça ira mieux une fois qu'on m'aura mise à l'ouvrage. Tu me manques, Codi, écris-moi et remonte-moi le moral.

Je reste ta fidèle esclave en adoration pour la vie.

Hallie

La fin était une vieille plaisanterie : dans nos courriers nous nous efforcions de surpasser l'autre en conclusions prévenantes. Le reste de la lettre était du Hallie tout pur. Même à moitié endormie, elle remarquait la moindre orchidée vanille, la moindre peine, la moindre extase. Tout spécialement la peine. Elle aurait pu tout aussi bien ne pas avoir de peau, en ce qui concerne les émotions. Les blessures d'autrui pénétraient directement dans sa chair. Un exemple : je feuillette un journal et prends note des diverses catastrophes, Hallie, en lisant le même journal, se met à pleurer de toutes les larmes de son corps. Elle se croit obligée de faire quelque chose. Tandis que moi, s'il me prend l'envie de faire quoi que ce soit, c'est de m'enfuir à toute berzingue dans l'autre direction. Sans doute que ce qu'on dit est vrai, que tant qu'on soigne ses blessures, peu importe lesquelles, on tourne le dos à ceux qui sont dans le même bateau. On veut croire que, s'ils ont des problèmes, c'est qu'ils l'ont bien voulu.

Le plus bizarre, c'est que là où le chagrin paraissait m'anesthésier, il donnait à Hallie des terminaisons nerveuses supplémentaires. Ça m'obsède. Ce que nous avons souffert au cours de nos existences, nous l'avons vécu ensemble, mais il semble que nous soyons sorties par des portes différentes, à des niveaux différents.

Le vendredi soir, au bout de la première semaine d'école, le chien au bandana vert refit son apparition devant la grille. Je l'aperçus au moment où je sortais, à la suite de mon dîner solitaire, pour arroser les volubilis et les géraniums en pots sur les marches de mon entrée. La chaleur semblait les flétrir presque au seuil de la mort, mais l'eau les ranimait toujours. J'aurais bien aimé avoir la même résistance.

« Salut l'ami, dis-je au chien. Pas de barbecue aujourd'hui. C'est pas de veine. »

Trente secondes plus tard, Loyd était à la porte avec une bouteille de bière. « Je t'avais dit que je reviendrais avec ça, dit-il avec un sourire narquois. Je suis un type de parole.

– Bon, d'accord. Je vois bien. » Je n'étais pas très sûre de ce que j'éprouvai en le voyant dans mon entrée, en dehors de la surprise. Je traînai une paire de chaises pliantes dans le patio d'où nous pouvions contempler le soleil couchant. Le ciel était d'un orange vif, comme artificiel, une couleur qu'on se serait plutôt attendu à voir à la boutique d'Hollywood. « En prends-tu une aussi ou est-ce que je bois ça toute seule ? » lui demandai-je.

Loyd dit qu'il se contenterait d'un soda parce qu'il était inscrit en cinquième position. Je restai interdite.

« Je suis inscrit au tableau de service du dépôt, m'expliqua-t-il. Pour sortir le train. En cinquième position, ça veut dire que je suis le cinquième sur la liste. On m'appellera probablement tard ce soir ou tôt demain matin.

– Oh, dis-je. J'ai cru qu'il s'agissait de scores de baseball. Le compte, c'est trois balles et deux prises et c'est le début de la septième manche. »

Loyd se mit à rire. « J'imagine que ça y ressemble. On prend l'habitude de parler le jargon du rail comme si c'était de l'anglais courant. Par ici, à peu près tout le monde est employé dans les chemins de fer.

– À ça et à regarder les fruits tomber de ses arbres. »

Loyd me regarda avec surprise.

« Ah, tu es au courant ?

– Pas vraiment », dis-je. Je rentrai dans la maison pour lui chercher une boisson gazeuse, marchant avec précaution sur les briques rugueuses du patio parce que j'étais pieds nus. Je dirais au moins ça en faveur de la carrière de Doc Homer en tant que père : mes voûtes plantaires étaient impeccables.

À mon retour, je m'assis et tendis un Coca à Loyd, le laissant se débrouiller du bouchon avec son ouverture facile. J'étais obligée d'utiliser des pinces pour déboucher ce truc-là. C'est à peine s'il imposa deux secondes d'effort à Loyd. Il le prit à pleine paume, renversa la tête en arrière et but presque la moitié de la bouteille. Les choses qui m'exaspèrent le plus au monde ce sont celles que les hommes font sans même en être conscients.

« Alors, c'est ton chien ? lui demandai-je.

– C'est Jack. Vous vous connaissez déjà ? Jack, cette dame s'appelle Codi Noline.

– Nous nous connaissons. Je lui ai refilé en douce quelques côtelettes de chèvre, l'autre jour à la fête. J'espère qu'il n'a pas de régime particulier.

– Il est amoureux, voilà tout, si tu lui en as donné un morceau. C'était une des jeunes bêtes d'Angel Pilar. Jack louchait sur ces côtelettes depuis l'été dernier. »

Jack me regardait, haletant avec sérieux. Il avait la langue violacée et les yeux vifs, d'un marron très foncé. Quelquefois, quand on regarde un animal dans les yeux, on ne voit rien, aucun signe de communication, juste le regard neutre d'une créature sauvage. Mais les yeux de Jack étaient très parlants. Je l'aimais bien.

« Il a l'air d'un coyote, dis-je.

– Oui, il l'est à moitié. Je te raconterai sa vie un de ces jours.

– J'en meurs d'envie », dis-je, le pensant vraiment, bien que dit d'un ton un tantinet moqueur. Nos chaises étaient suffisamment proches l'une de l'autre pour que je puisse atteindre la main de Loyd et la presser, mais je m'en abstins.

« C'est gentil de ta part d'être venu, dis-je.

– Alors, c'était ta première semaine d'école, c'est ça ? Comment ça se passe, la vie avec les jeunes délinquants de Grace ? »

J'étais un peu flattée qu'il soit au courant à propos de mon travail. Mais tout le monde l'était aussi. « Je n'en sais rien, dis-je. Assez épouvantable, je pense. Je te tiendrai informé. »

Le ciel s'était décoloré, passant de l'orange au rose pâle et la cour était crépusculaire sous les figuiers. Chaque soir, à l'arrivée de la nuit, la végétation autour de la maison semblait se resserrer, étreindre les murs blanchis à la chaux, prendre une densité de jungle.

Loyd effleura légèrement mon avant-bras en pointant le doigt. Sur la falaise, au-dessus de la paroi de la cour, un couple de coyotes trottait le long d'une étroite piste animale. Les oreilles de Jack se dressèrent et s'orientèrent telles des paraboles de radar tout le temps que nous les regardâmes passer.

« Tu sais comment les Navajos appellent les coyotes ? Les chiens de Dieu », dit Loyd. Ses doigts étaient toujours sur mon avant-bras.

« Pourquoi ça ? » demandai-je.

Il retira sa main et fit craquer ses jointures derrière la tête. Il se renversa sur sa chaise en allongeant les jambes devant lui. « Je ne sais pas. J'imagine que c'est parce qu'ils courent enterrer leurs os dans le jardin du Bon Dieu. »

Jack se leva et se dirigea vers le mur de la cour. Il resta aussi immobile qu'un muret de pierres, à part une patte arrière qui tremblait, trahissant ainsi toute la force contenue de ce qu'il aurait voulu faire à cet instant précis, sans pouvoir y parvenir. Au bout d'une minute, il revint aux pieds de Loyd, tourna deux ou trois fois sur lui-même et se coucha avec un petit gémissement.

« Pourquoi font-ils ça ? Pourquoi tournent-ils en rond comme ça ? » demandai-je. Je n'avais jamais eu de chien et j'étais légèrement entichée de Jack.

« Ils piétinent l'herbe haute pour se faire un petit nid confortable, dit Loyd. Même quand il n'y a pas d'herbe.

– Donc, j'imagine que c'est logique, d'un point de vue de chien.

– Sûrement. » Il se pencha en avant pour gratter Jack entre les deux oreilles. « On prend ces braves bêtes intelligentes pour les flanquer dans une maison et après, on se demande pourquoi ils gardent des habitudes qui les ont satisfaits pendant un million d'années. Un chien, ça ne réfléchit pas beaucoup à ce que ça fait, ça se contente de faire ce que ça imagine être bien. »

Nous gardâmes tous deux le silence un moment. « Comment connais-tu le nom que les Navajos donnent aux coyotes ? Je croyais que tu étais apache ? » J'avais la vague impression qu'il était peut-être un peu raciste de discuter de la filiation de Loyd, mais il ne paraissait pas offensé.

« Je suis un tas de choses, dit-il. Un bâtard, comme Jack. Je suis né au pueblo de Santa Rosalia. Maman vit toujours là-haut. Tu n'es jamais montée au pays pueblo ?

– Non.

– C'est un joli pays. Tu devrais y aller un de ces jours. J'ai vécu là-haut quand j'étais petit, avec mon frère Leander. Dieu sait que nous avons fait les fous partout, là-bas.

– Tu as un frère ? Je n'en savais rien.

– Mon jumeau, dit Loyd. Il est mort. »

Chacun a son secret, pensai-je, et pour la première fois ce soir-là je me souvins de l'enfant de Loyd qui lui était inconnu. Cela me paraissait sournois et étrange de l'avoir à l'esprit en sa présence comme si je l'avais porté véritablement et qu'il ait été capable de le voir.

Une paonne couleur de poussière sauta sur le mur de la cour et de là, sur le figuier, dans un bruissement de feuillages, poussant un cri de gorge de mise en garde. Elle était malhabile et lourde, pas plus digne de voler qu'un hélicoptère.

« Alors tu es pueblo, apache et navajo », dis-je.

– Mon père est apache. Nous, les garçons, nous avons quitté maman pour descendre à White Mountain et vivre avec lui, mais ça n'a pas marché. J'ai fini par atterrir à Grace, chez la sœur de maman. Tu as connu ma *tía* Sonia, il me semble ?

– Je ne pense pas. Elle vit toujours ici ?

– Non. Elle est retournée à Santa Rosalia. Il faut que j'aille là-haut les voir, elle et maman, un de ces jours. »

La famille avait l'air étrangement dispersée. Je n'avais pas encore bien éclairci l'appartenance navajo.

« Est-ce que je peux me servir de ton téléphone ? me demanda-t-il soudainement.

– Bien sûr. Mais il est peut-être occupé, c'est le téléphone d'Emelina et de J.T. Ils ont simplement rajouté une ligne pour moi. »

Il jeta un coup d'œil à la maison principale et disparut dans mon entrée. Ce soir, Emelina et J.T. étaient tous deux chez eux et Loyd paraissait se sentir un peu coupable de ne pas être allé les saluer. Il lui aurait été facile de passer sous prétexte de leur rendre visite, mais il ne l'avait pas fait. Je me demandai si Loyd avait toujours sa réputation de tombeur. Bien que cela ne représentât rien pour moi, de toute façon. Jack leva la tête et me sonda du regard à travers l'obscurité, puis il se leva et se rapprocha légèrement de moi. J'étendis la jambe et lui grattai le dos de mon pied nu. Son poil était un curieux mélange : dur sur le dessus et doux, presque comme du duvet, dessous.

Hallie et moi avions failli avoir un chien une fois, à l'époque où notre maison de Tucson était au-dessus de la voie de chemin de fer souterraine. Hallie était revenue un soir avec une réfugiée, son enfant et un petit chien couleur cannelle. La mère avait subi des tortures et elle avait le regard vide d'un animal de zoo. Mais je me souvenais de la petite fille, avec sa courte robe rose, qui poursuivait ce chiot sous le lavabo de la salle de bains et partout à travers la maison. Je n'avais aucune raison de penser qu'aucun des trois fût encore en vie. La femme et sa fille avaient fini par être arrêtées et renvoyées au meurtrier et tropical Salvador. Et nous avions décidé avec réalisme que nous n'avions pas de place pour un chien, de sorte qu'il était parti à la Humane Society. Ce genre d'appellation est conçue dans l'idée de gens comme moi qui n'aiment pas s'appesantir sur le sort des innocents.

Loyd ressortit en prenant la précaution de ne pas claquer la double porte décrépite. « Je suis le prochain sur la liste, dit-il. Les trois gars qui étaient devant moi ont décroché pour assister au match des Padres. Je ferais mieux de rentrer à la maison. » Jack se leva instantanément et se mit à côté de lui.

« Alors, merci », dis-je en pensant toujours au chien cannelle. Je levai ma bouteille. « Ça m'a fait plaisir de te revoir, Loyd. »

Il se tenait là, souriant, les doigts de sa main droite jouant sur la nuque de Jack. Je ne savais trop comment mettre fin à la soirée. Loyd hésita et puis se lança : « Il faut que je fasse un saut en voiture à Whiteriver, samedi en huit. Pour vérifier quelque chose.

– Ça paraît mystérieux, dis-je.

– Pour voir ce qui se passe du côté des oiseaux. J'ai pensé que tu aurais peut-être envie de sortir d'ici pour prendre un peu l'air. Ça te tente ? »

Je pris une longue inspiration. « Bien sûr », dis-je. Je n'en étais pas sûre du tout, mais mon cerveau avait apparemment pris sa décision. « Entendu, prendre un peu l'air ne me fera pas de mal. »

Loyd esquissa un curieux petit hochement de tête et franchit le portail. Jack disparut derrière lui dans la jungle de cactus.

Homero

10

Le masque

Il est allongé sur sa table d'examen et se repose les yeux. Le téléphone sonne faiblement, mais Mrs. Quintana, sa réceptionniste, a cessé de se battre avec les formulaires d'assurances et elle est rentrée chez elle.

Il pose ses longues mains sur son visage, l'extrémité de ses doigts touchant légèrement son front, les pouces reposant sur les maxillaires au-dessous des yeux. Son cabinet situé au sous-sol de l'hôpital reste frais, même en cette tardive chaleur de septembre, et agréable également en hiver. Aussi pratique et réconfortant qu'une grotte. L'absence de fenêtres n'a jamais été un problème ; l'éclairage artificiel est suffisant. Il vient d'examiner sa dernière patiente de la journée, une fille de seize ans avec six minuscules anneaux qui traversent le cartilage de son oreille droite. Elle attend des jumeaux. Ils naîtront petits et difficilement. Il n'y a aucune raison de tout lui dire.

Il imagine le processus selon lequel les minces fils d'or ont été insérés dans la chair et l'os spongieux. Cela a dû être douloureux. Il ne comprend pas. Les enfants prêtent une attention servile à ces choses-là, mais n'ont cure de la prophylaxie.

Il flotte entre veille et sommeil en pensant à Codi. Elle a le regard baissé et fuyant, le cœur déjà manifestement endurci à son égard pour être passée par là. Elle a les cheveux dans les yeux. Elle les rejette de côté, en mordillant l'intérieur de sa lèvre et en regardant par la fenêtre quand il lui parle. À treize ans, elle aurait voulu avoir les oreilles percées : il lui a expliqué que l'automutilation était une pratique absurde et archaïque. En ce moment, ils parlent chaussures. Il a envie de lui demander : « Sais-tu ce qu'il y a à l'intérieur de toi ? Est-ce que ta sœur le sait ? » Hallie est bien jeune pour comprendre ce qui touche à la reproduction mais il est impossible qu'elle n'en sache rien, elles partagent les mêmes pensées et lui en est totalement exclu. Il n'a aucune idée de ce qu'il pourrait lui dire.

À la voir, elle en est au cinquième ou au sixième mois, bien que Codi ait toujours été trop mince et maintenant dangereusement mince, et tellement habile à le cacher grâce à ses vêtements qu'il ne peut en être sûr que grâce à d'autres signes. La pigmentation, plus foncée sous les yeux et sur l'arête du nez, pour commencer, est identique au masque de grossesse qu'Alice a eu les deux fois, la première pour Codi et ensuite pour Hallie. Cela le stupéfie. Il ressent une douleur aiguë à hauteur de la rate lorsqu'il regarde de l'autre côté de la table du petit déjeuner, chaque matin, et qu'il voit cela : le visage de sa femme. Le fantôme de l'époque la plus heureuse de leur vie venu hanter le malheureux corps de leur enfant. Il ne peut s'empêcher de penser qu'il leur a fait du tort à toutes, par le simple fait de les avoir liées ensemble. Sa famille forme un toile de femmes morte et vivantes, avec lui au centre, comme une araignée mue par des instincts différents. Il est étendu, muet, n'entendant qu'à la façon tactile qu'a une araignée d'entendre, touchant les fils de la toile de l'extrémité de ses longs doigts étendus, à l'écoute. À l'écoute de la vie piégée.

Cosima

11

Une rivière sur la lune

Loyd et moi n'allâmes pas à Whiteriver. Il fut réquisitionné le vendredi pour une période de sept jours sur une locomotive de manœuvre à Lordsburg. L'air déçu, il me promit que nous irions là-bas une autre fois. Loyd n'avait pas beaucoup d'ancienneté dans les chemins de fer ; il n'était revenu s'installer à Grace que depuis quelques années seulement et, à la Southern Pacific, il était, disait-il, pas mal « bousculé ». Il lui était difficile de prévoir ses congés à l'avance.

J'en fus soulagée, d'une certaine façon, car je n'étais pas très sûre de ce dans quoi je me lançais et j'avais des doutes. Une fois que je le sus, j'en eus davantage encore.

J'avais demandé à J.T. ce qu'étaient ces fameux oiseaux. Lui et moi étions occupés un soir à travailler dans l'antique verger de pruniers, à élaguer les vieilles branches mortes des arbres. Ma tâche consistait surtout à rester à l'écart des grosses branches qui tombaient. Cela se passait assez loin de la maison, et Emelina m'avait demandé si je pouvais aller le surveiller du coin de l'œil. Elle n'était pas du genre à se biler, mais un bonhomme pendu après un arbre avec une tronçonneuse à la main représente une vision éprouvante pour les nerfs, croyez-moi. Même s'il ne s'agit pas de votre mari.

J.T. m'informa que ces oiseaux étaient des coqs de combat. Il était en train de faire une pause juste à ce moment-là, appuyé d'une main sur un arbre, tout en buvant ce qui semblait des litres et des litres d'eau.

J'en fus stupéfaite. « Tu veux parler de combats de coqs ? »

J.T. sourit. « Tu en as discuté avec Loyd ?

– Il m'a invitée à monter avec lui jusqu'à Whiteriver. Il m'a vaguement parlé d'oiseaux et... » Je ris de moi. « Je ne sais pas, moi, j'ai pensé à quelque chose qui se mangeait. À une race de poules cornouaillaises, par exemple. »

Il se mit à rire aussi. Il m'offrit la bouteille d'eau et je bus au goulot avant de la lui rendre. J'étais surprise de la facilité des rapports que j'entretenais avec J.T. Nous n'avions pas été camarades de lycée – après tout, c'était lui le capitaine de l'équipe de football, à l'époque. Sans aucune mesquinerie de sa part, mais tout simplement parce que les lois naturelles de la ségrégation adolescente sont ce qu'elles sont, nous aurions pu aussi bien fréquenter des lycées situés sur des planètes différentes. Le fait d'être voisins de nouveau ravivait à présent ce que nous avions oublié à ce moment-là : notre relation datait même d'avant Emelina. Nous avions été proches voisins à l'âge des premiers pas. Nous avions joué ensemble avant que les mots « garçon » et « fille » n'eussent un sens pour nous.

Il leva la bouteille et avala ce qui restait, les muscles de la mâchoire tendus pendant qu'il buvait. Le corps de J.T. tout entier luisait de sueur. Je l'imaginai nu un bref instant, ce qui me troubla. J'avais déjà couché avec le mari d'une autre, une fois – un Asiatique, prof d'histoire à l'université – prenant son statut marital pour quelque chose de réconfortant et paternel. Mais j'étais attachée à Emelina. Non, cela n'arriverait pas.

Nous étions au début d'octobre et il faisait encore chaud. Grace était censée bénéficier d'un climat idéal, comme Camelot ou Hawaii, et il est vrai qu'ayant grandi ici, c'est à peine si j'étais capable de me souvenir d'une seule journée désagréable du point de vue du temps. La plupart des maisons ne possédaient ni climatisation ni chauffage central et n'en avaient pas besoin, mais cet automne avait viré à la chaleur infernale. Dans le désert, à Tucson, la température dépassait chaque jour les quarante-cinq degrés et les météorologues de la télé rapportaient presque avec fierté des séries de records battus, tels les scores d'un nouveau sport. À Grace, personne ne les enregistrait en particulier, mais nous souffrions tout autant.

J.T. s'agenouilla pour redémarrer la tronçonneuse, mais j'élevai la voix avant qu'il pût tirer sur le cordon. « Je croyais que les combats de coqs étaient interdits.

– Ils le sont presque partout ailleurs, mais pas dans l'État d'Arizona. Et là-haut dans la réserve, ils ont leurs lois à eux. Loyd n'est pas un délinquant, si c'est ce que tu veux savoir.

– J'imagine que je ne sais pas de quoi je parle. Je n'arrive tout bêtement pas à voir le rapport entre Loyd et les combats de coqs.

– Son paternel était une vraie gloire, dans ce sport. Une sorte de légende là-bas, en pays apache.

– Ce qui veut dire que Loyd doit perpétuer la tradition », dis-je, sans aménité. Je savais aussi que le père de Loyd était un soiffard renommé.

J.T. me demanda : « Tu aimes les bêtes ?

– Oui, mais ça ne va pas jusqu'au fanatisme. J'en mange. » Je me revoyais si peu émue au moment où Emelina tranchait les têtes de notre dîner du dimanche, en ce premier jour à Grace. « Mais de là à regarder des bêtes s'entre-tuer pour le plaisir, dis-je avec hésitation, c'est une affaire d'un goût douteux, non ? » Je regardai à l'autre bout du verger. L'obscurité arrivait vite. Je voyais déjà le clair de lune se refléter dans les fossés d'irrigation.

J.T. s'assit sur les talons, les yeux levés vers les branches au-dessus de nos têtes. « Je ne sais pas pourquoi je m'esquinte après ces arbres. Ils ont soixante ans. Ils ne donnent plus assez pour que ça vaille le coup. Je pourrais carrément les abattre et tirer beaucoup mieux de ce terrain, sans parler du bois de chauffage. Mais je tiens ce verger de mon père. » Il ramassa un noyau de prune, poli par l'usure comme une dent, et le frotta avec son pouce. Au bout d'une minute, il leva le bras et, d'un bref mouvement du poignet, le lança vers la rivière. « Le vieux de Loyd, lui, n'a foutrement rien eu à lui donner à part les combats de coqs. » J.T. me regarda. « Je n'en raffole pas non plus, Codi. Mais il faut que tu fasses mieux connaissance avec Loyd avant de te prononcer. »

Je laissai tomber le sujet des combats de coqs. Loyd s'était mis à passer assez régulièrement dans la soirée, ou du moins ce qu'on appelle régulièrement pour quelqu'un qui travaille dans les chemins de fer : je le voyais trois jours de suite, et plus du tout pendant une semaine. Cela renforçait le sentiment que nous n'étions que des connaissances occasionnelles, ne nous rencontrant que par hasard, presque, et j'essayais de limiter mes attentes au point de ne prêter aucune attention à mon apparence, le soir. Quelquefois, en arpentant les sols de brique de ma salle de séjour et de ma chambre, je me rendais compte que je guettais le tintement des médailles de Jack, alors j'allumais la radio.

Lorsque Loyd venait tout de même, nous traînions nos chaises longues dehors pour admirer les adieux du soleil sur la paroi du cañon et nous nous entretenions de tout et de rien. Par exemple, il me racontait l'histoire de la vie de Jack. La mère de Jack était une coyote que Loyd avait adoptée au temps où il vivait dans la réserve apache. Un soir, alors qu'elle avait été blessée à l'épaule par des chevrotines et était en chaleur, Loyd l'avait vue longer l'arroyo derrière chez lui, tentant ainsi d'échapper à une meute de mâles. Il avait attiré son attention par un léger sifflement et laissé sa porte d'entrée ouverte puis était allé se coucher. Le lendemain matin, il l'avait trouvée couchée en rond sous son lit de camp.

Je ne doutais aucunement de l'affaire. D'abord, parce que Loyd semblait exercer un pouvoir sur toutes les femelles, quelles qu'elles fussent. Il avait la façon la plus naturelle que j'aie vue de raconter une histoire et, comme s'il lui importait peu que je fusse impressionnée ou non, il se mettait simplement en devoir de me relater les faits. Il semblait qu'il ne se souciât pas véritablement, d'une façon comme d'une autre, de mentir.

« Je l'ai gardée enfermée dans la maison pendant une semaine en compagnie de Gunner, le vieux chien de mon père. Gunner avait perdu une patte arrière quand il n'était encore qu'un chiot et il était parfaitement capable de se déplacer, mais jamais de la vie il n'avait monté une femelle. Je croyais qu'elle serait en sécurité avec lui. »

Cette conversation terre à terre à propos de chaleurs et de monte me rendit légèrement nerveuse, ou plutôt nerveuse au second degré. Je pensais que j'aurais dû me sentir mal à l'aise avec Loyd, mais je ne l'étais pas. Pour lui, c'était la vie, la mort et les chiens. Quelquefois Loyd paraissait avoir douze ans.

« Eh bien, Jack est ici pour prouver ce qui s'est passé. De sorte que j'en déduis qu'elle n'était pas en sécurité. »

Loyd sourit. « Non. Ça a été son unique chance de rencontrer l'amour, à ce brave vieux. Après ça, il est tombé sur un appât empoisonné destiné aux coyotes. Il est mort avant la naissance des chiots.

– Comment sais-tu qu'ils étaient de lui ? Elle aurait pu être déjà pleine. »

Loyd demanda à Jack, aussi poliment qu'on demanderait une faveur à un ami, de se mettre sur le dos. « Tu vois ça ? » À l'emplacement du cœur de Jack il y avait une tache blanche avec un croissant de lune noir au centre. « C'est l'empreinte de Gunner. Il y avait sept chiots, deux noirs et cinq marron, et tous, ils portaient cette marque.

– Comment as-tu su lequel garder ? »

Il hésita. « Papa a décidé, dit-il pour finir. Et Jack. En fait, je crois que c'est Jack qui a pris la décision. »

Ils n'avaient rien d'électrisant, ces bavardages avec Loyd dans l'obscurité ; ils m'apportaient un sentiment d'apaisement après mes journées au lycée qui se passaient dans un climat d'hostilité larvée, à la limite de la guerre ouverte. À l'occasion, Loyd prenait le bout de mes doigts qu'il caressait, l'esprit absent, comme il l'aurait sûrement fait avec Jack si celui-ci avait eu des doigts. Le soir de l'histoire de Jack, il m'avait également embrassée avant de partir et j'avais été surprise de la manière dont j'avais réagi. Embrasser Loyd avait été délicieux, comme une drogue dont j'aurais voulu goûter davantage malgré les mises en garde du ministère de la Santé. Plus tard, dans mon sommeil, je fis des rêves de coyotes en chaleur.

Je vis également Hallie. Ses cheveux bougeaient autour d'elle, semblables à une créature vivante. « J'ai embrassé un type qui tue des oiseaux », confessai-je, mais elle regardait au-delà de moi comme si elle n'avait pas eu de sœur. Ses yeux étaient aussi clairs que des billes. Je m'éveillais, hagarde, trop ébranlée pour me lever et allumer la lumière.

Je rêvai aussi de Carlo, à plusieurs reprises, sans aucune raison valable à mes yeux. Il m'avait écrit une lettre plutôt professionnelle et dépourvue de passion. Je lui manquais malgré tout et ce sentiment me réconfortait quand j'étais couchée dans mon lit vide. Cela voulait dire que j'étais seule par choix, ou à cause de circonstances pénibles telles qu'un père malade. Ces choses-là vous font vous sentir mieux que d'être seule parce que personne ne veut de vous. Dernièrement, je m'étais mise à penser à Carlo avec une sorte de vague regret romantique que je savais factice. À la vérité, nous nous étions promis dès le début que nous ne resterions pas ensemble. « Sans engagements », avions-nous dit, prouvant ainsi que nous étions des étudiants en médecine mûrs et qui n'avaient pas de temps à perdre. Chose curieuse, nous étions pourtant restés ensemble physiquement, de sorte que, je pense, tomber en désamour avait été le moyen pour nos cœurs de respecter le contrat. L'issue finale était toujours lovée là, entre nous, comme un chat qui dort, présente, même lorsque nous faisions l'amour.

Carlo et moi avions couché ensemble pour la première fois, un matin très tôt, après notre garde au service de soins intensifs en pédiatrie. Toute la nuit, nous avions tenté de sauver un bébé papago amené trop tard de la réserve. Nous étions allés directement du bébé mort à mon appartement, dans mon lit. C'est à peine s'il y avait eu une conversation dont je me souvienne, nous nous étions simplement étreints, serrés l'un contre l'autre, aussi longtemps que nos corps avaient pu le supporter. J'aurais pris n'importe quoi pour mettre fin à cette douleur, et Carlo était un médicament puissant. Aucun bonheur, rien de joyeux, un médicament uniquement.

Il y avait eu un autre moment de désespoir, de rapport fiévreux dont je me souviens en particulier. C'était beaucoup plus tard, à l'époque où Carlo et moi vivions à l'étranger. On avait accordé à Carlo la possibilité de passer un an dans une clinique incroyablement éloignée, à mi-pente de la montagne la plus élevée du centre de la Crète.

La tâche était rude, mais en décembre nous étions partis faire un voyage loin du village, à Venise. La clinique avait fermé à l'occasion de quelque combinaison entre un rituel clanique et des vacances orthodoxes grecques qui avaient pratiquement vidé le village. Nous étions partis pour l'Italie avec l'impression de faire l'école buissonnière, buvant du vin dans des quarts en fer-blanc à bord du train et étourdis par l'entêtante impression de nous enfuir en emportant quelque chose. Avant ça, c'est à peine s'il avait réussi à obtenir une journée de congé, encore moins une semaine. Puis Carlo attrapa un rhume sur le ferry qui partait le lendemain pour Brindisi et le temps que nous atteignions Venise, nous étions tous deux brûlants comme des fourneaux. Cette combustion interne nous communiquait une faim inassouvissable de glucides et du corps de l'autre, de sorte que nous prîmes une chambre à la *penzione Meraviglioso* et que, pendant une semaine, nous mangeâmes des platées de pâtes et fîmes un genre d'amour délirant et moite, inconnu auparavant de nous, dans un inoubliable grand lit douillet.

La *penzione* donnait sur le froid et l'humidité du Grand Canal ainsi que sur une obscure petite place au nom de triste augure : la Piazza des Veuves éplorées. (Éplorées ou incommodées, en fonction de la traduction.) L'origine de ce nom était inconnue de la patronne à l'âge certain qui était née et avait été élevée dans le bâtiment. Elle nous montait nos repas, se montrant à la fois scandalisée de nos appétits et inquiète de notre bien-être. Elle était d'avis que, par temps humide, n'importe quelle maladie était capable de trouver le chemin des poumons. Elle osa même nous conseiller d'aller voir un médecin.

Carlo parlait italien. Son père était arrivé en Amérique par bateau à vapeur, transportant des peaux préparées et du chianti. Il lui expliqua en termes polis, quoique imparfaits grammaticalement, que nous étions tous deux médecins. Que nous ne pouvions être en de meilleures mains. Pour mon bénéfice, il traduisit le sous-entendu un peu plus tard. À la fin de la semaine, Carlo et la patronne étaient devenus amis intimes. En dépit de sa réserve notoire, chaque fois qu'elle nous montait du thé chaud, il s'asseyait dans le lit, en chemise, et lui donnait des avis sur la stérilité de sa fille aînée et sur la maladie pulmonaire de son gendre qui travaillait comme souffleur de verre. J'étais couchée à côté de lui, pendant ce temps-là, les draps remontés jusqu'au cou, me sentant à la fois pécheresse et déplacée, comme une putain qu'on a ramenée à la maison pour faire connaissance avec maman. La patronne ne me demandait pas mon avis, probablement parce qu'elle ne me croyait pas vraiment médecin. Ce que je n'étais pas, techniquement. Je travaillais un peu à la clinique – la Crète, contrée rurale, ne se préoccupant pas exagérément des habilitations – mais pour être tout à fait honnête, j'étais surtout l'amante de Carlo. Je faisais les courses. J'apprenais à dire « huile », « savon » et « pain » en grec.

Je sais que l'ambition d'une femme n'est pas censée monter, descendre et dévier ainsi, tel un pauvre oiseau pris dans la tempête. Tout ce que je peux dire c'est que, à l'un des nombreux carrefours de ma vie, alors qu'il me fallait ou couler ou surnager, la Crète a été l'île, l'endroit où se rendre, à la fois neuf et lointain. Au cours de ma première année d'internat, je venais de laisser tomber médecine quelques mois avant de devenir généraliste. J'avais découvert que quelque chose d'essentiel – relatif peut-être à mon courage, peut-être à mon empathie – m'empêchait d'aller plus avant. J'avais compris tout cela au moment où un bébé s'était efforcé de naître les pieds en premier. J'ignorais totalement comment j'annoncerais la nouvelle à Doc Homer, et je dois reconnaître que l'idée de mettre un océan entre cet obélisque de désapprobation et moi m'avait séduite. Que Carlo eût réellement voulu que je vienne avec lui m'avait également décidée. Mais je n'avais guère d'autre mission en dehors de ma survie personnelle ; rien à voir avec Hallie et son désir de partir au Nicaragua. Notre village avait son propre genre de tristesse, les os et les pierres de la pauvreté, mais le paysage était bouleversant. Nos camarades traitaient les parasites intestinaux au Niger et en Haïti, les poumons noirs dans les Appalaches, tandis que Carlo et moi réparions des jambes cassées sur les pentes escarpées du mont Ida, lieu de naissance mythique de Zeus. La pauvreté ne paraît pas tant oppressante que sublime dans un paysage magnifique. Au fond, c'est la matière dont sont faites les grandes religions, me disais-je, tout en sachant à quoi m'en tenir.

Il faisait quarante degrés à l'ombre et les esprits naissants des niveaux 1 et 2 de la classe de sciences nat partaient en mission de recherches au bord de la rivière : notre but espéré était de recueillir quelques échantillons d'eau à examiner sous le microscope. Nous étions en train d'étudier les règnes végétaux et animaux, en commençant par le bas de l'échelle avec les protozoaires et les algues bleu-vert. J'aurais pu facilement prélever et rapporter moi-même quelques litres d'eau de la rivière, mais l'école n'était pas climatisée et je n'étais pas totalement dépourvue de cœur. J'avais assez longtemps joué les intransigeantes avec ces gamins pour leur mettre les points sur les « i » si besoin en était, et j'étais un peu fatiguée. Nous l'étions tous.

Je savais que l'expédition à la rivière tournerait à la sortie récréative. Je n'essayai pas trop vigoureusement d'aller contre la nature. Un dénommé Raymo, grand échalas coiffé à la skinhead, fut le premier à se mouiller jusqu'au T-shirt. Cela ne prit que quatre-vingt-dix secondes. Je n'intervins autoritairement que lorsque les garçons entreprirent de jeter les filles à l'eau sans leur consentement.

« O.K., les scientifiques, laissez tomber, puisque Marta vous dit qu'elle n'a pas envie d'être mouillée », dis-je. Marta m'expédia une moue pleine de rouge à lèvres quand ils la reposèrent, tout en hurlant un « non ! » et je compris qu'il y avait certainement une leçon à tirer de tout ça.

« J'ai avec moi une tonne de flacons à échantillons, alors, allons-y. » Je m'installai à distance raisonnable sur la berge, à l'ombre d'un frêne, afin d'étiqueter les bouteilles pleines au fur et à mesure qu'on me les rapportait. Je leur suggérai de recueillir le liquide en eaux peu profondes et, plus profondes, en eaux courantes et stagnantes, mais ils allèrent bien au-delà, ramassant tout ce qui bougeait. Assez pour vous convaincre de la réalité de l'instinct chasseur. Il y avait un îlot envahi d'herbe au milieu des eaux troublées et plusieurs gosses s'y trouvaient à genoux, occupés à attraper insectes et grenouilles. Raymo, en fait, captura une perche de quinze centimètres à l'aide d'un filet improvisé avec son T-shirt. « Tôt ou tard, j'imagine qu'on en arrivera au poisson, dit-il. Un poisson, c'est bien un animal, dites ?

– Tu as raison », dis-je et je le lui laissai mettre en compagnie des grenouilles dans le seau de ménage que nous avions persuadé le concierge de nous prêter. J'ignore à quoi ressemble l'enseignement dans un collège de grande ville, mais au lycée de Grace, nous étions assez souples en matière d'appropriations interdisciplinaires.

De retour au labo, nous réunîmes toutes les créatures visibles à l'œil nu et les logeâmes dans un aquarium qui autrefois avait contenu des balles de ping-pong bleues et orange, utilisées pour quelque expérience mystique de physique. Marta et deux autres pom-pom girls évacuèrent les balles de ping-pong et s'emparèrent de notre futur terrarium. Elles aménagèrent une mare d'un côté pour les poissons et un admirable îlot couvert de mousse de l'autre, complété d'une plage et d'une grotte qu'elles baptisèrent motel de la Grenouille. Malgré tout elles refusèrent de traiter directement avec les clients. Raymo y transféra poissons et grenouilles (à mains nues) contenus dans le seau de ménage.

Le jour suivant, nous sortîmes les microscopes. Les jeunes grognèrent, car ils auraient préféré faire des expériences sur les grenouilles. Difficile d'intéresser des gens à des animaux dont on ne discerne ni tête ni queue ni nageoires ou autres – quant aux plantes, inutile d'y compter. Le drame en est absent. On ne guette pas, on ne suit pas à la trace, on ne gobe pas de proie innocente dans l'univers végétal, point final. Les plantes ne mangent même pas, sauf acception du terme dans son sens le plus passif. À l'université, j'avais connu un professeur de botanique qui passait son temps à répéter que « seuls les esprits supérieurs étaient capables d'apprécier les plantes ». Hallie et moi étions une illustration parfaite de son propos. Tout de suite, dès l'enfance, nous avions représenté chacune une moitié du monde. J'étais celle qui recherchait la satisfaction immédiate dans la capture de papillons rapides, bariolés, que je chloroformais dans un bocal à couvercle vissé, puis épinglais sur des étiquettes tapées à la machine, avec leurs noms en latin. Les goûts de Hallie étaient plus paisibles : elle prenait le temps de voir les choses pousser. Elle transplantait des fleurs des champs et montrait une aptitude pour le jardinage. À l'âge de dix ans, elle s'était chargée du catalogue de jardinage Burpee.

Maintenant, j'étais seule au jardin d'Éden. J'étais supposée enseigner l'ensemble du monde vivant à ces gamins. J'écrirais à Hallie pour lui demander son avis sur la façon d'intéresser des adolescents à des organismes qui n'avaient pas de vie sexuelle appréciable. Entre-temps, nous nous occuperions des protozoaires, que je maîtrisais bien. Avec de la craie de couleur, je dessinai d'énormes et magnifiques images de ce que nous pouvions nous attendre à voir dans l'eau de cette rivière : des fibres de nodulaires semblables à des rangs de perles bleues ; des hydres aux multiples tentacules ; des rotifères qui fonçaient à toute bombe les uns dans les autres, tels des gamins hyperactifs. Je leur montrai comment déposer une goutte d'eau sur une lame mince, comment protéger celle-ci d'un couvercle et régler l'objectif. Le labo s'apaisa sous l'effet de la concentration.

Ils ne virent rien. Au début, j'en fus agacée, mais me mordant la langue, je me penchai moi-même au-dessus du microscope, prête à observer le monde grouillant d'une rivière souillée. Je découvris qu'ils avaient raison : il n'y avait rien. Je fus saisie d'une bizarre panique de constater cette immobilité sous le grossissement puissant. Notre eau était morte. Elle aurait pu tout aussi bien provenir d'une rivière sur la lune.

Comme devoir à faire à la maison, je chargeai mes classes d'une mission d'espionnage. Il fallait qu'ils se débrouillent pour tirer de leurs parents ce qui se passait dans cette rivière. Le pH de certaines zones – que nous avions testées – n'était qu'un poil plus élevé que celui de l'acide de batterie. Je refusais de croire que l'empoisonnement dû à la mine fût allé si loin. Les protozoaires constituent un système d'alarme précoce dans la vie d'une rivière, à l'instar du canari dans une mine. Et le canari avait crevé. Nous examinâmes de plus près la perche de Raymo, de même que les grenouilles du terrarium qui paraissaient en relative bonne santé. Malgré tout, elles s'étaient révélées extrêmement faciles à attraper.

« Impossible que ce soit licite », me lamentai-je auprès de Viola pendant que nous étions assis dans la galerie avec trois des garçons et quatre sacs d'épicerie pleins de haricots à éplucher. Emelina et John Tucker étaient dans la cuisine en train de mettre en conserve aussi vite que nous épluchions. Dès lors qu'il s'agissait d'enfantement et de jardinage, Emelina paraissait incapable de suivre la voie de la modération.

« C'est illégal, dit Viola de mauvaise humeur. Et quelle différence ça fait ? »

Nous travaillâmes en silence pendant un moment. La cuvette d'aluminium qui était entre nous tintait comme une cloche quand nous y jetions nos haricots durs et verts contre ses flancs. Mason n'avait pas réussi à maîtriser l'art d'équeuter les haricots et s'était endormi sur la balançoire. Les jumeaux s'envoyaient des coups de coude comme des oiseaux irascibles sur un fil électrique. Viola avait surveillé les garçons dans le jardin presque toute la matinée et, pour une fois, elle paraissait fatiguée. Elle portait un pantalon en stretch couleur lavande, une chemise brodée et une casquette de baseball avec l'insigne du Syndicat des ouvriers de l'acier. Le père de J.T. avait travaillé à la fonderie pendant quarante ans, depuis l'âge de dix-huit ans jusqu'à sa mort, due à un cancer du poumon. La casquette était posée à l'avant du crâne de Viola parce que ses longs cheveux étaient épinglés derrière en un épais chignon. Selon Emelina, Viola avait le sentiment que les garçons perdaient tout contact avec le passé, mais à la voir maintenant, j'étais incapable d'avoir la moindre idée de ce que celui-ci avait pu être. Je repensai à la collection de bouteilles d'Elvis, dans sa chambre. Je ne connaissais pas Viola aussi bien qu'Emelina, J.T. et les enfants. Elle était toujours en train de longer les murs des pièces, les mains pleines, toujours sur le point d'aller quelque part, trop occupée pour s'asseoir et bavarder.

« Il faudra qu'ils payent une amende s'ils continuent de polluer la rivière, dis-je avec gaieté. L'Agence de protection de l'environnement les obligera à fermer s'ils ne la nettoient pas. » Sur l'invite pressante d'Emelina, je m'étais rendue au palais de justice pour remplir une déclaration auprès des autorités locales sur le pH et la mort biotique de la rivière. J'avais utilisé les termes les plus scientifiques que j'aie pu réunir, tels que « mort biotique » et « charge d'oxygène ». J'avais écrit à Hallie à ce propos.

Viola lâcha, sans lever les yeux : « Ils vont se contenter de détourner la rivière.

– Quoi ? »

Elle se pencha avec un petit grognement et sortit une autre poignée de haricots du sac d'épicerie placé entre ses jambes et les déposa dans son tablier. Curtis et Glen avaient cessé de se donner des coups pour l'instant et faisaient un concours de vitesse. Ils mettaient un temps fou à équeuter les haricots du fait qu'ils s'arrêtaient toutes les deux minutes pour compter celui qui en avait le plus.

« Ils vont construire un barrage, dit Viola. C'est tout ce qu'il leur suffit de faire pour respecter les lois de l'APE. Monter un barrage sur la rivière pour la détourner vers le cañon de la Tortue au lieu de la laisser couler par ici. L'APE s'est contentée de leur rappeler qu'ils n'avaient pas le droit de la faire passer là où vivaient les gens.

– Mais, alors, il n'y aura plus d'eau pour les vergers. La situation sera pire qu'aujourd'hui.

– C'est vrai. Mais c'est d'ac-d'ac avec l'APE. Hier, les gars ont tous participé à une réunion en ville à ce sujet, avec ce grand ponte de Phoenix. Ils sont restés à discuter pendant neuf ou dix heures d'affilée et tout ce qu'il leur a dit pour finir, c'est que si Black Mountain barrait la rivière ça sortirait de la compétence juridique de l'Agence pour la protection de l'environnement. » Viola déroula ces longs mots avec mépris, comme si elle était contente de les extraire de sa bouche.

« Mais c'est impossible. Il existe des droits sur l'eau.

– Personne ici n'a aucun droit sur l'eau. Toutes les familles d'ici les ont vendus à la Compagnie en 1939, à vingt-cinq cents l'acre. Nous avons tous cru que nous recevrions de l'argent en échange de rien. On s'en est fait une *fiesta.* »

Je la regardai, les yeux ronds. « Alors, vous ne savez pas vraiment ce qu'ils vont faire ? Ils vont détourner la rivière ? »

Elle haussa les épaules. « Qui sait avec certitude que c'est ce qu'ils feront ? Il est possible qu'on soit tous morts demain. Il n'y a que le Bon Dieu qui sache. »

J'avais envie de la secouer. J'aurais bien aimé qu'elle me regarde franchement dans les yeux. « Mais c'est bien ce que vous avez entendu dire qui allait se passer ? »

Elle hocha la tête une fois, sans à aucun moment quitter des yeux les haricots qui filaient entre ses mains pour aller tinter, fraîchement cassés, dans la bassine d'aluminium.

Je n'arrivais pas encore à le croire. « Comment peuvent-ils faire ça ?

– Avec des bulldozers », dit Viola.

Loyd et moi décidâmes d'une autre date pour Whiteriver, un dimanche d'octobre cette fois. La soirée précédente, j'étais allée avec Emelina écouter de la musique Chicken Scratch au restaurant de plein air tenu par les quatre filles de doña Althea. Les mêmes orchestres Waila arrivaient de la réserve des Papagos depuis des décennies, substituant les fils aux pères de façon si progressive que la musique ne changeait jamais. Les goûts d'Emelina la portaient naturellement vers la country – Merle Haggard et Dolly Parton – mais la Waila avait quelque chose de spécial, disait-elle, dont elle raffolait. Ses garçons, déniaisés par MTV, levaient les yeux au ciel. Elle emmena Mason et le bébé avec nous car, ainsi qu'elle l'exprima, ils étaient trop petits pour avoir le choix.

Le restaurant à ciel ouvert était situé dans une cour entourée de murs, version plus grande et plus baroque de celle d'Emelina. Des fleurs y poussaient de partout dans des jarres en forme de cochons ou de coqs avachis, dont certains étaient éclopés, et deux énormes oliviers y brillaient de minuscules guirlandes électriques de Noël qui, de toute évidence, ignoraient les saisons. Creusées ici et là dans l'épais mur d'adobe, il y avait des niches arrondies qui logeaient des saints de la taille d'un GI Joe et usés par les intempéries ; certains, en fait, ressemblaient à s'y méprendre à des poupées déguisées en saints. Dans un coin, près de là où l'orchestre s'installait, se dressait un saint François d'Assise, maigre à faire rire, d'un mètre trente de haut. Il avait un côté vénérable et épuisé (affamé aussi) et était entouré d'un assortiment postmoderne de céramiques vernissées et d'oiseaux en plastique.

Les tables et les chaises étaient de tous les genres possibles et imaginables, dans le même thème, ainsi que les assiettes qui, tels des flocons de neige, étaient toutes disparates. L'effet était totalement festif en dépit des filles de doña Althea. Toutes les quatre (dont le nom comportait *Althea* quelque part) avaient dépassé la soixantaine et étaient aussi maigres que le saint François, sans toutefois en posséder le magnétisme animal. Elles se déplaçaient avec efficacité à travers la foule, la mine renfrognée, prenant les commandes et rapportant des plats divins de la petite cuisine, se comportant pendant tout ce temps-là comme si elles ignoraient vraiment pourquoi elles avaient accepté d'endurer tout ce tracas. On aurait pu penser qu'avec le temps elles l'avaient compris. Ce restaurant jouissait en ville de la plus grande popularité qui soit depuis un demi-siècle.

Avec une attention et une tendresse toutes paternelles, les frères Alvaro déballèrent leurs instruments de musique qui voyageaient confortablement nichés dans des couvertures à carreaux de couleurs vives. Ces messieurs, bien que frères, semblaient plutôt appartenir à trois générations différentes. L'aîné, avec ses botte de cow-boy et sa chemise western classique, berçait un saxophone en bronze qui me rappela les avions de la Seconde Guerre mondiale. Un autre, entre deux âges, les cheveux sur les épaules, jouait de l'accordéon et deux garçons en T-shirts étaient à la guitare basse et à la batterie. Le vieux joueur de saxo s'approcha du micro : « Nous sommes les frères Alvaro, dit-il, si nous faisons trop de boucan, faites-le-nous savoir. »

Ce fut la dernière fois qu'aucun d'eux sourit. À partir du moment où ils se mirent à jouer, ils restèrent impassibles, la bouche tombante de concentration. Quant aux autres, ils se trémoussaient sur leur siège. La musique Chicken Scratch est une sorte de polka américaine locale épicée à la mexicaine. On se croirait à une soirée de mariage déchaînée, très joyeuse et légèrement éméchée, et ça vous remue du haut en bas ; impossible de rester en place. Une rangée de femmes plus âgées en jupes et en blouses sombres, sans doute les sœurs Alvaro ou les femmes Alvaro, se tenaient près de la cuisine en se balançant légèrement et en frappant du pied. Plusieurs couples se mirent à danser et je savais qu'Emelina brûlait de les rejoindre, mais elle s'en empêcha. Mason ne fit pas preuve de la même retenue. Il descendit de son siège en moins de temps qu'il ne fallut pour le dire, se précipita devant et au centre, sautant en cercles et courant dans les jambes des gens. Les plus jeunes s'écartèrent lorsque les femmes papagos cessèrent de faire tapisserie pour se mettre à exécuter leur danse traditionnelle à six temps. Elles se déplaçaient en ligne irrégulière, légèrement penchées, traînant des pieds sur le gravier et reproduisant exactement les sons – sinon l'allure – de poules qui grattent la terre, à l'origine du nom de la musique.

L'endroit était bondé. Il fallut un temps fou pour se faire servir et des commandes furent mélangées, mais tout le monde s'en fichait. La musique était tellement entraînante. En fait, l'une des sœurs Althea se fendit même d'un sourire. Au bout de quarante-cinq minutes, le joueur de basse dégagea sa cigarette allumée du chevalet de sa guitare et les Alvaro firent une pause.

Emelina me raconta que J.T. et elle étaient venus ici passer leur première soirée. Ils avaient quatorze ans. Viola était venue aussi, mais heureusement elle était restée tout le temps dans la cuisine, à conseiller doña Althea à propos du *menudo*, une spécialité de Viola. J.T. avait donc pu manger tout son dîner, une main sous la table et sur le genou d'Emelina.

« Quand tu y penses, dis-je. Si tu étais venue un autre soir, la soupe du jour aurait été différente et J.T. et toi auriez pu ne jamais vous marier. »

Elle eut un petit sourire étrange : « Je ne crois pas que j'aurais pu épouser qui que ce soit d'autre ici en ville, en dehors de J.T. C'était comme si nous avions eu le nom de l'autre imprimé en nous dès la naissance.

– Il semble que ce genre de chose soit très répandu ici.

– Ah ouais. Et les gens font ce qu'ont fait leurs parents. Si le père est une "tête de cochon", c'est pareil pour le fils. »

Je souris. « Qu'est-ce que c'est, une "tête de cochon" ?

– Un conducteur de locomotive. Je ne sais pas pourquoi on les appelle comme ça. » Elle tapotait du bout des doigts sur le dessus de table tout en observant les femmes papagos qui s'entretenaient avec les musiciens.

Pendant un temps, j'avais cru qu'Emelina et J.T., avec leur partenariat qui allait de soi et tous ces kilomètres entre eux, étaient comme Carlo et moi, des lignes parallèles qui ne se rencontraient presque jamais. Je me trompais. Deux nuits plus tôt, quand J.T. était rentré à la maison à trois heures du matin, ils avaient précipitamment fait l'amour dans la cour éclairée par la lune, presque tout habillés. Ma maison était dans le noir, mais j'étais réveillée, invisible, dans ma cuisine. Je m'étais sentie abandonnée. Emelina n'était en rien comme moi.

« C'est dangereux, dit-elle soudain. Merde, on n'y pense pas trop mais le rail c'est l'enfer. Tu as connu Fenton Lee, au lycée ?

– Bien sûr.

– Il a été pris dans une collision, il y a deux ans. Il sortait son train du dépôt, à El Paso, la nuit, et quelqu'un rentrait, en attente sur la même voie. Personne ne sait pour quelle raison. Sans doute qu'un signal n'a pas fonctionné. La Southern Pacific dit que non. Mais J.T. prétend que ça arrive.

– Alors Fenton a été tué ? » Je me souvenais nettement de lui, avec ses lunettes cerclées d'écaille. Il était blond avec une frange et un rire sonore.

« Ouais, ç'a été terrible. Ils ont entendu le choc dans tout le dépôt. Une des locos est montée sur l'autre et lui a arraché le toit. Il n'est pas resté grand-chose. »

J'en avais froid dans le dos. Un accident de train et Fenton mort dedans dépassait tout ce que j'avais envie d'imaginer.

« On peut sauter quand on voit ça arriver, me dit Emelina. Le conducteur et le chef de train de Fenton ont sauté et les autres membres de l'équipe aussi, mais lui est resté. Je pense qu'il n'y a pas cru. J'ai dit à J.T. : "Si jamais tu vois des phares qui foncent sur toi, n'essaye surtout pas de sauver le train. Tu te magnes le cul pour sortir de là." »

L'orchestre se remit en branle et l'humeur d'Emelina redevint légère aussitôt. Nos commandes arrivèrent et Mason revint prestement à table. Emelina réinstalla le bébé dans la chaise haute branlante. « Alors tu montes à la réserve avec Loyd demain ? dit-elle, les yeux brillants. Ça devient sérieux. Si j'étais ta mère, je te conseillerais de te mettre de l'ail autour du cou. » Elle plongea le bout de sa cuiller dans ses haricots recuits dans l'huile et la présenta au bébé. Il accepta la bouillie marron épicée comme une manne tombée du ciel. « Mais comme je ne suis pas ta mère, dit-elle posément, je te conseille de mettre de jolis dessous. »

Je me sentis gênée. « Ça n'a rien de sérieux. Nous ne sommes pas vraiment du bois dont on fait les couples, Loyd-avec-un-seul-L et moi, non ? »

Elle leva les yeux vers moi, surprise. « Il n'y peut rien si son nom est écrit comme ça. » Elle marqua une pause pour m'examiner. « Parce que tu le trouves idiot, Loyd ? »

À présent, je me sentais gênée à cause de mes propres paroles. « Non, sûrement pas. C'est simplement que je ne me vois pas avec un type qui organise des combats de coqs. »

Je suis certaine qu'Emelina soupçonnait qu'en aucun cas cela ne reflétait l'entière vérité. Elle pensait que je reprochais à Loyd son nom mal orthographié ainsi que tout un tas d'autres choses. Que je ne me voyais pas avec un cul-terreux, cheminot apache, le meilleur ami de son mari. Je me sentis rougir. J'étais exactement comme Doc Homer qui se considérait avec Hallie et moi bien au-dessus de Grace.

« Je vais te dire un truc, ma belle, dit Emelina, arrêtant sa cuiller à mi-chemin de la bouche ouverte du bébé. La moitié des nanas de cette ville, et pas seulement les célibataires, laisseraient en plan leur petit déjeuner du dimanche matin pour se rendre à Whiteriver dans ce petit pick-up rouge.

– Ça, je sais », dis-je en me concentrant sur mes *enchiladas*. Je ne savais pas comment m'excuser auprès d'Emelina et lui avouer quelque chose que, finalement, je n'étais même pas sûre d'éprouver. À strictement parler, je ne me trouvais pas mieux que Loyd et que la moitié des nanas de Grace. En fait, j'étais étonnée que Loyd s'intéresse à moi. Et aussi, je ne pensais pas que ça durerait très longtemps.

Emelina redirigeait son énergie vers son activité maternelle. « Mason, mon chéri, ne sors pas tout ça de ta bouche avec les doigts », lui cria-t-elle avec affection par-dessus la musique qui avait atteint son niveau maximum. « Je sais que c'est filandreux. Je vais te le couper. » Elle allongea le bras à travers la table et coupa adroitement le poulet de Mason.

Sans raisons je posai les yeux sur le bébé dont les yeux et la bouche semblaient tout à coup agrandis. Quelque chose clochait. Il ne respirait plus. Je culbutai ma chaise en m'approchant de lui. Je lui enfonçai un doigt au fond de la gorge et sentis qu'il y avait là quelque chose d'impossible à déloger. Il eut un haut-le-cœur muet. Je me plaçai derrière sa chaise et le saisis sous les aisselles, le repliai en deux sur mon bras gauche et lui donnai quatre brèves tapes entre les omoplates. Puis je le retournai de façon qu'il ait le visage vers le haut, les yeux grands ouverts, tout en lui maintenant la tête en bas ; la lui soutenant de la main droite, j'enfonçai deux doigts sous le sternum en le comprimant vigoureusement. Un petit haricot pinto, tout dur, jaillit de sa bouche comme un plomb de chasse.

Toute l'affaire n'avait demandé qu'une trentaine de secondes. Emelina ramassa le haricot sur la table et me regarda. Son visage était couleur de cendres comme celui du bébé.

« Il était en train de s'étouffer, dis-je platement en le déposant avec précaution sur la table. C'est le seul moyen de faire sortir ce qu'il y a dans la trachée une fois que c'est enfoncé aussi loin. »

Il resta encore immobile pendant une demi-minute, respirant mais le teint encore gris, puis il toussa deux fois et se mit à hurler. Son visage vira au violet rose. Plusieurs femmes des tables proches qui s'étaient débarrassées sans délai des serviettes qui étaient sur leurs genoux, se pressaient en foule autour de nous. La musique s'arrêta. Emelina fixait son fils des yeux comme un plat qu'elle n'aurait pas commandé et qu'on aurait déposé sur la table.

« On peut le redresser maintenant, dis-je. Il va avoir un peu mal aux côtes, mais ça va aller. »

Elle le tenait contre son épaule. Il hurlait toujours, et je crois que personne dans le restaurant ne se priva de nous regarder. Surtout moi, en réalité. Emelina me contemplait les yeux levés, énormes, comme si j'avais été une des saintes nichées dans le mur : Notre-Dame des-trachées-obstruées. Du dos de la main, elle essuya des larmes sur son menton.

« Ce n'est pas grand-chose », dis-je.

Ça ne l'était pas réellement. Je n'avais fait que ce que je savais faire.

Emelina me supplia de dormir chez eux cette nuit-là au cas où il s'arrêterait de respirer de nouveau. Il n'y avait aucune raison pour que cela arrive et je le lui dis. Mais elle n'était plus elle-même. J.T. était parti pour El Paso le matin même pour deux semaines car il y avait du grabuge du côté du déraillement. Viola rentrerait tard en raison d'une autre prédendue « réunion urgente » de son club de femmes. Je crois qu'Emelina se sentait seule ou vulnérable – effrayée du simple fait que la vie comportait des éventualités qu'elle était incapable d'affronter seule. Pendant que nous étions en train de dresser un lit pour moi dans la chambre du bébé, je m'interrompis pour la serrer contre moi. Elle s'accrocha après moi comme une enfant.

Je m'attendais à ne pas dormir. J'étais couchée en chien de fusil sur le côté, guettant malgré moi les petites respirations du bébé, et j'essayais sans succès de me détourner de l'unique pensée qui me hantait sans cesse, aussi insistante que la main d'un amant indésirable : j'avais sauvé une vie.

Je pensais plutôt à Loyd. Je ne savais rien de l'endroit où nous irions le lendemain ; je n'avais jamais visité cette région. Je ne pus m'empêcher d'être étonnée par l'incongruité des attentes que je nourrissais pour cette journée. Pour qui me prenais-je donc, et qu'est-ce que j'espérais d'un Apache au nom mal orthographié et amateur de combats de coqs ? Son corps, oui. Mais je ne pouvais prendre ce risque et finir par en désirer davantage.

À une certaine époque de ma vie, j'avais honnêtement espéré que l'amour me sauverait du château glacé, plein de courants d'air, où je vivais. Mais à un autre stade, beaucoup plus tôt je pense, j'avais tranquillement commencé à ne plus rien espérer du tout de ce côté pour ne pas être déçue. Ça avait marché. C'était devenu une habitude.

Une meute de coyotes se mit soudain à faire du vacarme près de la maison, jappant, hurlant, si proches qu'ils donnaient l'impression de nous encercler. Lorsqu'une meute accule un lapin, dans sa folie sanguinaire, elle pousse des cris presque humains. Le bébé soupira et remua dans son berceau. À sept mois, il était tout juste de la taille d'un gros lièvre – la même quantité de chair. J'en eus un fourmillement à l'arrière du crâne et dans la nuque. C'est la contraction involontaire d'un muscle qui provoque cet effet en hérissant les follicules pileux ; si nous avions des crinières, elles se redresseraient exactement comme celle d'un chien qui gronde. Nous sommes des animaux. Nous sommes nés de la même façon que les autres mammifères et nous vivons nos vies entières autour de pensées animales déguisées. Inutile de prétendre le contraire. Demain, pensai-je, ou après-demain, ou le jour d'après, je ferais l'amour avec Loyd Peregrina.

12

Le chien qui rêvait

Le dimanche matin, j'enfilai un jean que j'échangeai ensuite contre une robe en jean pour enfin revenir, penaude, au premier choix. Je me mets parfois dans un tel état que je m'énerve moi-même. Jusqu'au moment où, totalement exaspérée, je décide de m'en ficher. J'étais donc en jean, avec un chemisier en coton blanc et des boucles d'oreilles en argent, et je restai telle quelle. Et, oui, je dois l'admettre, avec de jolis dessous.

J'attendais dans la galerie et fus soulagée lorsque Loyd se gara avant que la maisonnée d'Emelina ne fût levée. Cela me paraissait un peu bizarre d'habiter avec une famille qui surveillait ma vie mondaine.

À l'arrière du pick-up Jack se dressa pour m'accueillir et je lui grattai les oreilles. « J'ai emporté le déjeuner », annonçai-je à Loyd en me glissant à l'intérieur de la cabine avec un panier qu'Emelina m'avait aidée à garnir la veille.

Il eut un sourire merveilleux. « C'est parfaitement "blanc" de ta part. »

Je ne sus trop comment prendre la chose. Cela se disait, mais en général les interlocuteurs étaient tous deux blancs.

Je lui demandai de faire un détour par le bureau de poste afin de vérifier si j'avais du courrier. Il n'y avait pas de distribution régulière à Grace, probablement pour des raisons humanitaires. Faire grimper quotidiennement ces rues en escalier par un employé des postes l'aurait exposé à de graves risques cardiaques. Chaque famille disposait d'un casier à la poste qu'elle pouvait relever quotidiennement ou annuellement, selon. Emelina penchait pour le relevé annuel. Je l'avais persuadée de me passer sa clé : j'étais le seul membre de la famille à attendre du courrier.

Les casiers étaient directement scellés dans le mur extérieur de la poste. En jetant un coup d'œil à travers la petite fente de celui des Domingos j'aperçus le bord rayé d'une enveloppe par avion.

« Hallie ! » lançai-je à Loyd en agitant l'enveloppe tandis que je regagnais la voiture en sautant de joie. Il ne sembla pas réaliser. « Ma sœur Hallie. Du Nicaragua. » Je vérifiai le cachet de la poste afin de m'assurer que c'était bien le cas. Ça l'était. Postée presque trois semaines plus tôt. Les timbres, les deux mêmes, étaient de couleurs vives, magnifiques, et transportaient à travers océans et continents une espérance révolutionnaire d'enfant : une peinture représentant une femme occupée à cueillir des grains de café rouges, son bébé sanglé sur le dos. Hallie était dans les champs de ses rêves.

Je la déchirai pour l'ouvrir et la lus rapidement. Elle était arrivée à la mi-septembre et elle allait bien ; elle avait reçu mes lettres, passé quelques jours à Managua puis était revenue sur ses pas directement dans la zone rurale proche de Chinandega. Elle s'attendait à quelque cérémonial – redouté – mais on l'avait mise au travail le jour même de son arrivée, vêtue de sa seule et unique robe. « Je suis au septième ciel », écrivait-elle, et je la voyais retroussant la fameuse robe, parcourant à longues foulées ces sillons labourés, à la tête d'un bataillon d'hommes frappés de stupeur. « Ce coton, bien que traité à mort, continue d'être dévoré par les charançons. Les habitudes de culture sont déplorables. Je sais exactement ce qu'il faut faire. Je crois que nous allons obtenir un gain de productivité de cent pour cent par rapport à l'an dernier. Tu imagines ? On se croirait à Noël, tout le monde parle déjà de la façon dont le collectif pourrait exploiter cette abondance : on pourrait faire venir ici un enseignant du secondaire à plein temps, ou un bon programme de formation pour adultes. »

Je voyais distinctement le visage de Hallie et j'entendais sa voix en la lisant. Ses cheveux devaient être retenus par un bandana rouge et son visage tendu sous l'effet de la concentration, ses sourcils froncés tels deux signes de ponctuation. Je me souvenais aussi de l'expression qu'elle avait lorsqu'elle était allongée sur le canapé de notre salle de séjour, à Tucson, ses longues jambes relevées, dégageant d'une main ses cheveux de son grand front, pendant qu'elle dispensait avec calme ses conseils au téléphone. Je me rendais compte à quel point elle avait perdu son temps avec ses plantes d'intérieur.

La lettre était courte. Hallie habitait dans une maison de deux pièces avec une veuve, mère de quatre jeunes enfants, qui insistait pour qu'elle garde une des pièces pour elle toute seule – un luxe qui remplissait Hallie de confusion. Il n'y avait rien à gaspiller. Le jour où elle avait emménagé, une demande était partie chez les voisines et l'une avait apporté une assiette et une tasse en fer-blanc à son intention, l'autre, une fourchette. Les deux femmes avaient récemment perdu des fils.

Le territoire qu'elle aurait à couvrir pour prodiguer ses conseils en matière de culture était énorme. On lui fournit un cheval. Il y avait des problèmes avec les routes, disait-elle, qui faisaient que les jeeps étaient un mode de transport moins souhaitable pour les petits déplacements : les chevaux n'étaient en général pas assez lourds pour déclencher les mines que les contras enterraient sur les routes. Le nom de la jument était Sopa del Dia, elle était blanche avec des taches grises.

Elle signait « Ta sœur Hallie, folle d'amour », accompagnée d'un post-scriptum :

> *Re* ta question sur la botanique : Dis à tes élèves que les plantes font tout ce que font les animaux – qu'elles se reproduisent, croissent, voyagent (comment penses-tu que les palmiers soient arrivés à Hawaii ?) et font l'amour. Simple-

ment elles le font beaucoup plus lentement. Ne l'oublie pas : les fleurs sont le sexe des plantes. Demande aux garçons de bien réfléchir à ça quand ils offrent des garnitures de boutonnières à leurs chéries à l'occasion d'un bal.

Et encore un autre P.-S. :

Bien sûr que je me rappelle que nous avons failli nous noyer pendant la crue ! Clair comme le jour. Mais enfin, Codi, tu ne t'en rappelles pas ? Nous avions trouvé ces chiots coyotes abandonnés, la rivière débordait, et toi tu voulais les sauver. Tu disais qu'on était forcées de le faire. J'avais les pétoches parce que Doc Homer allait nous étriller et je n'avais qu'une idée : me carapater, mais toi tu voulais m'en empêcher.

« Ma sœur est en train de sauver la vie des gens au Nicaragua, dis-je à Loyd.

– Elle est médecin ? Je croyais qu'elle était dans l'agriculture.

– Les gens ne peuvent pas vivre sans récoltes. Il y a plus d'une manière de faire la révolution. »

Il hocha la tête en signe d'approbation.

J'avais envie qu'il en sache davantage sur Hallie. Qu'elle était aussi un être humain qui faisait des choses normales. Une fois, elle avait essayé – un exemple parmi d'autres – de nous apprendre à danser le break-dance, à Carlo et à moi. Elle secouait ses cheveux comme une star du rock maniérée et nous étions morts de rire. En chaussettes de laine sur le parquet, elle savait marcher sur la lune comme Michael Jackson.

Je ne cessais de plier et de déplier la lettre. « Elle doit voyager à cheval, parce que les routes sont minées. »

La cabine du pick-up vibrait à chaque fois que nous tombions sur une fondrière, mais Loyd conduisait avec flegme, l'esprit ailleurs, comme j'imaginais qu'il montait à cheval. Je ne l'avais jamais vu si détendu. Je me retournai plusieurs fois pour jeter un coup d'œil sur Jack qui semblait également satisfait. J'imagine qu'il avait dû tourner en rond plusieurs fois là-derrière, avant de s'enrouler dans son nid de hautes herbes imaginaires.

« Y a-t-il une chose pour laquelle tu donnerais ta vie ? » demandai-je à Loyd.

Il fit oui de la tête sans hésitation.

« Quoi ? »

Il ne répondit pas immédiatement. Puis il dit : « La terre.

– Quelle terre ?

– Peu importe. Je ne peux pas l'expliquer.

– La réserve ? Comme si tu défendais ton pays ?

– Non. » Il prit un air dégoûté. « Non, pas comme une propriété. Je n'ai pas parlé de propriété.

– Ah ! »

Nous passâmes par une autre des mines de Black Mountain, abandonnée depuis des années et dont les bâtiments se dressaient silencieux comme des épaves. Les immenses fenêtres de la fonderie étaient de verre armé, mais bon nombre d'entre elles étaient tout de même brisées ; à l'intérieur planaient les squelettes de dinosaures des anciennes machines. Près de la fonderie, il y avait le concentrateur et des baraquements sous des toits de tôle. Au-delà s'étendaient d'autres champs de luzerne en friche, au sol blanchi par toutes ces années d'eau d'irrigation légèrement chargée de sel. Hallie aurait pu rester à Grace même et y faire le bien, mais évidemment, il y avait cette question d'urgence relative. Personne ne mourait d'un manque de luzerne.

La lisière de ces champs constituait la frontière sud de la réserve apache, à quinze minutes seulement du nord de Grace. Je n'étais jamais venue ici auparavant, et je m'étonnai qu'elle fût si proche.

« Non, tu plaisantes ? demanda-t-il. Le cañon de Gracela faisait autrefois partie de la réserve. Les Blancs ont repris ce petit lopin de terre quand des types y ont dégoté de l'or.

– C'est vrai, ça ?

– Cherche bien, Einstein. C'est dans les registres de la ville. Ils n'ont donné cette terre aux Apaches que parce que ça leur avait tout l'air d'être une merde. »

Dans une certaine mesure, ce devait être vrai : c'était une région qui paraissait sans vie, mais qui ne l'était pas autant qu'une terre agricole épuisée. Elle n'avait pas l'air d'avoir été *assassinée*. Ici les douces collines étaient d'une teinte brun clair qui se dégradait jusqu'au rose, et elles étaient couvertes par endroits de sauges et de fleurs des champs de l'automne. Le long des lits de la rivière se dressaient de hautes touffes de peupliers. Leurs feuilles jaunes tombaient en pluie. De temps en temps, nous traversions des groupes de maisons qui ne méritaient pas exactement le nom de villes, avec leurs longs corrals à chevaux coincés entre les habitations. Des chevaux rouges levaient la tête et galopaient à nos côtés sur la courte distance qui leur était allouée, pour tourner habilement bride juste avant d'arriver au bout de leur enclos. Loyd saluait de la main les gens que nous dépassions et ils nous saluaient en retour.

« Est-ce que tous ces gens te connaissent ? lui demandai-je, incrédule.

– Non. Juste mon pick-up. »

Pour finir, nous nous arrêtâmes dans un des campements qui se distinguait des autres par la taille et par la présence d'un magasin. Des réclames de boissons, rouillées et clouées sur la galerie à l'entrée, indiquaient que c'était un établissement commercial. Au travers de la porte grillagée, je distinguai des ombres masculines en chapeaux de cow-boy. Loyd serra le frein, exerça une pression sur ma main qu'il maintint une seconde. « Tu veux entrer ? me demanda-t-il sur un ton de doute. Ça ne me prendra que dix minutes.

– Je sais de quoi il est question, dis-je. J.T. m'a dit que tu t'occupais de combats de coqs. »

Il fit un léger signe de tête.

« Est-ce que ça va si j'entre avec toi ? Les femmes sont admises ? »

Il rit, libéra ma main et, de l'index, me fit une chiquenaude sur la joue. « S'pourrait bien qu'une grand méchant d'Indien amateur de combats de coqs t'attrape.

– Je suis une grande fille », dis-je. Je montai l'escalier de bois à sa suite, mais je le regrettai aussitôt une fois que nous fûmes à l'intérieur. Un petit homme accoudé au comptoir jeta un coup d'œil à Loyd et rajusta son chapeau sur sa tête en m'ignorant totalement. Rien de tout ça ne me regardait. Je fis l'achat d'une boisson gazeuse tiédasse auprès du vieil homme qui était derrière le comptoir. Il la coinça à travers son tablier et en dévissa le bouchon, laissant un large astérisque de poussière sur le tissu blanc. Les autres hommes le regardèrent faire en silence.

« Je t'attends dehors », dis-je à Loyd.

Je m'installai sur un fauteuil à bascule qui était dans la galerie. Jack leva la tête et dressa les oreilles mais ne bougea pas de la plate-forme du pick-up.

Presque aussitôt j'entendis Loyd élever la voix. « Je t'ai dit que je voulais de la production d'Apodaca et d'aucune autre. Je veux des éperons. Les couteaux ne m'intéressent pas. »

Le petit homme dit : « Loyd, je te l'dis, il faut que t'ailles à Phoenix. Ils ramènent un sacré paquet de touristes à ces tournois au couteau. C'est un vrai cirque. Là-dedans, tu peux faire passer deux cents bestioles dans la journée.

– Ne me dis pas de quoi j'ai besoin. As-tu des éperons dans le coin ou est-ce que j'ai gaspillé un plein d'essence pour rien ? »

Les voix se calmèrent. Je me sentais mal à l'aise d'écouter, bien que fascinée et un peu horrifiée à l'idée de « couteaux pour oiseaux ». C'était encourageant que Loyd n'en veuille pas, quels qu'ils soient. Les mots qu'employaient ces hommes étaient aussi mystérieux que le vocabulaire de Loyd quand il parlait chemin de fer. De toute évidence il connaissait des tas de langues en dehors de l'apache, du pueblo et du navajo.

De l'autre côté de la rue, en face du magasin, se dressait une église d'apparence solide, blanchie à la chaux – le seul bâtiment blanc d'une ville d'adobe. Elle ressemblait à un fort Alamo qui aurait eu un clocher. Le parterre de devant était planté de pétunias, de phlox et de soucis : roses, violets, orange, dans l'ordre. Une chose que Hallie disait toujours aimer dans les réserves indiennes et à Mexico, c'était qu'il n'existait aucune règle en matière de couleur. Elle avait raison. C'était vraiment une combinaison magnifique, maintenant que je la regardais, et pourtant, dans tout pays discipliné telle l'Allemagne, par exemple, on vous aurait sans doute arrêté pour avoir mis ça devant chez vous ; dans la banlieue de Tucson, on se serait contenté de vous éviter. De retenir les gamins à l'intérieur quand vous alliez désherber.

Les gens sortaient de l'église en traînant le pas, par groupes de deux ou trois, pour la plupart des femmes, arborant la même combinaison de couleurs sur leurs blouses et leurs jupes. Elles me regardèrent toutes au passage, sans hostilité mais avec le genre de curiosité qu'on aurait si on remarquait une plante intruse dans son jardin : on ne l'arrachait pas immédiatement. On lui laissait quelques jours, le temps de voir ce qu'elle donnait.

J'entendis des coqs chanter quelque part et cela excita ma curiosité. En descendant les marches, un chien couleur d'adobe s'écarta de mon chemin et fila sous la galerie. Le magasin, je le découvris, possédait une profonde cour à l'arrière. La clôture était envahie de plantes grimpantes, mais il était encore possible de voir à l'intérieur : il y avait une réserve de coqs là-dedans. Des coqs dans de petites cellules disposées en belles rangées bien nettes, un volatile par cage. Ils se pavanaient et tournaient en rond, se lorgnant mutuellement à tout instant comme si c'était nouveau, comme s'ils n'avaient pas été entourés de ces autres bestioles durant toute leur existence naturelle. Ils avaient la tête rouge et un plumage noir et lustré qui jetait des éclairs iridescents semblables à ceux d'une gorge de colibri. Superbes. Mais toute cette énergie claustrophobique était fatigante à regarder.

J'entendis une porte claquer et je regagnai vite le devant du magasin. Loyd était prêt à partir, sans être de mauvaise humeur comme je m'y attendais. Le temps d'arriver au bout de la ville, il avait retrouvé le sourire.

Je lui offris le reste de mon soda. « Alors, tu as dépensé ton plein d'essence pour des prunes ? »

Il passa son bras le long du dos du siège, son pouce touchant ma nuque, et me lança un regard en coin. « Pas du tout. »

Nous retournions en direction de Grace. Nous partîmes vers le nord. Il n'y avait plus de villes, seulement des collines rougeâtres et une route en mauvais état. « C'était Whiteriver ? demandai-je.

– Non. C'était ce qu'on pourrait appeler la zone métropolitaine de Whiteriver.

– C'est là que tu as habité ? Après avoir quitté le pueblo de ta mère ?

– Dans les environs. Nous habitions à Ghost River. C'est un peu plus en altitude là-bas. C'est bien, il y a des arbres.

– Ton père et toi et… » j'avais envie de lui demander à propos de son frère jumeau mort, mais de nouveau je m'en abstins. Non, pas aujourd'hui.

« Et Jack, dit-il.

– Qu'est-il arrivé à la mère coyote de Jack ?

– Après avoir mis bas, elle nous a quittés. Elle est repartie vivre dans le jardin du Bon Dieu. »

Je restai silencieuse une minute, à contempler les collines. « Et où allons-nous maintenant ? »

Il sourit. « Qui a envie de le savoir ?

– Une fille de la ville qui cherche l'aventure.

– Bon, alors on part à la recherche de l'aventure. »

Loyd gardait les deux mains sur le volant dans les endroits accidentés de la route, conduisant comme un coureur automobile – je ne veux pas dire vite, mais avec adresse, avec cette sorte de concentration qui semble aussi aisée qu'un réflexe. Nous avancions, montions plus haut, traversant d'intermittents bouquets d'arbres à feuilles persistantes. Dans l'intervalle, il y avait des prairies, couvertes d'un épais tapis de fleurs jaunes, ponctué de grands pavots blancs aux feuilles d'argent et aux pétales de soie. Dans le lointain, les pentes méridionales des flancs de montagne étaient piquetées de jaune. Nous traversâmes une autre petite enclave de maisons et de corrals à chevaux. Les gens devaient être nés là-dedans ; je ne parvenais pas à l'imaginer. Je ne sais pourquoi, mais je repensai à la première lettre de Hallie – aux bébés qui jouaient autour d'un feu dans le camp de réfugiés. Mais ici, cela n'avait rien à voir, ce n'était pas désespéré, tout juste isolé. Difficile de comprendre les raisons qui poussaient quelqu'un à rester à cet endroit. Loyd ne l'avait pas fait. Mais, encore une fois, il n'y était pas né. Et cependant, il semblait être tenté de revenir, pour des raisons qui dépassaient les combats de coqs.

La route devint plus carrossable et Loyd détacha sa main droite du volant et la posa sur ma jambe. Un bref instant, lui et moi prétendîmes ignorer qu'elle se trouvait là. Puis je lui demandai : « Qu'est-ce que diraient ces gens d'ici s'ils savaient que tu poses la main sur la cuisse d'une Blanche ? »

Il sourit. « Ils diraient que j'ai une chance de cocu. »

Il leva la main et parcourut de la paume toute la longueur de mon bras, du poignet jusqu'à l'épaule, avec légèreté, se contentant d'en effleurer le duvet, et non la peau. La pointe de mes seins se durcit, mon cuir chevelu fut parcouru de picotements et j'eus envie de cette main partout, sur tout mon corps en même temps. Mais il la retira et la reposa sur le volant et je me fis pitié d'être jalouse d'un volant.

« Tu ne m'as toujours pas dit où nous allions », dis-je.

Il m'indiqua la route d'un signe de tête. « C'est là que nous allons. Nous sommes presque arrivés. » Au bout d'une minute, il passa en quatre roues motrices et bifurqua de la route de terre sur un chemin de traverse, pas vraiment une route mais une double piste en terrain caillouteux. Faute de savoir qu'il se trouvait là, on ne l'aurait pas vu.

Si jamais nous devons de nouveau rencontrer des gens à propos d'éperons et de couteaux, pensai-je, il va falloir que je me tienne tranquille et que je me comporte en femme blanche. Peu importe de quoi il est question, mais il va falloir aussi que j'arrête d'avoir envie d'embrasser Loyd. Je détournai les yeux de son visage et regardai par la fenêtre. Il n'y avait plus rien à voir maintenant à part des champs de fleurs jaunes, de proches collines de roches rouges et, en retrait, à l'est, de très hautes montagnes colorées de noir au sommet par une fourrure de forêt de sapins. La fraîcheur devait y régner à présent, même aujourd'hui. Je m'imaginai couchée sous les sapins, sur un matelas d'aiguilles brunes. Difficile d'effacer Loyd de ce tableau.

« Mais qu'est-ce que c'est que ça ? » J'étais descendue du pick-up, émerveillée, avant qu'il ait même eu le temps de serrer le frein.

« C'est Kinishba, dit Loyd. Des apparts préhistoriques. »

C'était à peu près ce à quoi ça ressemblait. Plus loin, au milieu de nulle part, sans une clôture en vue, se dressait une longue construction rectangulaire entièrement faite de pierres soigneusement appariées, sans mortier. Des douzaines de petites portes s'ouvraient en façade.

« Est-ce qu'on peut entrer dedans ? C'est permis ? »

Il passa son coude autour de mon cou tel un lutteur amical tandis que nous marchions vers le site. « C'est permis. Je te le permets.

– Quoi, c'est toi le propriétaire ici ?

– Jusqu'à ce qu'on me dise que je ne le suis pas. »

Il me laissa aller et, se retournant vers le pick-up, il siffla une fois. Jack fit un grand saut en forme d'arc par-dessus le rabat du véhicule et fila à travers le champ d'herbe haute, incarnation même de la joie. Il se dirigea vers le bas de la pente, vers ce qui avait dû être une rivière ; j'apercevais des peupliers. Nous étions dans une région d'altitude ici, et la végétation était plus abondante.

« En voilà un bon chien, dis-je.

– Ouais. C'est un bon chien. »

Les portes n'avaient pas plus d'un mètre trente de haut. Je pénétrai en me baissant dans une petite pièce rectangulaire au sol de terre battue. Une fraîcheur et un silence de grotte y régnaient. La porte formait un carré de lumière vive sur laquelle se découpa la silhouette de Loyd à son entrée. Même à l'intérieur de la pièce, le plafond était bas, à quelques centimètres seulement de ma tête. Je le touchai. « Les gens étaient petits dans ce temps-là. Ils n'avaient pas de Wonder bread à manger.

– Ils auraient été forcés d'aménager une chambre spéciale pour toi. Tu aurais été leur reine. »

Je ris, mais j'eus le sentiment d'avoir reçu un compliment. Était-ce ainsi que me voyait Loyd ? Non pas comme un silo au milieu d'une prairie mais comme une reine ? Au fond de la pièce, une porte menait vers une autre, qui était plus obscure, n'ayant pas d'ouvertures sur l'extérieur. Deux autres portes permettaient de sortir de cette dernière – une sur le côté et l'autre à travers le plafond, qui était fait des troncs épais et tors de petits arbres. Il y avait un autre ensemble de pièces au-dessus de celle-ci.

« Est-ce qu'on peut monter là-haut ? »

Il secoua la tête. « Je n'aurais pas confiance en ces poutres. Elles sont assez vieilles.

– Vieilles de combien ?

– Huit cents ans. »

Je le regardai. « Tu veux rire ?

– Mais non. »

Nous passâmes d'une pièce à l'autre, changeant de direction dans l'obscurité jusqu'à ce que j'eusse perdu tout repère. C'était un labyrinthe. Loyd me dit qu'il y avait là plus de deux cents pièces – un village sous un toit unique. L'atmosphère respirait le froid. J'essayai de m'imaginer dans ces lieux remplis de gens, enjambant de pièce en pièce les couples endormis, tendant l'oreille à tous les bruits de cuisine, d'ablutions et de réprimandes d'une marmaille qui connaîtrait des raccourcis secrets jusqu'aux logements de leurs amis.

« Les murs sont épais, observai-je.

– Les murs sont des tombes. Lorsqu'un bébé mourait, ils scellaient directement ses os dans le mur à l'aide de mortier. Ou dans le sol. »

J'eus un frisson. « Pourquoi ?

– Pour qu'il reste tout près de sa famille », dit-il, semblant surpris que je n'y ai pas pensé moi-même.

Sans préalable, nous débouchâmes sur une cour violemment éclairée au centre, entourée de murs et d'ouvertures sur les quatre côtés. Elle était totalement invisible de l'extérieur – un petit refuge avec un tapis d'herbe fine et un vieux frêne. Une île au trésor. Je fus attirée par l'ombrage. « On aurait dû apporter le panier du pique-nique », dis-je en m'installant sous le frêne. Le sol était frais. Ma brève vision d'une ville animée s'était enfuie. Tout paraissait de nouveau fantomatique. Depuis huit cents ans, ces ossements dans les murs n'avaient rien entendu de plus que la course sèche des lézards.

« Nous avons toute la journée devant nous », dit Loyd. Il s'assit près de moi, les mains nouées autour des genoux, les yeux fixés sur le bout de ses souliers.

« Qui a donc bâti ces lieux, il y a huit cents ans ?

– Le peuple de ma mère. Les Pueblos. Ils étaient organisés dans ce temps-là, non ? »

En effet, ils l'étaient. Je ne pouvais m'empêcher de parcourir des yeux les murs et la ligne de fuite du toit, basse et plane. Les pierres étaient pratiquement de la même forme, rectangulaires, mais toutes de tailles différentes ; il y avait un rang de grosses pierres, puis deux ou trois autres de plus petites, et ensuite deux rangs de taille moyenne. Il y avait quelque chose de familier dans la manière dont elles s'emboîtaient les unes dans les autres. L'espace d'une minute, cela me revint. Elles ressemblaient précisément à des cellules examinées au microscope.

« On n'a même pas l'impression que ça a été construit, dis-je. C'est trop beau. On dirait quelque chose de vivant qui s'est contenté de pousser ici.

– C'est bien l'idée. » Loyd semblait aussi enchanté que s'il en avait été lui-même le bâtisseur.

« De quoi ? L'idée de l'architecture pueblo ?

– Ouais. Ne rien faire de spectaculaire. Pas de monuments à la Washington. Se contenter de construire quelque chose de beau que notre Mère la Terre voudrait garder dans ses bras. »

C'était une idée plaisante. Je n'aurais pas dit non à l'idée que Loyd me prît aussi dans ses bras, mais il ne fit aucun geste dans cette direction. Il m'expliquait le système d'irrigation – de toute évidence ces gens disposaient d'une forme d'alimentation en eau courante – et la manière dont ils cultivaient les courges et le maïs sur le coteau qui donnait sur la rivière.

J'allongeai le bras et promenai un doigt de son genou jusqu'à sa cheville. Il leva les yeux. « Tu trouves que je parle trop ? »

Je secouai la tête. « Non, continue.

– Tu es sûre ? »

J'hésitai. Je ne m'attendais pas à devoir faire une telle suggestion et j'en eus l'estomac serré. « Oui. Simplement, pourrais-tu te rapprocher un peu pour parler ? »

Un éclair brilla dans les yeux. Je l'avais surpris. Il se pencha vers moi, et je lui pris la tête pour lui donner ce baiser qui m'obsédait depuis ces deux dernières heures. Cela dura un bon moment. Il entortilla doucement ses doigts dans mes cheveux, en haut de la nuque, qu'il tint serrés, et je cessai de respirer tandis qu'il me déposait une série de petits baisers du lobe de l'oreille jusqu'à la clavicule. Nous nous renversâmes dans l'herbe et je roulai tout contre lui, le regardant au fond des yeux. Ils étaient d'un brun sombre, d'une couleur pleine de profondeur, comme un vitrail. Il était un peu surprenant de contempler des yeux bruns après tous ces bleus pâles de Grace.

Le simple fait d'être dans ses bras était incroyablement agréable, comme une oasis dans le désert. Durant une seconde, je l'étreignis aussi fortement que je le pus. Quelque chose bruissa à l'intérieur de sa poche poitrine boutonnée, un bruissement de cellophane. Je me soulevai un peu et en explorai l'intérieur d'un doigt. « Si tu as un préservatif dans ta poche, Loyd Peregrina, c'est mon jour de chance. »

Il en avait un. C'était bien ma veine.

En fin d'après-midi, l'ombre s'était déplacée, et je pense que nous avions nous aussi roulé plusieurs fois dans l'herbe depuis l'endroit où nous étions au début. De toute manière, nous étions au soleil. Nous nous détachâmes l'un de l'autre et je restai couchée sur le dos, sensible à la caresse interdite du soleil sur la pointe de mes seins et sur mes paupières.

Loyd était allongé, la tête appuyée sur un coude, et me contemplait de nouveau comme il l'avait fait le jour de la réception d'Emelina. D'un doigt, il traçait des cercles concentriques autour de mes seins et des triangles sur mon ventre, comme s'il me couvrait de peintures de guerre en vue de quelque mission cérémoniale. Quoi qu'il en soit, je me sentais à la hauteur de la situation. Je savais que lorsque je recouvrerais la raison, je redouterais de me trouver aussi bien avec quelqu'un d'autre, mais mon corps était renouvelé. Je me sentais comme un bout de terre déshydratée sur laquelle la pluie serait tombée.

Jack était venu dans la cour et dormait à l'ombre, un peu plus loin. « Il est arrivé jusqu'ici sans aucune peine, dis-je. Vous devez venir souvent ici, les gars. »

Loyd m'embrassa sur la joue, se redressa sur son séant et remonta son jean. « Ouais, assez. Pas autant que je le voudrais. »

Je pensai au préservatif dans sa poche, à sa préméditation, et j'en ressentis de l'irritation. « On peut dire que c'est le coin idéal pour séduire. Ça a été efficace en ce qui me concerne. »

Je trouvai le reste de mes vêtements et me concentrai sur le boutonnage de mon chemisier. J'avais perdu une boucle d'oreille quelque part.

Loyd me regarda attentivement pendant une demi-minute puis se rallongea, les mains nouées derrière la tête, les yeux levés vers le ciel. « Je ne veux pas dire que j'entraîne des gens ici. Personne, en dehors de Jack et moi, n'est jamais venu ici. » Il me jeta un coup d'œil puis détourna de nouveau les yeux. « Mais j'imagine que c'est exactement ça que tu attendais que je te dise. » Il ne parla plus pendant une minute puis dit : « Merde.

– Désolée. Il me semble que je te crois. En fait, je te crois. »

Il était blessé. J'imagine que quelque chose de méchant en moi me poussait à lui faire payer ce besoin que j'avais de lui à présent. Après qu'il m'eut autrefois blessée au-delà de ce qu'une âme était capable d'endurer. Mais cela n'avait aucun sens. N'importe qui aurait dit que ce bébé était ma faute, et il ne savait même pas qu'il avait existé. Je contemplais ce Loyd adulte et j'essayais de le comprendre, voyant bien qu'il était trop gentil pour survivre à mes côtés. Jusqu'à ma tombe je m'attendrai toujours à voir une arme dans une main vide.

« Codi, je n'en ai pas cru mes oreilles quand tu m'as dit que tu m'accompagnerais ici. Je doutais même de te l'avoir demandé. »

Je me penchai, au point que mon menton toucha mon genou. « Je vois bien ce que cela a une grande importance pour toi. Je suis désolée d'avoir pu croire une telle chose de ta part. »

Il parla lentement. « J'attendais ça depuis la fête du Travail. Non pas parce que je croyais que nous… Non. Pour rien. J'avais simplement envie de venir ici avec toi. »

Je le regardai. C'était la vérité. J'étais incapable de trouver quoi que ce soit à lui dire.

« Je ne te reprocherais pas d'être encore fâchée contre moi pour ce qui s'est passé au lycée. »

Mon cœur eut un raté l'espace d'une seconde. « Pour quelle raison ?

– De m'être comporté comme un nul.

– Tu te souviens de ça ? »

J'imagine que la question devait être offensante. Il dit : « J'ai tout un tas de raisons en tête pour justifier de ce que j'étais, mais ça ne change pas grand-chose. J'ai fait du mal à beaucoup de gens. »

Je le considérai avec attention. « De quelle manière penses-tu m'avoir fait du mal ? »

Il haussa les épaules. « Après tout, je ne t'en ai peut-être pas fait. Peut-être que ça t'était égal. Mais tout de même, j'aurais dû faire beaucoup plus attention. Nous sommes sortis ces deux fois-là et puis "salut, au revoir", et voilà. Loyd s'en fiche, il ne sort jamais deux fois de suite la même fille. »

Je respirai. Personne n'avait su, Loyd non plus, donc, mais un instant j'avais eu peur. Je ne voulais pas qu'il sache à quel point son amour désinvolte avait marqué ma vie. Il aurait été acculé à faire l'un ou l'autre choix misérable : la bonté forcée ou la fuite. Je me penchai pour l'embrasser. « Tu es pardonné, dis-je. Jane-la-moche pardonne au grand Chef du lycée d'avoir été un gars à sang chaud.

– Jane-la-moche, mon cul, dit-il en me faisant rouler au-dessus de lui et en agrippant le mien. Je t'aime énormément. Vraiment énormément. Ça, tu l'acceptes ?

– Je l'accepte. Essaye juste de ne pas m'imposer ces volatiles meurtriers. »

Il me regarda droit dans les yeux. « Je suis sérieux, Codi.

– D'accord, dis-je, je prends. » Je posai la tête sur sa poitrine et faillis m'endormir pendant qu'il me massait doucement la colonne vertébrale. Je me sentais comme un bébé qu'on encourage malgré lui à partir au pays des rêves. Quelques mètres plus loin, Jack y était déjà. Ses pattes s'agitaient sans qu'il y puisse quelque chose, ce qui lui donnait un côté vulnérable.

« J'ai perdu une boucle d'oreille. Tu ne la vois pas ?

– Non. Attends, je vais t'aider à la chercher.

– De quoi rêve Jack ?

– Qu'il court après des lapins.

– C'est ce que tout le monde dit, mais je ne suis pas sûre que tous les chiens rêvent de ça. Observe un chien en ville qui n'a jamais entendu parler de lapin, il fait la même chose.

– Comment peux-tu savoir s'ils rêvent vraiment ?

– Parce qu'ils rêvent. Tous les mammifères qui ont été testés ont un sommeil paradoxal, à l'exception des échidnés. » Je me fis toute petite d'avoir dit ça. D'avoir pris le ton de Codi Noline, le grand cerveau du lycée rejeté par ses pairs.

« Des *échidnés ?*

– Écoute, je suis désolée, mais c'est la vérité. J'ai trouvé ça une fois dans l'encyclopédie.

– Tu es étonnante. »

Il était sincère, il ne se moquait pas de moi. Sa main cessa de bouger et vint se poser au creux de mon dos. Il réfléchissait vraiment à tout ça. Carlo n'aurait pas prêté la moindre attention à une conversation telle que celle-ci : il aurait pensé à ce à quoi pensent les hommes, à la quantité d'essence qui restait dans son réservoir. Loyd me demanda : « À quoi penses-tu que rêvent les animaux ?

– Je ne sais pas. Au paradis des animaux. » J'éclatai de rire.

« Je crois qu'ils rêvent de ce qu'ils font quand ils sont réveillés. Jack court après des lapins et les chiens des villes courent après, je ne sais pas, moi. Des parcmètres, tiens.

– Mais c'est un peu triste. Pourquoi un chien ne serait-il pas aussi doué d'imagination qu'un humain ?

– C'est la même chose avec les gens. Ça n'a rien de tragique. Les gens rêvent de ce qu'ils font quand ils sont en état de veille. Bon Dieu, à l'époque où je travaillais pour la

Tía, à trier des noix de pécan, quand j'allais me coucher, je rêvais sans arrêt de noix de pécan. »

J'étudiais son visage. « As-tu jamais rêvé que tu étais capable de voler ?

– Non, pas quand je triais des noix à longueur de journée.

– Vraiment, tout de même. Tu n'as jamais volé dans tes rêves ? » Ça m'était arrivé à moi, même si ça n'avait pas été très souvent.

« Seulement quand j'étais tout près de voler dans la vie réelle, dit-il. Tes rêves, tout ce à quoi tu aspires et le reste, ne sont pas distincts de ta vie. Ils émanent directement d'elle.

– Alors tu crois que nous avons tous des rêves d'animaux. Que nous sommes incapables de rêver d'autres choses que de nos vies banales. »

Avec douceur, il écarta une mèche de cheveux de mes yeux. « Seulement si tu mènes une vie banale. Si tu veux avoir des rêves agréables, il faut que tu mènes une vie agréable.

– D'accord », dis-je, heureuse. J'étais certaine qu'aucun autre homme que j'avais connu ne se serait intéressé à ce que rêvent les animaux. « Je vais dormir, maintenant, et je te ferai un compte rendu. » Je remis ma tête sur sa poitrine. Son cœur battait sourdement contre mon oreille pendant que je parcourais le sol du regard. J'aperçus ma boucle d'oreille en argent qui brillait dans l'herbe.

Homero

13

Petite nature

Son nom s'est éteint. Il comprend que c'est par sa propre faute. D'un trait de plume il le modifia, annulant ses ancêtres, et à présent son petit-enfant – celui de Codi – lequel a également été effacé comme quelque chose d'écrit plutôt que comme de la chair et du sang. Il sait qu'elle ne le porte plus. Il est attentif aux signes.

La vieille ampoule rouge du labo brûle, tel un soleil mourant : réduite à un filament lorsqu'elle atteint ce stade. Parfois, il lui arrive de lire de l'astronomie lorsqu'il ne réussit pas à trouver le sommeil. Pourtant, en ce moment même, à l'extérieur de cette pièce hermétiquement close, il fait grand jour. Il réfléchit avec soin sur l'heure du jour et de l'année et sur l'âge de ses filles, un rituel qu'il accomplit une douzaine de fois par jour afin de s'enraciner dans le temps. Cela fait presque vingt ans maintenant que Codi a perdu son enfant. Il a photographié les yeux de tant de bébés. Il se perd dans les années maintenant, de même qu'il perdait tout repère quand il restait assis dans la salle obscure du cinéma pendant de trop nombreuses heures. Il a toujours aimé l'obscurité.

Le liquide frais coule sur ses mains, bien que ce soit un bain chimique qui n'est pas particulièrement indiqué pour conserver à la peau sa souplesse. Il aurait dû se servir des forceps Piper de la cuisine, mais il ne sait pas où il les a mis. Il agite la photographie dans le fixateur et considère attentivement les lignes. Et il fronce les sourcils. Elles sont la reproduction précise de ce que le monde a offert à son appareil et rien d'autre : l'ombre ramifiée d'une canne d'opuntia projetée sur un carré de sol craquelé. Il a trouvé l'image en se promenant dans l'arroyo et a tout de suite vu l'illusion qu'il pourrait en tirer : une rivière dans le désert. Il avait contemplé exactement le même spectacle, vu d'avion. C'était il y a des années, au moment de la guerre – on l'avait embarqué à bord d'un petit coucou au-dessus de la zone de bombardement, près de Yuma : un soldat gisait là-bas, blessé, impossible à déplacer. Ils avaient pris au plus court, au-dessus des dunes Algodones, un océan mort de sable ondulant. Le pilote disait qu'il était plus difficile de survoler les dunes par temps chaud que pendant une tornade ; l'avion vibrait à en faire grincer ses rivets. Puis soudain ils furent au-dessus de la plaine cultivée du fleuve Colorado. Il s'émerveilla, se sentant aussi chanceux qu'un astronaute. Personne, sûrement, n'avait jamais été confronté à ce spectacle étonnant, un cours d'eau complexe, corrodé de canaux mystérieux se taillant un chemin à travers une terre absolument sèche.

Il a peine à se souvenir du soldat blessé. Il ferme les yeux, s'y efforce mais n'y parvient pas. Sans doute une blessure à la poitrine, un poumon perforé ? Non, il ne réussit pas à faire revenir le soldat. Mais il se souvient de la vision de cette eau. Il agite délicatement la photo dans son bain d'arrêt, perdu dans ces possibilités techniques. Il sait qu'il doit y avoir moyen de transfigurer cette ombre de cactus en cette autre vision qui n'existe plus en dehors de son esprit. Toutes ses photographies commencent dans sa mémoire. C'est toute la question. Il se peut qu'il soit le seul au monde à pouvoir photographier le passé.

Il s'interrompt brusquement, sentant une présence derrière la porte. « Codi ? », il écoute. « J'imprime, j'en ai encore pour quelques minutes. Codi, c'est toi ? » Il n'entend rien. On est lundi matin, elle ne peut pas être là. Elle enseigne au lycée. Agacé, il laisse tomber l'épreuve dans le fixateur, et retourne vers l'agrandisseuse pour faire un nouvel essai. Il devrait verrouiller cette porte pour éviter tout accident. Quel choc ce serait pour les filles de trouver porte close. Elles ont toujours eu des principes là-dessus. L'intimité de chacun doit être respectée. Il est donc inutile de fermer les portes à clé dans la maison Noline. Mais pourtant elle l'a laissé à la porte – cette nuit-là elle est restée dans la salle de bains pendant plus de quatre heures. Quand il est passé devant, il a pu voir que le verrou du haut était poussé. Elle s'y était enfermée tout de suite après le dîner. Il y a des règles pour ça.

« Codi ? »

Il tend de nouveau l'oreille, mais il n'y a absolument aucun son.

Il frappe. « Je voulais savoir si tout allait bien.

– Tout va bien. »

Elle pleure tout doucement. « Je t'entends pleurer, dit-il, ta sœur est inquiète. Tu peux simplement nous dire ce qui ne va pas.

– Tout va bien. Je ne suis qu'une petite nature. C'est ce que tu me dis tout le temps, tu as raison. »

Ce n'est pas vrai, il n'emploie pas ces mots. Il leur conseille de se conduire en adultes. Mais cela fait des années qu'il n'a pas eu besoin de le leur dire.

Une minute plus tard, elle appelle calmement : « Est-ce que Hallie est là ? J'ai besoin de lui parler. »

Hallie est dans sa chambre, en train de lire. Elle ne semble pas spécialement préoccupée. Codi s'est montrée d'humeur si changeante ces derniers temps que Hallie la laisse tranquille. Elles ne se disputent pas mais il y a une distance nouvelle entre elles. Un abîme. Codi est entrée dans l'adolescence, laissant Hallie à la traîne pour l'instant. Elles semblent toutes deux perdues. Tous les trois le sont, en fait : une famille abandonnée, naufragée sur trois îles séparées. Avant, lorsque les filles étaient proches, il s'inquiétait de ce qui arriverait si elles se perdaient l'une l'autre. Maintenant, c'est arrivé.

« Hallie. » Il se tient dans l'encadrement de la porte de leur chambre et répète tout doucement son nom. « Hallie. » Elle est en train de lire dans une lumière restreinte, au risque de s'abîmer la vue. Elle lève les yeux, des yeux qui sont presque d'un blanc opalescent sous la petite lampe au-dessus de son lit.

« Ta sœur te réclame. Peux-tu s'il te plaît aller voir ce qu'elle veut ? »

Elle pose son livre ouvert à l'envers sur le lit et se lève sans un mot. Toutes deux conversent à travers la porte de la salle de bains. Il essaye d'écouter ce que disent leurs chuchotements depuis la cuisine. Il se rend compte que Codi ne la laisse pas entrer.

« Le noir. Le vieux qui appartenait à maman. »

Hallie ne disparaît qu'une minute, puis elle revient. « Je n'arrive pas à le trouver. J'ai pris ta veste verte.

– Non ! » Codi ajoute quelque chose qu'il n'entend pas. Il lave le poêlon de fonte et le pose sur le feu à petite température, pour en faire évaporer l'humidité. Il va dans la salle de séjour d'où il ne peut pas voir mais où il entend mieux. Hallie lève les yeux tandis qu'il passe devant elle dans le couloir et elle baisse le ton.

« Pourquoi as-tu précisément besoin de ce pull, Codi ? Est-ce que tu sors ? Il ne fait même pas froid.

– Contente-toi de m'apporter le pull noir. J'insiste, Hallie, cherche-le. Il est dans le fond d'un de mes tiroirs. »

Au bout d'un long moment Hallie revient avec. Il entend le verrou glisser puis se refermer ; la porte n'a pas été ouverte plus d'une seconde. Hallie retourne à sa lecture.

Les quinze minutes suivantes, il entend qu'on frotte. Elle nettoie le plancher. La chasse d'eau a été tirée plus d'une douzaine de fois. Il y a des règles à propos de toutes ces choses.

Beaucoup plus tard, il guette, toutes lampes éteintes, depuis la salle de séjour. La maison est dans l'obscurité. Ses cheveux tombent en rideau lorsqu'elle se penche pour regarder du côté de la cuisine. Elle sort. Le petit paquet, elle le porte dans ses bras en creusant le haut de son corps, avec un dos voûté de dame âgée comme si le pull noir pesait aussi lourd qu'elle. Alors il prend conscience de ce qu'elle tient, il pose un doigt replié contre sa bouche pour se retenir de produire un son. Silencieuse comme un chat elle s'est glissée dehors par la porte de la cuisine.

Il la suit jusqu'à l'arroyo. Elle emprunte le sentier des bêtes qui coupe, abrupt, jusqu'en bas de la berge. De gros rochers ronds volcaniques l'encadrent de leurs surfaces luminescentes comme une peau sous le clair de lune. Elle descend jusqu'à cette même rivière asséchée dans laquelle les deux sœurs ont failli se noyer dix ans plut tôt, pendant la crue. Cet affluent a creusé le cañon de la Tortue. Il porterait le nom de rivière de la Tortue s'il avait un nom, mais il ne coule jamais. Ce ruisseau coulait, il y a bien des années quand il était petit garçon et qu'il escaladait ces berges pour échapper à la cuisine noire de poix de sa mère, mais à présent il ne coule plus sauf pendant les orages. La terre qui entoure Grace se dessèche.

Il se tient à une centaine de mètres de Codi, au-dessus d'elle, dans l'ombre des peupliers. Elle a atteint l'endroit où l'épaulement rocheux donne sur le gravier et le limon du lit de la rivière. Même dans cette pénombre, il y a une nette démarcation à l'endroit où la végétation change. Elle se baisse sous les acacias au ras du sol et il ne distingue rien d'autre que son dos, qui s'arrondit sous la chemise de coton sans manches. C'est un petit carré blanc, pareil à un mouchoir. Avec un peu plus de lumière, il pourrait le photographier et le transformer effectivement en mouchoir, ou en un drap sur une corde à linge. Il s'agite exactement de la même façon, comme un drap oublié qu'on a laissé au milieu de la tempête. Elle reste agenouillée là pendant un long moment, ainsi fouettée.

Puis sa tête émerge de la rangée d'acacias et elle s'avance vers lui, le visage lumineux, magnifié par l'intime beauté secrète des larmes. Il voit bien qu'elle serait profondément blessée si elle se rendait compte qu'il sait : que ses observations ont volé les secrets qu'elle a choisi de ne pas dire. C'est une enfant à la dignité de vieille femme. Il se retire à travers les peupliers, dans sa maison, dans son bureau. Il ne peut pas savoir qui elle a enterré là-bas, mais il peut marquer l'endroit à sa place.

Au moins, ça il peut le faire. Pour le protéger des bêtes. Avant d'aller se coucher, il le recouvrira d'un tas de pierres, les plus lourdes qu'il sera à même de déplacer.

Pendant un long moment, il fait semblant de s'affairer dans son bureau, sortant périodiquement en prétendant avoir besoin de quelque chose dans la cuisine. Où a-t-il mis les forceps Piper ? Codi est vidée et épuisée, mais elle reste tout de même debout la moitié de la nuit pour faire ses devoirs. Six volumes de l'*Encyclopaedia Britannica* sont ouverts sur la table de la cuisine : elle déclare qu'elle est en train de rédiger un dossier sur les mammifères marsupiaux.

Combien de fois a-t-il failli lui parler, mais les phrases prennent un tour absurde dans sa tête : « J'avais remarqué que tu étais enceinte ces six derniers mois. J'avais l'intention de t'en parler plus tôt. » Il aurait vendu son âme pour remonter le temps, mais même s'il avait pu le faire, s'il avait pu choisir le moment idéal, il ne parvient pas à situer l'instant où il aurait été avisé de commencer. Ni dix semaines plus tôt, ni dix ans. S'il a fait défaut à ses filles, il l'a fait uniformément. Durant toute leur existence, depuis la mort d'Alice, elles ont été trop lointaines pour qu'il les atteigne. Comme si elle les avait entraînées avec elle à l'aide d'un nœud de corde à mi-chemin vers l'autre monde et qu'à la dernière minute elle les ait laissées derrière elle, deux toutes petites filles abandonnées ensemble dans ce froid cañon de pierre.

Il ne trouve rien de plus à faire dans la cuisine et elle travaille toujours. De sombres creux cernent ses yeux comme des empreintes de pouce sur son visage blanc. Elle lui dit qu'elle a mal à la tête, demande de l'aspirine qu'il va immédiatement chercher dans le placard où il range ses médicaments. Il reste un long moment à examiner les flacons, en pleine réflexion. L'aspirine accentuera le saignement si son hémorragie ne s'est pas arrêtée, ce qui est vraisemblable d'après sa mine. Mais si elle était en danger, il le saurait, se dit-il. Cela s'est sans doute passé sans complications comme le sont généralement les naissances de mort-nés ; il devait être extrêmement petit, même à six mois. Elle est tellement sous-alimentée qu'il aurait parié pour une toxémie, ou même une rupture du placenta. Il continue de regarder dans le placard, en se tapotant le menton avec un doigt. Il ne peut même pas lui donner du Percodan – il y a de l'aspirine dedans. Du Démerol pour les douleurs, et quelque chose d'autre pour les crampes. Quoi ? Il aimerait lui faire une injection de Pitocin, mais ne voit pas comment il le pourrait.

Il retourne à la cuisine et lui tend les pilules avec un verre d'eau. Quatre pilules, deux jaunes et deux bleues, alors qu'elle n'a demandé que de l'aspirine, mais elle les avale sans commentaire, l'une après l'autre, sans lever les yeux de ses livres. Ce peu, elle l'acceptera de lui. C'est la pleine mesure d'amour qu'il lui est permis de dispenser.

Il se penche de nouveau sur le bain révélateur, le visage si proche du produit chimique que les larmes lui montent aux yeux. L'image lui abandonne peu à peu son âme tandis qu'elle gît dans le bac comme une noyée au fond d'une piscine. Et ça recommence : des ombres simples sur de la poussière. Zut. Ce qu'il tente d'obtenir, c'est la qualité lumineuse que possède l'eau, même de l'eau sombre vue de loin. Il y a une surface dessus qu'il ne réussit pas à effacer de ces ombres sèches.

Il se redresse, les yeux encore larmoyants, et tâte ses poches à la recherche d'un mouchoir. Il finit par le dénicher dans la mauvaise poche et se mouche. Il a manipulé cette photographie de toutes les manières possibles, et rien de ce qu'il veut n'a été obtenu. Il s'aperçoit bientôt que le problème n'a rien à voir avec le développement. L'idée de départ était une erreur. Il se trompe si rarement dans son labo qu'il est difficile pour lui d'abandonner, pourtant il le fait. Pour une fois, il renonce au besoin de forcer sa volonté. Il éteint la vieille lampe rouge et allume l'éclairage cru au-dessus de sa tête, et les épreuves non fixées qui reposent dans le bain virent toutes au noir. Cela n'a pas d'importance. La vérité de cette image est impossible à rectifier.

Cosima

14

Le jour des Morts

Le dernier lundi d'octobre, Rita Cardenal fit trois annonces à la classe : qu'elle quittait l'école, que c'était son dernier jour et que si quelqu'un voulait de son fœtus de cochon, il serait à disposition, l'objet étant comme neuf.

Nous traitâmes à fond le règne animal en un temps record, n'ayant rien eu à observer en matière de protozoaires. Nous avions fait deux expéditions supplémentaires à la rivière et accordé toute l'attention nécessaire aux amphibiens et à M. le Vilain Poisson, dont le royaume de verre devenait plus élaboré à chaque voyage d'études, à tel point qu'on l'appelait maintenant le Club Med des grenouilles. Il y avait des fougères et un green de golf en mousse, et les grenouilles accomplissaient très obligeamment leur impressionnante gymnastique aérobique pardessus tout ça. À présent, nous en étions à explorer les mystères d'un mammifère avant sa naissance, objet d'étude que nous avions dû acheter par correspondance.

Mais Rita n'avait pas eu le cœur de tailler dans son fœtus de cochon et, tout bien considéré, je ne pouvais le lui reprocher. Elle attendait des jumeaux. Elle dit qu'elle lâchait tout parce qu'elle se sentait trop fatiguée pour faire ses devoirs. J'avais des craintes pour l'avenir de ces petits.

Rita avait à peu près une demi-douzaine de boucles dans une oreille et malgré son côté petite dure à cuire je l'aimais bien. Elle s'était montrée bonne élève. Apparemment désolée de devoir partir, elle se résignait également à son sort, à la façon particulière qu'ont les ados de voir la vie, comme si toute l'affaire était une chose infligée aux jeunes par quelque comité d'adultes sans humour et sans aucun sens des bonnes manières. Si j'étais déçue de perdre Rita, je n'en étais pas surprise non plus. J'avais vu son jean devenir trop petit. À Grace, parmi les risques encourus par les jeunes, les naissances non désirées devançaient de loin les accidents de moto. Rita entrait dans la statistique. Le mardi, je fis ma propre annonce : nous allions aborder un cours – non prévu au programme – sur le contrôle des naissances.

Les réactions dans les rangs furent pour parts égales d'embarras et d'étonnement. À croire que je suggérais des orgies dans la salle de cours. Une certaine exaltation se manifesta lorsque j'en vins aux supports visuels. « Mais enfin, il n'y a rien de drôle dans un préservatif, dis-je, faisant semblant de m'étonner devant leurs rires. C'est un accessoire à but pratique, comme un… » Seules les comparaisons les plus malheureuses me venaient à l'esprit – bonnet de bain, couvre-théière, etc. – « comme un gant », dis-je, me décidant pour le cliché. Je me détournai du tableau noir et plissai les yeux. « Si vous trouvez ça drôle, ça n'est rien par rapport à l'engin ridicule sur lequel on le met. » Les gars se regardèrent avec des yeux ronds mais la fermèrent. Je commençais à piger ce qu'il fallait faire.

« Miss », dit Raymo. Jamais ils n'arriveraient à m'appeler Codi.

« Oui, qu'y a-t-il ?

– Vous allez vous faire virer à cause de ça. »

Je terminai mon schéma qui avait l'air un peu plus obscène que je ne l'aurais souhaité. J'essuyai mes mains pleines de craie après mon jean et j'allai me jucher prestement sur la haute paillasse de laboratoire qui me servait de bureau. « Je sais que certains de vos parents ne seront pas totalement ravis de ce domaine d'enseignement, dis-je après réflexion. Je n'ai pas reçu d'autorisation de la direction de l'école. Mais je crois que nous devons courir ce risque. C'est important.

– D'accord, alors dites-nous quelque chose que nous ne savons pas », dit Connie Muñoz. Elle avait encore plus de trous dans l'oreille gauche que Rita, et je me demandai si c'était un genre de tableau de chasse.

« La ferme, Connie ! » s'écria Marta. (Une perle à chaque oreille.) « Mon père me tuerait s'il savait que je suis au courant de ces trucs-là.

– Ce que tu fais ne regarde que ton père et toi, dis-je. Ou non. Selon. Mais ce que tu sais reste mon affaire. Évidemment, vous n'êtes pas obligés de mettre en pratique tout ce que vous savez, de même que vous n'êtes pas obligés de prendre l'extincteur sous prétexte que vous savez vous en servir. Mais si votre maison est déjà en flammes, mes petits, je ne veux pas que vous brûliez avec, simplement parce que personne ne vous aura montré le pourquoi du comment. »

Raymo hocha lentement la tête en disant de nouveau : « Virée. » Il suscita tous les rires voulus.

« Tu sais quoi, Raymo ? » lui demandai-je en me tapotant pensivement les dents avec mon crayon.

« Quoi ?

– Ce que pense la direction n'est pas vraiment très important. »

Cela s'imposait à moi en le disant. J'en réalisais la force : pour avoir envoyé promener mon patron du 7-Eleven, par exemple, deux jours avant que je ne quitte Tucson. L'invulnérabilité de celui qui est de passage. « Car il n'y a personne d'autre pour enseigner cette matière, dis-je. En outre, mon contrat n'est que d'un an et je n'ai pas prévu de le renouveler de toute façon. Je ne suis même pas un vrai professeur. Je ne bénéficie que d'une habilitation provisoire. Alors, voilà, c'est comme ça. Nous sommes en train d'étudier l'appareil reproductif chez les mammifères supérieurs. Si j'offense les principes religieux ou la turpitude morale de qui que ce soit, vous voudrez bien m'en excuser, mais prenez donc des notes car on ne sait jamais. »

Ils restèrent parfaitement silencieux, mais en fin de journée, on ne peut pas vraiment dire ce que ça cache. Au choix, c'est ou du respect mêlé de crainte, ou la mort cérébrale, les symptômes sont les mêmes.

« Miss ? » C'était Barbara, une grande élève, mince et timide (oreilles non percées) qui, par sa posture, tentait constamment de faire oublier sa taille. Elle s'était attachée très tôt à moi au cours du semestre, comme si elle avait immédiatement flairé ma personnalité de haut niveau. « Vous ne revenez pas l'an prochain ?

– Non, dis-je. Je suis dans le coin en tant qu'ancienne. La seule différence entre vous et moi, c'est que je n'ai pas d'examen à passer. » Je leur adressai un sourire contrit, spécialement dédié à Barbara. « Je n'ai rien contre vous. C'est simplement mon *modus operandi.* »

Les gamins battirent des paupières en entendant ça, se demandant sans doute si c'était un nom latin à noter.

« Le *modus operandi*, c'est la manière dont vous fonctionnez, dis-je. C'est ce que vous laissez derrière vous quand vous vous carapatez de la scène d'un crime. »

Au lycée de Grace, j'enseignais la biologie, niveaux 1 et 2, et surveillais deux salles d'études. J'assurais également, au pied levé, un cours d'algèbre à la place d'une collègue qui s'absentait fréquemment à cause d'une grossesse difficile. Ma classe préférée était celle du niveau 2, avec mes grands – Raymo et Marta, Connie Muñoz et Barbara – mais ce jour-là j'avais une mission et je ne fis aucune discrimination parmi mes ouailles. Je dispensai à tous un discours sur la manière d'éviter les bébés. Barbara, qui était dans ma salle d'études et au cours d'algèbre, fut contrainte, la pauvre gosse, de l'entendre à trois reprises, elle qui, d'après moi, n'en avait pas le moindre besoin.

Elle m'étonna autant que les gamins, cette campagne, et j'avais quelques doutes sur mes motivations. Qu'est-ce que ça pouvait bien me faire que toute la classe ait des jumeaux ? Plus vraisemblablement, je voulais m'assurer de l'issue fatale de mon contrat. Après que la dernière cloche eut sonné, j'effaçai le tableau et je restai là une minute, partageant le silence avec le squelette de ma compatriote d'Illinois, Mrs. Josephine Nash. Notre journée était terminée. Elle me souriait de toutes ses mâchoires largement découvertes. C'était là une habitante de Grace qui ne m'avait jamais blessée dans l'enfance, ne m'obligeait pas à fouiller ma mémoire pour retrouver son nom (il était inscrit en toutes lettres sur son pubis), ne m'avait jamais lancé de boulettes ni réclamé de remonter ses notes et n'insinuait pas que je venais de Paris, en France, ou d'un orchestre de rock'n'roll.

Du fond de la pièce, j'entendais le plic-ploc des grenouilles contre les parois de leur vivarium, aussi régulier qu'une horloge : en haut, en bas, en haut, en bas, exposant à la vue leur fragile ventre blanc. À la même époque, l'an prochain, il n'y aurait même plus de poissons ni de grenouilles dans la rivière : ces représentants du règne animal étaient voués à l'extinction. Quiconque serait chargé de ce cours devrait écrire aux Fournitures biologiques de Caroline pour commander ces rigides grenouilles naturalisées aux petites pattes étalées comme des mains, au cœur apparent, et qui sentaient le formol.

Je me tenais au-dessus du vivarium et en scrutai l'intérieur de toute ma hauteur, telle une divinité. Le poisson était en suspens, immobile, dans son petit lac. Des gouttelettes de condensation se formaient sur le dessous du couvercle de verre. Il allait bientôt pleuvoir, là-dedans. Comme les enfants, je m'étais attachée à ce monde en miniature et j'y avais ajouté ma touche personnelle : une touffe de champignons rouge vif qui étaient apparus dans la cour d'Emelina et une fougère ressuscitée de la falaise derrière la maison. Le vivarium était comme une bulle de temps. Je crois que tout un chacun s'efforçait de sauver ces petits fragments de Grace.

Je fis glisser le verre latéralement, mécontente d'avoir à perturber l'écosystème, mais obligée de nourrir le poisson. Des senteurs humides de vase et de mousse montèrent à mes narines et je pensai à Hallie dans ses tropiques. Que ferait-elle à propos de ces problèmes si elle était ici ? D'abord, elle resterait, ce que je ne ferais pas. J'étais venue ici avec le sentiment d'être arrivée à destination. Mais j'ai découvert que je ne pouvais prétendre à rien, à Grace : m'y considérer comme « chez moi » était une vue de l'esprit optimiste, aussi factice que le vivarium. Je m'occuperais de Doc Homer autant qu'il le serait possible en un an, puis j'irais retrouver Carlo, ou envisagerais un autre emploi dans la recherche ; je n'avais rien de précis en tête. Mon avenir était tracé en négatif. L'an prochain, je serais fichue d'être n'importe où en dehors d'ici.

J'avais raconté à Hallie mon audacieuse et dérisoire petite déposition relative au pH de la rivière, et quelques jours plus tard j'avais dû ajouter à mon récit la nouvelle d'un barrage – le problème du pH devenant ainsi purement théorique. Je me sentais humiliée. Elle finit par répondre pour me dire : « Rappelle-toi comment nous avons grandi. Désormais, tu ne peux pas te sortir d'une affaire pareille sans prendre de risque. Il n'y a pas moyen de faire autrement. » Elle m'admonestait, je pense. j'aurais dû témoigner d'une plus grande loyauté vis-à-vis de ma bonne ville. Je manquais de courage. J'essayais encore de me défiler. Une bonne citoyenne de la nation, heureuse d'oublier. Je saupoudrai la surface de l'eau de daphnies pour poissons rouges. Dans la nature, il y a des animaux qui se battent et d'autres qui se sauvent ; j'étais du genre qui se sauve. J'étais une bête du genre frivole. Hallie semblait croire que je m'en sortirais – elle prétendait que j'avais été celle qui, autrefois, s'était entêtée à se battre pour sauver les petits coyotes. Emelina croyait que j'avais mené des campagnes destinées à sauver les poules de la casserole. Des années dont je me souvenais clairement, et dont aucune image de ce genre ne surnageait. Lorsque nous habitions à Tucson, Hallie et moi, à l'époque des réfugiés, elle restait debout toute la nuit à caresser le dos de la main des gens et à tenir leurs petits enfants commotionnés dans ses bras. J'en étais incapable. Je croisais les bras et j'allais me coucher. Par la suite, au bout de ma deuxième année de médecine, j'avais pu m'occuper de leurs blessures apparentes, mais sans plus.

Les gens de Grace seraient bientôt des réfugiés, vidés comme des sous d'une poche. Leur histoire s'effriterait à mesure que les familles se disperseraient vers Tucson ou Phoenix, là où il y avait des emplois. J'essayai d'imaginer la troupe d'Emelina dans un mobile-home, ses voisins surveillant d'un œil inquiet l'arrangement de couleurs de ses plates-bandes. Et mes gamins de l'école, superbement confiants, avalés tout vifs par les écoles de la ville dans lesquelles ils apprendraient à marcher comme Barbara, et à souffrir de leur accent villageois et de leur rudesse malvenue. (On était facilement rude, à Grace.)

Mais au moins, ils sauraient se servir de préservatifs. J'étais à même de leur faire ce cadeau pour affronter l'avenir. Je remis en place le couvercle de verre sur le vivarium et éteignis les lumières. Je serais partie depuis longtemps au moment de la dévastation de Grace. Mon contrat était d'un an. Maintenant, j'avais fait en sorte que ce soit certain.

Rita Cardenal m'appelait au téléphone. Elle hésita une seconde avant de parler. « Je crois que votre vieux ne tourne plus très rond.

– C'est bien probable. » Je m'installai dans le fauteuil de ma salle de séjour, attendant qu'elle poursuive.

« Vous lui avez dit à propos de moi ? Au sujet de mon départ ?

– Rita, non. Je n'aurais pas fait ça. »

Un silence. Elle ne me croyait pas. Pour Rita, nous incarnions tous deux l'autorité – mais au moins, elle avait appelé. « Mon père et moi ne sommes pas très proches, dis-je. Je vais le voir toutes les semaines, mais nous ne discutons pas vraiment. » Une adolescente enceinte était capable de comprendre ça.

« Bon, alors, c'est qu'il a un sacré problème.

– Qu'est-ce qu'il a fait ?

– Ben, il a perdu les pédales. J'y suis allée pour ma visite du cinquième mois, et il m'a dit que les bébés étaient trop petits, et il avait l'air complètement normal et tout. » Elle marqua un temps. « Et puis, tout d'un coup, il pète un plomb et me fait cette mégascène. En me hurlant après.

– Qu'est-ce qu'il t'a dit ?

– Des trucs. Dans le genre qu'il fallait que je mange mieux et qu'il allait faire en sorte que je le fasse. Il a dit qu'il n'allait pas me laisser sortir de la maison avant que je sois remplumée. C'était comme s'il devenait complètement fou. Il s'est servi de ce mètre à ruban pour me mesurer le ventre et puis il l'a posé, il avait les larmes aux yeux, et il a mis ses mains sur mes épaules et m'a comme attirée contre sa poitrine. Il a dit : "Il faut que nous parlions de ça. As-tu une idée de ce que tu as à l'intérieur de toi ?" J'ai eu sacrément peur. »

Je me sentis prise de vertige. Il y eut un long silence.

« Miss Codi ?

– Rita, je suis vraiment navrée. Qu'est-ce que je peux te dire ? Il perd la tête. Il a une maladie qui lui fait tout confondre. Je pense qu'il essayait seulement de faire son travail, mais il s'est embrouillé à propos de ce qu'il voulait te dire.

– J'ai entendu parler de ça. Qu'il avait une maladie qui vous fait perdre la boule et retomber en enfance.

– Ce n'est pas exactement comme ça que je l'exprimerais, mais c'est vrai. Parfois, les rumeurs sont fondées.

– C'est vrai que vous êtes docteur ? »

Je regardai par ma fenêtre située à l'est la paroi de rocher rouge qui s'élevait à pic derrière la maison. « Non, dis-je. Ce n'est pas vrai. C'est ce qu'il t'a dit ?

– Non. » Elle marqua un temps. « Enfin, si. Il a dit quelque chose, il y a très longtemps, que vous étiez en médecine ou un truc comme ça. Mais pas cette fois-ci. Je l'ai entendu dire par quelqu'un d'autre, que vous étiez docteur et que Doc Homer allait mourir et que vous alliez reprendre.

– Reprendre quoi ?

– Reprendre le poste de docteur à Grace. On raconte que vous avez déjà sauvé ce bébé au restaurant de doña Althea.

– Oh ! mon Dieu.

– Écoutez, les gens racontent des trucs, d'accord ? dit Rita. Cette ville est pleine de grandes gueules. C'est juste ce que j'ai entendu.

– Je ne suis là que jusqu'à la fin de l'année scolaire, alors tu peux dire à ceux qui répandent ce commérage que ce sont de sales cons.

– D'accord. Pardon. »

Je regrettai ma sécheresse envers Rita. « Ça va, dis-je. Tu n'y es pour rien. Je n'ai pas l'habitude de vivre dans un endroit où tout le monde s'occupe des affaires des autres.

– C'est n'importe quoi, non ? Ma mère a appris que j'étais enceinte par une dame qui travaille à la banque. Maman dit : "Quel jour on est aujourd'hui ?" et la dame répond : "Le 14. Votre fille, c'est pour la Saint-Valentin, il me semble ? Moi j'ai eu un bébé le jour de la Saint-Valentin." » Rita se tut, attendant mon avis.

« Ouais, dis-je. C'est n'importe quoi.

– Hum. Ma mère m'a raconté qu'après ça elle avait dû déchirer trois chèques d'affilée avant de pouvoir en faire un de correct. Comme si c'était ma faute. »

Je me lançai à la recherche de Doc Homer à peine après avoir raccroché, mais il me fallut un temps fou pour le retrouver et mon énergie à dramatiser s'épuisa quelque peu. En premier, je me rendis à son bureau dans le sous-sol de l'ancien hôpital, au sommet du plateau – il était quatre heures de l'après-midi, un vendredi, et il aurait dû être là. Mais Mrs. Quintana me dit qu'il était descendu en ville vérifier la machine à oxygène du vieux Mr. Moreno, qui faisait un drôle de bruit, et qu'ensuite il s'arrêterait à l'épicerie pour prendre des côtes de porc. Il y avait de ça une demi-heure si bien que je crus le rattraper en escamotant Mr. Moreno et en allant directement à l'épicerie, mais j'y arrivai trop tard. L'épicière, Mrs. Campbell, me dit qu'il avait commencé par là, ayant oublié qu'il devait se rendre chez Mr. Moreno. Il était resté six ou huit minutes en contemplation devant les conserves, et soudain, ça lui était revenu. Mrs. Campbell me conta toute l'affaire avec une sorte de clin d'œil indulgent, comme s'il s'était agi d'Einstein ou de quelqu'un du même acabit à qui on pouvait tout pardonner. Il était parti chez les Moreno, mais se rendait d'abord à la pharmacie d'à côté pour prendre au passage le médicament contre l'emphysème de Mr. Moreno. Je sautai la case pharmacie et me dirigeai vers la maison rose vif des Moreno, pensant le choper à la sortie pour remonter à pied avec lui la longue colline, en passant devant l'hôpital jusqu'à la maison. La guerre contre les microbes de Grace était donc engagée par un homme qui s'égarait devant des boîtes de cocktail de fruits. Il existait une clinique à Morse, juste de l'autre côté de la frontière et, selon Mrs. Quintana, un bon nombre de personnes s'y rendaient désormais. Ce qui était parfaitement déloyal, semblait-elle dire implicitement : elle adorait mon père.

En chemin vers la maison Moreno, je m'arrêtai au bureau de poste. Il y avait une lettre de Hallie que je garderais pour plus tard. J'aimais bien les lire seule, prenant le temps de combler les blancs de ce qu'elle taisait.

Il s'avéra que la visite chez les Moreno avait été particulièrement courte et qu'il était déjà reparti. La machine à oxygène avait spontanément cessé de faire du bruit. Je remontai seule la colline. Le temps que j'arrive enfin dans la cuisine de Doc Homer, ses côtes de porc étaient déjà cuites et il était en train de s'asseoir.

Il parut surpris et presque content, et il offrit de me mettre quelque chose à cuire, mais je lui dis que je n'avais pas faim. Je m'assis à mon ancienne place à table, là où un millier de fois j'avais autrefois passivement refusé de la nourriture. Mais ce soir, cela me rendait triste de le voir manger son repas en solitaire – il s'était préparé une portion d'un repas entier parfaitement équilibré, avec légumes et le reste. Cela me stupéfiait. Lorsque Carlo partait à l'hôpital pour ses journées marathon, je sautais des repas. Mais je supposais que Doc Homer avait pris l'habitude de la solitude. Pour lui, ce n'était pas une période d'attente, c'était la vie.

« J'ai entendu dire que tu t'étais montré un peu dur avec Rita Cardenal », lui dis-je.

Il rougit légèrement. « Tu la connais ? Elle attend des jumeaux. Il faut qu'elle prenne mieux soin d'elle.

– Je sais. Elle faisait partie de mes élèves avant-hier encore. C'est une brave gamine.

– J'en suis sûr, dit-il. Mais il est difficile de parler avec elle. Je lui ai prescrit un régime qu'elle a roulé en boule et jeté dans la corbeille à papier avant de quitter mon bureau. Elle m'a dit qu'elle allait manger n'importe quoi puisque le scénario de sa vie était déjà foutu – je cite. »

Je souris. « Ces gamins ont leur manière de voir, je suis en train de le découvrir. Je ne m'attendais pas vraiment à ça.

– Je veux bien te croire.

– Mes élèves ont un langage qui se situe entre celui de Huck Finn et du poste de télévision. »

Il parut légèrement amusé. Je savais que j'étais en train d'éluder le problème. Je pris une longue inspiration. « Je crois que j'ai trop tardé. J'aurais dû te parler bien plus tôt. Je ne pense pas que tu ailles bien, et je pense qu'il faudrait que je prenne soin de toi, mais je ne sais pas comment. C'est l'aveugle qui guide l'aveugle. Tout ce que je sais, c'est qu'il faut que je le fasse.

– Il n'y a aucun problème, Codi. Je prends un dérivé d'acridine. De la Tacrine. Ça permet d'enrayer la dégénérescence des fonctions mentales.

– La Tacrine ralentit la dégénérescence des fonctions mentales, avec un peu de chance. Et en plus, c'est expérimental. Je ne suis pas idiote, j'ai fait tout un tas de lectures à la bibliothèque médicale après que tu m'as annoncé ça.

– Non, tu n'es pas idiote et je vais bien.

– Tu dis toujours que tu vas bien.

– Parce que je vais toujours bien.

– Écoute, je ne suis là que jusqu'à l'été prochain. Il faut que nous mettions de l'ordre dans tout ça. Qu'est-ce que tu vas faire quand tu ne pourras plus suivre tes patients ? Tu crois que tu te conduis correctement ? »

Il coupait son chou-fleur, passant son couteau entre les dents de la fourchette. Il le disséqua en cubes impeccables, de taille identique, et ne me répondit pas avant d'avoir entièrement fini. « Je ferai ce que j'ai prévu de tout temps. Je prendrai ma retraite.

– Tu as soixante-six ans, dis-je. Quand prévois-tu de la prendre ?

– Quand je ne pourrai plus travailler correctement et que je ne serai plus apte.

– Et qui va en juger ?

– Moi. »

Je le regardai fixement. « Eh bien, je crois qu'il y a des preuves que tu baisses dans le domaine de l'attention et de l'aptitude. » Mon cœur battait à tout rompre – jamais je ne lui avais parlé comme ça. Je n'attendis pas la réponse. Je me levai et entrai dans la salle de séjour. Elle n'avait pas changé, des tonnes de bric-à-brac dans tous les coins. Quelque chose de nouveau me frappa : une douzaine de chaussures de femme, venues d'on ne sait où, étaient disposées soigneusement en cercle, le bout tourné vers l'intérieur. Un ordre superficiel imposé au chaos. C'était exactement la manière dont je pensais que Doc Homer perdrait la boule. Prise de vertige, je m'assis. Je ne pouvais même pas raconter ça à Hallie. Elle serait revenue.

Le vieux châle en tricot noir et rouge, notre couverture réconfortante des temps anciens à Hallie et à moi, était toujours là, plié avec soin sur le divan. Depuis mon retour, il n'avait pas été défait une seule fois, j'en étais sûre. Je pris l'épais paquet dans mes bras, retournai dans la cuisine et m'assis, cette fois sur la chaise de Hallie, le châle serré contre ma poitrine comme un bouclier.

« Je prends ça, si ça ne te dérange pas. J'en aurai besoin dès qu'il fera plus froid.

– Très bien », dit-il.

Je le regardai attentivement pendant une minute. « Tu sais ce que racontent les gens, à Grace ?

– Que la lune est faite de fromage à la sauge, j'imagine. » Il se leva et entreprit de laver la vaisselle de son modeste repas. Un grand et un petit poêlons, un autocuiseur à légumes, une casserole, une assiette et un verre, des cuillers et des couteaux de diverses tailles et les forceps Piper. En comptant les couvercles de casseroles, à peu près une vingtaine d'ustensiles distincts pour préparer et consommer environ trois cents grammes de nourriture. Je me trouvais moi-même assez obsessionnelle, à les dénombrer ainsi, mais il me semblait que c'était le symbole de quelque chose. La manière dont il vivait, faisant tout ce qu'il pensait être bien, que cela eût du sens ou non.

« Ils racontent que je suis médecin, dis-je en m'adressant à son dos. Que je suis venue ici pour sauver Grace. » Hallie et moi avions usé toutes les plaisanteries possibles sur notre ville et sur Doc Homer : « Pleine de Grace », « Grace à Dieu ». Chacune d'elle laissait un goût amer dans la bouche.

« Et comment croient-ils que tu vas t'y prendre ?

– Je n'en sais rien. En tout cas, les médecins accomplissent habituellement leurs miracles.

– Tu sais très bien ce que font les médecins. Tu es allée au bout de tes quatre années de médecine et tu as presque terminé ton internat. Tu n'étais qu'à deux ou trois mois d'avoir le droit d'exercer. »

Du bout des doigts, je touchai quelques miettes de pain vagabondes éparpillées sur la table. Parce qu'il me tournait le dos, j'eus le courage de lui poser la question de but en blanc. « Jusqu'à quel point m'en veux-tu pour ça ? Que je n'aie pas réussi à devenir médecin ?

– Qui dit que tu n'as pas réussi ?

– Je suis en train de te le dire, en ce moment même. Je ne sens pas ce métier, ni maintenant ni jamais. À la simple idée d'exercer, je me sens ridicule. Que les gens puissent dépendre de moi en situation de vie et de mort ? Tu te rappelles quand j'ai suivi les cours de natation de la Croix-Rouge ? J'ai essayé de remorquer Ginny Galvez et nous avons frôlé la mort.

– Comment en es-tu arrivée à la conclusion que tu ne pouvais pas être médecin ? »

Pendant un instant, j'enfouis mon visage dans le châle qui avait une odeur d'animal familier. Lorsque je relevai les yeux, il me faisait face, s'essuyant les mains à un torchon, un doigt après l'autre. « J'aimerais bien le savoir, dit-il.

– Je n'ai pas su l'être pendant mes gardes en gynéco-obstétrique. J'étais en train de faire naître un prématuré qui s'est révélé aussi être un siège, il y a eu détresse fœtale et la pression artérielle de la mère s'est mise à monter en flèche. J'ai tout simplement laissé tomber. Je ne me souviens plus exactement de ce que j'ai fait, mais je sais que je l'ai plantée là. Elle aurait pu en mourir. » Je rectifiai : « Ils auraient pu en mourir tous les deux.

– Tu n'étais qu'en première année d'internat et c'était un accouchement très risqué. Je suis sûr qu'il y avait quelqu'un à portée de main pour t'aider. Les lois concernant les fautes professionnelles étant ce qu'elles sont.

– Là n'est pas la question.

– Il n'est pas nécessaire de faire des accouchements pour être médecin. Je n'en fais plus moi-même. Il existe une centaine de spécialités que tu aurais pu choisir et qui n'ont rien à voir avec l'obstétrique.

– Ce n'est pas le problème. Les gens me regardaient dans l'attente d'une décision, et j'ai perdu la tête. On n'a pas le droit de perdre la tête. C'est toi-même qui me l'as appris. »

Il me regarda droit dans les yeux et dit : « Je perds la tête une douzaine de fois par jour. »

C'était vraiment la dernière chose que je m'attendais à entendre. Je me sentis comme dépossédée. Je plongeai mon visage dans le châle et me mis soudain à pleurer. Je n'ai aucune idée d'où ces larmes venaient, elles tombaient de mes yeux, c'est tout. Je refusais qu'aucun de nous admît son impuissance ici. Je restai ainsi le visage caché pendant un long moment, trempant la laine. Quand enfin je levai les yeux, il était en train de ranger quelque chose dans le réfrigérateur. Dans la cuisine sombre, l'intérieur brillamment éclairé de l'appareil y formait comme une petite terre étrangère lumineuse de plaisantes boîtes blanches, empilées comme des immeubles. Il devait y avoir là au moins cinquante tupperwares : tourtes, gâteaux, ragoûts. Je repensai au gratin de courges d'Uda et réalisai avec surprise que toutes les femmes de Grace prenaient soin de Doc Homer. En tant que gardienne, j'étais superflue.

Il me vit l'observer. Il se tenait là avec la porte du réfrigérateur à demi ouverte, le visage éclairé. « Codi, tu pourrais être médecin si tu le voulais. Tu connais les ficelles du métier. N'essaye pas d'en rejeter la faute sur quelque chose d'abstrait comme ton sang-froid ; il faut que tu prennes tes responsabilités. Est-ce que c'est quelque chose que tu souhaites ou non ?

– Je ne sais pas. »

Il ne bougeait pas. J'étais obsédée à l'idée qu'il aurait dû refermer la porte du réfrigérateur. Il avait toujours eu des millions de principes à propos de tout. Le gaspillage d'électricité, par exemple.

« Non, je ne le souhaite pas.

– Ah ?

– Non. Je croyais que ce serait un truc prestigieux à faire. Mais je ne crois pas que ce projet soit véritablement né de ma vie. Je ne me souviens même pas d'avoir pensé que j'adorerais regarder au fond de la gorge des gens, de leurs oreilles infectées et de tâter leurs vésicules biliaires.

– Tu as le droit d'avoir cette opinion-là, dit-il. Que le corps humain est un temple d'obscénité. »

Je soutins son regard sans flancher et il sourit, ne serait-ce que fugacement. « Ça, tu l'as dit, les gens offrent un spectacle totalement dégueulasse. »

Les nouvelles de Hallie étaient brèves et relativement inquiétantes. Il y avait eu une certaine activité chez les contras dans la région, personne n'avait été blessé mais quatre tracteurs John Deere avaient été réduits en coques de métal roussies par un incendie. Elle semblait en être malade. « Un John Deere, c'est comme un gros tas d'or par ici. À cause de l'embargo américain, impossible de trouver des pièces détachées et ceux qui marchent encore sont considérés comme les saints patrons du Nicaragua. » Pourtant, elle avait l'air parfaitement heureuse d'être installée là-bas, bien plus que je ne l'étais à Grace. Elle parlait de son réveil, le matin, des coqs qui sautaient sur le rebord de la fenêtre. D'une armée de petites filles en robes de polyester dans la rue, avec d'énormes paniers sur la tête et qui fonçaient vers cent missions urgentes. Elle progressait dans ses nouvelles méthodes de culture ; elle aurait bien aimé en savoir un peu plus long sur les moteurs Diesel. Un type du nom de Julio, un prof d'alphabétisation de Matagalpa, l'avait invitée à sortir avec lui. (Elle avait dessiné des étoiles tout autour du mot « invitée », comme pour se ficher d'elle-même.) Ils avaient des emplois du temps chargés, de sorte que, pour finir, ils s'étaient retrouvés après le travail et s'étaient rendus tous les deux à cheval à une réunion dans une église où Hallie donnait une conférence sur la sécurité en matière de pesticides. L'église était envahie de moucherons et de fumée de kérosène, de petits mouflets en pleurs qui gigotaient sur un grand bout de plastique, impatients de voir leurs parents les emmener se coucher chez eux. Julio et elle étaient revenus sur Sopa del Dia, son cheval, et ils s'étaient bien distraits au retour.

Le samedi soir, c'était la fête de Halloween et les enfants d'Emelina partaient à travers les rues. Grace vivait un moment sociologique intéressant : les ados s'intoxiquaient de MTV, voulaient tous ressembler à des repris de justice, et malgré tout, personne ici ne redoutait de trouver des lames de rasoir dans les pommes.

Emelina m'engagea à accompagner les quatre aînés dans leurs visites pendant qu'elle restait chez elle à distribuer des bakchichs au reste des maraudeurs de la ville ; elle pensait qu'une fête païenne me ferait du bien. N'étant que le chaperon chargé de les faire traverser, je n'eus pas à me déguiser. Une loi de l'État interdisait à toute personne au-dessus de douze ans de porter un masque ou de quémander directement chez les gens. Si les pères de Grace affichaient une certaine indépendance en faisant fi des lois lorsqu'ils fermaient l'école le 2 novembre en vue de la fête la plus importante de la ville, celle de la fête des Morts, en revanche ils se conformaient à celle régissant la mascarade de Halloween pour ne pas prendre de risques. John Tucker fut déçu mais s'efforça de ne pas le montrer. Emelina l'encouragea à venir tout de même avec nous, plus ou moins dans le rôle de second chaperon. Elle était admirable à voir. J'imagine que je n'avais jamais vraiment vu d'aussi près un tel instinct maternel à l'œuvre.

Il fut d'accord pour venir, vêtu de l'imperméable noir de J.T., avec une épaisseur d'un centimètre de talc sur la figure. Emelina lui dessina sous les yeux des cernes accentués à l'aide d'eye-liner. C'était convaincant – il avait l'air malade ou mort, selon ses dispositions. Mason était en insecte avec des ailes en sacs d'épicerie et des antennes de radio arrimées sur la tête à l'aide d'un serre-tête jaune. Il donna des instructions à Emelina pour qu'elle lui dessine des mandibules d'insecte avec son crayon à sourcils. Je n'avais pas l'impression qu'Emelina se maquillait d'habitude, mais elle gardait son matériel à portée de main en cas d'urgence. Les jumeaux, quant à eux, se déguisèrent en jeunes (à savoir : en repris de justice), mais décidèrent qu'ils avaient eux aussi besoin de mandibules.

Nous fîmes une sacrée pêche ; dans le cadre de cette corbeille à fruits qu'était la vallée, je n'avais jamais vu une telle orgie de saccharose. Des gros bonbons à se casser les dents, des nounours à la gélatine se multiplièrent dans les sacs des enfants comme les pains et les poissons. Les jumeaux me tiraient chacun par une main et Mason s'agrippait à ma cuisse quand nous traversions la rue. Nous frappâmes à toutes les portes de la route qui contournait le cañon jusqu'au sud – le trajet le plus long possible jusqu'au palais de justice. John Tucker restait en arrière dans l'ombre, à la limite des cours, mais moi j'escortais les garçons carrément jusqu'au seuil, me réjouissant secrètement de ces petites incursions dans des salles de séjour aux couleurs vives. Notre dernier arrêt fut à la maison jaune citron de Mrs. Nuñez que je savais être une personnalité importante du club des Couseuses-Râleuses. Je commençais à m'y retrouver dans le matriarcat de Grace, une puissance inconnue de moi dans l'enfance.

La vieille Mrs. Nuñez reconnut immédiatement les enfants, mais sans raison, me prit pour Emelina. Je pense que c'est faute de m'avoir bien regardée. Elle jacassait en direction des garçons tout en laissant tomber des Hersheys et des chewing-gums dans leurs pesants sacs d'épicerie : « Oh ! quelle sale bestiole tu fais. Sauve-toi de chez moi, vilaine *cucaracha*. Et vous aussi, les affreux jumeaux. Ouh la la ! vous me faites horriblement peur. » Elle leur déposa à tous un baiser sur le sommet de la tête.

Elle s'interrompit soudain, relevant ses lunettes et scrutant des yeux la pâle apparition de John Tucker qui se tenait en retrait le long de ses buissons comme l'exigeait la loi. « *¡Cielo santo!* dit-elle, véritablement inquiète. Mais qu'arrive-t-il à votre frère ?

– Ben, il a treize ans », dit Glen.

La fête des Morts démarra fraîchement au petit matin, les gens de Grace mirent leurs sweaters et s'en félicitèrent. La vague de chaleur était passée. À huit heures et demie, le soleil était déjà haut et les sweaters furent ôtés, mais la journée demeurait idéale. Tous les gens en état de le faire grimpèrent le long des routes du cañon pour converger vers le cimetière. C'était le jour doux-amer de congé mexicain, le jour des Morts, suite démocratique de la fête catholique de la Toussaint. Certains avaient rendez-vous avec les saints le 1er novembre et se rendaient à la messe, mais le 2 novembre, tout le monde avait rendez-vous au cimetière. Les familles qui se dirigeaient lentement là-haut ressemblaient à des fourmis moissonneuses, transportant toutes les espèces imaginables de fleurs, vraies ou artificielles : des sacs en papier gonflés de chrysanthèmes et de glaïeuls, des tulipes confectionnées à partir du polystyrène bleu et rose des boîtes d'œufs : des roses de soie à longues tiges qui s'agitaient dans les mains des enfants comme des baguettes magiques, et enfin d'inclassables créations de tissu, de papier coloré et même de liens en plastique des packs de bière. Le club de Couseuses-Râleuses avait eu quatre réunions exceptionnelles d'affilée.

Lorsque Hallie et moi étions toutes petites, nous avions la permission de participer à cette fête avec la famille de J.T. Je me demandai si Viola se souvenait de nous avoir traînées derrière elle. Dans ma tête, tout restait très vague ; ce dont je me souvenais le mieux c'étaient les soucis. Des *cempazuchiles*, les fleurs des morts. Je demandai à Viola d'où ils venaient.

« Ils arrivent par camions, répondit-elle, énigmatique.

– Vous vous rappelez quand Hallie et moi venions là-haut avec vous ?

– Bien sûr que je m'en rappelle. Vous couriez toujours partout sur les tombes et abîmiez tout. » Viola ne mâchait pas ses mots.

« C'est que nous étions petites, dis-je sur la défensive. Doc Homer nous a empêchées de venir au bout d'un moment. Je me le rappelle. Je me souviens de lui disant : "Ces arrière-grands-mères ne vous concernent pas."

– Il était le chef.

– C'est vrai. Il était le chef. »

Emelina et ses quatre aînés marchaient devant, mais je poussais la poussette d'enfant sur le gravier et Viola avait plus de soixante ans, ce qui nous donnait l'excuse de traîner derrière. Nous formions nous-mêmes un clan de fourmis moissonneuses, non seulement chargées de fleurs mais de nourriture, de bière et de sodas et de tout un bazar d'objets divers. John Tucker transportait un grand saint Joseph tout neuf, plutôt maousse, pour la tombe du mari de Viola. J.T. était toujours à El Paso, et Loyd encore sur sa locomotive de manœuvre à Yuma. Mais ils ne semblaient pas nous manquer tant que ça. On aurait dit un groupe de vacancières, avec toutes ces fleurs en boîtes d'œufs. Un festival de femmes et d'enfants, de personnes âgées et d'ancêtres défunts.

Viola s'arrêta pour reprendre son souffle, la main posée sur le corsage de sa robe noire en tissu brillant, les yeux fixés sur le fond du cañon. J'attendis avec elle, rajustant le mouchoir rouge qu'Emelina avait attaché autour du crâne chauve de Nicholas pour le protéger du soleil. Comme ce dernier tressautait sur la route côtelée comme du velours, le mouchoir ne cessait de glisser sur ses yeux, et il avait l'air d'un pirate ivre. Je me penchai pour le regarder à l'envers. Il m'illumina d'un sourire de pirate malicieux.

C'était une journée spectaculaire. Le bas-côté de la route était bordé des plumeaux jaune vif d'herbe à lapin, fleurs apparemment trop vulgaires pour être déposées sur une tombe, mais je les aimais bien. J'essayerais de me souvenir d'en cueillir en redescendant pour les planter dans les urnes de terre cuite qui entouraient ma maison. J'étais décidée à prouver à Emelina que je n'étais pas totalement privée d'instinct domestique.

De là où nous nous tenions, nous surplombions la totalité de Grace, outre les nombreux petits campements qui s'étendaient un peu à l'écart de la ville, éparpillés sur toute la longueur du cañon Gracela et de ses ramifications, souvent habités par quelques familles, certaines ayant leurs minuscules cimetières personnels. À présent, ces petits campements étaient pour la plupart abandonnés. Beaucoup avaient tout simplement été détruits lorsque Black Mountain était allé traquer une veine de cuivre sous leurs planchers mêmes ; d'autres avaient été ensevelis : la compagnie avait la vieille habitude de creuser et de rejeter ses déchets où bon lui semblait. L'énorme cimetière principal de Grace était situé de l'autre côté du cañon, aussi loin que possible de la mine, exactement pour cette raison. On ne respectait même pas les cimetières.

Dans la partie en amont du cañon, on pouvait également voir les débuts de la digue qui détournerait la rivière du cañon de la Tortue. Une photo ridicule avait paru dans le journal local : le président de la compagnie ainsi que deux dirigeants, pris lors d'une cérémonie d'ouverture des travaux, en cravate, en train d'appuyer délicatement sur une pelle d'un pied chaussé de derbys. Ces hommes étaient arrivés de Phoenix en voiture le matin même pour s'en retourner dans la foulée. Tous arboraient un large sourire de représentants de commerce. Ils prétendaient que la digue constituait dans son genre un projet d'amélioration pour la communauté, mais, de là où Viola et moi nous nous tenions, cela ressemblait exactement à ce que c'était : une immense tombe. Des pelleteuses de couleur orange souci faisaient le gros dos, honteuses, dans un coin du lopin de terre défoncé.

« Alors, qu'est-ce qui va se passer ? demandai-je à Viola.

– Dieu seul le sait », dit-elle.

Je poussai un peu plus loin. « Écoutez, il y a eu une réunion, hier soir. Vous n'avez parlé à personne ?

– Mais si, bien sûr. Les gens du conseil ont tenu une grande réunion de plus à ce sujet et ont décidé de lancer des poursuites en justice. Un avocat est arrivé de Tucson pour rencontrer Jimmy Soltovedas. »

Jimmy était le maire. Le conseil municipal n'avait plus aucun lien avec Black Mountain ; Grace n'était pas une ville minière dans le sens classique, sauf que tout ce sur quoi nous posions le pied appartenait à la compagnie.

« Qu'est-ce qu'a dit l'avocat ? » Dans un moment de vanité, je me demandai si quelqu'un avait fait mention de ma déposition. Ma phrase à propos « d'un pH proche de l'acide d'une batterie » semblait être le genre de chose qu'aimerait citer un avocat.

« L'avocat a dit que nous avions probablement un droit d'antériorité sur l'eau et que nous pouvions par conséquent intenter un procès en règle pour obliger la compagnie à nous rendre la rivière.

– Ça demandera combien de temps ? »

Elle haussa les épaules. « Sans doute dix ans.

– Dix ans ?

– Oui. Dans dix ans, nous pourrons tous revenir arroser nos arbres crevés.

– Personne n'a eu l'idée d'avertir les journaux pour faire du battage là-dessus ? C'est grotesque.

– Jimmy leur a téléphoné une demi-douzaine de fois. J'ai parlé à la femme de Jimmy. Un bled comme Grace n'intéresse personne. On pourrait nous balancer une bombe atomique sur le nez que ça ne ferait pas la une en ville. À moins que ça ne perturbe leur météo là-bas et que ça leur fasse pleuvoir des boulets de canon dessus ou un truc comme ça.

– Bon, alors c'est une action en justice de dix ans. » Je refusais de croire qu'elle avait raison, bien que ses sources eussent toujours été irréprochables. « C'est la seule chose qu'aient trouvé à faire ces mecs contre la Mountain ?

– Ne l'appelle pas comme ça, dit-elle d'un ton sec. Ça l'assimile à quelque chose de naturel et d'impossible à bouger.

– J'ai entendu les hommes l'appeler comme ça », dis-je.

Viola souffla par les naseaux comme une vieille jument et entreprit de monter la côte.

Lorsque nous arrivâmes, une demi-douzaine d'hommes âgés repeignaient d'une couche de peinture blanche la clôture en fer forgé qui entourait l'immense cimetière. Le fer forgé régnait partout – croix, couronnes et, sur certaines tombes, il y avait même des petites maisons surmontées de toits. Au cours des hauts et des bas de l'usine d'extraction de Black Mountain, Grace avait abrité une multitude de ferronniers au chômage.

La plupart des familles partageaient leur temps entre les ancêtres maternels et paternels, passant la matinée sur un groupe de tombes et l'après-midi sur l'autre. Emelina et les garçons délimitèrent la concession des Domingos qu'ils se mirent en devoir de balayer et de remettre en ordre. L'une des tombes, celle d'un grand-oncle de J.T. du nom de Vigilancio Domingos, était entièrement bordée de bouteilles de tequila qui paraissaient anciennes, piquées la tête en bas. Mason et moi passâmes la moitié de la matinée à rassembler les fugitives et à les replanter droites comme des dents. L'esthétique en était remarquable – je ne parle pas simplement de l'oncle Vigilancio, mais de l'ensemble. Certaines tombes comportaient des chapelles peuplées de saints ; certaines ressemblaient à des jardins botaniques de papier et de soie ; sur d'autres, les initiales des chers disparus étaient tracées à l'aide de cailloux blancs. Le principe unificateur était que la moindre chose était faite avec le plus grand soin. C'était réconfortant de voir toute cette attention dispensée aux morts. Dans ces familles on ne cessait jamais d'être aimé.

Le camion chargé de soucis arriva à dix heures. Les femmes s'empressèrent tout autour comme des abeilles, emportant cet or floral par brassées. Nombreuses étaient les théories quant à la façon la plus judicieuse de les utiliser ou de les faire durer le plus longtemps possible. Viola, qui avait pris la direction des opérations pour la famille des Domingos, était tenante de l'école déconstructionniste. Elle demanda aux garçons d'effeuiller les fleurs et de disposer les pétales sur la tombe, la couvrant ainsi d'une mosaïque monochrome.

John Tucker fut constant à l'ouvrage, mais les jumeaux s'égaillèrent et Mason disparut. Emelina n'était pas inquiète. « Il affine la technique de quête qu'il a acquise à Halloween », dit-elle, et elle avait probablement raison. Des grands-mères dans tous les coins, qui au moment du déjeuner avaient sorti des assiettes supplémentaires pour les morts, distribuaient maintenant à la ronde – et sans restriction – les restes de sucreries de leurs pique-niques.

Au milieu de l'après-midi, Emelina jugea qu'il devenait nécessaire de nous envoyer en reconnaissance, « avant qu'il n'explose à force de se bourrer de petits gâteaux ». Viola se dévoua et je partis avec elle, plus ou moins en touriste. Je voulais me rendre compte de ce qui avait été fait en matière d'embellissement des tombes. Nous longeâmes celles des Gonzalez, des Castiliano et des Jones, chaque famille ayant son style propre. Certaines étaient adeptes de la couleur et de la forme, tandis que d'autres privilégiaient la quantité. Une des tombes, celle d'un garçon mort jeune, était décorée de la plus grande partie d'une Chevrolet. Il y avait des centaines de trous percés dans les pare-chocs en queue de poisson, destinés à être garnis de fleurs. C'était magnifique, un vrai char de parade.

Le cimetière s'étendait sur des hectares. À l'ouest il y avait toute une collection de petits monticules négligés, dont les pierres portaient les noms de familles éteintes. « Trubee », lus-je à haute voix, errant en direction du désert des oubliés. « Alice, Anna, Marcus. Lomas : Hector, Esperanza, José, Angel, Carmela.

– Mon petit, nous ferions mieux de revenir là où se trouvent les gens », m'avertit Viola, mais je continuai d'errer, aussi distraite en chemin que l'avait sûrement été Mason, où qu'il se trouvât.

« Nolina ! m'écriai-je. Regardez, voilà des parents à moi qu'on avait perdus. »

Viola me jeta un regard étrange de loin, par-dessus les tombes.

« Je plaisante », dis-je. Nous venions de l'Illinois, comme elle le savait. « Voici ma tante Raquel, ma tante… quelque chose Maria. » La plupart des tombes étaient illisibles ou indiquées si grossièrement qu'il n'y avait rien à lire. Puis j'en trouvai une qui me cloua sur place.

« Viola. Voilà un Homero Nolina.

– Oui, bon, dit-elle sans vraiment regarder. Ce salaud. »

Je lui lançai un coup d'œil. « Vous savez quelque chose là-dessus ?

– Qu'est-ce que tu veux savoir ?

– Qui étaient ces Nolina ?

– Allez, viens, et je te le dirai. »

Je tins bon.

« Mon petit, viens donc, laissons ces morts. Plus personne ne met de plats de nourriture à leur intention depuis des lustres. Ils ne sont pas si heureux que ça aujourd'hui.

– Très bien, mais il faut que vous me disiez. »

Elle me raconta que les Nolina habitaient dans les environs de la rivière de la Tortue, dans la partie nord du cañon de Gracela. Il y avait là une petite colonie qui s'était dispersée lorsque la zone avait été recouverte des résidus de la mine. Les Nolina avaient exhumé ce qu'ils avaient pu du cimetière de famille et transporté les ossements pour les enterrer ici. « Ça ne remonte pas à si longtemps que ça, dit-elle. Autour de 1950.

– Je ne connais aucun Nolina qui vive à Grace actuellement, dis-je.

– Non, il n'y en a pratiquement plus. Ils ne se sont jamais bien intégrés à Grace. La plupart d'entre eux sont partis au Texas ou ailleurs, après la destruction de leurs maisons. Ils n'étaient pas… » Elle s'interrompit et retira une de ses chaussures, calant son pied gainé d'un bas contre sa cheville rondouillette pendant qu'elle en examinait l'intérieur, puis la remit. « Les Nolina n'ont jamais vraiment été acceptés. C'était comme s'ils avaient été différents, d'une certaine façon. Il y a eu une des sœurs Gracela, celle qui avait les cheveux auburn et mauvais caractère, qui a épousé Conrado Nolina. On dit que cette famille a mal tourné.

– C'étaient des gens de peu, c'est ce que vous voulez me dire.

– Non. Simplement différents. »

Je la suivais tandis qu'elle avançait pesamment en évitant les pierres tombales. Elle était à sa manière aussi intransigeante que Doc Homer. « Alors, comment se fait-il que l'un d'entre eux porte pratiquement le même nom que mon père ?

– Tu ferais mieux de le lui demander à lui, dit-elle. C'est son nom. »

Au même moment quelqu'un vint me heurter par-derrière comme une torpille, me plaquant aux genoux. C'était Mason.

« Où étais-tu, *pachuco* ? Ta maman se faisait un souci d'enfer à cause de toi », dit Viola. Un énorme bonbon déformait une joue de Mason. Il éclata de rire, devinant que les admonestations de Viola n'étaient qu'un mensonge éhonté.

« J'étais à une fête d'anniversaire », dit-il en mentant à son tour.

Il fallut du temps pour l'amadouer. C'est qu'il y avait une infinité de distractions : les *calaveras*, petites sucreries pour enfants en forme de crâne à croquer à belles dents. La promesse d'une cuisse de poulet en échange d'un baiser. Les petites filles et les petits garçons jouaient à se faire « maquiller », dressés sur la pointe des pieds, les yeux fermés et les bras collés au corps, les doigts écartés dans l'expectative, pendant qu'un adulte se servait d'un souci comme d'une houppette pour leur badigeonner les joues et les paupières de pollen doré. Des enfants dorés qui faisaient les fous à travers un champ d'arrière-grands-mères et d'arrière-grands-pères défunts, à donner envie aux ossements de se relever, de s'entrechoquer et de brinquebaler de joie. Je n'avais jamais vu une ville donner autant – autant de ce qui compte – à ses enfants.

Plus que tout, j'aurais aimé faire partie de l'une de ces familles vivantes, fêtées, aussi luxuriantes que des plantes, avec des os enterrés comme racines. J'avais envie de pollen sur mes joues et de l'un de ces ancêtres de calcium à décorer qui serait mien. Avant de partir, au soleil couchant, j'empruntai un souci à Pocha, la grand-tante d'Emelina, à qui il ne ferait pas défaut, et je courus le déposer sur Homer Nolina, juste au cas où.

Homero

15

Erreurs

Il a besoin de la regarder un moment avant de se sentir assez sûr de lui pour parler. Qui est-elle ? Sa fille Codi, mais laquelle ? Il réfléchit.

« Tu as l'air surpris.

– Tu m'as fait peur. Je n'attendais personne. » Il effectuait l'analyse de Mr. Garrison, attendant que la centrifugeuse eût cessé de faire tourner les cellules sanguines de son patient, et lorsqu'il a levé les yeux, il l'a trouvée dans l'encadrement de la porte. Il déteste les surprises.

« P'pa, je t'ai téléphoné il y a cinq minutes pour voir si tu étais là. Je t'ai dit que j'arrivais. Je suis venue directement. J'ai passé la journée là-haut, au cimetière. »

Elle est appuyée contre le chambranle de la porte, avec un bouquet d'herbe à lapin et de fleurs des champs à la main, faisant pleuvoir du pollen dans l'atmosphère comme d'un vieux plumeau. Elle porte ses bottes de cow-boy violettes qui, même à présent, abîment ses voûtes plantaires.

« Et maintenant te voilà, dit-il prudemment.

– J'ai fait une découverte surprenante au cimetière, une tombe avec un nom que tu vas peut-être reconnaître. Le tien. Enfin presque.

– Peut-être que je suis mort. »

Elle le regarde attentivement. « Avions-nous de la famille ici ? »

Uda Dell lui en a fait cadeau, en a fait cadeau aux deux filles, pour Noël : les bottes et les chapeaux de cow-boy en paille, avec les ceinturons et les pistolets à amorces, pour qu'elles courent partout comme des esprits maudits à travers la maison en faisant semblant de se trouer mutuellement la peau avec des balles imaginaires. Il leur a pris les pistolets, pour la sauvegarde de leurs âmes, et les bottes, pour celle de leurs voûtes plantaires. Il leur a permis de garder les chapeaux.

La grande aiguille de la pendule murale tressaute et la centrifugeuse ralentit, s'immobilise dans un déclic suggestif comme la roue de la fortune. En l'absence du grincement mécanique, le labo est très silencieux. Il lève de nouveau les yeux, elle est toujours là, en chaussettes, avec son chapeau de cow-boy rouge en paille, la jugulaire sombre nouée sous son menton. Elle comprend pour les pistolets, mais elle veut récupérer les bottes. Elle est venue de leur part à toutes les deux, dit-elle. Son pied gauche en chaussette blanche se recroqueville. Comment se fait-il que seules les filles se tiennent sur les bords de leurs pieds ? Comme si elles avaient peur de prendre racine ? Elle a les larmes aux yeux.

Il ne peut céder ni sur les pistolets ni sur les bottes. Il aimerait pouvoir agir autrement, mais il en est incapable. Il dit : « Je pense qu'il est inutile de revenir là-dessus.

– Oh, allons, dis-le-moi simplement. Ça te tuerait de me le dire ? »

Affolé, il regarde de nouveau : elle n'est pas en chaussettes, elle porte ses bottes. Elle est beaucoup trop grande. Il est perdu et commence à se fâcher. Il a un tube de verre plein de sang dans les mains. C'est son bureau. Elle n'avait pas besoin de descendre en douce et de lui faire peur sur son propre seuil.

« Je suis en train de faire l'hématocrite de Mr. Garrison, dit-il. J'ai encore un peu de travail à faire. »

Elle pousse un gros soupir. Elle doit avoir quatorze ans. Dans un an, elle sera morose et secrètement enceinte. Ou bien cela est-il déjà du passé aussi ? Il ne la regarde même pas parce que tout cela fait beaucoup trop pour lui et qu'il a peur. Elle est son premier enfant, sa préférée. Tant d'erreurs commises.

Cosima

16

Cœurs sanglants

Dès le premier signe de l'hiver, les arbres se mirent à mourir. Les feuilles et les fruits avortés tombèrent par grosses poignées, aussi fragiles que des cheveux de cancéreux. L'abondance de soleil et la douceur de température que nous pensions ne jamais finir avaient également leurré les arbres en leur promettant l'impossible. Mais à présent, la lumière du jour s'atténuait et ils ne manifestaient plus de désir de vivre. Une mer de feuilles mortes dérivait en profondeur, sans encombres, sur le sol des vergers. Aucun enfant n'y jouait plus.

Je passai un temps considérable à me pencher sur les mystères de l'arbre généalogique familial. Je me gardai d'insister à propos des Nolina, mais j'interrogeais les gens sur ma mère dont ils n'avaient que de rares souvenirs. J'avais grandi avec une unique phrase répétée comme un mantra : « Elle n'est pas morte des suites de l'accouchement, mais d'une défaillance organique. » Je sais que c'était dans l'intention de nous protéger, Hallie et moi, de toute culpabilité, mais « la défaillance organique », à sa manière, n'arrangeait rien non plus : une déclaration qui me rappelait ces enfants de l'école à la mise douteuse, dont les bulletins scolaires montraient de mauvaises notes à longueur de saison, aussi tenaces que du chiendent. « Une défaillance organique » sonnait comme quelque chose dont notre mère aurait dû avoir honte, et dont nous, par la suite, devrions avoir honte pour elle, dans la mort.

Viola écarta ce mythe aussi facilement que l'on brise la fourchette d'une volaille : « Non, ça a été l'accouchement, me dit-elle.

– Mais Hallie est née en juin, rétorquai-je. Elle est morte bien après, pendant l'été.

– Seulement quelques semaines plus tard, concéda Viola. Hallie lui a vraiment donné beaucoup de mal. Elle a perdu énormément de sang et, après la naissance, elle ne s'est jamais relevée. »

Je fus bouleversée par la nouvelle et nous marchâmes en silence pendant quelque temps. Nous nous rendions à une réunion exceptionnelle du club des Couseuses-Râleuses. À ma grande surprise, j'avais été invitée en tant que scientifique à venir leur parler du pH de la rivière ; les travaux d'aiguille n'étaient pas au programme.

Viola portait un manteau de drap brun et ce qui avait dû être la casquette de chasse de son défunt mari, tous rabats défaits, l'ensemble incliné vers l'avant pour accommoder son épais nœud de chignon. Elle s'arrêta pour ramasser deux plumes de paon qu'elle fourra dans sa poche de manteau. L'une était parfaite avec un œil bleu iridescent qui se balançait à son extrémité. L'autre n'en avait pas.

« À quoi ressemblait-elle ? demandai-je.

– À toi. Exactement à toi, en plus petit. Elle avait vraiment de minuscules pieds et mains. »

Je baissai les yeux sur mon quarante-deux fillette, un peu sur la défensive. « Et pas à Hallie ?

– Hallie a toujours penché du côté de Doc », dit Viola.

Je soupesai la chose sans réussir à la percevoir – Hallie avait tant de vitalité, alors que Doc Homer était si abattu. Mais ce que je voyais en réalité, c'était ce qu'ils étaient à l'intérieur, pas à l'extérieur. Nos ressemblances avec la famille constituent un code frustrant que déchiffrent plus facilement ceux qui vous connaissent le moins.

« Mais je sais qu'elle était jolie, dis-je. Tout le monde le dit. Avec un nom comme Alice, comment être autrement que jolie ? »

Viola émit un drôle de bruit, une sorte de rire non achevé.

« Quoi ?

– Il était le seul à l'appeler Alice. Tous les autres l'appelaient Althea. Ce qui veut dire la "vérité".

– Althea ? Était-elle un membre honoraire de la famille de doña Althea ? »

Viola resta silencieuse. Je ne savais jamais comment interpréter ses sombres insinuations mais celle-ci paraissait furieusement improbable. J'avais l'impression que ma mère était restée une étrangère, comme nous autres. Doc Homer l'avait épousée et était arrivé de l'Illinois après la Seconde Guerre mondiale, après avoir servi dans l'armée et terminé son internat. Son nom de jeune fille était quelque chose comme Carlisle. Nous nous gardions d'insister auprès de lui ; s'agissant de notre mère, Doc Homer semblait vivre une période de deuil prolongé qui avait duré toute notre existence jusqu'à ce jour.

Cela piqua malgré tout ma curiosité. Je m'imaginais essayer de nouveau, plaquer ses frêles omoplates contre le mur de son bureau en sous-sol et le forcer à dire toute la vérité sur la famille. Comme si on avait pu forcer Doc Homer à parler.

Sans préambule, Viola et moi arrivâmes devant l'American Legion. Nous pénétrâmes dans une salle bruyante au violent éclairage artificiel, et j'eus quelque hésitation quant à la décennie en cours. Des femmes qui portaient des cardigans à grosses côtes par-dessus des blouses en tissu mince remplissaient la salle de leurs bavardages, de leurs vastes sacs à main et de leurs imposantes poitrines. Lorsqu'elles nous virent, Viola et moi, elles firent un peu d'ordre. Des chaises furent tirées – dans un grand brouhaha métallique – depuis les cercles de conversations, pour reformer des rangs irréguliers. Beaucoup de visages m'étaient familiers désormais grâce à des rencontres précédentes, comme la vieille Mrs. Nuñez qui s'était montrée si loquace lorsque j'avais emmené les garçons chez elle à l'occasion de Halloween et d'autres, comme Uda

Dell, que je connaissais plus particulièrement. Doña Althea présidait du haut de son siège trop rembourré à l'avant de la salle, mais elle ne parlait pas. Son visage était aussi finement ridé que le grain du bois d'érable et sensiblement de la même couleur. Ses yeux bleu pâle étincelaient en direction de l'espace au-dessus de nos têtes. On l'aurait prise pour une aveugle faute de savoir la vérité : doña Althea avait la vue perçante du faucon.

Norma Galvez, dont les cheveux blancs laqués étaient surmontés d'un nœud bleu marine assorti à son T-shirt des « Travailleurs de l'Acier », invita l'assemblée au calme. La salle était comble. Il fallut un certain temps pour obtenir un silence parfait. Viola me conduisit vers une chaise derrière la table, fonça dire bonjour à doña Althea et déposa ses deux plumes dans un sac en papier plein de ses semblables, aux pieds de cette dernière. Puis elle gagna précipitamment son siège à côté de moi.

« Viola nous a amené une invitée », annonça Mrs. Galvez, annonce assortie d'un vigoureux hochement de tête de la part de Viola. Elle avait ôté sa casquette de chasse. « Vous connaissez toutes Cosima, la fille de Doc Homer. Elle est venue ici pour nous parler de la contamination. »

Ma présentation s'arrêtait là. Je m'attendais qu'on parle de moi en long et en large ainsi que de la situation, comme on le fait toujours dans les réunions quasi interminables. Mais elle en avait terminé et ce fut mon tour. Je me levai, un peu tremblante, pensant à Hallie qui se sentait chez elle quand elle donnait une conférence dans une église pleine de moustiques, de fumée de kérosène et de bébés braillards.

« Je ne suis pas une spécialiste, commençai-je. Mais voilà ce qui se passe. Les mines de Black Mountain ont versé de l'acide sulfurique, qui est un acide transparent, corrosif, miscible à l'eau, sur leurs tas de résidus pour récupérer un surplus de cuivre. Lequel surplus s'associe à l'acide pour produire du sulfate de cuivre, qui entre dans la composition de la "mort-aux-rats". Les gens s'en servent donc pour tuer les rats, les algues dans les bassins et à peu près tout ce à quoi on peut penser. Il y en a une tonne dans votre rivière. Et dedans, il y a également de l'acide sulfurique pur. L'APE a fini par renvoyer un rapport disant que ce genre de pollution était extrêmement dangereuse et qu'on n'avait pas le droit d'y exposer les habitants du voisinage et les vergers, de sorte que Black Mountain est en train de construire une digue pour détourner la rivière du cañon de la Tortue. Vous connaissez cette partie de l'histoire. Et les hommes du conseil municipal poussent à une action en justice qui donnera un résultat au XXIe siècle. » Il y eut quelques ricanements. Je me souvins de la conversation que j'avais eue avec Viola sur la colline qui surplombait le site de construction de la digue – et de son dégoût. Le club des Couseuses-Râleuses ne comptait pas sur ces braves garçons.

« Je ne sais réellement pas comment faire pour vous aider dans cette affaire. Tout ce que je peux vous dire, c'est que vous avez un problème et c'est, je crois, ce à quoi les scientifiques sont surtout bons. » Je fis une pause pour ravaler ma salive. La salle était un jardin silencieux de visages qui battaient des paupières, en attente de ce que j'allais pouvoir leur dire.

« Nous avons, mes élèves et moi-même, étudié l'eau de la rivière au microscope et ce qui, d'habitude, vit dans une rivière en était absent. Ensuite, nous en avons vérifié le pH et constaté qu'il était très acide. L'APE l'a vérifié également et nos analyses concordent. Mais vos arbres savent tout ça depuis bien plus longtemps que nous. Les irriguer avec l'eau de la rivière revient à les arroser de pluie acide, si vous en avez déjà entendu parler. Le problème des pluies acides ici, dans l'Ouest, vient en grande majorité des fonderies minières. C'est le même acide, d'une façon comme d'une autre. De l'acide sulfurique. » J'avais peur de ne plus bien maîtriser le sujet, mais elles écoutaient toujours.

« Je ne pense pas pouvoir vous conseiller utilement. Mais Viola m'a tout de même demandé de venir. Si vous avez des questions à poser, j'essayerai d'y répondre. » Je me rassis.

Une femme maigre aux verres en cataphotes et en robe rouge se leva et demanda : « Vous voulez dire qu'y zont tué tous les poissons et les autres machins là-dedans ? Mon mari prétend qu'on a tiré des perches, y a un mois ou deux.

– Enfin, non, les poissons…

– Lève-toi, petite, on ne t'entend pas », dit Miss Lorraine Colder qui avait été mon prof en primaire. Miss Elva Dann et elle, qui était assise à ses côtés, vivaient ensemble depuis toujours et se ressemblaient, bien qu'elles n'eussent aucun lien de parenté.

« Non, pas les poissons, dis-je. Ils sont toujours vivants mais les créatures plus petites qui vivent dans l'eau… » Je réfléchis à la manière dont je pourrais formuler la chose et recommençai. « D'habitude il existe tout un monde d'êtres microscopiques qui vivent dans une rivière, dans le sol et dans l'air. Si vous étiez à bord d'un avion et qu'en survolant une ville vous constatiez en regardant en bas que plus rien ne bouge, vous en déduiriez qu'il se passe quelque chose. C'est à ça qu'il est possible de dire si une rivière est saine ou non. On ne peut pas les voir, mais ils sont censés être dedans. »

La femme à la robe rouge se serrait dans son pull. « Comme des insectes ?

– Quelque chose comme ça », répondis-je.

Une autre femme dit en espagnol que si l'eau de la rivière tuait les insectes, elle aurait aussi vite fait d'en répandre autour de la maison de son fils. Il y eut beaucoup de rires.

« Ça ne tuerait pas les cafards, répliquai-je. Dommage. On aurait pu s'en servir pour récolter des fonds. » Elles rirent de nouveau malgré quelques regards surpris et j'en fus secrètement ravie. Toute ma vie, les gens avaient parlé espagnol autour de moi comme des adultes qui articulent quand ils parlent aux enfants.

La femme à la robe rouge était toujours debout. « Ce qu'on voudrait savoir, c'est si la rivière est empoisonnée définitivement ? Ça serait-y pas mieux si on les laissait la détourner du cañon de la Tortue ? »

Toutes les femmes, sans exception, se tournèrent vers moi. Je compris qu'elles ne concevaient pas la situation comme irrémédiable. Elles n'avaient besoin ni de sympathie ni de conseils mais d'informations. « Eh bien non, dis-je. La rivière est capable de se régénérer. Parce que ce n'est pas ici qu'elle prend sa source, elle commence dans la réserve apache, dans les montagnes où la neige fond. Tant qu'elle restera pure, l'eau qui arrivera ici sera correcte.

– Dans ce cas, si on pouvait empêcher Black Mountain de verser de l'acide sur les tas de déchets, au bout d'un certain temps, ces saloperies s'en iraient ? s'enquit Mrs. Galvez. Comme quand on tire une chasse d'eau ?

– Exactement », dis-je.

Cinquante bonnes femmes se mirent à parler en même temps. On aurait cru que je venais de lever une condamnation à mort. Au bout d'une minute, doña Althea se leva précautionneusement en s'appuyant sur les bras de son fauteuil et resta immobile en attendant que le calme revienne. Dans sa robe noire, elle bruissait comme une vieille corneille. Elle prononça une brève allocution en espagnol pour dire, en substance, que je venais de leur apprendre ce qu'elles avaient besoin de savoir et que maintenant il allait falloir trouver un moyen d'empêcher la compagnie de poursuivre les travaux de la digue et de polluer la rivière. Et qu'ensuite elle aille se faire foutre.

Je me rassis, un peu ahurie. Mon espagnol était relativement bon, grâce à ces années durant lesquelles les réfugiés de Hallie étaient venus dormir sur mon canapé. Mais certains jurons idiomatiques de doña Althea étaient nouveaux pour moi. Elle se référait également à moi comme à *la huérfana*, l'orpheline. On nous appelait toujours ainsi, Hallie et moi. Ce qui me paraissait désobligeant.

« Mon mari a été grutier du temps que la mine était en activité, lança une femme depuis le rang du fond. Il saurait proprement bricoler leurs bulldozers.

– Le mien était dynamiteur, proposa une autre. Ça irait plus vite.

– Excusez-moi, mais les bulldozers se passeront de vos maris », dit Viola. Mrs. Grutier et Mrs. Dynamiteur parurent ne pas être affectées par la remarque, mais Viola ajoutait, prévenante : « Y a pas de mal à ça. Le mien aurait été aussi feignant, à part qu'il est mort. »

Mrs. Galvez approuva d'un signe de tête. « C'est bien vrai. Mon mari dit pareil, "les avocats s'en débrouilleront, ma poule". Si les hommes servaient à quelque chose, ils seraient ici ce soir au lieu d'être à la maison en train de regarder leur match de foot.

– De foot ? Tu rigoles ? demanda Mrs. Dynamiteur, t'en as pas entendu parler, *muchacha* ? Y a l'élection de Miss Amérique au programme de ce soir. » Elle se redressa. « Levez la main celles dont les maris étaient devant la télé quand elles sont sorties de chez elles ? »

Il y eut une foule de mains.

« D'accord, faut pas plus de dix secondes pour changer de chaîne… » elle se pencha en avant, la bouche béante et les yeux ronds comme deux œufs au plat « …trois, si vous avez une commande à distance.

– Ça c'est sûr, pourquoi donc y nous auraient toutes aussi vite flanquées à la porte ce soir ? » ajouta une femme qui était au premier rang. « "Mais oui, ma poule, va donc à ton club. Je me débrouillerai. Un petit plateau télé me suffira pour regarder le foot." Des clous. Du foot en maillot de bain, oui !

– D'accord les filles, dit Mrs. Galvez, en tapotant ses cheveux et en frappant sur la table à l'aide d'une de ses chaussures à talon. Comme le dit doña Althea, ce soir va falloir qu'on carbure des méninges.

– Moi, je dis qu'on est sur la bonne voie avec la dynamite », se prononça Viola. L'approbation fut générale.

La femme à la robe rouge se dressait de nouveau. « Quand même, on sait même pas comment s'en servir, de la dynamite. Et les hommes, y sont peut-être bons, mais ils le feront pas. Je pense aussi qu'ils auraient la trouille. Ou alors, ils verraient pas la raison. Ces bonshommes, ils voient pas pourquoi c'est maintenant qu'il faut agir. Ils croient qu'on peut laisser crever les arbres et simplement partir ailleurs du moment qu'on continue à leur faire frire leur jambon dans la même poêle, ils croient que... », elle eut un moment d'hésitation, étreignant ses coudes, sérieuse... « que ça serait comme à la maison. »

Sur le chemin du retour, Viola demeura silencieuse. Elle marchait d'un bon pas, ne s'arrêtant que pour ramasser les plumes qui jonchaient le sol encombré de feuilles dans les vergers. Le brusque coup de froid qui avait annoncé l'hiver, avait provoqué une mue générale chez les paons mâles. Sans espoir d'accouplement pour les mois à venir, ils avaient perdu leur queue encombrante.

La réunion s'était terminée sur un compromis : le club des Couseuses-Râleuses encouragerait officiellement les manifestations de masse contre les opérations de lixiviation de Black Mountain, lesquelles se dérouleraient quotidiennement sur le site de construction de la digue, dès le lendemain, à partir de six heures du matin. Non officiellement, le club ne présenterait toutefois aucune objection au cas où un bulldozer lâcherait prématurément.

Hallie écrivait :

> Ce matin j'ai assisté à la mort de trois enfants. Trois jolies petites de treize ans qui portaient des robes par-dessus leurs jeans. Elles étaient dans les bois, près d'ici, en train de cueillir des fruits et un hélicoptère qui survolait les arbres les a mitraillées. Nous avons entendu les tirs. Quinze minutes plus tard une patrouille de défense qui était de garde a descendu l'hélicoptère, à trente kilomètres au nord. Le pilote et un autre homme ont été tués, un seul a survécu. Codi, dire que ce sont des citoyens américains, des soldats en service actif. C'est un hélicoptère américain, des armes

américaines, tout vient de Washington. S'il te plaît, regarde dans les journaux ce qu'on raconte à ce propos. Les petites cueillaient des fruits. Ils les ont ramenées en ville, le cauchemar. Est-ce que tu sais ce qui arrive à un corps humain qu'on découpe en charpie depuis le ciel ? On est sans défense de ce côté-là, l'ennemi n'est pas censé nous attaquer de là-haut. Les filles étaient encore à peine vivantes et l'une des mères est arrivée en courant puis a tourné les talons en disant : « Merci, sainte Mère, ce n'est pas mon Alba. » Mais *c'était* Alba. Plus tard, quand les familles ont transporté les corps à l'église pour les laver, je suis restée avec les deux plus jeunes sœurs d'Alba. Elles n'arrêtaient pas de dire : « C'est Alba qui a fait nos nattes, ce matin. Elle peut pas être morte. Regarde, c'est elle qui nous a coiffées. »

Codi, je t'en prie, dis-moi si tu en entends parler. Je ne supporte pas que ce soit de nouveau l'amnésie, un jour ça fait sensasion, et puis le lendemain plus rien. Personne ici ne peut plus manger ni parler. Il y a des taches sombres partout sur le sol en béton de l'église. Ce n'est pas une chose qu'on oublie.

Elle signait, avec perversité : « La plus chanceuse des personnes en vie. »

Je n'entendis parler de rien. J'écoutai la radio, pas un mot. Au bout de deux jours, rien. Et puis, enfin, il y eut un bref compte rendu sur l'Américain passager de l'hélicoptère qui avait été fait prisonnier par le gouvernement nicaraguayen. C'était un ex-mercenaire trafiquant de drogue, disait la radio, aucun rapport avec nous. Aucun enfant n'était mort dans un verger, aucune sœur, aucune mère, aucun crâne fendu en deux. Je suis désolée de le dire, je savais que c'était un mensonge, mais j'en fus réconfortée.

« Qui a décrété que les Indiens avaient la peau rouge ? » demandai-je à Loyd, un matin. Si je ne me montrais pas vigilante, j'étais fichue de me perdre en cet homme. Il était de la couleur du bon pain, cuit à point. Son avant-bras, sur lequel j'avais la tête appuyée, était clairsemé d'un soyeux duvet noir.

Il tourna la tête. Ses cheveux étaient parfaitement raides et touchaient ses épaules. « Les vieux film, dit-il. Les westerns. »

Nous étions dans mon lit, très tard, un dimanche matin. Loyd était une merveilleuse cure pour insomniaque, bonne à mettre en bouteille. C'est ce que j'avais écrit à Hallie, à qui je disais tout désormais, même si mes lettres quotidiennes étaient relativement prosaïques. « Il s'occupe de combats de coqs, lui avais-je avoué, mais il m'est plus bénéfique que n'importe quel tranquillisant. » Quand Loyd reposait à mes côtés, je dormais d'un sommeil apaisé, sans être dérangée par des rêves. Au début, j'avais trouvé étrange qu'il soit là – s'affichant devant les enfants d'Emelina et tout ça. Mais il ne m'invitait pas chez lui, disant que chez moi, c'était mieux. Il aimait tirer des livres de ma mince étagère et en lire des extraits à haute voix, au lit, aussi heureux de la poésie que d'une description de la photosynthèse en phase sombre. J'avais idée qu'Emelina rirait bien de mes scrupules vis-à-vis de ses enfants. Elle les défiait probablement d'aller jeter un coup d'œil à travers la fenêtre et de lui rapporter les nouvelles.

Mais les stores étaient tirés. « Les vieux westerns étaient en noir et blanc, lui rappelai-je. Sans hommes rouges.

– Eh bien voilà. Si John Wayne avait vécu à l'époque de la télévision, tout le monde saurait maintenant à quoi s'en tenir sur les Indiens.

– Sûrement, dis-je, relevant tendrement l'avant-bras de Loyd pour y goûter. Comme ce type blanc avec sa tartine de maquillage qui jouait le rôle de Tonto.

– Tonto quoi ?

– Tonto Schwarzenegger. Qu'est-ce que tu crois ? Tonto. Le secrétaire du Cavalier solitaire.

– Je n'ai pas été élevé avec la télé chez moi. » Il retira son bras et roula sur le ventre, les avant-bras croisés sous le menton. Cela ressemblait à une attitude défensive.

« Quand on est venu nous installer la plomberie à Santa Rosalia, on s'est tous assis autour pour regarder fonctionner la chasse d'eau des toilettes. Ça a l'air d'une blague, non ? Combien faut-il d'Indiens pour tirer la chasse.

– C'est sans importance. Excuse-moi. N'y pense plus.

– Si. C'est important. » Il fixait des yeux la tête de lit peinte de mon lit, plutôt que moi. « Tu penses que je suis un Indien de la télé. Le Tonto Schwarzenegger, crétin mais mignon. »

Je remontai les couvertures. En guise de dessus-de-lit, je me servais du châle rouge et noir tricoté au crochet, notre vieille couverture consolatrice à Hallie et à moi. « Et qu'est-ce que c'est supposé vouloir dire ? lui demandai-je.

– Rien, laisse tomber.

– Si tu l'as dit, Loyd, c'est que tu le pensais.

– Bon, je l'ai pensé. » Il se leva et commença à se rhabiller. Je tendis le bras pour attraper son T-shirt à moitié enfilé sur sa tête, l'attirai vers moi et déposai un baiser à travers le tissu. Il ne me le rendit pas. Il se dégagea de l'encolure et me regarda, dans l'attente.

« Je ne sais pas ce que tu attends de moi, dis-je.

– Je veux davantage que ce que je reçois. Davantage que du sexe.

– Eh bien, c'est peut-être tout ce que j'ai à offrir. »

Il attendait toujours.

« Loyd, je ne suis là que jusqu'en juin prochain. Tu le sais bien. Je ne t'ai jamais mené en bateau.

– Et où vas-tu après juin ?

– Je n'en sais rien. » Je passai les doigts à travers les trous du châle noir et rouge, un tic nerveux vieux de décennies. Il retint mon regard jusqu'à ce que j'en sois gênée.

« Qui te vois-tu épouser, Codi ? »

Je sentis battre les veines de mon cou. C'était une drôle de question.

« Je ne vois pas.

– Mais si, tu vois. Il faudrait qu'il soit plus grand que toi, plus intelligent que toi, plus tout. Une meilleure situation et plus de diplômes. Tu es comme toutes les autres.

– Merci bien, dis-je.

– Ta taille limite déjà le champ d'investigation.

– Si c'est supposé me blesser, tu te trompes. J'ai même toujours voulu être plus grande que je ne suis, plus grande que Hallie. »

Nous restâmes assis sans nous regarder pendant une minute. Je lui pris la main et la posai, molle, sur la mienne. Elle me procura la même impression qu'une crêpe. « Ça n'a rien à voir avec tes lacunes, Loyd. C'est simplement que je suis comme ça. Je ne peux pas rester ici. Il y a un poème de Robert Frost qui parle de ce vieux tâcheron qui revient chez lui quand sa chance a tourné parce qu'il sait qu'on ne le fichera pas dehors. "La maison, c'est là où, quand on doit rentrer, on est obligé de vous accueillir." » Je caressai les tendons du dos de la main de Loyd. « Je refuse d'avoir l'air à plaindre. Je suis venue ici avec une tâche à accomplir, mais j'ai d'autres endroits où aller ensuite. J'aimerais… »

Je me tournai vers la fenêtre pour qu'il ne voie pas mes larmes. « J'aimerais bien trouver un endroit qui me donne l'impression de vouloir me retenir. Mais ici, ce n'est pas le cas. À la fin de l'année scolaire, mon temps sera terminé. Si nous nous attachons, toi et moi, alors, ce sera dur.

– C'est ton affaire, Codi, pas la mienne. » Il se leva et se dirigea vers la salle de séjour pour passer son coup de fil au dépôt ; il s'attendait qu'on l'envoie bientôt à El Paso. J'étais stupéfaite qu'il s'éloigne de moi au moment où j'avais le plus besoin d'être retenue. Pourtant, c'était justement, je crois, ce que je lui avais demandé de faire : s'en aller. Son T-shirt était devant derrière, il l'ôta et le remit à l'endroit, tout en s'arrangeant pour garder le récepteur collé à son oreille. On l'avait mis en attente. Je l'observais à travers l'ouverture de la porte et je me rendis compte que les muscles de son dos étaient tendus de colère. Je n'avais jamais vu Loyd furieux et j'étais surprise qu'il fût capable de l'être.

Je me sentis perdue. Je me levai, me débarrassai du châle pour me draper dans le drap de pilou comme dans un sari et me dirigeai vers la salle de séjour. Le sol était froid. Je sautai d'un pied sur l'autre, avec la sensation de ressembler vaguement à la statue de la Liberté. Sur le pas de la porte, Jack se grattait vigoureusement le cou, faisant tinter toutes ses médailles. Ce chien avait la patience de Job.

« Qu'est-ce qui se passe ? demandai-je, lorsque Loyd raccrocha.

– Je suis en cinquième position. Tout le temps voulu pour baiser.

– Ce n'est pas ce que je voulais dire. Loyd, je ne te trouve pas idiot.

– Simplement, je ne suis rien qui mérite que tu changes tes projets pour lui. »

Je ris. « Comme si j'avais des projets. »

Il me regarda, ses yeux allant et venant entre mes deux pupilles, comme s'il essayait de décider quelle porte s'ouvrait sur le gros lot. « Qu'arriverait-il si tu restais ici, Codi ?

– Je n'aurais pas la coupe de cheveux qu'il faut. Tout le monde s'ingénierait à me rappeler que je ne suis pas tout à fait d'ici. "Oh, ma chère, me dirait-on, vous êtes toujours là ? J'avais entendu dire que vous alliez partir à Rio de Janeiro pour prendre le thé avec la princesse Grace." Et je répondrais : "Non, j'ai été élevée avec l'intention de succéder à Doc Homer. J'ai emménagé chez lui et je reprends sa clientèle pour sauver la ville."

– Nous sauver de quoi, Grande Mère Blanche ?

– Et puis merde ! Vous n'avez qu'à tous aller vous faire foutre. » Je choisis de rire puisque l'alternative était les pleurs. Il me prit dans ses bras et je me recroquevillai contre sa poitrine comme un paquet de linge à laver. « Cette ville n'a jamais été bonne envers moi, dis-je dans son cou. Les garçons ne m'ont même jamais proposé de sortir avec eux. Sauf toi, et tu étais tellement ivre que tu n'as même pas été capable de faire la différence.

– Sais-tu comment on t'avait surnommée au lycée ? L'Impératrice de l'univers.

– C'est exactement ce que je voulais dire ! Et vous vous fichiez bien que l'Impératrice de l'univers rentre chez elle tous les soirs dans un château glacial où le roi faisait les cent pas en disant que les caresses c'était pour les chiots et que nous avions été dressées à être propres. »

Loyd semblait intéressé. « Et alors ?

– Oh rien de bien passionnant. Je me réfugiais dans ma chambre et je pleurais parce qu'on me forçait à porter des chaussures orthopédiques et que je ne méritais pas de vivre. »

Il me prit le menton pour que je lui fisse face. Je n'avais pas remarqué que, sans chaussures, nous étions de la même taille. Proportionnés différemment – j'avais les jambes plus longues – mais nos mentons étaient creusés à la même altitude. « Alors, où comptes-tu aller à présent, l'Impératrice ?

– Bon Dieu, Loyd, j'en sais rien. Je suis pas mal paumée. J'espère toujours qu'un gars avec le nom de “Ron” ou d'“Andy” cousu sur sa poche et un tuyau de pompe à essence à la main s'approchera pour m'indiquer où aller. »

Son visage prit lentement une expression narquoise. « Je vais te le dire. Tu vas venir avec moi faire une chose pour laquelle je suis vraiment bon. Et même le meilleur. »

J'essayai de m'imaginer quoi. Malgré son sourire, ses yeux exprimaient une profonde sincérité. J'eus une inspiration. « Les combats de coqs ? »

Il me fut impossible de dire « non ».

Un coq de combat, bête élevée en raison de sa vigueur, est taillé pour la lutte. Ses ailes sont courtes, ses pattes solides, et quand on l'agresse, sa collerette de plumes se gonfle comme la crinière d'un lion. Toute individualité a disparu au cours de l'élevage ; seule compte la fonction. À mes yeux, chaque volatile ressemblait à tous les autres. Je fus incapable de les distinguer tant que je ne les vis pas se différencier par leur façon de mourir.

Les morts traînent en longueur. C'est ce que je découvris quand j'allai voir Loyd exceller dans la profession pour laquelle il était né.

J'avais en tête qu'un combat de coqs était une affaire furtive qu'on pratiquait à la nuit tombée : des hommes qui pariaient, buvaient et transpiraient de toute leur sueur le temps du suspense créé par les animaux, sous le couvert de la nuit. Mais il faisait grand jour. Loyd donna un coup de volant brutal, nous faisant quitter la route pour arriver plus haut à un arroyo de gravier. Il paraissait naviguer à travers la réserve avec le même instinct mystérieux qui mène les oiseaux jusqu'au Costa Rica et les ramène infailliblement chez eux chaque année.

Nous atteignîmes un bois où un troupeau de pick-up bigarrés étaient garés selon des angles curieux, très rapprochés les uns des autres comme des chevaux nerveux prêts à se cabrer. Loyd rangea son camion rouge au milieu d'eux. Au-delà des arbres, il y avait une arène de terre battue dans laquelle des coqs – ces innocents de basse-cour – paradaient en s'éclaircissant la voix.

Loyd me guida à travers l'arène en me tenant par les épaules, saluant tout le monde. Je ne vis aucune autre femme, mais Loyd aurait été bien accueilli ici, se serait-il affiché avec un loup-garou femelle. « Beaucoup de gens vont perdre jusqu'à leur chemise aujourd'hui, lui dit un type. T'as de sacrées belles bêtes. » L'homme était beau et mince, avec une queue-de-cheval nouée en hauteur, dans le style navajo. Il s'appelait Collie Bluestone. Loyd nous présenta, l'air fier de moi.

« Heureuse de faire votre connaissance », dis-je. La poignée de main de Collie débordait d'énergie. Un morceau de turquoise attaché à un lacet en cuir pendait à hauteur de ses clavicules, sous la cicatrice d'une trachéotomie ancienne.

« Collie, c'est le mécanicien des coqs, dit Loyd. Depuis un bail. »

Je me mis à rire. « Vous les réglez avant le combat ?

– Non, après, dit Collie. Je les recouds pour qu'ils survivent un jour de plus pour se battre.

– Ah. Pourtant je croyais que ça se terminait par la mort. » Je passai un doigt en travers de mon cou.

Collie sourit. « Dans chaque combat, il y en a un qui meurt et l'autre qui survit. » Il se tourna vers Loyd. « Comment se fait-il que les filles oublient toujours qu'il y a un survivant ?

– On ne pense jamais qu'au seul héros, j'imagine. » Loyd me fit un clin d'œil.

« Un coq mort n'a rien d'un héros », fis-je remarquer.

Autour de l'arène, le sol de terre brun-rouge avait été ratissé. Loyd me manœuvra à travers les hommes accroupis qui discutaient à sa périphérie vers une rangée de chaises en bois décrépit où il me laissa. Je redoutais de rester seule bien que l'ambiance eût été aussi inoffensive que celle d'un pique-nique – moins les femmes et la nourriture.

« Je reviens », dit-il, et il disparut.

Les lieux grouillaient de coqs mais ne sentaient pas la basse-cour, seulement l'odeur propre, forte, de la terre. J'imagine que les volatiles n'y séjournaient pas suffisamment longtemps pour les imprégner de ce genre de présence. Quelques hommes prirent place à mes côtés en me heurtant légèrement ; les chaises, vissées ensemble en longues rangées, étaient de celles qu'on utilise pour les défilés. Je repérai Loyd dans la foule. Tous les gens voulaient lui parler, faisant intrusion comme des soupirants dans une danse. Il paraissait chez lui ici, et détendu : un homme important qui a dépassé toute vanité.

Il revint vers moi juste au moment où un petit bonhomme basané en pantalon écossais usé jusqu'à la corde était en train de tracer à la craie un carré sur le sol de la fosse centrale. Des paris fusèrent depuis les bords. Un vieil homme brandit le moignon d'un index manquant vers la foule et se mit à hurler, furieux : « Soixante-dix ! On appelle le soixante-dix ! »

Loyd me prit la main. « C'est un tournoi à l'éperon, m'expliqua-t-il avec calme. Ça veut dire que les bêtes sont équipées d'un petit éperon d'acier à l'arrière de chaque patte. Dans les combats à l'aiguillon, on leur pose des lames.

– Donc, tu as des bêtes avec éperon et d'autres avec aiguillons », dis-je. Je retournais la question dans ma tête depuis notre équipée de Kinishba.

« Exact. Ils se battent différemment. Le combat à l'aiguillon consiste à blesser et va beaucoup plus vite. On n'a pas vraiment le temps de jauger des capacités de l'oiseau. Les authentiques coqs de combat sont ceux qui sont munis d'éperons.

– Je te crois sur parole », dis-je.

Les deux premiers concurrents, les dénommés Gustavo et Scratch, s'entretinrent avec l'homme en pantalon écossais qui paraissait être le responsable. Scratch semblait n'avoir qu'un seul œil en état de fonctionnement. Loyd dit qu'ils étaient deux des meilleurs coqueleux de la réserve. Passer en premier constituait un honneur.

« Les coqs n'ont pas l'air de s'en rendre compte », dis-je. En fait, ils n'avaient l'air ni satisfaits ni contrariés, mais tournaient majestueusement en rond, habitués qu'ils étaient à leur mètre carré de terre. Les plumes de leur queue frissonnaient comme des herbes et l'un d'eux poussait des cocoricos incessants, comme s'il bouillait d'impatience. Mais l'impatience implique une conscience du temps et un poulet n'existe que dans le réel. C'est du moins ce que je savais des volatiles.

« Comment se fait-il que tu ne sois pas en train de parier avec tes amis ? demandai-je à Loyd.

– Il y a des gens qui dressent les bêtes pour moi, les apportent, les font peser et tout le bastringue. Je me contente de les dorloter. Tu verras.

– Qui dressent les bêtes ? Comment apprend-on à un coq à se battre ?

– On ne leur apprend pas, tout est question d'instinct et de sélection. On les entraîne simplement à ne pas se montrer capricieux quand ils sont au milieu d'une foule.

– Je vois. Donc, tu ne dresses pas, tu dorlotes, dis-je. Un homme qui assure. »

Il me pinça gentiment la cuisse le long de la couture intérieure de mon jean. J'avais été dorlotée par Loyd pas mal de fois depuis Kinishba. La foule se calmait. Scratch et Gustavo se mirent en position au centre de la fosse, leur fardeau niché à hauteur de cuisse, et ils pointèrent à trois reprises leurs bêtes l'une vers l'autre à un rythme franchement sexuel. À chaque fois que les hommes basculaient la hanche en avant, les coqs obéissants se piquaient mutuellement la tête. Apparemment, le but était de faire monter leur pugnacité. Deux minutes plus tôt, ces bêtes paradaient en circuit fermé et si elles s'étaient quittées des yeux, même en cet instant, elles auraient sans doute perdu le fil conducteur pour se remettre à gratter le sol à la recherche de maïs pilé.

Mais, à présent, elles étaient prêtes, tels des pistolets armés. Leurs coqueleux les déposèrent en vis-à-vis sur les traits à la craie et elles s'ébrouèrent en gonflant leurs pâles collerettes. Au signal de l'arbitre en pantalon écossais, les hommes les lâchèrent. Les oiseaux fondirent l'un sur l'autre et bondirent, éperons visant le poitrail de l'adversaire. Ils sautillaient l'un par-dessus l'autre, voletant à l'aide de leurs courtes ailes, se donnant des coups de bec en faisant couler du sang. Au bout de trente secondes les éperons des coqs s'emmêlèrent et ils furent à terre, impuissants, littéralement prisonniers du combat.

« Arrangez ça ! » hurla l'arbitre.

Les coqueleux s'avancèrent pour les séparer. Ils mirent les oiseaux face à face, attendirent la fin du compte à rebours et les lâchèrent de nouveau l'un contre l'autre. Dans la minute qui suivit, Scratch et Gustavo durent encore intervenir, car cette fois l'un des coqs avait ses éperons irrémédiablement enfoncés dans le vif du poitrail de son opposant. Les coqueleux les séparèrent avec précaution puis les relancèrent dans l'action.

Il faut très longtemps pour que meure l'un ou l'autre des oiseaux. Sans doute des blessures internes et des hémorragies étaient-elles à l'origine de leur trépas. Une perforation des poumons, par exemple, et un saignement du cœur, littéralement parlant. Pour finir, du sang s'écoulait de leur bec. À ce stade, je fus enfin capable de distinguer la bête de Scratch de celle de Gustavo parce qu'elle gisait dans la poussière sans pouvoir se relever. Scratch dut la remettre sur ses pattes et la pousser en direction du combat.

« Pourquoi ne se contentent-ils pas de proclamer le vainqueur ? chuchotai-je.

– Il y a des règles. »

C'était une réponse ridicule, mais exacte. Il fallait que mort s'ensuive. Cela demanda trente ou quarante minutes, et je crois que les volatiles manifestèrent de l'ardeur mais ce fut pénible à regarder. Les coqs étaient tous deux épuisés, moribonds, et loin d'avoir conservé une quelconque beauté. Leurs poitrails blonds et leurs collerettes étaient piquetés de sang, collés comme des cheveux sales. Collie Bluestone aurait de quoi faire.

Il semblait qu'il y eût des règles complexes sur la manière de poursuivre les opérations, arrivé à ce point du combat, alors que les deux coqs ne demandaient plus qu'à se coucher, le bec dans la poussière. Si l'un d'eux ne bougeait plus, l'autre perdait l'instinct du combat. J'avais fait des études poussées en biologie et j'avais rapidement conclu que toute cette activité était construite autour de l'instinct naturel de défense du territoire et que c'était là qu'elle trouvait ses limites. Aucun animal n'a de raison de combattre sa propre race jusqu'à la mort. Le coq défend son territoire, mais une fois la chose établie, il en a terminé. Après ça, il se promènera en ignorant son étrange environnement ainsi que tous ces gens dont le loyer du mois prochain repose sur lui, et il se comportera comme un vulgaire poulet – le gallinacé qu'il est. Les coqueleux devaient garder fermement les bêtes en main, les mettant en position pour combattre de force.

« Ça me donne envie de vomir », dis-je à Loyd.

Il me regarda avec surprise, ce qui me mit hors de moi. Personne ne pouvait assister à ce spectacle sans en voir la cruauté.

« J'ai vu des petits garçons faire exactement la même chose, dis-je. Prendre un pauvre animal, l'exciter et le tirer sans arrêt par les pattes pour essayer de le forcer à se battre.

– Les combats à l'aiguillon vont beaucoup plus vite, dit-il.

– Mais tu ne les aimes pas. Tu préfères ça. C'est ce que tu m'as dit. »

Il ne répondit pas. Pour éviter les oiseaux, je regardai la foule, dont les visages ne trahissaient ni douleur ni soif de sang, mais un intérêt passif. Cela aurait pu être n'importe quel spectacle, et non deux bêtes obligées de se tuer mutuellement : ç'aurait pu être la télévision. Pour la plupart c'étaient des hommes âgés en casquette ou en chapeau de cow-boy en feutre noir s'ils étaient apaches. Je repérais à présent quelques familles, tout en sachant que si on questionnait ces femmes sur les combats de coqs, elles auraient recours au « nous » collectif. « Oh, nous adorons ça », auraient-elles dit d'une voix éraillée de tabagiques, voulant dire par là : « il adore ». Une adolescente en débardeur noir, avec un tatouage verdâtre qui fleurissait en travers de son large dos, hissa un tout-petit sur son épaule. Elle alluma une cigarette, n'accordant qu'une attention distraite à ce qui se passait dans la fosse, quant à son enfant, il absorbait tout comme une éponge.

Plusieurs personnes se mirent à vociférer en faveur du coq de Gustavo. Et puis, pour finir, sans prévenir, son opposant passa d'un semblant de vie au trépas. Sans cérémonie, Scratch saisit son perdant par les pattes et le balança, masse molle, à l'arrière d'un camion. Le tour de Loyd Peregrina fut ensuite annoncé. Un coq fut déposé dans ses bras, aussi lisse qu'une miche de pain, tandis qu'il se dirigeait vers la fosse. Cette fois, je regardai. Je lui devais bien ça.

Au cours du premier combat, j'avais observé les coqs, mais cette fois ce fut Loyd que je regardai, et je compris bientôt que, dans ce sport d'une brutalité injustifiée, il existait une immense tendresse entre le coqueleux et sa bête. Loyd la tenait au creux de ses bras, tout en la caressant et en lui parlant à voix basse, régulièrement. À chaque reprise, il lui lissait les ailes, lui caressait le dos et léchait le sang de ses yeux. À la fin, il lui souffla dans le bec pour regonfler un poumon perforé. Il le fit alors que l'oiseau, pratiquement mort, était manifestement incapable de gagner. La relation physique entre Loyd et son coq transcendait le fait de gagner ou de perdre.

Cela dura jusqu'à l'instant de la mort, pas une seconde de plus. J'eus un frisson lorsqu'il balança le cadavre emplumé, mou comme une chiffe, à l'arrière du pick-up. De penser aux mains de Loyd sur moi fit se rétracter la peau de mes avant-bras à mon propre contact.

« Qu'est-ce qu'ils font des coqs une fois morts ? voulus-je savoir.

– Comment ça ?

– Qu'est-ce qu'ils en font ? Est-ce qu'on les mange ? Arroz con pollo ? »

Il se mit à rire. « Pas par ici. Mais au Mexique, il paraît que ça se fait. »

Je pensai à Hallie et je me demandai s'ils avaient des combats de coqs, là-bas, au Nicaragua. Dans cette nouvelle société qui avait déjà aboli la peine capitale, j'aurais parié qu'ils les pratiquaient encore.

Loyd, les yeux rivés sur la route, négociait un virage difficile. Il roulait un peu vite malgré la route de gravier et le crépuscule, mais il conduisait bien. J'essayai de l'imaginer aux commandes d'un train. Rien. Pas d'images. Pas plus que je n'imaginais Fenton Lee dans sa collision frontale.

« Alors qu'est-ce qu'ils en font ici ?

– Pourquoi, tu as faim ?

– Je te pose la question.

– Il y a une décharge, en bas de cet arroyo, un peu plus loin. Une grande fosse. Ils les enterrent dans une tombe commune. La tombe du coq inconnu. »

J'ignorai la plaisanterie. « Il me semble que je supporterais mieux tout ça si les poulets étaient mangés.

– La chair serait dure », dit Loyd, amusé. Il était de bonne humeur. S'il avait perdu son premier combat, il en avait gagné quatre autres par la suite – plus que n'importe qui au cours de la journée.

« C'est simplement que ça me paraît un tel gâchis. Tout ce temps, ces efforts investis dans ces existences, de l'œuf pondu jusqu'à la tombe du poulet inconnu. Vraiment inutiles. » Je voulus préciser. « Non, ce n'est pas inutile. Mais cela va dans une direction qui me met mal à l'aise.

– Ces coqs ne savent pas ce qui leur arrive. Tu crois qu'un coq comprend que sa vie est inutile ?

– Non, parce que je crois qu'un coq de combat est bête comme tout. »

Je lançai un coup d'œil à Loyd, dans l'espoir qu'il serait blessé de ma remarque, mais apparemment il était d'accord. J'avais envie qu'il défende ses coqs. Cela m'effrayait qu'il puisse communiquer si intensément avec un oiseau et qu'ensuite, le temps d'un soupir, il s'en détache.

« C'est un sport sain, dit-il. C'est peut-être difficile à comprendre pour quelqu'un de l'extérieur, mais j'ai découvert ça en grandissant. On n'y voit pas d'ivrognes, et les paris ne représentent qu'une très faible part. La foule y est plus plaisante que celle d'un match de football.

– Je n'en disconviens pas.

– C'est quelque chose que tu as dans les mains. Tu peux aller n'importe où, prendre n'importe quel coq, même un qui n'est pas à toi, une bestiole que tu n'as jamais vue et tu arrives à faire ça avec.

– Comme on joue du piano, dis-je.

– Un peu, dit-il sans ironie.

– J'ai bien vu que tu étais doué. Très doué. » J'avais du mal à défendre mon point de vue, incapable de lui offrir autre chose que des images dérangeantes, désaccordées : une femme, dans la salle des urgences lors de ma première nuit d'internat, poignardée à dix-huit reprises par son amant. Curty et Glen, assis dans l'allée, aspergés du sang d'un coq. Hallie, en jeep, sautant sur une mine. Ces trois gamines.

« Tout meurt, Codi.

– Ah, parfait ! Comme si je ne le savais pas. Ma mère est morte quand je n'avais que trois ans ! » Je n'avais aucune idée d'où cela avait pu sortir. Je regardai par la fenêtre en m'essuyant soigneusement les yeux avec ma manche. Mais les larmes continuèrent d'affluer. Pendant un long moment, je pleurai sur ces trois adolescentes, déchiquetées de là-haut pendant qu'elles cueillaient des fruits. Pour la première fois, j'étais vraiment persuadée, du fond de mon cœur, que c'était arrivé. Que quelqu'un avait été capable de regarder au-dessous de lui, de viser une cible, de presser la détente. Sans rien ressentir. En oubliant tout.

Loyd semblait déconcerté. Pour finir, il dit gentiment : « Je voulais dire que les bêtes meurent. Qu'elles souffrent dans la nature et qu'elles souffrent dans la basse-cour. Ce n'est pas comme les gens. Elles n'ont pas été faites pour mener une vie douce et aller au ciel, où que nous soyons censés aller. »

C'est alors que, clairement, je me revis en train d'essayer de sauver les coyotes de l'inondation. Mes oreilles se remplirent du rugissement de la rivière en crue, mon nez, de la puissante puanteur de la boue. J'agrippai l'accoudoir du pick-up de Loyd pour empêcher ce souvenir de noyer ma raison. J'entendis ma propre voix hurler à Hallie l'ordre de rester avec moi. Et puis, plus tard, demander à Doc Homer : « Est-ce qu'ils iront au ciel ? » Je n'entendis pas sa réponse, probablement parce qu'il n'en fit pas. J'avais refusé les faits, j'avais cherché le salut.

Avec précaution, pour ne rien perdre, je m'obligeai à revenir dans le présent, immobile sur le siège, concentrant toute mon attention. « Je ne parle pas des âmes des poulets. Je ne crois pas que les coqs aient une âme, dis-je lentement. Ce que je crois, c'est que les humains devraient avoir plus de cœur que ça. Je ne peux pas éprouver de sympathie pour les gens qui organisent un sport de spectacle à partir de perforations et d'hémorragies internes. »

Loyd ne quittait pas des yeux l'espace obscur au-dessus de la route. Des insectes tournoyaient dans la lumière des phares comme des planètes sorties de leur orbite et vouées au chaos. Au bout d'une bonne demi-heure, il dit : « Leander, mon frère, s'est fait tuer par un ivrogne, à environ vingt kilomètres d'ici. »

Au bout d'une autre demi-heure, il dit : « Je laisse tomber, Codi. Je laisse tomber immédiatement. »

17

Les dames aux paons et le café Gertrude Stein

« Il laisse tomber les *combats de coqs* pour toi ? » Les yeux d'Emelina étaient si énormes que je ne pus m'empêcher de penser au mari de Mrs. Dynamite en train de mater Miss Amérique.

« Je pense. On verra bien s'il ne descend pas du train en marche.

– Codi ! C'est tellement romantique. Je ne crois pas que J.T. ait jamais lâché quoi que ce soit pour moi, mis à part son habitude de faire craquer les articulations de ses doigts.

– C'est déjà ça, dis-je.

– Mais non, ça ne compte pas, parce que je l'avais terrorisé pour qu'il arrête. Je lui ai raconté que ça allait lui donner de l'arthrite ou quelque chose comme ça. »

Emelina et moi étions en train de manger des hot dogs au chili dans un snack au bord de la route 10. Le pick-up de Loyd, que nous avions emprunté pour le voyage, était garé de façon que l'on puisse le surveiller des yeux. Empilées en hauteur à l'arrière, emballées individuellement dans des sacs de pressing, il y avait cinquante piñatas en forme de paon, confectionnées avec d'authentiques plumes de queue de paon. Nous nous dirigions vers Tucson, prêtes à courir les rues pour la plus importante entreprise de collecte de fonds de toute l'histoire du club des Couseuses-Râleuses.

Le projet était une idée originale de Viola, bien qu'elle en partageât la maternité avec doña Althea laquelle avait ouvert sa réserve de plumes. Elles avaient tenu deux chaînes de montage en nocturne pour produire ces chefs-d'œuvre, et s'étaient réellement surpassées. Ces objets n'avaient rien à voir avec la piñata classique, destinée à une fin violente sous les coups de la batte de baseball d'un enfant de dix ans aux yeux bandés. Ils avaient des boutons de verre en guise d'yeux, des huppes de plumes et des ailes de papier crépon bleu indigo soigneusement roulotté. Ces oiseaux partaient *en masse* [1] vers la ville, de même que le club des Couseuses-Râleuses, à bord d'un Greyhound. Nous avions le projet de les retrouver à la station de bus et de démarrer à partir de là.

J'avais été étonnée que Viola me demande de venir. Elle disait qu'on avait besoin de moi, que je connaissais la ville ; on aurait cru qu'il s'agissait d'une libération sous condition. Mais Loyd était d'équipe sur la locomotive de manœuvre à Lordsburg et c'étaient les vacances de Noël, si bien que j'avais du temps de libre. Je suppliai Emelina de venir aussi, de passer quelques jours à Tucson. J'avais envie de marcher sur des trottoirs uniformes, de me risquer au milieu de la circulation, de voir un film, ce genre de truc. J.T. pouvait rester avec les enfants. Il était consigné à la maison pour une période de trente jours par les chemins de fer, en raison du déraillement dont il n'était pas officiellement responsable. Le rail suivait des voies mystérieuses.

Emelina n'était allée nulle part sans enfant depuis treize ans. Par manque d'habitude, elle avait fourré un rouleau de serviettes en papier dans son sac. Tandis que nous roulions hors de Grace, elle happait l'air, les yeux dilatés comme un poisson pris à l'hameçon. « J'arrive pas à y croire, n'arrêtait-elle pas de dire. Fais demi-tour. Je peux pas y aller. »

Je roulais vers l'ouest, sans me préoccuper de mon otage. « Comment ! Tu penses que J.T. n'est pas fichu de s'occuper de ses propres fils ?

– Non, dit-elle, le regard fixé sur la ligne continue. J'ai peur de rentrer et de le trouver mort sur le carreau de la

1. En français dans le texte. *(N.d.T.)*

cuisine avec une flèche des Conquérants du Château collée au crâne et une poignée de pop-corn dans la main. »

Le temps que nous ayons atteint l'Interstate, elle avait décidé que ça irait tout de même. Les garçons pourraient aller à l'université grâce à l'assurance-vie de J.T.

« Ah, çà, ils ne toucheront rien si c'est un meurtre », dis-je avec sérieux.

Elle se dérida un peu. « J'oublie toujours que c'est lui qui a voulu autant de mouflets. »

On était à la mi-décembre, à quatorze jours des courses de Noël, et en cet après-midi l'air était transparent et froid. Vingt-deux femmes en manteaux d'hiver et bas anti-varices s'attaquaient deux par deux, au pas de course, aux rues principales de Tucson, chacune transportant dans ses bras une piñata de papier mâché. Tous ceux qui assisteraient à l'événement ne l'oublieraient pas de sitôt.

Emelina, le pick-up et moi fûmes plus ou moins institués quartier général. Nous nous garâmes devant un restaurant à chichis, le café Gertrude Stein, pour l'unique raison qu'il exhibait en façade un énorme torse en plastique vert et que les femmes pensaient mieux retrouver leur chemin grâce à ce repère. Dès qu'elles avaient vendu leurs oiseaux, elles venaient se réapprovisionner. Emelina et moi, en charge du camion, étions précautionneusement juchées au milieu de notre pyramide d'oiseaux de papier.

Un homme en chapeau mou et foulard écossais sortit du café et nous jeta un regard affolé. Nous n'étions pas là lorsqu'il était arrivé. « Combien ? » demanda-t-il.

Cela avait fait l'objet d'une question largement débattue ; apparemment, le chauffeur avait menacé d'arrêter l'autocar si les Couseuses-Râleuses ne cessaient d'ergoter là-dessus. En dernier ressort, nous avions reçu la consigne d'essayer d'en tirer ce que nous pourrions.

« Ça dépend de l'envie que vous en avez », lança Emelina, en croisant les jambes de manière aguichante – aussi monogame qu'une oie mais irréductible flirteuse.

Une petite foule de sans-abri s'était attroupée de l'autre côté de la rue où était garé notre véhicule. Il apparaissait que nous étions de loin la meilleure attraction de la journée.

« Cinquante dollars ? » demanda l'homme au foulard.

Emelina et moi échangeâmes un regard, l'air parfaitement désinvolte. « Ils sont faits main, dis-je.

– Soixante ?

– D'accord. »

Il nous tendit trois billets de vingt et Emelina harponna un oiseau emballé de plastique, dont la queue ondula avec grâce derrière l'homme tandis qu'il descendait la rue. Je répétai silencieusement les mots « Soixante dollars ! » et nous nous écroulâmes de rire l'une contre l'autre.

« Ils sont faits main », dit Emelina, les sourcils arqués, en imitation parfaite d'une Impératrice de l'univers.

Les Miss Lorraine Colder et Elva Dann revinrent au camion presque immédiatement. Elles avaient enrôlé une dame du nom de Jessie qui possédait son caddie personnel. Lorsque Miss Lorraine lui avait expliqué les menaces qui pesaient sur les foyers de Grace, Jessie avait pleuré un petit coup puis repris ses esprits. Elles réussirent à charger une douzaine de piñatas dans le caddie et le trio de femmes se mit en devoir de toutes les vendre en une seule fois.

Norma Galvez, qui avait entre-temps perdu sa partenaire à un passage clouté, dut se faire raccompagner jusqu'à la grosse femme verte à poil par un policier, l'officier Metz. Le temps d'une conversation qui n'avait duré que cinq cents mètres, elle avait recueilli un nombre étonnant d'informations sur cet homme : par exemple, qu'il avait des jumelles nées le jour de Noël, et qu'il portait une ceinture herniaire. Informations qu'elle nous confia à Emelina et à moi lorsqu'elle fit les présentations. L'officier Metz, bien que sensible à notre cause, s'inquiétait tout de même de savoir si ces dames détenaient une autorisation de vente. Mrs. Galvez eut la présence d'esprit de lui expliquer que nous ne vendions rien. Que nous ne sollicitions que des dons pour sauver notre ville. Que chaque donateur recevait gratuitement une piñata en forme de paon. Par souci d'entretenir de bonnes relations, elle lui en remit une en cadeau pour ses filles.

À cinq heures, il ne nous restait plus aucune bête. Au bout du compte, il s'avéra qu'Emelina et moi n'avions pas fait les meilleures affaires de la journée. Alors que trop de paons étaient partis pour la maigre somme de dix ou quinze dollars, doña Althea en avait marchandé un avec un vieux monsieur jusqu'à soixante-quinze dollars. La transaction conclue, la Doña l'avait autorisé à lui baiser la main.

Le temps qu'elles reviennent à Grace par le dernier autocar du soir, m'apprit-on plus tard, les Couseuses-Râleuses avaient déjà tiré des plans sur la comète pour revenir dans les dix jours avec cinq cents piñatas. Il n'y aurait juste que deux différences par rapport au plan initial. La première, que chaque piñata serait accompagnée d'une légende relatant l'histoire de Grace et de ses héroïques démêlés avec la compagnie Black Mountain. À mon grand scandale, je fus choisie – *in absentia* – pour rédiger cet épique dépliant et le faire polycopier à l'école. (Les Miss Lorraine et Elva avaient refusé de s'en charger.) La seconde, que le prix en serait fixé à soixante dollars. Certaines plaidèrent en faveur de soixante-quinze, mais la Doña l'emporta en faisant remarquer qu'on ne pouvait pas s'attendre qu'elle donne des baisers à tous ces foutus cowboys de Tucson.

Emelina et moi entrâmes dans mon ancienne maison. Carlo, qui pensait que nous viendrions, avait laissé la clé sous la brique habituelle. Le voisinage paraissait encore plus miteux qu'au moment de mon départ. Il y avait des démolitions en cours avec des graffitis joyeusement obscènes qui décoraient les palissades de contre-plaqué. Notre ancienne maison, avec ses pots de fleurs vissés au sol, se dressait mystérieusement intacte, à l'intérieur comme à l'extérieur. Comme il fallait s'y attendre, Carlo avait laissé toutes les plantes finir de crever mais, à part ça, il n'avait fait aucun effort pour s'approprier les lieux. Il semblait vivre comme quelqu'un qui est en deuil et qui ne souhaite pas effacer les traces de sa défunte épouse. Ou épouses.

« C'est à vous flanquer la chair de poule, Carlo, lui dis-je quand il rentra tard cette nuit-là de sa veille à la salle de garde. Pourquoi n'as-tu pas changé les choses de place ? On dirait que Hallie et moi venons tout juste de quitter les lieux. »

Il haussa les épaules. « Qu'est-ce qu'il y a à bouger ? »

Emelina était partie se coucher, essayant, je pense, de nous débarrasser le plancher. Elle n'avait cessé de me demander si ce serait pas gênant pour nous de rester chez mon « ex ». Il était difficile pour elle de comprendre que Carlo et moi avions vraiment été des « ex », dès le départ. L'absence d'exigences de l'un vis-à-vis de l'autre avait été le fondement de notre relation.

Je restai à regarder les nouvelles de façon à le voir quand il rentrerait à la maison. Il s'effondra à côté de moi sur le canapé avec un sac de chips à la main.

« C'est ton dîner ?

– Tu te prends pour ma mère ?

– J'espère bien que non. » Au journal, on parlait d'un décret qui interdisait aux pères Noël d'œuvres charitables de procéder à toute collecte de dons dans les centres commerciaux. Le propriétaire d'un magasin d'articles de sport expliquait que ça nuisait aux affaires. Des rangées d'arcs de chasse étaient alignées derrière lui telles les côtes délicatement incurvées d'une cage thoracique.

« Tu as l'air épuisé », dis-je à Carlo. C'était vrai.

« J'ai recousu un nez, ce soir. Cartilage et tout.

– Il y a de quoi être fatigué.

– Dis-moi qu'est-ce qui te fiche la chair de poule dans mon mode de vie ? » Dans sa tenue d'hôpital vert pâle, Carlo semblait plus blême et plus petit que dans mes souvenirs. Aucun muscle visible.

« On a l'impression que tu vis dans les limbes, dis-je. Dans l'attente que quelqu'un d'autre emménage ici, te prépare un vrai repas et accroche ses tableaux.

– Tu n'as jamais rien fait de tout ça.

– Je sais. Mais ça change tout quand deux personnes habitent dans une maison sans tableaux. Ça donne l'impression qu'elles sont trop occupées à batifoler ensemble pour s'intéresser aux murs.

– Tu me manques. On s'amusait bien tout de même.

– Pas tant que ça. C'est Hallie qui te manque. » Être là faisait qu'elle me manquait aussi, et de manière plus tangible qu'à Grace. C'est sur ces planchers rayés qu'Hallie avait roulé les tapis et essayé de nous apprendre à marcher sur la lune.

« Comment va-t-elle ? Est-ce qu'elle t'écrit ? Je n'ai reçu qu'une carte de Nogales.

– Ouais, nous correspondons. Elle est vraiment occupée. » Je me gardai de lui dire que nous nous écrivions beaucoup. Que nous avions renoué une correspondance intense que nous n'avions plus connue depuis 1972, l'année où je m'étais sauvée de Grace et où Hallie avait vécu une puberté tardive, entièrement seules l'une et l'autre. Cette fois-ci, elle était heureuse comme jamais, et moi je vivais quelque chose comme de l'amour ou de l'angoisse. Mais nous avions encore un besoin mutuel de l'autre pour être sûres que c'était bien réel. Nous devions vivre un étrange décalage de deux semaines dans nos conversations. Je lui écrivais à propos de quelque minuscule, stimulante victoire à l'école alors qu'elle s'attaquait au blues que j'avais connu deux semaines plus tôt à la veille de mes règles. Ça n'avait pas d'importance ; nous continuions à nous écrire, sachant qu'un jour tout ça s'équilibrerait.

« Comment va ton père ?

– Oh, il se déglingue. Il oublie qui je suis. Peut-être est-ce une bénédiction.

– Arrives-tu à dormir en ce moment ?

– Ouais, en fait, dis-je évasivement.

– Tu n'as plus ce rêve de pupilles ? »

Je n'avais jamais été fichue de l'expliquer à la grande satisfaction de Carlo.

« Ce n'est pas vraiment un rêve de pupilles.

– C'est quoi, alors ?

– Il y a un bruit de verre qui explose et je me retrouve aveugle. C'est un rêve très bref. Je préfère ne pas en parler si ça ne te fait rien. J'ai peur de me porter malheur.

– Alors, tu ne l'as plus ?

– Non, pas depuis un moment. »

C'était gentil de sa part de s'en inquiéter. Il appuya doucement sur mon épaule du plat de la main, détendant ainsi mon deltoïde. Non que cela s'appliquât encore à nous, mais les gens qui en savent long sur l'anatomie font de bons amants. « Alors tu t'en sors bien là-bas ?

– Aussi bien que n'importe où ailleurs », dis-je, et il se mit à rire, pensant probablement que je voulais dire « Aussi mal qu'ailleurs ».

« Je me tâte pour partir à Denver, dit-il. Ou à Aspen.

– Ce serait un défi. Tu pourrais recoudre la figure des gens qui s'envoient à skis dans les arbres.

– Tu n'as pas envie de venir ? On pourrait skier dans les arbres ensemble.

– Je n'en sais rien. Je ne fais pas trop de projets à long terme en ce moment. »

Il prit mes jambes sur ses genoux et me massa la plante des pieds. Il possédait ces fameuses mains de chirurgien, impossible de le nier, mais je n'éprouvais aucune attirance sexuelle pour Carlo. J'avais encore l'espoir qu'il nous monterait le projet idéal pour tous les deux, celui qui me rendrait heureuse et me comblerait, mais même cela s'évanouissait.

« Qu'est-ce que ferait de plus un couple moderne comme le nôtre à Aspen ? lui demandai-je. En dehors de foncer à skis dans les arbres et d'essayer de repérer des stars de cinéma en train de sniffer de la coke dans les salons d'hôtels ? Aspen m'a tout l'air d'être le chemin de la gloire.

– Après Grace, sûrement, oui.

– Ne te fiche pas de mon pays d'origine. »

Carlo me regarda avec surprise. « Je ne t'ai jamais entendu le défendre comme ça.

– C'était pour rire.

– Eh bien, que dirais-tu de Denver, alors. Une voie qui ne serait pas si glorieuse.

– Denver, c'est bien. » Je ressentis le petit pincement familier qu'éveille l'idée d'un lieu tout neuf qui serait fichu, cette fois-ci, de se révéler merveilleux. Et le petit pincement familier que suscitait un Carlo qui voulait que je le suive. J'étais allée une fois à Denver. C'était une succession sans fin de quartiers de délicieuses maisons de vieille brique aux toits pointus et aux pelouses ombragées d'énormes érables. Un endroit formidable pour balader son chien.

« Pourrais-tu envisager d'avoir un chien, Carlo ?

– Un chien ?

– Tu sais bien, un truc à quatre pattes qui fait "ouah-ouah".

– Oui, je vois.

– J'ai fait la connaissance d'un chien sensationnel, à Grace. Il est à moitié coyote et il reste assis cinq heures d'affilée à l'arrière d'un pick-up en attendant que tu reviennes, simplement parce qu'il sait que tu reviendras.

– Ça paraît sérieux.

– C'est un brave chien. » Je me rendis compte que je n'avais pas pensé une seule fois de la journée à Loyd, ce que je considérais comme un exploit. L'alcoolisme, ce doit être ça : on se fixe des buts modestes pour se prouver qu'on peut vivre sans. Alors qu'en réalité, lui consacrer toute cette réflexion prouve qu'on en est incapable. Mon humeur se mit soudainement à flancher ; tout l'après-midi, je m'étais sentie transportée, mais à présent je reconnaissais les signes avant-coureurs d'une déprime. Si j'avais bien calculé, la lettre de Hallie s'attaquant à ma *précédente* dépression arriverait pile à temps.

« Bon sang, regarde ça ! » Carlo me lâcha les pieds et bondit pour monter le son de la télévision. « C'est toi ! »

C'était bien moi. Je hurlai à Emelina d'arriver, mais le flash fut terminé le temps qu'elle se pointe, l'air ahuri, dans l'encadrement de la porte, habillée d'un T-shirt appartenant à J.T.

« Vous êtes passées aux nouvelles, expliquait Carlo, tout excité. Ils ont dit quelque chose à propos de dames aux paons et puis quelque chose sur l'art populaire du Sud-Ouest et ils vous ont montrées toutes les deux, debout sur le camion, avec cette vieille dame en robe noire…

– Doña Althea, dis-je.

–… qui brandissait une piñata et puis une autre femme et un flic…

– L'officier Metz.

–… mais je n'ai rien entendu d'autre parce qu'on s'est mis tous les deux à crier. » Il s'interrompit brusquement, l'air confus de son enthousiasme. Emelina et lui n'avaient pas encore été présentés officiellement.

« Oh, Carlo, que je te présente Emelina. Emelina, Carlo. Un vieil ami de mon ancienne vie. »

Je ne dis pas quelle était mon ancienne vie et quelle était l'actuelle. Je l'ignorais.

Hallie, ce sur quoi je n'arrive jamais à mettre le doigt, c'est le pourquoi de toi et moi. Pourquoi as-tu tourné comme ça ? Tu es ma sœur. Nous avons été cuites dans le même four, avec les mêmes ingrédients. Pourquoi est-ce qu'un des gâteaux lève et l'autre pas ? Je pense à toi sur ton cheval, en train de chevaucher vers les champs en chaussettes de laine grise et en bottes avec tes cheveux comme ceux de la fille de la publicité Breck lâchée dans la nature, qui t'apprêtes à bâtir un monde nouveau. La vie est sûrement plus facile quand on a des rêves.

J'ai lu dans le journal que nous allions envoyer 40 ou 50 millions de plus aux contras pour qu'ils mitraillent les petites filles et te fassent sauter avec ta récolte de coton. Ça me fait mal de l'apprendre ; je serais une Américaine parfaitement heureuse si je n'avais pas quelqu'un que j'aime qui m'envoyait des vérités depuis les tranchées. Tu as raison : nous sommes une nation d'amnésiques. J'ai honte. C'est une émotion de faiblesse déplacée. Tu risques tout, pendant que je paye mes impôts comme tout le monde en essayant d'oublier l'odeur déplaisante de la mort.

Ma vie est un truc minable, mécanique, sans passé, comme une petite voiture qu'on remonte, prête à rouler dans quelque direction qu'on m'indique. Aujourd'hui, je me suis prise pour une héroïne. Nous avons vendu cinquante piñatas en forme de paons, pour recueillir des fonds pour le club des Couseuses-Râleuses qui, d'une façon ou d'une autre, sauveront la ville de Grace. Mais cette cause n'est pas la mienne. Je laisse tomber. Je n'ai aucune idée de la manière de sauver une ville. Je ne suis venue aujourd'hui que parce que ça ressemblait à une fête et que j'étais conviée. Tu te rappelles quand on faisait des prières pour être invitées à des anniversaires ? Les invitations ne venaient que parce qu'on en était tellement reconnaissantes qu'on était prêtes à faire n'importe quoi, rester tard pour aider les mères à laver les moules à gâteaux. Je n'ai pas changé, je suis flattée à mort que quelqu'un veuille que je vienne quelque part.

Carlo m'a demandé si je voulais partir pour Denver avec lui ou peut-être pour Aspen. Carlo est toujours pareil. Il voudrait savoir pourquoi tu ne lui as pas écrit. (Je lui ai raconté que tu étais très occupée à sauver le monde.) Je suis presque persuadée que je pourrais aller à Denver. Carlo est sans danger parce que je ne l'aime pas tant que ça. S'il cessait un jour de me vouloir près de lui, ce ne serait pas si terrible. Je n'en mourrais pas.

Hallie, je me rends compte de quoi ça a l'air. Je me sens toute petite et ridicule, telle que je suis, coincée de tous les côtés par ce besoin d'être en sécurité. Je n'ai qu'une envie, celle d'être comme toi, d'être courageuse, celle de me balader dans un pays de poulets et de mines antipersonnel et de m'y trouver chez moi, que ce *soit* chez moi. Comment fais-tu pour aller de l'avant, pour toujours faire ce qui est bien, même si tu dois le faire seule, au milieu de gens qui te regardent avec des yeux ronds ? J'aurais tant de doutes – qu'est-ce qui se passerait si tu perdais cette guerre-là ? Enfin quoi ? Si j'avais le millième de ton courage, je serais parée pour la vie. Tu te lèves et tu regardes le monde dans les yeux, tu chasses le bétail du pas de la porte, et tu décides quelle partie du monde a besoin d'être sauvée aujourd'hui. Tu es comme Dieu. Ça me fatigue. Carlo dit : « Partons pour Denver » et, qu'importe, je suis prête à flanquer par terre la bannière du club des Couseuses-Râleuses et de la République qu'elle représente. Prête à aller vivre à Denver et à promener mon chien.

Au petit matin, je partis seule poster ma lettre et rôder dans mon ancien quartier. J'essayais de me convaincre que je me sentais bien dans ces lieux familiers. J'avais emporté mes vêtements de ville : une jupe courte et un collant noir avec des bottines à talons aiguilles (dont la vue aurait renversé Doc Homer) et je déambulais en ville parmi les étrangers, souriante, anonyme comme un poisson rouge. Il y avait un kiosque à journaux à quatre pâtés de maisons de là, où j'avais l'habitude d'aller acheter le *Times* ou le *Washington Post* que Hallie et Carlo étalaient par terre sur le plancher de la salle de séjour, le dimanche matin. Hallie demandait sans arrêt si elle pouvait nous interrompre une seconde. « Écoutez ça », disait-elle. Elle avait besoin de le lire tout haut, toutes tragédies et drôleries confondues.

J'entrai dans une cafétéria qui faisait un café correct et de merveilleux croissants. Tandis que j'étais assise là, à souffler dans ma tasse, je me rendis compte que je regardais autour de moi pour voir qui était là – une habitude que j'avais dû contracter à Grace où l'on observait les gens parce qu'ils étaient tous identifiables.

Un type, à une table très proche de la mienne, passait son temps à lorgner mes jambes. Une chose de plus à supporter quand on est grand de taille – les hommes agissent comme si vous aviez commandé vos jambes sur catalogue. Je finis par les croiser en lui disant : « Tenez, regardez, j'en ai deux exactement pareilles. »

Il se mit à rire. Curieusement, il n'avait pas l'air gêné le moins du monde. J'avais oublié la nature du spectacle en ville – les gens qui cultivaient l'étrangeté comme si ç'avait été une maladie ou une carrière. Il avait la barbe bien taillée et il était extrêmement beau. « Très Emma Bovary », dit-il.

Je souris. « Vous semblez faire erreur de registre. Sans doute vous êtes-vous trompé d'endroit. Le Café Gertrude Stein, c'est un peu plus loin dans la rue.

– Bien, dit-il. Bien, bien-bien. Peut-être pourriez-vous me fournir un peu de contexte. Vous avez un nom ?

– Cosima. Ce qui veut dire Ordre du Cosmos.

– Cosima, mon amour. J'ai désespérément besoin d'ordre. Si vous avez le *New York Times* dans votre sac, je vous épouse. » J'avais le *New York Times*.

« Je n'ai pas l'habitude d'épouser des étrangers », dis-je, soudain dégoûtée de ce que j'étais en train de faire. Je partirais n'importe où Carlo le désirerait, je serais chic avec mes élèves de Grace, j'essayerais même de me comporter en médecin vis-à-vis de Doc Homer, exactement comme je m'étais humiliée autrefois pour être invitée à des anniversaires. Si je passais mon temps à être ce que chacun souhaitait, je serais très bientôt suffisamment incolore pour aller n'importe où. J'attrapai mon sac et me levai pour partir. Je dis à l'homme : « Vous n'avez pas la moindre idée de qui je suis. »

La seconde nuit à Tucson, je dormis comme une enfant, tellement submergée de sommeil qu'en me réveillant, je ne savais plus où j'étais. L'espace d'une minute, je restai perdue dans le lit, m'efforçant tout doucement de rattacher mon existence physique à un nom, une vie, à la pièce d'une maison comprise dans un lieu plus vaste. Ce fut un moment terrifiant, mais qui n'avait rien de nouveau pour moi. Il était si rare dans ma vie que je cède au sommeil que cela me demandait un effort supplémentaire pour en sortir. J'eus l'impression de me hisser sur mes coudes en haut d'une berge.

Carlo n'avait bien entendu pas dormi avec moi ; il avait délicatement éludé le problème en prétextant une garde inhabituelle qui l'obligeait à dormir de préférence sur le canapé pour ne déranger personne. Mais il avait eu toutes les occasions dans le passé de me voir me réveiller hagarde. Il prétendait toujours qu'il y avait quelque chose qui clochait dans l'alimentation électrique des lobes temporaux de mon cerveau. Il disait que ça expliquait pourquoi j'oubliais certains pans de ce que j'avais vécu, au profit d'autres que je n'avais pas vécus. Ces réponses faciles me séduisaient, mais je n'y croyais pas non plus. Le système nerveux était la spécialité de Carlo : il avait tendance à penser que toutes les difficultés humaines étaient attribuables à des synapses neuronales parties en quenouille. Et je craignais – non, je savais – que ce qui n'allait pas chez moi était autrement plus compliqué que l'installation électrique défectueuse d'une maison.

Carlo était déjà parti, mais il avait laissé un mot me conseillant de réfléchir sérieusement à propos d'Aspen. Présenté ainsi, ça avait l'air d'une plaisanterie, mais je pliai le mot et le fourrai dans ma valise. Emelina fut pleine d'entrain au petit déjeuner. Elle avait deviné la veille que mon humeur avait viré au noir et bleu, mais elle tenait à ce que nous prenions du bon temps, même si ni l'une ni l'autre n'avions vraiment le cœur à le faire. Nous étions allées au cinéma et avions mangé dans un McDonald, ce qui, au regard des critères de Grace, est considéré comme la grande vie. Nous commandâmes des Happy Meals : Emelina faisait collection de reproductions de voitures en plastique à l'allure impossible pour ses garçons. Nous en avions maintenant assez pour avoir le droit de rentrer.

En sortant de la ville, elle insista pour que nous nous arrêtions à un piège manifeste pour touristes, du nom de Grotte Colossale. Sans rien de colossal, mais grotte tout de même. Nous fîmes le pied de grue un certain temps dans l'entrée obscure pendant que le guide en chapeau de la police montée faisait un petit laïus dans l'espoir que la foule grossirait. Nous n'étions que sept ou huit. Difficile de dispenser tout un discours à un groupe incapable de constituer une équipe de baseball ou un jury.

« Alors quand est-ce que Loyd rentre ?

– Vendredi.

– Ce contrat sur les locomotives de manœuvre n'en finit pas, on dirait ?

– Ça ne paraît jamais te tracasser, dis-je, bien que me souvenant avec acuité de la nuit où je les avais aperçus en train de faire l'amour dans la cour.

– Ben non, dit-elle.

– Mais il se peut aussi que Loyd ait tout inventé et qu'il ait probablement une chérie à Lordsburg. » Emelina eut l'air choqué. « Je plaisante, dis-je.

– Ne dis pas des choses pareilles. Touchons du bois. » Elle se donna une tape sur le côté de la tête.

« Eh ben, je me suis demandé pourquoi Loyd n'était pas marié ou n'avait pas de liaison quand je suis arrivée. Il est tellement chaud lapin.

– Il en a eu une.

– De femme ?

– Non. Quelqu'un qu'il voyait, mais pas très sérieusement. Certainement pas marié. Il l'a été, il y a de ça longtemps, pendant un an ou deux, je crois. Pas d'enfants. Il ne t'a rien dit ?

– Je ne lui ai jamais rien demandé.

– Elle s'appelait Cissie. Elle ne le méritait pas. » Emelina retira son sweat des Cow-boys de Dallas (qui appartenait en fait à John Tucker). Il régnait un froid de grotte là-dedans, seulement 13°, mais il y faisait beaucoup plus chaud qu'à l'extérieur où l'on prévoyait que la température chuterait au-dessous de zéro dans la nuit. Une femme à côté de nous portait un manteau de vison.

« En aucun cas, je ne l'aurais laissé dans la voiture », nous dit-elle sans provocation.

Loyd n'avait même pas fait mention d'un événement personnel aussi important qu'un premier mariage, alors que cette femme éprouvait le besoin de s'expliquer devant des étrangers. Il en va ainsi : certains attendent que vous leur posiez des questions, tandis que d'autres se précipitent pour vous raconter leur vie de long en large. Cela doit être en rapport avec l'anxiété. Une fois, pendant que je faisais la queue pour descendre d'avion, une grand-mère, arrivée dans la travée centrale en tenant une poupée d'une main et un petit garçon de l'autre, avait pris le temps de nous expliquer au passage : « La poupée appartient à sa sœur, qui est devant. » J'en comprenais bien les motivations. Témoin, tous ces énormes bobards que je racontais dans les bus. J'expliquais les choses à ma façon, inventais des choses pour éviter de parler de ce que j'étais réellement.

Pour finir, le guide prononça quelques paroles d'encouragement et la petite troupe le suivit à l'intérieur de la grotte. Tout en avançant, il nous raconta qu'un hors-la-loi s'était réfugié là-dedans du temps de Jesse James pour y cacher son butin et qu'il n'en était apparemment jamais ressorti. Cela dans le but de nous donner la chair de poule, en fait il semblait plus probable qu'il y eût une porte dérobée quelque part et que le vaurien se fût fait la malle avec l'argent. Voilà comment vont les choses. On ne m'ôtera pas de l'idée qu'Adolf Hitler vit quelque part dans le Pacifique sud, les empreintes digitales effacées et la figure refaite, allongé sur une plage en train de siroter des mai-tais.

Emelina, qui n'avait jamais visité de grotte, fut très impressionnée. Il y avait de délicates stalactites en forme de paille à boire, et de grossières stalagmites encapuchonnées qui se dressaient depuis le sol de la grotte. Elle passa le plus clair de son temps à désigner du doigt des formations évocatrices de pénis.

« Ça ne fait jamais que trois jours que tu es partie de chez toi, lui chuchotai-je.

– Je n'ai jamais dit que ça ressemblait à celui de J.T. », me murmura-t-elle en retour.

Le son de l'eau qui dégoulinait résonnait partout, même au-dessus de nos têtes. Je frissonnai à l'idée de toutes ces tonnes de rocher et de terre qui étaient là-haut au-dessus de nous. J'avais oublié que les grottes n'étaient pas mon truc.

Le temps fort de la visite fut la salle aux Draperies, qui était, il faut le reconnaître, de taille impressionnante. Le guide braqua sa torche sur diverses concrétions qui portaient des noms tels que « Grand Chef Cochise » et « Les Tentures ». Les parois et le plafond étincelaient d'humidité cristallisée.

Et puis, juste l'espace d'une minute – il faut toujours qu'ils fassent ça –, il éteignit les lumières. L'obscurité fut absolue. J'étreignis le bras d'Emelina tandis que les plafonds et les parois fonçaient sur mon visage. Je sentis ma propre langue m'étouffer. Cramponnée à Emelina, j'attendis que les lumières reviennent, en respirant lentement et en essayant de visualiser le volume de la pièce, la distance entre moi et le plafond que je savais exister là. Au lieu de ça, je vis des images de hasard qui n'arrangèrent rien : Emelina qui récoltait les petites voitures du fast-food pour ses garçons ; le type du café qui m'avait suggéré de l'épouser. Puis, l'attente se poursuivant, je compris que la terreur de mon rêve récurrent ne se bornait pas simplement à la perte de vision, mais à la perte de moi-même, quelle qu'elle fût. Ce que vous perdez dans la cécité, c'est la notion de l'espace qui vous entoure, du lieu où vous vous trouvez, faute de quoi il se pourrait que vous n'existiez pas. Vous pourriez n'être à aucun endroit.

18

Navigation à vue

Loyd et moi allions passer Noël au pueblo de Santa Rosalia. La neige tomba sans relâche tandis que nous roulions vers le nord à travers la réserve apache. Elle enfermait les arbres translucides du désert dans des enveloppes blanches sphériques, leur donnant ainsi forme et substance. Il était surprenant de regarder un paysage qui semblait normalement vide et d'y découvrir une forêt.

En fermant les yeux, je revoyais les paons en papier mâché. J'avais participé à la chaîne de montage des piñatas. Les cauchemars étaient revenus et je ne dormais pas bien ; j'avais cru pouvoir être utile. Nous n'avions pas réussi à fabriquer les cinq cents piñatas en dix jours – c'était un peu ambitieux – mais nous avions dépassé la moitié du chiffre fixé. La dernière cinquantaine, ou à peu de chose près, avait été la plus réussie, d'après les critères d'art populaire. À partir de ce moment-là, ayant déjà utilisé la moindre chute de papier crépon bleu sortie des greniers et des tiroirs de bureau de Grace, nous avions dû nous montrer inventives. Certaines découpèrent du jean. Mrs. Nuñez confectionna des ailes de paon à l'aide des pages de garde bleu indigo des douze volumes de l'*Encyclopédie Compton pour enfants*. Il est certain qu'il n'y en eut pas deux pareilles.

Je suai également sang et eau sur mes encarts polycopiés. Je n'avais rien d'un écrivain, si ce n'est par défaut. Viola me refusa son aide, disant que j'étais la seule qui ait fréquenté l'université et qu'il fallait donc que j'arrête de geindre. Je m'efforçai d'inclure tout ce qui faisait que Grace était ce qu'elle était : les sœurs qui avaient débarqué avec leurs paons ; leurs descendants aux yeux bleus qui avaient planté un éden de vergers aux jours idylliques antérieurs à l'avènement de Black Mountain ; les maisons aux couleurs de confettis et les rues en gradins – tout cela allait disparaître à cause d'une rivière empoisonnée. Et tout ça sur une page. Viola ne m'avait pas autorisée à en écrire plus long, prétendant que personne ne le lirait. Il y avait eu un certain débat sur le bien-fondé d'insérer la note *dans* la piñata, tel un message dans une bouteille. Je décrétai que les gens de la ville n'achetaient pas des œuvres d'art pour les étriper ; on me respecta en tant qu'experte en matière de population citadine. Si bien que mon modeste historique de Grace fut roulé, noué d'une faveur comme un diplôme, et introduit dans le bec de chacun des paons.

La seconde expédition à Tucson remplit deux charters de bus. Quelques maris et enfants se joignirent à l'action, ainsi que mes élèves. Je leur avais déclaré que c'était un projet prévu dans le cadre du cours. Je prévins Raymo que s'il vendait dix paons, je lui mettrais une bonne note. Mais je m'abstins d'y aller moi-même. Loyd avait demandé une semaine de repos et nous partions faire ce voyage qu'il projetait depuis toujours.

« Est-ce que tu ne dois pas t'arrêter quelque part pour vérifier tes coqs ? » Nous étions du côté de Whiteriver.

« Je n'ai pas de coqs.

– Non ? » J'étais incrédule. Je pensais qu'il avait simplement cessé d'assister aux combats en personne. « Tu ne vas pas me dire que tu les as vendus ?

– Collie Bluestone a en quelque sorte repris l'affaire.

– Tu pourrais donc recommencer si tu le voulais.

– Ben non. Il a déménagé à la réserve de Colorado River. Il les fait combattre là-bas, à Ehrenberg. »

C'était un peu plus affolant que si Loyd m'avait présenté une bague de diamants. « Mais je ne suis pas...

Enfin, qu'est-ce qui se passerait, Loyd, si ça ne marchait pas entre nous deux ? »

Il rétrograda pour franchir un bout de route défoncé. « Sans vouloir te blesser, Codi, je n'ai pas abandonné les combats de coqs pour t'impressionner. Je l'ai fait parce que tu avais raison.

– J'avais raison ?

– À propos de ce que tu as dit.

– Qu'est-ce que j'ai dit ? »

Il ne répondit pas. Je me souvenais vaguement de quelque chose à propos de perforations et d'hémorragie interne. Et du fait d'en faire un spectacle sportif. « Je n'arrive pas à croire que tu aies fait ça toute ta vie et qu'un beau jour tu arrêtes après que je t'ai fait une réflexion. Sans doute étais-tu déjà prêt à laisser tomber.

– Sans doute. »

Nous restâmes tous deux silencieux pendant un moment en traversant des étendues d'herbe et de sauge tuées par l'hiver. Deux chevaux noirs broutaient des arbustes hérissés dans un champ sans clôtures visibles.

« Ton frère et toi, vous étiez jumeaux, je crois ? » demandai-je à propos de rien.

Il hocha la tête. « De vrais jumeaux. Ça porte malheur. »

Je me mis à rire. « À la mère ?

– Non, au pueblo. Quand il y a une naissance de jumeaux, les gens disent que la saison sera sans pluie ou qu'il y aura une invasion de sauterelles ou une calamité de ce genre. Autrefois, il fallait laisser mourir les jumeaux.

– Les deux ? Il n'était pas possible d'en garder un et de laisser l'autre ?

– Ben non.

– Je n'imagine pas qu'une mère puisse faire ça », dis-je, bien qu'évidemment cela ne me parût pas inconcevable. J'avais probablement laissé mourir de faim mon propre enfant *in utero*, plutôt que de risquer un désastre annoncé.

« Il existe une histoire tewa à propos d'une mère qui aurait sorti en douce ses jumeaux du pueblo pour les confier à Grand-mère l'Araignée afin qu'elle les élève.

– Ah bon ? Tu vois bien, s'il existe une histoire pareille c'est que les gens savaient que c'était mal de les laisser mourir.

– Ils savaient que c'était difficile. Pas nécessairement mal. Quand nous étions méchants, Leander et moi, notre mère disait qu'elle était comme la pauvre Grand-mère l'Araignée coincée avec les Jumeaux de la Guerre.

– Vous étiez infernaux ?

– Simplement deux fois plus qu'un garçon normal. » Il eut un rire. « Les gens nous appelaient "Les doublement-insupportables". Nos sœurs s'adressaient à nous comme si nous ne formions qu'un. Elles disaient : "Il est parti à cheval" entre autres choses. Je crois que nous pensions n'être qu'une seule personne. Un garçon dans deux peaux.

– Hallie et moi ressentons parfois la même chose. »

J'aperçus deux croissants d'une eau transparente s'amasser sur le rebord inférieur des paupières de Loyd. « Tu n'es pas obligé de m'en parler, lui dis-je.

– Je ne parle jamais de lui. Parfois, il m'arrive même pendant un jour ou deux de ne plus penser à lui et je suis saisi d'angoisse à l'idée d'oublier qu'il ait jamais existé. »

Je posai la main sur la sienne, celle qui maniait le levier de vitesses. « Veux-tu que je conduise ? »

Il s'arrêta et coupa le moteur. Nous restâmes assis à regarder la neige heurter le pare-brise et se transformer en gouttes d'eau identiques. Puis il descendit de voiture. J'enfilai mes moufles et le suivis.

À l'extérieur régnait un calme invraisemblable. Nous avions grimpé un peu à ce moment-là et nous nous trouvions dans la forêt. Les flocons de neige sifflaient contre les aiguilles de pin. Jack était assis à l'arrière du camion et observait Loyd avec attention en exhalant des nuages de buée.

« Est-ce que je t'ai raconté comment j'en suis venu à garder Jack ? » me demanda Loyd.

Je réfléchis. « Non. Tu m'as dit comment tu avais recueilli sa mère et qu'elle avait eu des chiots. Tu ne m'as pas dit comment tu avais choisi Jack.

– C'est lui qui nous a choisis. » Loyd était appuyé contre le camion, les bras croisés sur la poitrine. Il avait l'air transi. « Papa voulait noyer toute la portée. Il les a mis dans un sac à ciment vide, l'a attaché solidement, puis il est parti en voiture jusqu'à la rivière pour les balancer dedans. Il ne savait pas ce qu'il faisait. Il était saoul comme une bourrique, je pense. Au retour, il est venu me chercher au travail et j'ai dit : "Papa, il y un chiot à l'arrière de la tire." Il s'était planqué dans un carton de joints coudés. La vieille guimbarde de papa était un vrai dépotoir sur roues ; on aurait pu trouver n'importe quoi là-dedans. Alors je lui ai demandé : "Où sont les autres ?" » La voix de Loyd se noua et il attendit une seconde, le temps de s'essuyer les yeux. « Je ne sais pas ce qui me prend. Dieu sait ce que j'aurais fait de sept corniauds de coyote. »

Dieu seul sait ce que j'aurais fait d'un bébé à seize ans, pensai-je. Ce n'est pas le côté pratique des choses qui nous heurte. Je m'adossai au camion à ses côtés et saisis sa main gauche entre mes paumes emmitouflées. Elle était comme une bouteille froide. « Alors, qu'est-ce qui s'est passé ? Pourquoi as-tu perdu Leander ?

– Pourquoi ? » Il leva les yeux au ciel. « Parce que nous avons quitté le pueblo. Nous étions comme les jumeaux de la Guerre, j'imagine. Intenables pour ma mère. Nos sœurs étaient toutes plus âgées et avaient leurs enfants à elles, à l'époque. Et les gens trouvaient qu'il fallait que des garçons voient un peu le monde. Que nous soyons avec notre père. Il était à Whiteriver depuis au moins aussi longtemps que nous en avions le souvenir. Si nous étions restés là-haut, à Santa Rosalia, ça aurait marché, mais nous sommes arrivés ici et Leander a commencé à avoir des embêtements. Il n'y avait personne pour nous surveiller. Papa n'était pas fichu de s'occuper de lui-même.

– Oui, on dirait bien, dis-je.

– Tout le monde a toujours dit que Leander était mort à force de boire, il n'avait pas quinze ans. Il n'avait pas l'âge d'aller se commander une bière. Tout le monde oublie que ce n'était qu'un gosse. On buvait un peu, mais je ne crois pas qu'il avait bu la nuit où il est mort. Il y a eu une bagarre dans un bar.

– Il est mort de quoi, tu penses ?

– De perforations. D'une hémorragie interne. »

Je roulai à travers la forêt de sapins, attentive à la route lisse, en pensant de temps à autre à Hallie. Loyd resta silencieux mais il reprit le volant quand nous descendîmes dans la réserve navajo. Il me montra du doigt les zones qui avaient été broutées à l'excès. « Ça paraît grand comme le monde, mais ce n'est tout de même qu'une réserve, dit-il. Il y a des clôtures et un mouton est incapable de les franchir. »

Tandis que le crépuscule nous enveloppait, le paysage se transformait en un mystérieux désert uniforme, surveillé par des divinités de grès rouge. Nous avions quitté la neige désormais. Les collines étaient rayées de roses et de rouges qui s'assombrissaient à mesure que nous roulions vers le nord et que le soleil dérivait vers l'ouest. Il faisait noir quand nous quittâmes la grand-route pour prendre une route défoncée dans l'embouchure du cañon de Chelly. Nous dépassâmes plusieurs panneaux signalant que le fond du cañon était une terre de la tribu navajo où seules étaient admises les personnes autorisées. Le troisième panneau qui brilla sévèrement dans les phares annonçait : TROISIÈME ET DERNIER AVERTISSEMENT.

« Est-ce qu'on a le droit de pénétrer ici ?

– Cramponne-toi à moi. Je peux t'emmener dans tous les meilleurs coins. »

En bas, dans le cañon, nous fûmes passablement malmenés sur une mauvaise route pendant une heure en suivant le cours d'une rivière peu profonde. La lune restait invisible et je perdis tout le sens de l'orientation que j'avais pu avoir quand le soleil était encore présent. J'étais épuisée mais aussi, pour la première fois depuis des semaines, je sentais une torpeur, cette rare et délicieuse liqueur, imprégner mon corps comme un papier buvard. Je faillis presque m'endormir assise. Je dodelinais de la tête tandis que nous franchissions et refranchissions la rivière gelée et que nous escaladions ses berges irrégulières. Finalement, nous nous arrêtâmes et dormîmes à l'arrière du pick-up, emballés comme des momies jumelles dans une épaisse couche de couvertures. Nous nous tournions avec précaution en nous serrant l'un contre l'autre pour nous tenir au chaud. À l'extérieur des couvertures, nos lèvres et nos nez étaient comme des morceaux de silex produisant des étincelles dans l'air glacé.

« Ce n'est pas juste, tu as Jack de ton côté, murmurai-je.

– Jack, passe de l'autre côté, mon garçon », ordonna Loyd. Jack se leva et enjamba le cocon qui nous renfermait, en posant délicatement les pattes sur nos poitrines. Il tourna un peu sur lui-même dans le semblant d'espace derrière moi, puis se laissa tomber dans un grognement et se blottit contre mon dos. Dans les minutes qui suivirent, je sentis un supplément de chaleur et je sombrai dans une inconscience tombée du ciel.

Au matin une fine couche de sucre glace neigeux était tombée, recouvrant légèrement les rochers. Devant nous, le cañon formait une fourche ; du lit de la rivière une flèche de rocher rouge s'élevait à trois cent cinquante mètres dans l'atmosphère. Des nuages bas, ou un brouillard élevé, en caressaient le sommet. Je retins mon souffle. Contempler un tel rocher me donnait le vertige. Loyd s'était garé de façon que ce soit la première chose que je verrais : Spider Rock – le rocher de l'Araignée.

Les parois du cañon s'élevaient à pic de part et d'autre de nous, dans une gamme de tons allant de l'orange du coucher de soleil au rouille sombre, tacheté de violet. Le grès avait été sculpté par les périodes glaciaires et poli par des éternités de vents abrasifs du désert. Les lieux n'inspiraient pas tant des sentiments religieux qu'ils semblaient être l'incarnation de la religion elle-même.

Habillée prestement, j'explorai les alentours, impressionnée comme une enfant, la tête constamment renversée en arrière. « Ça n'a rien d'une araignée, dis-je, à propos du rocher. Ça ressemble à une flèche d'église.

– Il tire son nom de la Femme Araignée. Elle a vécu ici il y a très longtemps. Un jour, elle a pris au lasso deux femmes navajos dans sa toile et les a attirées là-haut pour leur apprendre à tisser des tapis. »

L'idée de me tenir au sommet de ce rocher, et plus encore d'avoir à apprendre quoi que ce soit là-haut me donna des frissons. « Est-ce la même Grand-mère Araignée qui élevait les jumeaux ? »

Je m'attendais que Loyd fût impressionné par ma mémoire, mais il se contenta d'acquiescer d'un hochement de tête. « C'était une histoire pueblo et ceci est une histoire navajo, mais c'est la même femme araignée. Tout le monde s'accorde sur le principal. »

J'abritai mes yeux et regardai au fond du cañon. Ses étranglements ouvraient des fenêtres sur ses espaces plus vastes. Des contreforts géants de rocher s'étendaient depuis les parois du cañon tels des navires entiers aux noueuses figures de proue. Certaines d'entre elles, détachées du rocher mère par l'érosion se dressaient, solitaires, pareilles à des flèches sculptées. Là où le cañon se rétrécissait, les contreforts rocheux alternaient en chicanes, de sorte que la rivière devait faire du slalom pour les contourner. Le pick-up crissait sur des bancs glacés et traversait les tunnels de cristal des branches de peupliers couvertes de glace. Nous passâmes devant une hutte ronde au toit de tuiles, dont le tuyau de cheminée laissait échapper un filet de fumée. Un cheval errait à l'aventure, poussant du museau les feuilles gelées.

À plusieurs reprises, Loyd s'arrêta pour me montrer d'antiques images gravées dans le rocher. Souvent par groupes, comme pour se protéger de la solitude, aurait-on dit, au milieu de cette vaste étendue minérale. Il y avait des antilopes, des serpents et des canards à la file comme dans un stand de tir à la foire. Et des hommes : curieusement bossus comme des tortues, les bras étendus et les doigts écartés comme s'ils se rendaient ou étaient frappés de surprise. Les pétroglyphes ajoutés au cours de siècles plus récents révélaient des cavaliers plus sveltes, plus assurés sur leurs montures. L'avancée humaine semblait surtout consister à surmonter le choc initial de l'existence.

Nous finîmes par nous arrêter dans une alcôve de rocher abritée, où la neige n'était pas tombée. Les parois se rejoignaient à l'intérieur au-dessus de nos têtes et de longues traînées sombres semblables à des taches de rouille couraient parallèlement le long de la falaise selon un angle inhabituel. Lorsque je levais les yeux, je perdais tout sens de gravité. Sous mes pieds, le sol était constitué de sable rouge, fin et doux, fruit de l'usure de la roche. Si la rivière était montée jusqu'ici, la boue aurait été rouge. Loyd me tenant par les épaules, dirigea mon regard vers la paroi opposée, au tiers de sa hauteur. Face au soleil matinal, il y avait un village bâti dans la falaise. C'était comme à Kinishba, les mêmes appartements aux étages multiples et à la maçonnerie incroyablement méticuleuse. Les murs étaient façonnés de manière à épouser l'ouverture arrondie de la falaise, et les pierres étaient taillées dans la même roche rouge que celle qui leur servait de fondation. Je repensai à ce que Loyd m'avait dit à propos de l'architecture pueblo qui avait pour objet de construire une structure que la terre pouvait enserrer. Cela paraissait plus qu'enserré. Cela me rappelait les nids des hirondelles de falaise, les nids enduits de boue ou bien encore les jardins de cristal jaillis de leur propre matrice : des constructions parfaites de la nature.

« Des appartements préhistoriques », dis-je.

Loyd approuva d'un signe de tête. « Construits par le même peuple, mais plus ancien. Ils étaient là alors que les petits copains de Christophe Colomb en étaient encore à frotter deux bouts de bois l'un contre l'autre.

– Comment sont-ils parvenus à grimper jusque-là ? »

Loyd me montra du doigt une faille qui partait en zigzag depuis l'éboulis de la pente jusqu'au rebord où était perché le village. Par endroits, la crevasse ne dépassait pas trois centimètres de profondeur. « Ils étaient plutôt bons grimpeurs », dit-il. Loyd maniait l'art de l'euphémisme.

Il n'y avait pas un bruit, en dehors de l'occasionnel éboulement d'un peu de caillasse qui produisait un écho. « De quoi avaient-ils peur ? demandai-je à voix basse.

– Je l'ignore. Peut-être n'avaient-ils pas peur. Peut-être appréciaient-ils la vue. »

Les ouvertures étaient aménagées à hauteur de sorte qu'il fallait faire une certaine gymnastique pour en sortir. Manifestement prévues pour protéger les enfants. « Ça flanque la trouille, non ? L'idée d'élever des enfants dans un endroit où la cour se termine sur un précipice de soixante-dix mètres ?

– Pas pire que d'élever des gosses là où la cour se termine sur une autoroute.

– Tu as raison. Ce n'est pas pire. Et c'est plus calme. Il y a moins de monoxyde de carbone.

– Alors, ça t'arrive d'y penser ? dit Loyd.

– De penser à quoi ?

– À devenir mère. »

Je lui jetai un coup d'œil et envisageai plusieurs réponses possibles. « En permanence », et « jamais » semblaient également appropriés. Parfois j'avais envie de dire : « Ça a failli t'arriver, Loyd, nous avons eu un bébé ensemble et il est mort. » Mais je ne le disais pas. Cela faisait partie de mon passé, pas du sien.

« Bien sûr que j'y pense, dis-je, ayant besoin de me libérer de la sensation d'étouffement qui me pesait sur la poitrine. Mais je pense aussi à bricoler les fils d'une Porsche pour rouler jusqu'à Mexico. »

Il éclata de rire. « Seul l'un des deux est légal, à ma connaissance. »

Je fus tentée de grimper jusqu'au village de la falaise, mais Loyd m'expliqua que nous nous fracasserions le crâne, et qu'en outre, nous n'étions pas censés déranger les antiquités.

« Je croyais que tu enfreignais toutes les règles », dis-je, tandis que nous remontions dans le pick-up et avancions dans le cañon.

Il eut l'air surpris. « Quelles règles est-ce que j'ai enfreintes ?

– Les Navajos sont les seuls admis, pour commencer. Nous ne sommes même pas censés être ici.

– Nous sommes les invités autorisés de Maxine Shorty, du clan des Rivières-Qui-Se-Rejoignent.

– Elle habite ici ?

– Pas en ce moment. Presque tout le monde emmène ses moutons hiverner là-haut, mais les fermes sont en bas. Leander et moi y avons passé presque tous les étés jusqu'à l'âge de treize ans.

– Ah ? Et qu'est-ce que vous y faisiez ?

– On travaillait. Je te montrerai.

– Qui est Maxine Shorty ?

– Ma tante. J'aimerais que tu la rencontres mais elle est descendue à Window Rocks pour les vacances. »

Loyd était plein d'inattendu. « Je ne réussirai jamais à bien comprendre ta famille. Comment se fait-il que tu aies une tante navajo ? Les Navajos et les Pueblos ne forment-ils qu'une seule et unique grande tribu ? »

Loyd fut pratiquement pris d'une crise de fou rire. Je me dis que cet ancien amateur de combats de coqs, ce paysan d'Apache, devait parfois trouver que j'avais la tête remarquablement dure. « Le peuple pueblo a de tout temps vécu ici, m'expliqua-t-il patiemment. Ils continuent à construire des habitations exactement comme celles-ci – les Pueblos du Rio Grande, les Zuñi, les Hopis Mesa. Plus dans les falaises, mais autrement, exactement de la même façon. Ce sont à peu près les seuls Indiens qui n'aient pas été déplacés de leur territoire sur celui de quelqu'un d'autre.

– Et les Navajos ?

– Les Navajos et les Apaches forment un groupe qui est descendu du Canada, il n'y a pas si longtemps. Quelques centaines d'années peut-être. Ils cherchaient un pays plus chaud.

– Et c'est maintenant devenu une terre de la tribu navajo parce que… ?

– Parce que le gouvernement américain la lui a officiellement donnée. C'est pas gentil, ça ? Dommage qu'il lui ait pas fait cadeau du Golden Gate Bridge pendant qu'il y était. »

Le pick-up faisait crisser le sable gelé. « De sorte que les Pueblos sont des sédentaires et les Navajos et les Apaches des vagabonds.

– On peut sans doute voir ça comme ça.

– Et toi, tu es quoi ?

– Pueblo. » Il n'y eut aucune hésitation. « Qu'est-ce que tu es, toi ?

– Je n'en ai aucune idée. Ma mère venait d'un coin de l'Illinois, et Doc Homer refuse d'admettre qu'il vienne d'où que ce soit. Je ne me souviens pas de la moitié des choses qui me sont arrivées avant l'âge de quinze ans. Je pense que je ne suis rien. Je suis de la tribu des Riens.

– Sédentaire ou vagabonde ? »

Je ris. « Une fois, Emelina m'a traitée de "briseuse de ménages". Plutôt non, qu'est-ce qu'elle a dit, déjà ? De "célibataire endurcie". »

Cela ne le fit pas réagir.

« Alors comment se fait-il que tu aies une tante navajo ? demandai-je de nouveau.

– De la façon habituelle. Le frère de ma mère l'a épousée. Les hommes pueblos doivent se marier en dehors du clan et parfois ils quittent le village. La terre reste du côté des femmes. C'est pourquoi mon oncle est venu ici. »

La ferme de Maxine Shorty, qu'elle avait héritée de sa mère et qu'elle transmettrait à ses filles, formait un triangle bordé par la rivière et les parois d'un petit cañon. Nous nous garâmes le long d'une rangée de peupliers près de la rivière et marchâmes sur le chaume gelé d'un champ de maïs. Un morne épouvantail montait la garde. Il me vint à l'esprit que la stérilité d'une ferme en hiver était trompeuse ; tout était là, tout était encore fertile, exactement comme les arbres conservaient leur identité à travers leur forme et leur masse de ramilles dénudées par l'hiver.

« Est-ce que ça a beaucoup changé ? »

Je croyais plaisanter, je ne voyais en effet rien qui puisse avoir changé, mais Loyd regardait attentivement autour de lui. « Ces minces petits peupliers ont poussé le long du cours d'eau. Et il y a un gros rocher sur cette pente, tu vois, celle qui est rayée de sombre ? Il était là-haut, autrefois. » Il tendit le doigt vers un point de la paroi du cañon qui n'était visible que de lui, et d'où s'était détaché le rocher. La plupart des hommes, pensai-je, ne connaissent pas aussi bien le mobilier de leurs foyers.

« Alors, qu'est-ce que tu faisais ici ?

– On bossait comme des fous. On désherbait, on cueillait le maïs, on cultivait des haricots et des pastèques. Et on a dû transporter pas mal d'eau les mauvaises années.

– Ces pêchers, ils étaient là ? » demandai-je. Un vieux verger occupait la partie supérieure escarpée de la terre.

« Ils sont plus vieux que ma tante. Les pêchers remontent à loin. Ils plantaient des vergers là-bas, il y a trois cents ans.

– Un cañon planté de fruitiers, comme à Grace. »

Il inspectait méticuleusement les arbres, l'un après l'autre : la base des branches, les troncs, le bout des ramilles. J'ignorais ce qu'il cherchait, et ne le lui demandai pas. Cela ressemblait à quelque attribution familiale. Sur cette terre, Loyd semblait agir en homme chargé de famille.

« Et est-ce que les gens qui vivaient là-haut dans les falaises cultivaient aussi le maïs et les haricots ?

– Exact.

– Alors comment se fait-il que ce cañon soit resté productif pendant plus d'un millier d'années et que nous ne soyons même pas fichus, à Grace, de vivre sans tout bousiller ? »

C'était presque une question rhétorique mais Loyd y réfléchit longuement tandis qu'il me menait le long d'un sentier qui remontait la pente au fond de l'étroit cañon.

« Je connais la réponse à ça, dit-il pour finir. Mais je ne parviens pas à la formuler. Il faudra que je te montre. Pas ici. Plus tard. »

Je me sentis tristement déçue, bien que cela fût plus près d'une véritable promesse de révélation que ce que j'avais pu obtenir d'une observation des sourcils de Carlo pendant neuf ans. Je saurais attendre jusqu'à « plus tard ».

Au sommet de la pente, il y avait un autre campement, celui-ci constitué surtout de murs en ruine. Le plan au sol en était clair. Il était intéressant de voir que les portes étaient toutes en enfilade, de façon, j'imagine, que la lumière pénètre à l'intérieur.

« Une fois, j'ai trouvé une poterie intacte ici, dit Loyd. Elle est chez ma mère. » Il baissa la voix. « Ne le répète à aucun Navajo, on jetterait maman en prison.

– Tu la lui as rapportée à la fin de l'été, c'est ça ? En cadeau. Et elle la conserve encore précieusement. »

Il eut un sourire légèrement empreint de timidité. L'image d'un Loyd de dix ans menaçait de me tirer quelques larmes. J'avais passé ma vie à observer les rituels mère-enfant à travers les fenêtres.

« Alors tu jouais ici quand tu étais petit ?

– Ouais. C'était notre fortin, à Leander et à moi.

– Aux cow-boys et aux Indiens, c'est ça ?

– Aux bons et aux méchants Indiens.

– Lequel étais-tu ?

– Personne n'est capable d'être gentil tout le temps. Ni méchant tout le temps. C'était à chacun son tour. »

Il me fit grimper par-dessus un ou deux murs effondrés à la base de la falaise et s'agenouilla. Je posai les yeux là où il pointait le doigt. Soigneusement imprimés parmi un assortiment de pétroglyphes anciens, il y en avaient deux récents : les contours de la main gauche de deux petits garçons, simplement touchants, parfaitement assortis.

Nous traversâmes le haut désert de Chinle jusqu'à Ship Rock, au Nouveau-Mexique et nous poussâmes jusqu'aux monts Jemez. Le vent cinglait les vitres et nous nous réchauffions les mains aux ouvertures de ventilation du chauffage en parlant de tout et de n'importe quoi. Loyd me raconta son mariage avec Cissie Ramon qui, dit-il, était bruyante et petite. Elle raffolait des combats de coqs, des hommes, et des couleurs de vernis à ongles extraordinaires, comme le vert. Il l'avait trouvée exotique, alors qu'elle était simplement fofolle – c'était toute la différence. Elle l'avait laissé tomber.

Il préférait de beaucoup me parler de son travail dans le champ de pacaniers de sa tante, à Grace. Cette tante, c'était Sonia, la sœur de sa mère. Elle avait épousé un Pueblo de son village mais s'était installée avec lui à Grace lorsque Black Mountain avait recruté des Amérindiens pour ses mines pendant la Seconde Guerre mondiale. Sonia et son mari y avaient planté des arbres fruitiers en pensant que celle-ci durerait au moins vingt ans, ce qui n'arriva pas, mais ils s'étaient toutefois sentis obligés de rester à Grace, ne serait-ce que pour le bien des vergers.

Ç'avait été une tout autre affaire que de cultiver dans le cañon de Chelly, dit Loyd. Sonia avait commencé comme récolteuse à bail avant de planter sa propre culture de pacaniers et elle avait acquis des techniques modernes de cueillette. La récolte débutait habituellement en octobre et se poursuivait jusqu'à la Thanksgiving. Pour détacher les noix des arbres, on se servait d'une machine appelée vibreur.

« Je me souviens qu'on secouait les branches à coups de bâton quand j'étais petite, dis-je.

– Nous, non, nous étions super-équipés. Après le vibreur, venait la ramasseuse, qui est une grosse machine munie d'un collecteur par aspiration que l'on passe entre les rangées d'arbres. Ça ramasse tout et ça expulse les brindilles et les feuilles par l'arrière, tandis que les pacanes et les cailloux tombent dans un panier en dessous. Les trous laissent encore passer beaucoup de déchets en même temps que les coques au fur et à mesure que la machine roule, et l'idée c'est de finir par ne retenir que les pacanes. Mais en réalité, on récolte autant de noix que de mottes de terre et de cailloux de la même taille.

– Alors tu as eu l'occasion de piloter ces grosses machines ?

– Eh non. La plupart du temps, je devais enlever les cailloux et les mottes de terre de sur le tapis roulant. Je crois que c'est le boulot le plus intéressant que j'aie eu à faire. Le plus dur mais le plus intéressant, parce que j'ai appris sur le tas. J'ai cessé de penser tout le temps à moi et me suis mis à penser à autre chose, même si ce n'était qu'à ces sacrées pacanes. »

J'en tirai la conclusion que si Loyd employait le pronom singulier, c'est que Leander était mort à l'époque. Lentement, je reconstituais le puzzle de sa vie, et ce n'était pas l'histoire du pauvre petit vagabond que j'avais imaginée. Je crois que j'aurais préféré le voir comme un compagnon d'infortune. Pourtant, partout où il était allé, il avait été avec de la famille.

« Combien de temps Grace survivra-t-elle sans la rivière ? demandai-je.

– Deux ou trois ans peut-être. Les vieux vergers dureront plus longtemps parce que leurs racines sont plus profondes. » Il me lança un coup d'œil. « Savais-tu que je possédais un verger ?

– Non. À Grace ?

– Oui. Pas ceux avec les pacaniers, ceux-là ils appartiennent à mes cousins, mais tía Sonia me laisse les pêchers. J'ai toujours travaillé dans les arbres fruitiers, à empêcher les oiseaux et les écureuils de s'attaquer aux fruits.

– Comment fais-tu ?

– Eh bien, la meilleure façon c'est de les tuer. »

Je ris.

« Qu'est-ce qu'il y a de drôle à ça ?

– Je n'en sais rien. » Je regardais fixement à travers le pare-brise. Au loin, Ship Rock flottait comme un vaisseau fantôme sur la plaine enneigée. « Si bien que tu possèdes un verger moribond à ton nom. Ta tante Sonia est retournée à Santa Rosalia, si j'ai bien compris ?

– Oui. Mais le verger ne m'appartiendra que si j'ai des enfants.

– Ça ne me paraît pas juste.

– Si, c'est logique. Quand tu fondes une famille, tu as besoin d'arbres. » Il marqua une pause, avec précaution, me sembla-t-il, et réorienta la conversation. « Quel métier as-tu appris ? »

Je réfléchis un moment. « Peut-être que je n'en ai pas encore. »

Il sourit. « Tu as fait des études de médecine, c'est ça ? Que tu as presque terminées. Ça ne doit pas être tellement facile.

– Quand cela a cessé d'être facile, j'ai laissé tomber.

– Alors qu'est-ce que tu faisais à Tucson, avant de revenir à Grace ?

– Tu veux vraiment le savoir ? Caissière dans un 7-Eleven.

– Bigre. Et moi qui pensais que tu étais trop bien pour sortir avec un conducteur de locomotive. Et quoi d'autre avant ça ?

– Tu veux le savoir ?

– Oui, bien sûr.

– J'ai fait de la recherche médicale à la Clinique Mayo dans le Minnesota.

– Ouah ! Vraiment ?

– Oui. C'est là que je vivais il y a deux ans quand j'ai découvert que Doc Homer était malade.

– Et avant ça ? »

Je renversai la tête en arrière, les yeux rivés au plafond de la voiture. « Alors là, il est inutile que tu le saches.

– Tu étais présidente des États-Unis.

– Cherche un peu plus.

– Tu trafiquais les fils des Porsche. »

Je me mis à rire. « La chose la plus importante que j'aie volée ç'a été un homard congelé pour l'anniversaire de mon petit ami. Je travaillais dans un magasin de surgelés et je crois que j'avais envie de me faire virer. Ça te paraît idiot ?

– Oui, je trouve ça idiot. C'est arrivé avant la Clinique Mayo ?

– Ça, plus diverses petites choses bizarres. Quelques travaux de recherches futiles entre-temps. Fais-moi confiance, je ne mets jamais tout sur mon curriculum.

– Et quel est celui que tu ne mentionnes jamais ? Celui dont tu essayes de ne pas me parler ?

– Pendant quelques années, j'ai vécu à l'étranger.

– Non, tu plaisantes. Tu as pris l'avion ? J'aimerais tellement aller quelque part en avion.

– Prendre l'avion, ça va », dis-je. En réalité, je mourais de peur. C'est la seule chose que je savais avoir de commun avec ma mère qui avait carrément refusé de le faire, là, à la fin. Dans ma vie personnelle, je m'en sortais par un déni obstiné. J'avais traversé deux fois l'Atlantique sans même vérifier s'il y avait un gilet de sauvetage sous mon siège ; surnager me paraissait hors de propos. Ah ça, oui, je prenais l'avion comme un oiseau qui vole.

« Bon d'accord, mais qu'est-ce que tu faisais à l'étranger ? »

Je lui jetai un rapide coup d'œil. « J'étais la petite amie de Carlo, mon petit ami. Dans l'île de Crète. »

Il parut amusé.

« Quoi ? Tu ne vas pas me dire que tu entretenais la maison et que tu faisais de la pâtisserie ?

– Si. D'une certaine façon. Quelquefois, je donnais un coup de main à la clinique. Une fois, j'ai réparé un mouton qui s'était cassé une patte. Mais la plupart du temps j'étais femme au foyer.

– Alors, quoi, tu faisais tes courses en bikini ? »

Je ris. « Ce n'est pas exactement le genre de cette île. Tu sais où elle se situe, non ? Entre la Grèce et l'Égypte. Les femmes portent des robes de laine noire et des crucifix de la taille d'un bouchon de radiateur de voiture. Tu vois le tableau ? »

Il hocha la tête.

« Le principal cadeau que l'on fait à un nouveau-né mâle, c'est un couteau d'argent que l'on présente à la cérémonie où les parrain et marraine dressent la liste de tous les ennemis de la famille depuis Adam et Ève.

– Ça te plaisait bien, non ? »

J'ôtai mon manteau. L'atmosphère avait fini par se réchauffer. « Eh bien, c'était intéressant. C'était quelque part où aller. C'était comme de visiter un autre siècle, à vrai dire. Mais je me suis sentie totalement étrangère. » Je fermai les yeux, luttant contre une douleur ancienne.

« Qu'est-ce que tu veux dire par là ?

– Je suis assez bonne en langues mais je n'ai jamais réussi à trouver le truc pour m'intégrer. Nulle part, mais surtout pas là.

– Pourquoi penses-tu que tu ne peux pas t'intégrer ? Donne-moi un exemple. »

Il était manifeste que j'avais toujours été une étrangeté à Grace, alors pourquoi pas en Crète ? « Eh bien, la première fois que je suis entrée dans une boulangerie, j'ai demandé un *psoli*. Le mot pour dire le pain, c'est *psomi*. Un *psoli*, c'est un pénis. »

Loyd éclata de rire. « N'importe qui serait capable de faire la faute.

– Pas plus d'une fois, je te promets.

– Eh bien, tu étais une étrangère, après tout. Les gens s'attendaient à ce que tu dises de drôles de choses.

– Mais c'est tous les jours que je disais quelque chose de travers. Ils avaient des règles compliquées à propos de qui devait parler à qui et de ce que tu pouvais dire et qui devait le dire en premier. Il y avait, par exemple, toutes ces choses que tu étais censé faire pour éviter le mauvais œil.

– Comment fait-on ? demanda-t-il.

– Tu portes ce petit talisman qui ressemble à une pupille bleue. Mais le plus important, c'est de ne jamais rien mentionner dont tu sois fier. C'est une erreur très grave que de faire un compliment à quelqu'un, car tu attires ainsi le mauvais œil sur lui. Alors, tu racontes tout le contraire. Quand deux mères se croisent en chemin avec leurs bébés, l'une dit : “Qu'il est laid ce petit !” L'autre répond : “Et le vôtre donc !” »

Loyd éclata d'un merveilleux rire sonore qui me fit repenser à Fenton Lee au lycée. Celui qui était mort dans un accident de train.

« Je te jure que c'est vrai.

– Je te crois. C'est drôle de découvrir comment sont les gens. Ceux de Grace font ça aussi d'une certaine façon. Tu les complimentes sur quelque chose et ils te répondent : "Oh, non, c'est un truc que j'ai depuis longtemps." Nous avons tous peur d'être trop contents de ce que nous possédons, de crainte qu'on le remarque et qu'on nous le prenne. » Il allongea le bras et caressa le dessous de mon bras, du coude jusqu'en haut. « Comme toi, Codi. Tu fais exactement la même chose. Tu es terrifiée de revendiquer ce que tu aimes.

– Tu trouves ? » J'étais tentée de croire tout ce que me disait Loyd. Parler avec lui c'était comme de me parler à moi-même, mais avec plus d'honnêteté. Emelina me demandait toujours comment c'était de vivre à l'étranger et je savais qu'elle aurait adoré l'histoire du pénis, mais je ne lui avais jamais dit grand-chose à propos de la Crète. Je craignais qu'elle ne me vît davantage en porte à faux par rapport à Grace que je ne l'étais déjà. Mais Loyd ne portait pas ce genre de jugement. J'aurais pu lui raconter que j'avais vécu sur Neptune, il m'aurait dit : « Mmum ? C'était comment là-bas, froid ? »

Dans les monts Jemez, nous roulâmes au sommet d'un versant qui ressemblait à un ancien volcan, énorme. Un noyau de granit cannelé saillait hors du cratère et des sillons noirs de coulées de lave tortueuses couraient comme des varices le long de ses flancs. La neige était profonde et la route verglacée. Nous avançâmes péniblement, puis nous nous arrêtâmes. Loyd sortit du pick-up et entreprit de descendre la berge donnant sur un ruisseau gelé qui coupait entre la route et le flanc abrupt de la montagne.

« Tu es fou ! m'écriai-je.

– Allez, viens. » Il agitait la main énergiquement.

« Pourquoi est-ce que je te suivrais là-dedans ? m'enquis-je en le suivant aussi rapidement que je le pus.

– C'est une surprise. »

Le coucher de soleil était proche, la température autour ou au-dessous de zéro, et Loyd ne portait même pas de veste. Je dérapai plusieurs fois à sa suite, puis nous glissâmes tous deux carrément jusqu'en bas de la colline sur le dos. Nous glissions, non sur de la neige mais sur un flanc de colline constitué de curieux cailloux ronds. J'en ramassai une poignée dans ma moufle et les lançai en l'air. C'était poreux et sans poids comme des billes de polystyrène. « Qu'est-ce que c'est que cette matière ? » demandai-je, mais Loyd était déjà en train de franchir un tronc d'arbre au-dessus du ruisseau gelé. Je grimpai tant bien que mal derrière lui jusqu'en haut du versant boisé de l'autre côté. Je me frayai un chemin entre les rochers, m'agrippant aux racines et aux troncs d'arbres pour me hisser. À mi-hauteur, je dus faire une halte, arrimée à un sapin, à bout de souffle. L'air froid me cisaillait les poumons et je battais furieusement des paupières, persuadée que l'eau que j'avais dans les yeux allait geler.

« C'est l'altitude », dis-je en gémissant. Loyd me saisit par la main et me tira doucement vers le haut. Soudain, voilà que nous longions un cours d'eau qui, curieusement, n'avait pas gelé et était bordé de plantes luxuriantes aux feuilles d'un vert brillant qui se détachaient sur la neige. Je n'avais jamais vu pareil spectacle, à part dans des tableaux illustrant d'improbables paysages oniriques. Loyd, qui était repassé devant moi, s'affairait maintenant à enlever sa chemise. Je me demandai si je n'étais pas, après tout, au milieu de l'un de mes rêves étranges et si je ne serais pas bientôt en train de chercher mon bébé mort sous le feuillage qui bordait le cours d'eau.

J'escaladai le sommet d'un gros rocher ; Loyd se tenait là, tout nu, souriant, telle une apparition baignée de vapeur. Il se laissa glisser dans le bassin bleu à la base du rocher. Je tâtai l'eau fumante qui me brûla agréablement le bout des doigts. Je me déshabillai plus vite que je ne l'avais probablement jamais fait dans mon existence, et je m'immergeai dans l'eau jusqu'aux yeux.

Le soleil se couchait. Vénus ouvrait l'œil à l'horizon. De là où nous étions assis, nous pouvions voir la chaîne de Jemez et le fond de la vallée à soixante-quinze kilomètres au sud, ses buttes, ses mesas encore éclairées par un soleil lointain. Lorsque nos corps devinrent rouges, nous nous mîmes debout un instant parmi les rochers couverts de neige en poussant des cris, et la vapeur monta de nos bras levés comme des cheminées de bateaux.

Loyd me demanda : « Alors, comme ça je suis fou ? »

J'allongeai les jambes sur le fond sableux de la cuvette jusqu'à ce que mes doigts de pied rencontrent les siens. La chaleur détendait tous les muscles, les tendons et réflexes de mon corps, ainsi que la plupart de ceux que j'avais dans la tête. Ce bonheur était du genre à attirer le mauvais œil. « As-tu encore d'autres surprises en réserve, demandai-je. Ou bien est-ce la dernière ?

– J'en ai encore quelques-unes. »

Il se précipita et me souleva du sable, soutenant à deux mains le creux de mes reins et mon corps qui flottait. « Mais je ne les dévoile pas toutes à la fois, dit-il. Seulement une demi-douzaine par an. »

Je comptai sur mes doigts : Kinishba. Spider Rock, la maison de la falaise et la ferme de Maxine Shorty. Et ces sources chaudes volcaniques. Je ne savais pas si je devais compter les combats de coqs ou non. Qu'il ait pu les abandonner, ça il fallait que je le compte. « Alors, j'ai déjà épuisé ma demi-douzaine », dis-je.

Il me souleva légèrement hors de l'eau et m'embrassa les côtes une par une. « Si tu ne restes que pour un an. C'est la règle.

– C'est du chantage.

– Il faut ce qu'il faut. » Il m'embrassa sur le nombril et sur le mont humide de mon pubis.

Le dessus de mon corps était très froid et le dessous, très chaud. Quelque part, au milieu, du côté de mon cœur, j'étais totalement bien. J'ouvris les yeux et vis des constellations dont les noms ne concernaient qu'elles. « As-tu jamais été amoureux de ma sœur ? » lui demandai-je.

Il me regarda bizarrement.

« Ce n'est qu'une plaisanterie. Tous les hommes avec qui je suis sortie sont, semble-t-il, tombés vraiment amoureux de Hallie.

– Je ne revois plus très bien ta sœur. Elle est plus petite que toi, c'est bien ça ? »

Je piquai légèrement du menton, dissimulant un sourire dans l'eau. À cet instant, j'aurais signé pour la vie.

Le jour où nous étions partis de Grace, il y avait eu quatre lettres « Par avion » à la poste restante. Ces derniers temps, les lettres de Hallie arrivaient quelquefois par paquets, en raison de la succession de relais des services postaux entre Chinandega et Grace. Mais je les économisais et n'en lisais qu'une par jour. Cela contribuait à entretenir l'idée agréable, mais fausse, qu'elle était constamment disponible pour moi et le serait encore le lendemain.

Le quatrième jour de notre escapade tombait la veille de Noël. Le matin tandis que nous redescendions de Jemez en voiture, avant d'arriver à Santa Rosalia, j'avais posé les quatre lettres sur le tableau de bord dans l'ordre de succession des tampons afin de passer une dernière heure avec ma sœur.

Je relus les anciennes avant d'ouvrir la quatrième. La semaine de Hallie avait connu des hauts et des bas fortement contrastés. Le mardi, elle était pratiquement folle de joie car le gouvernement avait remporté un franc succès lors de la rencontre nationale sur la question des pesticides. L'Amérique centrale était devenue une poubelle de produits chimiques agricoles, disait-elle, en raison des économies agricoles affectées par la guerre et du dumping des pays nantis. Dans les années 70, quand le Nicaragua était sous la coupe des marines américains et de Somoza, le pays avait été le premier consommateur mondial de DDT. Mais il semblait que le Nicaragua nouvelle manière (*notre* gouvernement, comme elle l'appelait) prévoyait d'assumer la responsabilité de ses poisons. Hallie faisait également mention du retour de son ami Julio à Chinandega, après une mission d'alphabétisation près de la côte atlantique. Je ne trouvai rien à lire entre les lignes.

Le mercredi, un enfant était arrivé en catastrophe et dans un état critique du village de San Manuel à la clinique de Chinandega, parce que quelqu'un avait rempli une bouteille de Coca d'herbicide de contact.

Le jeudi, elle exprimait une satisfaction amère. Cinq contras, qui organisaient une expédition secrète de sabotage sur une centrale hydroélectrique, quelque part dans l'Est, avaient été surpris par des fermiers armés qui les avaient faits prisonniers. Les coupables avaient traversé la ville à l'arrière d'une jeep découverte, la honte dans les yeux, en route pour Managua où ils allaient être jugés. Est-ce que ce ne serait pas formidable, songeait-elle, si cette jeep heurtait en chemin une mine des contras ? Mais il fallait penser au conducteur, et même s'il n'y en avait pas eu, ce n'était pas des choses souhaitables. Elle disait : « On ne peut pas laisser aigrir son cœur comme du lait qui tourne. Il est toujours possible qu'on veuille s'en servir plus tard. »

Je me demandais à quel moment j'y avais renoncé et laissé le mien s'aigrir. Je n'en avais aucune idée, mais Hallie, elle, le savait peut-être. Je relus chacune des trois lettres avec fascination mais aussi avec la même insatisfaction que les matins où je les avais ouvertes. Il n'était question que de choses qui se produisaient, et égoïstement, je voulais Hallie. Même si elle ne me parlait pas directement, je voulais qu'elle parle.

Je déchirai la dernière enveloppe et reçus en pleine figure ce que je voulais. Il en avait quatre pages pleines de cursives magnifiées par la colère. Lorsque Dieu veut vous punir, déclarait Isak Dinesen, Il exauce vos prières.

Je serais comme Dieu, Codi ? Comme DIEU ? Fiche-moi la paix. Si je reçois une autre lettre parlant de SAUVER LE MONDE, je t'envoie par retour du courrier une lettre piégée. Codi, je t'en prie. J'ai des choses à faire.

Tu me dis que tu n'as aucune moralité. La belle excuse. Parfois, quand j'avais le dos tourné, quelque chose arrivait qui te faisait croire que tu étais mauvaise. Alors quoi, est-ce que Miss Colder t'a mis une mauvaise note sur ton carnet ? Et donc tu penses que tu es nulle et incapable de rien faire de bien. Mais bon sang, Codi, combien de temps vas-tu encore traîner avec cette béquille. C'est l'inverse, c'est ce que tu *fais* qui fait ce que tu es.

Désolée d'être aussi brutale. J'ai passé une mauvaise semaine. J'essaye de t'expliquer – et j'aurais voulu que tu sois là pour te le dire de vive voix – que je ne suis pas venue ici pour sauver qui que ce soit, ou quoi que ce soit. Ce n'est pas l'idéal parfait vers lequel nous tendons qui nous fait aller de l'avant. Tu demandes ce qui se passerait si nous perdions cette guerre ? C'est de l'ordre du possible. Par invasion, ou même aux prochaines élections. Les gens sont très fatigués. Je n'espère pas voir la perfection avant de mourir. Seigneur, si c'était le cas, j'aurais remis la tête dans le four à Tucson, après avoir entendu les récits de certains de ces réfugiés. Ce qui vous fait continuer, ce n'est pas une belle destination mais simplement la route sur laquelle on se trouve, et le fait que l'on sache conduire. Tu gardes les yeux ouverts, tu vois ce monde condamné dans lequel tu es né, et tu te demandes : « Quelle vie puis-je vivre qui me permettra de respirer librement et d'aimer quelqu'un ou quelque chose sans avoir à m'enfuir en hurlant dans les bois ? » Je ne suis pas montée sur quelque gros rocher dans le but de choisir les champs de coton du Nicaragua. Ce sont les champs de coton qui m'ont choisie.

Les contras qui sont passés ici hier ont été expédiés dans une ferme-prison où ils planteront des légumes, apprendront à lire et à écrire, s'ils ne savent pas déjà, et à réparer les C.B. Ils auront droit chaque année à une semaine de congé auprès de leurs familles. Et ils seront probablement amnistiés dans cinq ans. Il y a rarement des récidivistes.

Ce gosse de San Manuel est mort.

Ta sœur Hallie

« Quoi de neuf du côté de Hallie ? me demanda Loyd.
– Rien. »

Je remis les feuilles dans l'enveloppe aussi soigneusement que possible, essayant d'en conserver les plis intacts, mais mes doigts étaient devenus gourds et aveugles. Les larmes aux yeux, je contemplais ce qui s'étendait vers le sud, le paysage que nous traversions, mais je n'en garde aucun souvenir. Je commençais à vaguement comprendre ce qui nous différenciait, Hallie et moi. Il n'était question ni de courage ni de rêves, mais de quelque chose de beaucoup plus simple. Un pilote appellerait ça la navigation à vue. J'avais passé un temps fou à tourner en rond dans les nuages à chercher la vie, pendant que Hallie, elle, la vivait.

19

La gourmande de pain

À sept kilomètres du pueblo de Santa Rosalia, Loyd arrêta le pick-up, retira ses bottes de cow-boy et enfila des mocassins. Très bientôt, nous allions devoir descendre de voiture et marcher dans la neige.

« Tu épargnes tes bottes ? » lui demandai-je.

Il m'ignora. Ces bottes-là paraissaient avoir marché jusqu'au bout du monde sans jamais se faire prendre en stop.

« Quand à la fin de l'été Leander et moi revenions à la maison chaussés de nos bottes de cow-boy, maman piquait sa crise. Et aussi avec nos chapeaux de cow-boys. Elle nous les arrachait et nous frappait avec en disant : "Ah ! Vous ressemblez à des Navajos !" »

En y repensant, je n'avais jamais vu Loyd porter de couvre-chef d'aucune sorte. Son histoire me rappela vaguement, et de manière partielle, les bottes et le chapeau de cow-boy qu'enfant j'avais moi-même reçus. Seul le souvenir du lustre de la paille vernissée et d'une terrible tristesse gardait de son acuité.

« Tu le vois maintenant ? »

Je clignai des yeux en direction du sud mais ne distinguai que des collines couvertes de neige, tachetées des sombres buissons sphériques de genévriers. L'horizon était ponctué de mornes mesas dont les épaulements rocheux dépassaient, exposés au froid.

« Je vois quoi ?

– L'endroit où nous allons dormir ce soir.

– J'espère bien que non. »

Quelques minutes plus tard, il me reposa la même question. Je ne distinguai encore que des plateaux et des collines scalpées avec des affleurements rocheux au sommet. Je ne voyais que genévriers et neige. « Est-ce un test de vision ? » demandai-je.

Nous fûmes pratiquement à l'intérieur du pueblo de Santa Rosalia avant que je ne m'en rendisse compte. Le village était bâti sur une mesa et se fondait parfaitement avec le paysage, constitué de la même pierre que celle des affleurements qui surmontaient toutes les autres mesas désertes. Des chevaux et du bétail au large mufle levaient les yeux vers nous depuis leurs enclos tandis que le pick-up rouge de Loyd, en apparence l'objet le plus récent à cent cinquante kilomètres à la ronde, remontait le chemin de terre qui menait à l'intérieur de la ville.

C'était un village de rectangles patinés, certains empilés comme des marches par deux et par trois, les maisons se fondant toutes les unes dans les autres autour d'une place centrale. Les murs de pierres étaient enduits d'adobe, aussi lisses et appétissants que des gâteaux de terre : une très belle ville de couleur brune. Cette teinte, je le réalisai, est pratiquement indéfinissable. Elle se présente en autant de nuances qu'il existe de couleurs de terre, que l'on suppose communément infinies.

Nous abandonnâmes le pick-up en compagnie d'autres véhicules à l'entrée de la ville et grimpâmes le long d'étroites ruelles. Chaussé de ses mocassins, Loyd avançait d'un pas plus souple, moins agressif. Jack restait à proximité de son genou gauche. Il n'y avait pas âme qui vive, mais des filets de fumée s'échappaient des cheminées ainsi que des grands fours d'adobe en forme de ruche postés régulièrement tous les trois ou quatre jardinets. Un chien noir grattait le bord d'une flaque gelée. Les échelles qui reliaient les terrasses les unes aux autres étaient balayées d'une légère couche de neige. Une maison était équipée d'un panier de basket-ball fixé par des clous aux dernières poutres. Les rideaux en façade diffusaient partout une chaude lumière intérieure bien que l'après-midi fût à peine entamé, et des chapelets de piments rouge vif étaient suspendus près des portes d'entrée.

Celle de la maison de la mère de Loyd était verte. La fenêtre en façade était encombrée de fleurs artificielles et d'animaux en céramique. Birdie, la sœur aînée de Loyd, vint nous ouvrir. Tous deux échangèrent rapidement quelques mots dans une langue aussi chantante que si l'inflexion en avait été plus importante que les syllabes. Birdie était permanentée et portait un vaste collier de turquoises par-dessus sa blouse à fleurs. Elle cessa de parler à Loyd juste le temps de m'effleurer le bras et de me dire : « C'est qu'il l'a toujours, ce chien, pas vrai ? » et puis : « Entrez donc au chaud. » Nous la suivîmes jusqu'à la cuisine où leur mère enveloppa Loyd de son étreinte, non sans lui avoir tiré sa queue-de-cheval et boxé légèrement les oreilles.

« Qu'est-ce qu'elle dit ? demandai-je à Birdie.

– Elle dit qu'il a tout l'air d'un Navajo. »

La cuisine sentait la fumée de cèdre. Inez Peregrina y rôtissait une oie, entre autres choses. Elle portait une ample robe composée d'au moins six cotonnades différentes, fleuries, écossaises, en une curieuse harmonie de couleurs, et ses lunettes étaient cerclées de grosses montures qui lui donnaient un air de chouette. Ses cheveux gris, taillés en frange devant et au carré sur les oreilles, étaient longs derrière et torsadés en un lourd chignon compliqué, noué d'un foulard rouge. Elle avait des mains remarquablement grandes. J'aurais voulu qu'elle me serre aussi dans ses bras, mais elle se contenta de sourire et de me toucher la joue lorsque Loyd nous présenta. Elle continua de lui déverser un torrent de paroles musicales et nourries qu'il écouta attentivement.

Birdie disparut, puis revint bientôt à la tête d'un troupeau de femmes auxquelles je fus présentée sans que la conversation entre Inez et Loyd ne s'interrompe pour autant. L'une après l'autre, chacune des autres femmes me tendirent les deux mains, que je pris, m'efforçant de rester aimable tandis que je bataillais pour comprendre les liens qui les unissaient. Il y avait là les sœurs de Loyd, une nièce, sa tante Sonia qui avait vécu à Grace pendant la guerre – et après –, et quelqu'un que Loyd appelait sa « mère de nombril ». Je ne parvenais pas à démêler les générations. Tante Sonia me parla en espagnol et nous versa des tasses de café, à Loyd et à moi, d'une énorme casserole en aluminium posée sur le poêle à bois mais il y avait aussi un poêle à propane et un four en adobe dans l'arrière-cour. Tous trois fonctionnaient à plein régime.

Je me sentais parfaitement déplacée. D'une part, je dominais de trente bons centimètres toutes les autres femmes de la pièce, quant à la garde-robe... inutile d'y penser. De l'autre, j'étais également fascinée de découvrir Loyd en tant que fils de sa mère, frère de ses sœurs, et prunelle des yeux de la famille. L'unique survivant mâle. Les sœurs le questionnèrent en un anglais paisible, monotone, sur le voyage et la durée de notre séjour et si nous avions vu tante Maxine, qui apparemment souffrait de troubles cardiaques. Tante Sonia posa plusieurs questions précises à propos de gens de Grace, dont je connaissais certains mieux que Loyd du fait de mes liens avec le club des Couseuses-Râleuses, mais j'éprouvais quelque réticence à m'exprimer. Elle et ses sœurs s'éclipsèrent vers d'autres tâches sans qu'Inez eût cessé de parler un seul instant.

« Est-ce que je peux faire le tour de la maison ? demandai-je à Loyd.

– Tu as même le droit de danser sur la table, tu es l'invitée, dit-il en me prenant par la taille.

– Je n'ai aucune envie de danser sur la table. »

Il me retint encore un instant contre lui, en demandant en anglais à Inez ce qu'elle pensait de moi. Je me passai la main dans les cheveux, remerciant le ciel que ma coupe Billy Idol se soit transformée en une coiffure un peu plus féminine.

Inez sourit et dit quelque chose, traçant des hauts et des bas à l'aide de sa louche selon une courbe imaginaire. Je me tournai vers Loyd pour la traduction.

« Elle dit que j'ai de la chance d'avoir trouvé une grande fille aussi solide et elle me trouve flemmard.

– Dis-lui que je ne supporte pas les flemmards. Que je les fais bosser. »

Il transmit et elle éclata de rire, en me gratifiant de l'embrassade que je convoitais.

Les vitres couvertes de givre donnaient sur la plaine glacée et les champs de maïs dénudés en forme de plats qui s'étendaient vers le sud, mais la cuisine était enfumée et chaleureuse. La grande resserre ouverte derrière Inez regorgeait de bocaux de maïs jaune sec, de boîtes de corned-beef et de cocktails de fruits. (Aucun verger ici, de toute évidence.) Et de semoule de maïs. À Grace, c'étaient des conserves de demi-pêches dorées faites maison qui s'exhibaient, avantageuses, sur les étagères de cuisine. Ici, c'était de la semoule blanche, bourrative, bocal après bocal, de la semoule pour une armée.

La cuisine était située à l'extrémité d'une grande pièce qui contenait une longue table de bois, un canapé, plusieurs petits coffres et beaucoup, beaucoup de photos. Dans une autre pièce, la radio jouait du Hank Williams. Je fis le tour de la salle de séjour, en regardant à loisir par les fenêtres et en examinant les photographies. Il y en avait une d'Inez avec un homme que je devinais être le père de Loyd, debout en vêtements de cérémonie : lui en mocassins à boutons d'argent et en chemise de velours bleu roi, Inez, avec ses bracelets de turquoises et un collier d'argent en forme de fleurs de courgette par-dessus sa robe sombre de cérémonie. Ses jambes ressemblaient à des poteaux de bouleau blanc dans leurs jambières de daim et la couverture tissée pliée en travers de ses épaules semblait peser sur elle. Elle paraissait beaucoup plus âgée qu'elle ne devait l'être en réalité.

La plupart des tables disponibles étaient peuplées de petits animaux en céramique couleur pastel, du genre mièvre. Loyd m'avait dit qu'Inez fabriquait la plus belle poterie du pueblo, mais de toute évidence celle-ci était davantage destinée aux collectionneurs qu'à un usage domestique. Mais je finis par trouver dans une vitrine un extraordinaire étalage de pièces noires et blanches dont la surface émaillée était couverte de motifs géométriques d'une finesse microscopique. Certaines étaient d'une facture un peu moins soignée, sans doute les premiers essais méritoires des filles d'Inez. Une vasque sombre, brute, aux bords ébréchés occupait la place d'honneur au centre de la vitrine ; je restai en contemplation devant elle, perplexe, jusqu'à ce que je comprenne que c'était la poterie de Loyd, celle qu'il avait trouvée dans les ruines. L'offrande de Loyd venue du cañon de Chelly.

Je jetai un coup d'œil furtif dans la pièce suivante. C'était Charlie Rich qui chantait maintenant à la radio, et Birdie fredonnait *Behind closed Doors*, penchée sur une machine à coudre électrique. Le petit éclairage se reflétait sur son visage. Un bébé dormait dans un berceau de planches recouvertes de fourrure et suspendu telle une balançoire au bout de cordes fixées au plafond. Toutes les cinq courses en arc de cercle de la nacelle, Birdie allongeait le bras sans regarder pour la pousser. Elle prit conscience de ma présence sur le seuil de la porte et m'indiqua d'un signe de la tête le fond de la pièce où se trouvait un lit de fer derrière un rideau de couvertures tirées. « Vous pouvez déposer vos affaires là. C'est pour Loyd et vous.

– Merci, dis-je. Qui est ce petit bout ?

– Hester. La fille de ma fille.

– Quel âge a-t-elle ?

– Trois semaines.

– Votre fille habite ici aussi ? »

Birdie retira son tissu de la machine et secoua imperceptiblement la tête tout en rompant son fil avec les dents. « Elle est dans un pensionnat à Albuquerque. »

Je retournai explorer la salle de séjour. Je fus bouleversée de tomber sur une petite photo encadrée de deux petits Loyd, identiques, à califourchon sur deux chevaux très différents. Derrière eux, il y avait en arrière-plan des collines arides et un réservoir d'eau brune. Loyd et Leander, avec leurs neuf ans et leur air d'être les maîtres du monde. Jusqu'à ce que je découvre cette photo, je n'avais pas compris un traître mot de ce qu'il m'avait dit à propos de son frère et de sa disparition. On ne sait rien d'un être tant qu'on ne l'a pas suivi jusque chez lui, pensai-je.

Ce soir-là la maison d'Inez s'emplit de parents venus pour la fête. Des cousins, des oncles et des tantes arrivèrent en tapant des pieds pour secouer la neige de leurs mocassins. Ils étaient chargés de plats couverts et apportaient leurs propres chaises. Toutes les femmes âgées étaient coiffées comme Inez, avec des mèches courtes sur les oreilles et un lourd chignon à l'arrière, et elles portaient des colliers d'argent et des bagues compliquées, incrustées de turquoises, qui masquaient les articulations de leurs doigts. Les adolescentes étaient en jeans et arboraient tout ce qu'on pouvait attendre d'une adolescente, à part le maquillage. À table, l'une d'elles donna à téter à son bébé, sous son T-shirt.

Loyd et moi partageâmes le même siège ; de toute évidence, nous étions officiellement les amoureux de la fête. Il passa énormément de temps à m'expliquer ce que je mangeais. Il y eut, juste en entrée, cinq sortes différentes de *posole*, une soupe de semoule au canard ou au porc, aux piments et à la coriandre. Parmi la vingtaine de plats différents, je ne reconnus que la gelée de citron vert débitée en cubes. Je renonçai à toute ambition de classer les choses par catégories et me contentai de manger. À l'amusement poli de chacun, je préférai le pain qui avait été confectionné en énormes miches presque rondes, cuites par deux douzaines à la fois dans les fours d'adobe qui étaient dehors. La croûte en était dure et brune, et l'intérieur exquis, fumant, avait un goût d'amour. J'en mangeai la moitié d'une à moi toute seule, pensant que personne ne le remarquerait. Plus tard au lit, Loyd me dit qu'ils m'avaient tous surnommée la « fille au pain ».

Notre lit était étroit, mais après trois nuits dans le pick-up, il nous paraissait délicieusement confortable. Je me pelotonnai contre Loyd. « Qu'est-ce que c'est qu'une mère de nombril ? lui demandai-je, vaguement endormie par la chaleur et le demi-pain.

– Ce serait comme une tante d'un genre spécial. C'est elle qui coupe le cordon ombilical au moment de l'accouchement et qui aide la mère à se relever lorsqu'elle est prête. C'est la date qui compte pour l'anniversaire – le jour où ta mère se relève de ses couches.

– Et non le jour de la naissance ?

– Non, pas le jour où tu es sorti. On considère le jour des relevailles de la mère comme étant celui de la naissance.

– Dans ce cas, Hallie n'a pas d'anniversaire, dis-je. Notre mère ne s'est jamais relevée de son accouchement. Elle est tombée gravement malade et par la suite quand un hélicoptère est venue la chercher, elle est morte. Tout ça sans avoir jamais chaussé une seule fois ses pantoufles.

– Alors, c'est qu'Hallie n'aura jamais fini de naître », dit Loyd en me déposant un baiser sur la tête.

Je percevais les bruits que faisaient Inez et Hester en dormant de l'autre côté du rideau de fortune. Je demandai à Loyd si ce n'était pas un problème que nous dormions ensemble.

Il eut un rire silencieux. « Ça n'en est pas un pour moi. Est-ce que c'en est un pour toi ?

– Je voulais dire : pour ta famille ?

– Elle s'en moque totalement. Maman a voulu savoir si tu étais ma femme.

– C'est-à-dire ?

– Par rapport à la femme de la semaine, j'imagine.

– Ou à la femme de l'année », dis-je.

Au matin la neige était tombée sur une épaisseur de cinq ou six couvertures. Les fenêtres formaient des tunnels bleus de lumière, telles des ouvertures de grottes. Loyd se leva et sortit là où, depuis l'aurore, Inez et Birdie étaient déjà lancées dans les activités de la journée. On le renvoya au lit avec une grosse miche de pain frais.

« Comment ton père l'a-t-il rencontrée ? » demandai-je. Loyd et moi étions assis sur la terrasse de la maison d'Inez, face au sud, attendant que débutent des cérémonies sur la place.

« À une danse, à Laguna. En été. À une célébration du maïs. Tout le monde dit qu'elle était fantastique quand elle était jeune. Très bonne danseuse.

– Je la trouve superbe.

– Il avait passé sa jeunesse à Jicarilla.

– Où est-ce que c'est, ça ?

– Non loin d'ici. C'est une autre réserve apache. Tout le monde assiste aux danses de tout le monde. Nous participions toujours aux cérémonies indiennes à l'automne. »

Aujourd'hui, jour de Noël à Santa Rosalia, on danserait du matin jusqu'au soir. La moitié de la ville semblait s'y préparer pendant que l'autre s'affairait à trouver les meilleures places. Je ne savais absolument pas à quoi m'attendre. De petits garçons à l'air inquiet, serrant à deux mains des coiffures de plumes et des peaux de renard, traversaient la place en courant comme si cela allait les rendre invisibles. Plus tôt dans la journée, ces mêmes petits garçons s'étaient précipités en bandes turbulentes de maison en maison pour réclamer la croûte chaude détachée des pains matinaux. Une version saine de Halloween. Leur aurait-on accordé la même chose qu'à Grace, pensai-je, qu'ils se seraient vite lassés des complexes hydrates de carbone.

« Alors, il a épousé ta mère. Et il est venu ici.

– Les femmes sont pratiquement au centre des choses ici. L'homme se rend là où vit la femme.

– Mais il n'est pas resté.

– Je n'ai jamais très bien connu papa. Il était déjà parti tout en étant encore là, si tu vois ce que je veux dire. Je ne sais pas ce qui le travaillait. Je sais qu'il avait été élevé en pension et n'avait jamais eu beaucoup de famille, et qu'il était incapable d'observer les traditions. Ou les ignorait. Ça a été très dur pour lui ici. »

J'abandonnai le sujet. « Ainsi que penche l'arbrisseau, pousse l'arbre », disait toujours Doc Homer, se référant la plupart du temps à l'architecture osseuse du pied mais cela s'appliquait également à la vie morale. Et qui savait le pourquoi des déformations : elles se produisaient, c'est tout. Je devais bien le savoir. Comme Hallie me l'avait fait remarquer sans ménagement dans sa lettre, je m'étais désignée très tôt comme un dangereux aléa qui ne méritait pas d'être aimé et qui était incapable de bienveillance. Et ce n'était pas à cause d'une mauvaise note sur un bulletin, comme elle le supposait. C'était beaucoup plus profond que ça. J'avais perdu ce qu'il y avait à perdre : d'abord ma mère et, ensuite, mon bébé. Rien de ce que l'on aime ne dure. Hallie pouvait toujours dire que c'était une piètre excuse, mais elle ne savait pas, elle n'avait ni aimé ni souffert si durement de perte. Comme Loyd le disait : elle n'était jamais née – du moins pas à la vie telle que je la connaissais. Hallie était encore libre de tout risquer.

Loyd et moi balancions nos jambes du bord de la terrasse, et nous avions vue sur la place et au-delà, à l'endroit où elle se terminait net, par la force des choses, sur le vide d'une falaise à pic. J'étais incapable d'envisager ce précipice autrement que comme une menace, et je me demandais comment les tout-petits réussissaient à atteindre l'âge de raison sans basculer par-dessus bord, mais beaucoup des enfants parés de plumes couraient le long du précipice comme s'il n'avait été rien de plus que le fond d'une cour.

J'entendis un bruit de tambour ainsi qu'une brève explosion de sons comparables à ceux des clochettes de traîneau. Ensuite, plus rien. Si quoi que ce soit devait se passer, nous serions bien placés pour y assister. Nous avions emprunté une échelle pour nous installer là où nous nous trouvions. Jack avait jeté un long regard de découragement au sommet des barreaux comme si sa dignité lui interdisait de grimper. Il était à présent couché en rond au bas de l'échelle où il montait la garde. De vieilles échelles de bois, et d'autres, en aluminium munies de rallonges, étaient dressées partout : les toits des deuxièmes et troisièmes étages servaient de patios. Tout autour de la place, des jambes pendantes dessinaient comme une frange sur les flancs des bâtiments. Je repérai Inez et quelques autres parents de l'autre côté de la rue. Les lunettes de chouette d'Inez étaient de celles qui foncent à la lumière ; deux énormes disques cachaient son visage rond, tandis qu'elle restait assise, les mains jointes, aussi indéchiffrable qu'un garde du corps.

Non loin de nous, dans un angle abrité du toit, il y avait un enclos grillagé peuplé d'oies et de dindes qui marmonnaient la prière discrète des condamnés.

« Est-ce que ta maman sait que tu étais amateur de combats de coqs ? demandai-je à Loyd.

– Non. » Il eut une hésitation. « Elle savait que papa l'était, et qu'il nous emmenait, Leander et moi, assister à des combats quand nous étions petits, mais elle n'aimait pas qu'il s'occupe de ça. Elle n'a jamais su que j'avais pris sa succession. Et tu ferais bien de ne pas le lui dire.

– Si. Je vais le faire, dis-je en lui donnant une bourrade dans les côtes. Je vais regarder dans mon dictionnaire anglais-*keres* : “Votre fils est un sale minable d'amateur de combats de coqs.” »

Loyd eut l'air peiné. Contenter sa mère n'était pas un sujet de plaisanterie. Il avait laissé tomber les combats de coqs pour Inez, et non pas pour moi, maintenant je comprenais tout. Je n'avais été que le déclic. Mais cela n'était pas sans signification, décidai-je. Je pouvais m'en satisfaire. Je regardai en bas sur la place dont la couche de neige fraîche demeurait d'un blanc virginal que ne souillait aucune trace. Cela paraissait miraculeux étant donné la foule des gens qui l'entouraient – bien deux cents personnes ou plus. Ils devaient venir de l'extérieur du pueblo. Des Apaches de Jicarilla en quête d'épouses extraordinaires.

« Comment se fait-il qu'il y ait des maisons qui s'écroulent, là-bas en bordure de la falaise ? » demandai-je. Bien qu'en piètre état, leur enduit d'adobe écaillé révélait le même art de la maçonnerie qu'à Kinishba.

« Parce qu'elles sont vieilles.

– Merci, ce que je voulais dire c'est pourquoi quelqu'un ne les répare-t-il pas ? Vous êtes pourtant compétents, vous qui bâtissez des maisons depuis neuf cents ans.

– Pas nécessairement au même endroit. Ce village a changé sept fois d'endroit avant d'être bâti ici.

– Alors quand ça devient trop vieux, on laisse tomber en ruine ?

– Quelquefois. Un jour tu vieilliras et tu tomberas.

– Merci de me le rappeler. » Je m'abritai les yeux pour regarder vers l'est. Quelque chose était en train de se passer du côté de la kiva, qui était un bâtiment au toit percé d'une trappe d'où pointait une échelle. Loyd m'avait suggéré de ne pas manifester trop d'intérêt pour ce dernier.

« Le plus grand honneur que tu puisses faire à une maison, c'est de la laisser retourner à la terre. C'est de là que tout vient, au départ. »

Je le regardai, surprise.

« Mais alors, tu n'as plus de maison.

– Pas si tu sais comment en construire une autre. Tous ces grands pueblos comme Kinishba – les gens les ont habités un moment puis ils ont déménagé. En les laissant tels quels. Sans doute pour aller ailleurs là où l'eau était plus pure, un truc comme ça.

– Je croyais qu'ils étaient casaniers. »

Loyd me caressait pensivement la paume. Pour finir, il dit : « Ce n'est pas la maison qui compte le plus, c'est l'aptitude à la construire. Tu as ça dans la tête et les mains, où que tu ailles. Les non-natifs sont comme des tortues, quand ils s'en vont quelque part, ils ont besoin de transporter toute leur maison dans leurs foutus Winnesotas.

Je souris. « Winnebagos. Le nom vient d'une tribu indienne. » Je réalisai trop tard que Loyd connaissait déjà ces deux termes. Pendant des mois, ses plaisanteries m'avaient échappé, à moi, l'Impératrice de l'Univers, qui dispensait ma science aux païens.

« Nous sommes comme les coyotes, dit-il. Nous trouvons un bon coin, nous tournons trois fois sur nous-mêmes dans l'herbe, et nous sommes chez nous. Une fois qu'on sait, on peut toujours recommencer, en toutes circonstances. On n'oublie pas. »

Repensant aux abondants bibelots d'Inez, je soupçonnai Loyd d'idéaliser un peu. Mais cet idéal me convenait. Quant à la dernière lettre de Hallie elle me faisait encore mal et pourtant je voulais réfléchir dans l'abstrait à ce qu'elle essayait de me dire : qu'il fallait que je tienne la route parce que je savais conduire. Ce sens moral n'était pas quelque chose de vaste, de construit, que l'on avait ou non, mais simplement une aptitude. Quelque chose que l'on portait en soi, dans sa tête et dans ses mains.

J'avais fait ce voyage en sachant qu'il faudrait tout de même que je quitte Loyd en juin, que Grace ne me retiendrait pas, et que, peut-être, je me contentais simplement de tenir la route. Je sentis la culpabilité se glisser hors de moi comme un calcul. « C'est agréable de le savoir, lui dis-je. J'imagine qu'ainsi j'aurai quelque chose à emporter en quittant Grace. »

Il me regarda attentivement, se mit à parler puis s'interrompit. Enfin, il reprit : « C'est une chose que de transporter sa vie où que l'on aille, c'en est une autre que de la chercher sans cesse ailleurs. »

Je ne réagis pas. Battant frénétiquement des paupières pour faire semblant ne pas me sentir concernée, je sentais ma culpabilité revenir de même que ma propre rationalisation, coupante comme le verre, admise pour ce qu'elle était. Je ne tenais pas la route, je fuyais en avant, tirant un trait sur tout ce qu'il y avait derrière moi, sans cesse en quête d'un refuge idéal, là où les trains ne déraillaient pas, là où les cœurs ne se brisaient jamais, et où les gens que vous aimiez ne mouraient jamais. Loyd était un piège auquel je pouvais encore échapper.

J'écoutais les pauvres oies dans leur enclos quand je me rendis compte que la foule était devenue silencieuse. La place enneigée était marquée d'une seule ligne de traces :

au centre de la place blanche se tenait une grande jeune femme en robe noire retenue à une seule épaule. L'autre était nue. La taille, le haut de ses bras et de ses poignets, ses mocassins de daim, étaient entièrement décorés de fils de couleur, de fourrure et de grelots ; au sommet de sa tête, il y avait une touffe de duvet d'aigle blanc. Le soleil se reflétait sur ses cheveux. Taillés comme ceux d'Inez, ils retombaient librement jusqu'à la taille, oscillant tandis qu'elle passait imperceptiblement d'une jambe sur l'autre, ses pieds se détachant à peine du sol. Elle avait une grâce toute de froideur.

De la kiva monta le son des tambours, puis les tambourinaires eux-mêmes en sortirent. Les quatre hommes âgés s'installèrent en limite de la place et posèrent leurs énormes tambours sur leurs genoux sans manquer une mesure. Ils entamèrent un chant à voix basse. Une seconde file d'hommes aux épaules drapées de couvertures émergèrent de la kiva, en chantant également et prirent place derrière les vieux tambourinaires.

Et puis des cerfs surgirent de partout : des hommes, jeunes et moins jeunes, en chemises noires et en jambières, jupes blanches et bois de cerfs. Les traits dissimulés, une bande de peinture noire en travers des yeux, ils se déplaçaient comme des cerfs. Ils tenaient de longs bâtons devant eux, imitant avec grâce et précaution la démarche du cerf aux longues pattes, et tournant anxieusement la tête de côté, l'oreille tendue, aux aguets. Humant le vent. La femme en noir s'avança en secouant sa calebasse et ils la suivirent. Ils devinrent véritablement des cerfs. Ils ressemblaient à s'y méprendre à ces bêtes que l'on aurait surprises en plein rite secret dans la forêt, se déplaçant à l'unisson, suivant l'irrésistible chuintement de la calebasse d'une jeune femme.

J'étais fascinée. D'autres gens émergèrent de la kiva. Certains vêtus et armés comme des chasseurs à l'arc qui traquent patiemment le cerf. Un homme qui ne semblait pas avoir de réelle fonction dans le spectacle, était presque nu et bizarrement peint. Il avait le corps cerclé de bandes noires et blanches, des ronds noirs peints autour des yeux et de la bouche, et les cheveux ramassés en cornes en forme de plumets de maïs. Il bondissait partout comme un dément, peut-être dans l'espoir de se réchauffer.

« Qui c'est le type à rayures ? demandai-je à Loyd.

– Koshari, dit-il. Un kachina[1]. Il a un rapport avec la fertilité. Sa demeure se trouve à l'est. »

Cela me parut plein d'humour. « À l'est, comme à New York ? Indicatif téléphonique 212 ?

– À l'est, là où se lève le soleil.

– Tout ça, ça fait partie de son descriptif professionnel ?

– Tous les kachinas ont des histoires et des familles entières et vivent dans un des lieux importants.

– Je croyais que le kachina était une petite poupée ?

– C'est bien ça.

– Et aussi quelqu'un de déguisé ?

– Oui. Et aussi un esprit.

– Un esprit nanti d'une famille et d'une adresse postale.

– C'est ça. Lorsqu'une personne s'habille d'une certaine manière, l'esprit pénètre en elle. Et dans la poupée, si elle est faite aux normes.

– Bon, très bien.

– Comment ça ?

– Rien, simplement très bien. Je comprends. »

Il me jeta un sourire en coin. « Tu trouves que ça a un petit côté vaudou ?

– D'accord, je suis étroite d'esprit. Ça ressemble un peu à du vaudou. »

Nous concentrâmes un moment notre attention sur les danseurs. J'avais besoin de prendre un peu de distance par rapport à Loyd.

« À Noël, les non-natifs mettent des petits pères Noël partout dans leurs maisons, dit Loyd sans me regarder.

– Oui, mais ce n'est qu'une petite poupée.

– Il n'a pas d'épouse ?

1. Divinité hopi. *(N.d.T.)*

– Si, concédai-je. Il a une femme et des lutins. Et ils habitent au pôle Nord.

– Et parfois, il y a un type qui se déguise en père Noël. Et tout le monde se comporte d'une certaine façon quand il se présente. Tout le monde est heureux, généreux. »

Je n'avais jamais été en situation de défendre le père Noël. Pour la bonne raison que je n'avais jamais cru en lui.

« C'est simplement parce qu'il représente l'esprit de Noël, dis-je.

– Exactement. » Loyd semblait très satisfait de lui-même.

L'un des chasseurs avait brandi son arc et tiré une flèche invisible sur un cerf. Ce dernier eut un tremblement de douleur et les autres chasseurs hissèrent sa carcasse molle sur leurs épaules.

« J'ai également vu des kachinas-Jésus, dit Loyd. J'en ai vu suspendus partout chez des gens, à Grace. »

Voilà qui demandait réflexion.

Koshari devait également incarner l'esprit trouble-fête ou la grosse rigolade. Les autres danseurs-cerfs suivaient toujours la jeune fille, ignorant les chasseurs et leur propre frère déchu, mais Koshari jouait les pitres, interrompait la file, se jetait dans leurs jambes et en général troublait leur solennité. Pourtant lorsque l'un des plus jeunes danseurs perdit ses bois, Koshari ramassa sa coiffure et en rattacha les lacets de daim avec soin. Le garçon continua de danser, les yeux fixés devant lui, sans prêter attention au lutin qui lui arrangeait son costume.

Un peu plus tard, je remarquai que Koshari arborait un chapeau de cow-boy en paille, d'apparence neuve, qu'il avait crânement accroché à l'une de ses cornes. J'eus l'impression que ce n'était pas les Navajos qu'il singeait ici. Il marcha en canard, à l'esbroufe, comme John Wayne, se servant d'un morceau de bois en guise de fusil. Il s'agenouilla et fit feu plusieurs fois sur les cerfs qui dansaient, tombant exagérément à la renverse à chaque fois. Peu après, il les suivit à la trace, en traînant son fusil dans la neige et en trébuchant dessus, admirablement rompu à la pratique du mime corporel.

Les cerfs se retirèrent vers la falaise et la place se remplit de deux nouvelles files de danseurs – une rangée de femmes vêtues de noir et une rangée d'hommes en jupettes blanches – qui s'avançaient en marquant pesamment la cadence de tout leur corps, la poitrine zébrée de colliers de clochettes faites de coquillages. Les deux rangs de danseurs se faisaient face et frappaient du pied, agitant leurs clochettes, remplissant l'air d'un puissant crissement sourd d'insectes en été. Les hommes portaient des couronnes de plumes d'aigle, tandis que les femmes arboraient des coiffures spectaculaires de bois peintes de nuages stylisés et de traits bleus en diagonale figurant la pluie ainsi que des pampes de maïs vertes. C'était la danse du maïs, une prière d'été – officiellement – mais reprise lors de toute occasion importante, me dit Loyd, car on ne la pratiquait jamais trop.

« La plupart des danses ont un rapport avec la pluie, dit-il. Ici, tout en dépend. »

Les kachinas pères Noël et la beauté du spectacle mis à part, je me sentais un peu étrangère à tout cela. « Alors vous passez un marché avec les dieux. Vous dansez et ils vous envoient de la pluie, de bonnes récoltes et tout ça, ça marche ? Et rien de mal n'arrive jamais. C'est ça ? » La prière m'était toujours apparue plus ou moins comme une digne tentative de transaction commerciale. La danse des pluies plus encore.

Je pensai avoir finalement offensé Loyd jusqu'au point de non-retour comme la fois où j'avais volé le homard parmi les surgelés dans l'espoir de me faire virer. Mais Loyd était simplement en train de réfléchir. Au bout d'une minute il dit : « Non, ce n'est pas comme ça. Ça n'a rien à voir avec un marché, des malheurs peuvent encore se produire, mais ce qu'on cherche c'est à ne pas les provoquer. Cela a à voir avec le maintien des choses en équilibre.

– En équilibre.

– Vraiment, c'est comme si les esprits avaient passé un contrat avec nous.

– Et quel est le contrat ? demandai-je.

– Nous sommes seuls. Les esprits se sont montrés assez bons pour nous laisser vivre ici et nous servir de ce qui est à notre disposition, et nous leur disons : Nous savons à quel point vous êtes généreux. Nous apprécions la pluie, nous apprécions le soleil, nous apprécions le cerf que nous avons capturé. Toutes nos excuses si nous avons gâché quoi que ce soit. Vous vous êtes donné beaucoup de mal, et nous nous efforcerons de nous montrer de bons invités.

– Comme un mot de remerciements que l'on envoie à quelqu'un qui vous a reçu chez lui.

– C'est exactement ça. "Merci de m'avoir laissé dormir sur votre divan. J'ai pris de la bière dans votre réfrigérateur et j'ai cassé une tasse à café. Désolé, j'espère que ce n'était pas celle que vous préfériez." »

Je ris parce que je comprenais cette notion d'« équilibre ». Moi, j'aurais appelé ça « maintien de la paix », ou peut-être « souvenir de votre accueil », mais ça me plaisait bien. « C'est une bonne idée, dis-je. D'autant plus que nous dormons encore ici, sur le divan de Dieu. Nous sommes des invités permanents.

– Ouais. Il est préférable de remettre les choses là où nous les avons trouvées. »

C'était pour moi une nouvelle façon de voir la religion. Je me sentais un peu confuse de l'avoir questionné si abruptement. Et plus j'y réfléchissais, plus j'avais honte de ma culture bassement utilitaire. « À la façon dont on nous le raconte, à nous autres, les non-Indiens, Dieu a mis la terre à notre disposition pour que nous en usions. Et en avant toute. Comme on userait d'un petit terrain de jeux privé. »

Loyd dit : « Eh bien, cela explique beaucoup de choses. »

Ça expliquait un sacré nombre de choses. Je dis doucement, comme les clochettes des danseurs commençaient à se taire : « Mais où est-ce que vous allez une fois que vous avez pissé dans tous les coins de votre terrain de jeux ? »

J'aperçus Koshari, en bas, qui, débarrassé de son chapeau de cow-boy et de son fusil, paraissait en train de négocier avec Jack.

Je me souvins de la fois où Loyd m'avait dit qu'il mourrait pour sa terre. Et je pensais qu'il parlait alors de patriotisme. J'étais bien loin du compte. Je me demandais ce qu'il voyait quand il posait les yeux sur la mine de Black Mountain : un amoncellement de déchets inertes, une montagne qui cannibalisait ses propres entrailles et qui bientôt détruirait les arbres et la vie des foyers de Grace. C'était une histoire si typiquement américaine que c'est à peine si elle en était intéressante. Après m'avoir révélé ses sources chaudes secrètes, Loyd m'avait dit que les monts Jemez étaient sauvagement exploités pour leur pierre ponce, ces curieuses billes semblables à du polystyrène que j'avais jetées en l'air par poignées. La pierre ponce était nécessaire à la fabrication des jeans qu'on appelle « délavés ».

Aux yeux de gens qui se croyaient les invités de Dieu, l'entreprise américaine devait sembler d'une arrogance incroyable. Ou stupide. Une nation d'amnésiques qui agissaient au jour le jour comme s'il n'y avait pas eu de lendemains. Confiants que la terre saurait aussi oublier ce qu'on lui avait fait subir.

Notre ami Koshari avait réussi à soudoyer Jack et à embarquer l'échelle qui était notre unique moyen de redescendre. Il se tenait en bas, à faire le clown, imitant un couple en train de se bécoter à grand renfort de discours, tout cela au bénéfice de la foule qui riait. À un moment, ils applaudirent. Loyd en fut manifestement gêné.

« Qu'est-ce qu'il raconte ? demandai-je.

– Je te le dirai dans une minute. »

Lorsque Koshari fut parti ailleurs sur la place et que les gens eurent cessé de nous regarder, je harcelai de nouveau Loyd.

« Il a dit que maintenant nous allions être obligés de rester tous les deux là pendant un bon moment.

– Il a parlé pendant cinq minutes, Loyd. Je sais qu'il ne s'est pas limité à ça.

– Non. Il a dit qu'à l'époque où la neige fondrait, nous… en gros il a annoncé qu'au printemps, il y aurait un mariage. »

Je fis la grimace. « Et les gens ont trouvé ça bien ? Que tu m'épouses ? Ils ont applaudi.

– Tu n'es pas… »

Il s'interrompit, parce qu'un homme compatissant de la foule était venu remettre l'échelle en place.

« Tu n'as rien d'un vilain petit canard, tu sais, dit Loyd, une fois que l'homme fut parti.

– Ils ne me connaissent même pas. Je ne suis qu'une étrangère.

– Moi aussi, je suis un étranger. Ils savent sans doute que ma mère t'apprécie.

– Comment le savent-ils ?

– Par la rumeur.

– Je veux dire, comment le sait-elle ? Je ne suis même pas capable de lui parler.

– Mais tu l'aimes bien ?

– Oui. En fait.

– Comment le sais-tu ?

– J'aime bien sa façon de prendre les gens dans ses bras. Elle fait du bon pain.

– Alors voilà pourquoi elle t'aime bien. Tu apprécies son pain. »

Il était difficile de rester fâché avec Loyd.

Les interprètes de la danse du maïs avaient une énergie remarquable. Parfois, ils dansaient en deux rangées face à face dont l'axe se déplaçait autour de la place comme celui d'une roue. D'autres fois, la rangée des femmes croisait celle des hommes pour former des couples, les hommes en tête, caracolant pratiquement tandis que les femmes gardaient les yeux baissés au sol avec une concentration destinée à le rendre fertile. Je me serais presque attendue à un coup de tonnerre en cet instant même ainsi qu'à une pluie d'été. Ils dansaient sans interruption. Les pieds chaussés de mocassins et les jambes lourdement gainées des femmes n'avançaient que d'une fraction de pouce à chaque pas, mais la retenue de ce geste devait leur coûter un plus grand effort que des entrechats. Cette danse se poursuivit sans interruption jusqu'au début de l'après-midi.

La danse du maïs fut suivie de la danse de l'aigle, qui apparemment réunissait tous les jeunes enfants du village ainsi que quelques danseurs plus âgés et plus compétents. Chacun était vêtu d'une chemise noire et de guêtres complétées d'une jupette brodée et d'un capuchon blanc en duvet d'aigle, avec des yeux et un bec. Dans le dos, d'une extrémité à l'autre de leurs doigts, s'étendaient des ailes en plumes d'aigle. Les petits tremblaient de concentration tandis qu'ils s'inclinaient puis se redressaient à l'unisson, soulevant leurs ailes et prenant leur essor de manière très convaincante.

Cela paraissait un peu moins respectueux que les danses précédentes et plus proche d'un spectacle classique de danse enfantine, mais Loyd dit que cela aussi constituait une prière. Toute danse était une prière. L'aigle livrait les pensées des gens aux esprits dans le ciel, messagers animaux du mince espoir humain. Tandis que les enfants évoluaient, leurs lèvres remuaient constamment en un silencieux monologue.

« Regarde bien, dit Loyd. L'un d'eux va se diriger vers l'est. » Ce qui se produisit. C'était l'un des plus âgés, des plus expérimentés parmi les danseurs. Il plana, les ailes déployées jusqu'en limite de la place qu'il franchit pour emprunter la rue centrale vers l'extrémité est du village. Loyd m'expliqua qu'il était porteur de toutes les inquiétudes des mères dont les fils étaient à l'armée.

Solennel, Koshari s'affairait maintenant parmi les enfants qui nécessitaient beaucoup de conseils et d'aide pour assembler les différentes parties de leur costume. À plusieurs reprises, il abandonna les danseurs et passa parmi la foule pour recueillir les diverses demandes de protection et les angoisses particulières. Je demandai à Loyd d'attirer son attention.

« Pour ma sœur, dis-je, et Loyd traduisit. Elle est dans le Sud. Très loin au sud. »

Vers la fin de la danse, un petit aigle étendit ses ailes et courut tout du long jusqu'à l'extrémité sud de la place. Le vent souleva ses plumes au moment où il s'arrêta au bord du précipice et, l'espace d'une seconde, je fus convaincue qu'il allait tomber ou s'envoler.

Homero

20

Le cri

L'eau de la bouilloire est sur le point de bouillir lorsque le téléphone sonne. Il s'essuie lentement les mains et va répondre car il attend la naissance du quatrième enfant de Mandy Navarrete. Le jour de Noël, un long jour de silence qui se terminera maintenant par une longue nuit difficile. À une époque, les accouchements le mettaient dans tous ses états ; au cours de ses études de patrimoine génétique, il attendait avec impatience de découvrir les yeux de ces nouveau-nés et disposait son appareil photo et ses éclairages en conséquence. Mais il n'y a plus rien à étudier désormais. Mandy Navarrete est toute de muscles et de résistance, une femme qui accouche en son heure. Sa grand-mère, Concepcion Navarrete avait été son institutrice. Elle était tout aussi musclée, et se montrait critique de sa famille.

Il soulève le récepteur avec lenteur à la quatrième ou cinquième sonnerie. La voix parle précipitamment en espagnol, mais il répond en anglais, car il sait qu'ils comprennent. Il n'a pas parlé l'espagnol depuis le jour où il a épousé Alice. « Nous avons tout notre temps, dit-il. Je suis au courant de cette technique. Inutile de s'affoler. »

Il entend un silence, statique, plusieurs voix différentes et des questions, puis de nouveau la même voix, qui répète le même mot de manière pressante : *Secuestrada*. Kidnappée.

« Qui est à l'appareil ? »

Il tend l'oreille. La voix est très lointaine et se brise souvent. C'est une femme, une amie de sa fille. Il essaye de comprendre de laquelle de ses filles il s'agit. *Secuestrada.* Codi est partie depuis plusieurs jours, mais cette voix parle de « Hollie ». Quelqu'un la retient prisonnière. Elle était seule dans un champ avec son cheval lorsque quelqu'un est venu faire sauter le bâtiment où elle entreposait ses engrais chimiques destinés aux cultures. Il ne comprend rien de tout ça et laisse filer comme du pollen, comme sa vie. Il y a beaucoup plus de mots dans sa vie qu'il ne le souhaiterait la plupart du temps.

Hollie, insiste la femme comme si elle essayait de le tirer du sommeil. « Vous êtes bien son père ? *El padre de Hollie Nolina ?* Nous avons terriblement peur. »

« Nous avons terriblement peur. »

À l'école primaire, elle avait frappé un garçon et on l'avait retenue après la classe. Le garçon s'appelait Simon Bolivar Jones. Il était furieux contre elle et l'avait traitée de tous les noms parce qu'elle avait remonté le grand toboggan jusqu'au sommet, du mauvais côté, pas par l'escalier, et qu'elle s'était dressée là, en dansant et en criant, les mains tendues. Aucun garçon n'aurait été capable d'en faire autant.

« Vous devriez la laisser rentrer à la maison. Elle n'a rien fait de mal. Elle est punie pour un acte d'audace. » Il n'est pas certain d'avoir parlé en espagnol ou en anglais.

« *Sí*, répond la voix au bout d'un moment. *Claro que sí.*

– Où est-elle ?

– *No estamos seguros.* Nous pensons qu'ils l'ont emmenée au Honduras où ils ont leur campement. Une importante patrouille est partie à sa recherche. Trente personnes, plus de la moitié d'entre elles viennent du village où elle habite. Mais il y en avait bien davantage qui auraient voulu y aller. Même un petit de huit ans. Hallie a beaucoup d'amis. »

Même un petit de huit ans. Trente personnes.

Les mots ressemblent tellement à la poussière en suspens dans l'air devant lui, dans la longue forme trapézoïdale du rayon de soleil qui tombe de la fenêtre. Il examine la poussière. Il voit le mot « Hallie ». En réalité, c'était Codi qui était montée et qui avait dansé sur le toboggan.

« Vous devriez la laisser rentrer à la maison », dit-il à nouveau. Il se souvient nettement de la contraction désapprobatrice de la mâchoire de Mrs. Navarrete. « Laissez rentrer ma fille à la maison immédiatement. »

La voix rejette cette déclaration, ne dit rien.

Il se touche le coin de l'œil et constate avec surprise que le bout de ses doigts est humide. Il regarde fixement un seau à charbon métallique à côté de la cheminée, dont il essaye de reconstituer l'histoire, comment il est arrivé jusqu'à lui. Il pense, sans aucune raison, que ce seau à charbon pourrait lui sauver la vie si seulement il était capable de se souvenir. Au lieu de ça, il se rappelle qu'il ne fait plus d'accouchements, l'appel téléphonique ne pouvait pas être celui de Mandy Navarrete. C'est une femme d'un autre pays, qui connaît sa fille. De toutes ses forces, il essaye de ne pas regarder la poussière de l'atmosphère, mais le soleil en a illuminé la moindre particule de sorte qu'elle brille. Chaque mot est brûlant.

« Est-ce que je peux faire quelque chose ? demande-t-il enfin. Je sais qu'elle a des amis au ministère de l'Agriculture. Sont-ils au courant ?

– Tout le monde est au courant. Notre ministère de l'Agriculture, votre ministère de l'Agriculture. » Il y a une pause. « Vous devez comprendre que cela se produit quotidiennement. Nous sommes une nation de familles dans la peine. La seule différence, cette fois-ci, c'est que c'est une Américaine. Que c'est tombé sur Hallie. » La voix s'affaiblit de nouveau et il attend. Elle reprend : « Nous avons envoyé un télégramme à votre Président et à NBC. Nous pensons que, s'ils sont suffisamment ennuyés à cause des contras, ils pourront faire quelque chose. »

S'ils sont suffisamment ennuyés.

« Attendez. Donnez-moi le numéro de là où vous êtes. Pour que je puisse vous rappeler demain.

– Je suis dans le bureau d'une église, à Managua. Personne ne sait rien ici. Appelez le ministère de l'Agriculture si vous voulez. Ou votre Président. Il représente une des parties responsables. »

Il comprend qu'elle fait tout ce qu'elle peut pour l'aider. Elle a une voix bienveillante, fatiguée. Il ne veut pas qu'elle raccroche parce qu'alors sa vie commencerait. Il y a une pause, le temps de parler à quelqu'un d'autre qui est là avec elle, et elle revient vers lui en lui disant : « Je suis désolée.

– Il n'y a rien d'autre ? D'autre que d'attendre ?

– Je suis désolée. Il n'y a rien. »

Avec précaution, il repose le récepteur et regarde l'air devant la fenêtre de cette pièce vide. La poussière. Il écoute à l'intérieur de lui-même pendant un long moment avant de réaliser que c'est la bouilloire qui siffle.

Cosima

21

L'étoffe des cœurs

Hallie était prisonnière de quelqu'un. Que j'aie les yeux ouverts ou fermés, je la voyais avec un bâillon blanc très serré sur la bouche. C'était la seule image qui me venait.

Si elle ne pouvait hurler, moi j'en étais capable. J'étais déraisonnable en tout, en particulier avec les jeunes au lycée. Même à l'époque, j'étais assez lucide pour être reconnaissante à Rita d'avoir tout laissé tomber. Un membre de ma famille avait déjà tempêté contre elle ; il était inutile qu'elle sache qu'aucun de nous deux ne tenait la route.

Les élèves s'étaient efforcés de se montrer coopérants. Ils étaient allés à Tucson aider le club des Couseuses-Râleuses comme je le leur avais demandé et avaient trouvé que se rendre en ville représentait une magnifique aventure. Ils avaient découvert un magasin de vidéos ; Raymo avait baratiné plus de dix jeunes femmes pour qu'elles lui achètent des piñatas ; des rumeurs avaient couru qu'au retour, Connie Muñoz avait gratifié Hector Jones d'une petite branlette sur la banquette à l'arrière du bus. À quoi d'autre pouvais-je donc m'attendre ? Après tout ce n'étaient que des adolescents. Je le savais, mais je continuais à leur crier après parce que Black Mountain empoisonnait le lait de leurs mères et que les seules choses qui les intéressaient c'était le sexe et une note suffisante pour passer.

J'avais des intentions rationnelles. Je parlai de l'évapotranspiration des forêts humides et de l'oxygène de la biosphère et comment tout cela était lié. L'ultime grume de forêt vierge enlevée et laminée pour laisser place à un continent de déchets qui s'étouffait avec de vieux journaux. Ce fut un cours magistral poétique. Marta fit l'erreur de me demander dans quelle proportion cette poésie allait compter pour l'examen.

Je la regardai de travers. « C'est ta vie, l'examen. Si tu le rates, celui-là, tu crèves. »

Le premier rang au complet parut interloqué. Les stylos restèrent en suspens.

« Ce que vous autres, les jeunes, n'apprenez qu'aux seules fins d'un examen, vous l'aurez oublié le lendemain. C'est une connerie. C'est une dépense cérébrale inutile pour vous et une perte de temps pour moi. Si je suis incapable de vous enseigner quoi que ce soit dont vous vous souviendrez alors ce sera comme si je n'étais même pas venue ici cette année. » Je croisai les bras, braquant un regard furieux sur eux. « Vous croyez que cette merde de pollution ne vous concerne pas, c'est ça ? Que quelqu'un viendra faire le ménage ? Que ce n'est pas votre faute ? Eh bien, votre attitude est dégoûtante. Vous êtes coupables, comme tout le monde. Croyez-vous oui ou non que le monde ait été créé pour votre usage ? »

Personne ne fut assez idiot pour répondre. Je remarquai pendant ce long silence que la moitié des élèves de la classe portaient des jeans délavés. Je tirai Hector Jones par le bras pour le citer en exemple. Je dois reconnaître que je n'étais pas tout à fait impartiale vis-à-vis d'Hector et pour des raisons les plus douteuses : il avait pour père un ancien voyou du nom de Simon Bolivar Jones qui s'était montré remarquablement déplaisant avec moi à l'école.

« Tiens-toi là, dis-je. Montre ton jean à tout le monde. Il est chouette, hein ? Tourne-toi. Beau petit cul, Hector. Magnifique, ton jean. Déjà usé avant d'être acheté, d'accord ? » Je lui donnai une petite tape sur les fesses et le laissai se rasseoir.

« Est-ce que vous savez comment on les fabrique ? On les lave dans une grande machine avec un genre de gravier spécial que l'on tire des montagnes volcaniques. Des plus jolies montagnes que l'on ait jamais vues. Mais elles sont fragiles comme des gros tas de sucre. Levi Strauss ou autre se rendent là-bas avec des bulldozers et des tronçonneuses, coupent les arbres et mettent la montagne à nu pour que nous tous, veinards d'Américains, puissions porter des jeans qui ont l'air d'avoir été jetés à la poubelle avant même d'être achetés.

– Les arbres, ça repousse », dit Raymo. Raymo était un jeune du genre courageux.

« Pardon ? »

Il mit ses mains en porte-voix autour de sa bouche et me parla comme si j'étais sa grand-mère atteinte de surdité : « Les arbres… ça… repousse. »

Je mis mes mains en porte-voix autour de ma bouche et lui dit, aussi fort : « Pas si… toute cette sacrée montagne… disparaît.

– Eh ben, il y en a d'autres, des montagnes.

– Bien sûr qu'il y a d'autres montagnes, dis-je, sentant que j'allais exploser si je n'y prenais par garde. Si tu te faisais écraser par un camion, Raymo, j'imagine que ta mère dirait "Bon, il ne me reste plus qu'à faire d'autres gosses". »

À peu près la moitié de la classe trouva ça drôle, l'autre étant probablement en train de se demander comment sortir vivante de mon cours.

Je les forçai du regard à rester assis, remontée que j'étais. « Bien sûr que les arbres ça repousse. Sans doute que même une forêt pluviale, ça peut repousser en l'espace de deux cents ans. Mais qui va faire qu'elle repoussera ? Si vous deviez payer le juste prix pour ces jeans – le coût, le temps et le travail qui seraient nécessaires pour faire revivre cette montagne plutôt que de la laisser exsangue – ces jolis jeans vous reviendraient à cent dollars. »

Je me sentais curieusement planer. Furieuse, mais claire et distincte. « Prenez l'essence que vous mettez dans une voiture. Son coût réel. Pas simplement celui qui procède de son extraction et de son raffinage, mais aussi du nettoyage des fuites et à toutes les saloperies qui vont dans l'air quand on la brûle. Ça fait partie de son coût, mais vous ne le payez pas. Le pétrole devrait coûter cinq dollars le litre, donc vous en avez vraiment pour votre argent. Mais bientôt, il faudra payer la note et nous la paierons, faute de quoi nous mangerons des saletés. L'ultime facture à payer. »

Je ne jurerais pas qu'ils écoutaient, mais ils me considéraient attentivement. Trente-six yeux bleus qui allaient et venaient tandis que je faisais les cent pas devant mon bureau.

« Si Grace meurt d'empoisonnement, si tous ces arbres meurent et que cette terre tourne mal, il vous suffira de partir ailleurs, c'est ça ? Comme ces grands pionniers, Lewis et Clark. Eh bien, devinez quoi, mes cocos, la nature est épuisée. » J'arpentais mon petit carré de plancher comme un chat pris au piège. « Les gens sont capables d'oublier indéfiniment, mais la terre, elle, possède une mémoire. Les lacs et les rivières retiennent encore le DDT et tous les affronts que nous leur avons faits. Le lac Supérieur est une fosse d'aisances hors pair. Les poissons ont le cancer. L'océan s'épuise. Cette saleté d'air s'épuise. » Je montrai le plafond du doigt, voulant par là indiquer le ciel. « Vous savez ce qu'il y a là-haut ? De l'ozone. C'est ce truc dans l'atmosphère qui joue le rôle de parapluie. »

Je m'arrêtai en route pour revoir cette analogie obsolète. L'utilité d'un parapluie échappe complètement à des adolescents qui refusent l'emploi de préservatifs. Je passai les élèves en revue et demandai qui, dans la classe, avait un père ou une mère qui avait travaillé à la fonderie.

Environ la moitié des mains se leva avec réticence.

« Vous savez ce qu'ils faisaient là-haut, sûrement ? D'une façon ou d'une autre ils s'agitaient autour d'un métal à mille degrés. Vous les avez certainement vus en tenues de travail ? Ils portaient des combinaisons comme Neil Armstrong quand il a marché sur la Lune et une grande visière devant le visage, oui ? »

Ils acquiescèrent d'un signe de tête, soulagés, je suppose de ne pas être désignés individuellement à une nouvelle humiliation. Je m'installai sur le bureau, les bras croisés. « Imaginez que ce soit vous, au boulot là-haut avec ce métal bouillant devant le visage, et que tout d'un coup quelqu'un vous arrache ce masque pendant que vous travaillez. Adieu visage ! Adieu le nez et les paupières, les reines de beauté. Vous êtes morts. »

Ce qui aurait pu être le cas, étant donné l'absence totale de bruit.

« C'est ce à quoi nous sert la couche d'ozone, les gars et les filles, c'est l'énorme masque protecteur du ciel. » Ici, j'avais escamoté quelques étapes, sans vraiment en avoir exagéré les conséquences. En aucun cas. Je tentai de baisser la voix et d'adopter un ton raisonnable. « Et elle s'éloigne de nous. Il y a un grand trou dedans au pôle Sud. Lorsque vous vous servez d'une bombe aérosol, vous agrandissez le trou. Il existe un truc dans la plupart des bombes aérosols, des réfrigérateurs et des laques, qui s'appelle du chlorofluorure de carbone et qui neutralise l'ozone. Les usines en fabriquent des tonnes, encore maintenant. »

Je soupçonnai le « chlorofluorure de carbone » d'être le mot le plus long que l'on eût jamais prononcé dans les murs du lycée de Grace, et je fus bien certaine que personne n'allait l'oublier, du moins jusqu'à la fin de la journée.

Une fois que la cloche eut retenti, Connie Muñoz me toisa et me dit : « Dites, mademoiselle, j'vous ai vue quelquefois porter des jeans délavés à l'école. » Les autres gosses étaient déjà sortis comme des chauves-souris échappées de l'enfer.

« Tu as raison, dis-je. Je n'étais pas au courant pour la montagne quand je les ai achetés. Exactement comme Hector et comme toi.

– Ah ouais ? » Elle mâchonnait son chewing-gum et me fixait d'un regard neutre, en quelque sorte militaire. J'avais publiquement humilié son nouveau petit copain, cela exigeait d'user d'une certaine diplomatie.

« Ce n'est que tout récemment que j'ai découvert tout un tas de trucs là-dessus, lui dis-je. Je n'ai pas dit que je n'avais pas ma part du problème.

– Alors, comment ça se fait que vous soyez si furieuse contre nous, mademoiselle ? »

J'étais consciente de ma position élevée et j'en étais gênée. « Connie, je ne sais pas vraiment. Sans doute parce que je suis coupable aussi, j'imagine. Et du coup j'essaye de tout régler à la fois. »

Un signe de vie se manifesta dans son regard. « Vous faites pas de mouron, dit-elle. Je vous trouve cool de nous engueuler quand vous êtes en pétard. Tout le monde était attentif. Ce que vous avez dit c'est vrai, ces mecs ils croient que quand un truc est usé, il suffit de le remplacer.

– Je n'aurais pas dû jurer, dis-je. Je suis censée donner l'exemple. Et je n'aurais pas dû m'en prendre à Hector comme je l'ai fait. »

Elle se mit à rire et fit claquer son chewing-gum. « Hector Jones, c'est rien qu'une tête de nœud. »

J'avais dîné chez Doc Homer. Comme tous les soirs depuis que j'étais rentrée de Santa Rosalia et que j'avais découvert que Hallie avait été kidnappée. Si je le harcelais suffisamment, pensais-je sans arrêt, il aurait peut-être quelque chose de plus à me dire. Mais il était incapable de se souvenir de quoi que ce soit. Si j'avais douté que Hallie fût sa préférée, je ne me posais plus la question désormais – jamais je ne l'avais vu aussi affecté par aucun autre événement au cours de nos existences. Il restait fonctionnel, se préparait ses repas et partait travailler, mais ce n'était qu'un rituel obstiné ; cet homme était une catastrophe. J'avais trouvé certains de ses flacons de médicaments cachés dans la salle de séjour dans un vieux seau à charbon en métal. Il n'y avait aucun moyen de savoir s'il les prenait. La moitié du temps, il me parlait comme si j'avais six ans.

« Qui était la personne avec qui tu as parlé au téléphone ? demandai-je de nouveau. C'était quelqu'un du gouvernement ? Il existe sûrement quelqu'un que nous pourrions appeler ? » Je lorgnai avec méfiance l'assiette qu'il avait déposée devant moi. Doc Homer avait préparé du foie aux pommes et aux courges jaunes. Dans certains restaurants, cela aurait pu passer pour de la *haute cuisine*[1], je le savais, mais ici ça avait un côté douteux. Il en était arrivé à un point où il aurait bien combiné tout ce qu'il trouvait dans le réfrigérateur. Je m'étais mise à faire ses courses, faute de quoi il se serait contenté de haricots réchauffés et de glace.

« Elle a suggéré que nous appelions le président des États-Unis », dit-il.

Je posai ma fourchette sur la table. Il avait déjà répété ça un certain nombre de fois. « Je crois que je vais l'appeler ce Président. » J'écartai la chaise de la table. C'était une menace en l'air ; j'allais probablement tomber sur un enregistrement poli. Mais je savais que Doc Homer ne voudrait pas de ce qu'il considérerait comme un appel longue distance incongru sur sa note de téléphone.

« Je crois savoir que tu as un petit ami, dit-il, coupant son foie et ses pommes en petits morceaux.

– Qu'est-ce qu'ils ont dit qu'il allait se passer ? Est-ce que la personne avec laquelle tu t'es entretenu paraissait vraiment inquiète ? Ou a-t-elle dit que c'était un genre de chose qui relevait de la routine ? Parfois, il leur arrive de prendre un étranger en otage pour attirer l'attention sur eux et ensuite ils le relâchent le jour suivant. Elle est probablement déjà rentrée chez elle. » Je savais que cela était improbable. Les contras, si j'avais bien compris, n'avaient nul besoin d'attention. Ils étaient soutenus par le magnat le plus riche du monde moderne.

« Il boit, Codi. Il va profiter de toi. »

Je regardai attentivement Doc Homer pendant un long moment. « Plus maintenant, dis-je. Il ne boit plus. Et il ne pourrait pas profiter de moi, même s'il le voulait. Je suis

1. En français dans le texte. *(N.d.T.)*

aussi douce et innocente que le mur de Berlin. Tu t'inquiètes avec à peu près deux décennies de retard.

– Je m'inquiète pour ton bien.

– Tu t'inquiètes. » Je pris des tranches de pommes que je mangeai avec les doigts, pour l'embêter. « Il va falloir que je fasse un saut là-bas. Je peux attraper un bus pour Tucson ce soir et un avion pour Managua, et y être demain. » Je doutais que cela fût aussi facile.

La bouilloire siffla, il sauta en l'air. Il semblait nerveux. Il sortit le filtre de papier et mit lentement le porte-filtre en place, disposant avec soin chaque élément comme s'il s'agissait d'une expérience importante de chimie organique.

« Je t'ai dit que ce n'était pas une bonne idée », dit-il en versant l'eau bouillante sur le café. J'attendis, en quête de quelque indice supplémentaire. Il aurait été capable de juger de n'importe quelle faute dont je me serais rendue coupable depuis l'âge de trois ans.

« De quelle idée parles-tu ? » lui soufflai-je, puisqu'il ne poursuivait pas.

« Loyd Peregrina. »

Nous regardâmes tous deux l'eau filtrer à travers le café moulu, en en absorbant la couleur et la substance. Il n'avait jamais mentionné le nom de Loyd jusque-là. J'étais surprise qu'il le connût. Je me demandai si Doc Homer n'avait pas tout une autre vie dans sa tête dans laquelle il dispensait des conseils bienveillants, paternels. Cet abîme – entre ce que Doc Homer croyait être et ce qu'il était – m'incitait à exprimer le pire en moi, le plus brutal. « Ne te fais pas de souci pour Loyd Peregrina, dis-je. On ne peut plus me faire de mal maintenant. Je le quitte, cette fois. Ce n'est qu'une affaire à court terme.

– Il ne va pas élever ta vie.

– Mais enfin zut ! Qu'est-ce que tu connais de ma vie. Qu'est-ce que ça veut dire "élever" ? Je suis une ratée de l'École de médecine qui travaille en équipe de nuit dans des centres commerciaux.

– Tu as choisi de quitter la profession. Nous en sommes bien d'accord.

– J'ai donc franchi la porte de sortie en toute lucidité. Et qu'est-ce que j'ai choisi de faire à la place ? À quoi est-ce que je suis bonne ? Cite-moi une seule chose. »

Il hésitait. Je savais qu'il le ferait. Doc Homer ne s'exprimait pas avec aisance dans le langage des compliments.

« Je n'ai pas de carrière, pas d'enfants, même pas un endroit que je puisse considérer comme chez moi. Au fond, je ne suis qu'une femme de ménage avec un bagage intellectuel.

– C'est un jugement absurde.

– Qu'est-ce que tu en sais ? Tu ne me vois pas vraiment, tu ne vois que ce que tu veux bien voir. Tu photographies les gens et tu les transformes en murs de pierres.

– Ce n'est pas ce que je fais. Je démarre avec une image dans ma tête, remontée du passé. J'essaye de la reproduire à partir des clichés que j'ai sous la main. »

Ça, c'était nouveau. « Je pense que je me fiche complètement des images que tu as sous la main. » Je baissai la voix d'un ton. La façon la plus rapide de laisser des points à Doc Homer, c'était de perdre le contrôle. « Tu n'as jamais voulu qu'une seule chose : que Hallie et moi soyons au-dessus de tout le monde, à Grace.

– Vous étiez supérieures à vos camarades. »

J'eus un mouvement d'impatience. « J'étais aussi ordinaire que Connie Muñoz et Rita Cardenal, sans posséder la moitié de leur courage ni le dixième de leur sex-appeal. J'étais moche et embarrassée d'être en vie. »

Doc Homer avait une étrange façon de véritablement se calmer alors qu'il élevait la voix. « Mes filles n'étaient pas ordinaires », dit-il.

Je le fixai droit dans les yeux. « Je suis tombée enceinte quand j'avais quinze ans.

– Je sais. Je t'ai vue en train d'ensevelir le bébé dans le lit de la rivière. »

Je sentis une curieuse rougeur envahir mon cou et mon visage. Pendant une minute, nous écoutâmes le goutte à goutte de la cafetière. Puis je dis : « Pourquoi mens-tu à propos de tout ?

– Je ne t'ai jamais rien dit d'autre que la vérité.

– Tu ne m'as jamais rien dit, point. Tu disais que maman et toi veniez de l'Illinois, alors que vous étiez d'ici. Tu possèdes toute une famille qui repose là-bas dans ce foutu cimetière.

– Nous sommes bien arrivés ici depuis l'Illinois. J'étais en garnison là-bas et j'y ai fait l'École de médecine. Nous sommes revenus ici après la guerre.

– Quelle genre de guerre ont-ils bien pu faire les gens qui étaient en garnison dans l'Illinois ? » demandai-je bêtement, au bord des larmes. « Désolée, mais au cours d'histoire on ne nous a jamais parlé du front du Middle West.

– La famille d'Alice me méprisait. »

Je marquai un temps d'arrêt, me souvenant de la manière dont Viola avait détourné les yeux en me disant que « la famille était tombée dans la déchéance », le jour où j'avais découvert Homero Nolina, là-haut, dans le cimetière. La sœur Gracela aux cheveux roux et au mauvais caractère qui avait épousé Conrado Nolina et avait engendré une lignée de minables – celle qui constituait la famille de mon père. Celle dont il croyait descendre et dont nous faisions toujours partie. Auburn et irascibles, vivant en exil dans notre propre ville. L'atmosphère de la cuisine était trop raréfiée pour que je puisse respirer et enregistrer tout ça.

« Alors tu t'es rué sur l'armée. Tu as fait des études sur le dos des GI et puis tu es revenu ici, en tant que puissant médecin prodigue avec sa superbe femme toute neuve et tu t'es comporté comme si personne ne pouvait t'atteindre. »

Je le regardais attentivement, sans pouvoir le déchiffrer. Je n'étais même pas capable de le voir réellement : je n'avais aucune idée de l'image que pouvait en avoir un étranger. Vieux ? Malade ? Abject ? Il versa le café dans deux tasses et me donna la plus remplie.

« Merci, dis-je.

– Il n'y a pas de quoi.

– Pourquoi es-tu revenu ici ? S'il était si important pour toi de tout recommencer, tu aurais pu aller n'importe où. Tu aurais pu rester là-bas, dans l'Illinois. »

Doc Homer prit place en face de moi. Il serra et desserra sa main gauche, puis l'étala à plat sur la table, l'examinant avec détachement comme si elle avait été un patient. Je contemplai la photographie encadrée qui était sur le mur, au-dessus de sa tête : son portrait d'une main qui n'en était pas une, formée de cinq cactus aux piquants invisibles.

« Pourquoi penses-tu que les poètes parlent des cœurs ? me demanda-t-il soudain. Lorsqu'ils parlent de blessure affective ? Le tissu cardiaque est dur comme du cuir. As-tu jamais recousu un cœur ? »

Je secouai la tête. « Non, mais je l'ai vu faire. Je sais de quoi tu parles. » Les parois du cœur sont épaisses et résistantes, et les chirurgiens utilisent de grosses aiguilles. Ça requiert une certaine force, mais ça se recoud bien. Aussi bien que n'importe quoi, c'est comme relier un livre.

« Le siège de l'émotion humaine devrait être le foie, dit Doc Homer. Ce serait une métaphore plus appropriée : nous ne portons pas l'amour dans notre cœur, nous le portons dans notre foie. »

Je comprenais parfaitement. Une fois, en salle des urgences, j'avais vu une femme qui avait été criblée de coups de couteau, mais surtout au foie. C'est un organe qui a la consistance de Kleenex mouillés, empilés les uns sur les autres. Toute tentative de réparation ne fait qu'ouvrir de nouveaux trous qui se déchirent et saignent. On essaye de refermer la plaie et on en ouvre d'autres, on a beau tenter l'impossible, on finit par abandonner quand il ne reste plus rien.

Pour Noël, Loyd m'avait offert un panier apache destiné à recueillir les peines. Vannerie ravissante, il était rayé des couleurs de l'herbe sèche et, sur le pourtour de son ouverture arrondie, des clochettes de fer-blanc suspendues à des lanières de cuir produisaient de discrets tintements. Il n'était pas plus grand qu'une tasse à thé. Le soir où il me l'avait donné à Santa Rosalia, j'avais eu le sentiment qu'il pourrait facilement contenir toutes mes peines, et pour toujours. À présent, il était accroché au mur, au-dessus de mon lit, et, la nuit, je le regardais en pleurant de ma propre stupidité d'avoir cru que la vie pouvait être clémente.

Je présentai des excuses à mes élèves. Je ne me voyais plus maintenir la distance réglementaire recommandée ; je leur dis que ma sœur avait été kidnappée et que j'étais morte de peur. Je leur dis que tout, désormais, me paraissait très grave, y compris des choses comme la couche d'ozone. Les gosses furent extrêmement silencieux. Je ne pense pas qu'aucun adulte leur eût présenté des excuses auparavant. De la réserve, nous descendîmes une carte datant d'avant la Seconde Guerre mondiale qui indiquait toutes les zones climatiques du monde, et nous trouvâmes le Nicaragua, le Honduras, le Costa Rica, le Salvador. Les contours et les noms de nombreux pays avaient changé au cours de l'existence de cette carte, mais non les zones climatiques. Nous parlâmes plus calmement de la forêt pluviale et de la manière dont les chaînes de restauration rapide les abattaient pour créer des élevages de futurs hamburgers. Nous parlâmes de pays pauvres et de pays riches et du DDT dans la chaîne alimentaire, ainsi que des différentes façons dont nos déchets nous revenaient à la figure. De la mémoire de la terre. Mes élèves comprirent parfaitement bien toutes ces choses. Rien n'est ennuyeux quand il s'agit de perspectives d'extinction.

Le vendredi, je pris ma journée pour passer des appels téléphoniques. Hallie m'avait laissé une liste de numéros de téléphone en cas d'urgence, spéculatifs pour la plupart, et je les appelai tous. Cela me prit toute la matinée. Je me cassai le nez au Département d'État et au ministère de l'Agriculture américain mais je finis par joindre le ministère de l'Agriculture nicaraguayen. Viola m'aida à me dépêtrer de l'impénétrable espagnol des opérateurs internationaux. Emelina était assise de l'autre côté de moi, me tenant la main dont elle tordait les doigts, apparemment oublieuse du fait que ce n'étaient pas les siens. Mason et le bébé étaient assis par terre en face de nous, silencieux, se demandant, comme les enfants le font sans doute toujours en cas de crise, quelle affreuse bêtise ils avaient bien pu commettre pour détraquer le monde.

Nous n'apprîmes rien d'utile. Ils étaient maintenant sûrs que Hallie avait été emmenée de l'autre côté de la frontière, au Honduras, probablement dans un camp où de nombreux autres prisonniers étaient retenus. C'était un camp bien équipé ; ils avaient des radios Sony et des rations militaires de haute qualité. Cela me fit sourire un peu de penser que Hallie était peut-être en train de manger des rations militaires que j'avais diligemment payées avec mes impôts. Le repas était à mettre sur ma note. Ainsi que les mines antipersonnel.

Je m'entretins avec une douzaine de secrétaires et finis par avoir le ministre de l'Agriculture en personne. Il connaissait Hallie. Il me parla un bon moment de la personne extraordinaire qu'elle était ; cela me donna l'impression qu'elle était morte, et je fondis en larmes. Viola prit le téléphone et traduisit jusqu'à ce que je sois de nouveau capable de parler. Le ministre me jura qu'elle n'était pas morte, qu'il m'appellerait dans la minute même où ils apprendraient quelque chose. Il était à peu près certain que les contras l'avaient embarquée par erreur, ignorant qu'elle était citoyenne américaine, et qu'ils ne savaient plus maintenant comment la relâcher sans susciter une publicité de trop mauvais aloi. Il me demanda si j'avais appelé le président des États-Unis.

Entre-temps, les lettres de Hallie continuaient d'arriver à la boîte postale. Je savais qu'elle les avait postées avant d'être kidnappée, mais leur apparence m'effrayait. Elles portaient le tampon de la poste, et avaient une allure de gaieté et de réalité, mais n'étaient que des fantômes, une illusion de ce que j'avais pris pour un lien solide entre nous. J'avais joué mon cœur sur ce lien. Si je pouvais encore recevoir de telles lettres alors que Hallie était morte ou en danger, qu'avais-je donc vraiment reçu ?

Je ne les lus pas. Je les économisais. Je les ouvrirais toutes une fois que j'aurais entendu sa voix au téléphone. On ne m'aurait pas deux fois.

À un certain moment, entre la Noël et la mi-janvier, Grace devint célèbre. Les quelques centaines de piñatas plantées à Tucson avaient donné de grands arbres aux ramifications humaines, et qui portèrent leurs fruits sous la forme d'articles intitulés : « De l'Art à tout casser » et « Les piñatas au pinacle ! » dans les magazines au papier glacé diffusés dans tout le Sud-Ouest. Les œuvres de papier mâché du club des Couseuses-Râleuses devinrent le dernier chic de la décoration dans les quartiers d'adobe embourgeoisés comme celui de Tucson que Hallie appelait le barrio « Volvo ».

Ce furent les oiseaux qui créèrent la sensation, mais parce qu'il les accompagnait, mon plaidoyer pour la survie de Grace retint aussi l'attention des gens. Là où les appels répétés du maire Jimmy Soltovedas à la presse avaient échoué, les Couseuses-Râleuses remportèrent le succès : notre histoire fut connue. Il n'y eut pas de jour sans que quelque journaliste sérieux appelât pour obtenir une déclaration de Norma Galvez. Le club la désigna comme son porte-parole chargé des médias ; doña Althea était sans doute plus haute en couleur, mais aussi plus encline aux remarques impubliables. Viola, elle, l'était plus encore du fait qu'elle parlait anglais.

Pourtant lorsqu'une équipe de reconnaissance de CBS News se présenta en ville, ils exigèrent la Doña. Ils assistèrent à une réunion à l'American Legion Hall et zoomèrent sur la figure de proue des Couseuses-Râleuses, forte de son autorité, de son charme et de tout ce qu'elle représentait de couleur locale. Ils enregistrèrent au magnéto une partie de la réunion mais prirent rendez-vous pour revenir le samedi avec une équipe qui interviewerait la Doña chez elle. Norma Galvez s'improviserait (pour plus de sûreté) son interprète. Quand arriva le fameux matin du samedi, et que CBS entra dans la ville avec ses jeeps de matériel comme Jésus à Jérusalem le jour des Rameaux, la ville entière attendait la visite de ceux que Viola avait sobrement baptisés la « Chaîne des Bobards ».

Nous étions environ une cinquantaine, entassés dans la salle de séjour, venus là en curieux. La Doña était fidèle à elle-même : minuscule, impérieuse, vêtue de noir, avec sa longue natte de cheveux blancs épinglée en couronne autour de sa tête. Concession aux caméras, elle serrait un châle brodé autour de ses épaules.

Elle refusa malgré tout de fermer le restaurant, bien que ce soit l'heure du déjeuner et qu'il y ait encore des allées et venues et énormément de bruits de casseroles. Cecil, l'ingénieur du son, dut brancher son matériel sur la prise de courant de la cuisine du fait que c'était la seule partie de la maison électrifiée au XXe siècle. « Mesdames, ça va être intime comme tout là-dedans », dit-il, en se présentant de côté et en s'insinuant entre deux des sœurs Althea pour atteindre la prise.

« Bon Dieu de mm… », dit-il, lorsqu'une des sœurs se prit les pieds dans le fil et le débrancha pour la troisième ou quatrième fois. La sœur en question s'immobilisa sur sa lancée et donna l'impression, l'espace d'une minute, qu'elle allait l'étaler, mais décida plutôt de servir ses clients. Elle était tellement chargée d'assiettes que c'est tout juste si Cecil ne prit pas un *menudo* dans ses amplis.

Le chef de l'équipe demanda que la Doña s'assoie sur un fauteuil sculpté qui était normalement dans sa chambre à coucher et supportait la télévision. Deux hommes le transportèrent hors de la pièce, installèrent la Doña dessus et disposèrent des vases remplis de plumes de paon à ses pieds. « Il vous suffit de croiser les chevilles », lui indiqua le chef. Norma traduisit et la Doña s'exécuta en fronçant farouchement les sourcils. Un vrai portrait de Frieda Kahlo. « Okay », dit-il en s'épongeant le front. L'homme était corpulent, portait des chaussures italiennes et une chemise de mariage mexicaine, bien qu'il ne fût pas, et de loin, d'humeur festive. « Okay, répéta-t-il. Allons-y. »

Une caméra fut braquée sur le présentateur et deux autres sur doña Althea : des spots lumineux et brûlants partout. Un membre de l'équipe passa un peu de poudre sur le nez et le front du présentateur à l'aide d'une houppette, jeta un coup d'œil à la Doña et s'écarta. L'intervieweur se présenta comme étant Malcolm Hunt. Il paraissait jeune et portait une tenue, visiblement griffée, évoquant la chasse aux fauves, ou la révolution en Amérique centrale. Il expliqua posément à doña Althea qu'ils reverraient la bande par la suite et n'en garderaient que les meilleurs moments. Si elle voulait revenir sur ce qu'elle avait dit et recommencer, c'était possible. Il lui suggéra d'ignorer les caméras et de se contenter de lui parler avec naturel. Norma Galvez traduisit. La Doña cligna des paupières vers les spots, fixa un œil méprisant sur un point au-dessus de la porte de la cuisine et hurla toutes ses réponses dans cette direction. Cecil croyant que cela s'adressait à lui personnellement, se réfugia derrière la desserte chauffante.

Hunt commença : « Doña Althea, depuis combien de temps habitez-vous ce cañon ?

– *¡ Desde antes que tú cagabas en tus pañales !* »

Norma Galvez se tortilla un peu sur sa chaise et dit : « Ah, bien avant que ta mère te change tes couches. » La Doña jeta un bref regard courroucé à Norma et l'une de ses sœurs ricana dans la cuisine.

Hunt sourit et prit l'air intéressé. « Quand votre famille est-elle arrivée dans cette région ? »

La Doña dit quelque chose dans le sens que sa famille était arrivée dans ce pays bien avant que les Gringos prennent la suite et la baptise Amérique. Les prospecteurs avaient débarqué et extrait cette saleté de cuivre, pour ensuite virer tous les hommes et les renvoyer chez eux planter des arbres, et qu'à présent, naturellement, ils pissaient dans la rivière et empoisonnaient les vergers.

Mrs. Galvez marqua une pause. « Il y a de ça très longtemps », dit-elle.

Hunt perdit contenance pour la première fois. Il produisit un curieux son guttural et regarda Mrs. Galvez qui tendit les mains, paumes ouvertes.

« Vous voulez la traduction exacte ?

– S'il vous plaît. »

Elle s'exécuta.

Ce ne fut pas l'après-midi qu'on avait espéré. Malcolm Hunt passa son temps à rectifier sa position et l'angle de ses sourcils et à recommencer tout l'entretien, cadrant de nouvelles questions qui ressemblaient à des entrées en matière.

« La compagnie minière Black Mountain pollue – et détourne à présent – la rivière qui est le sang vital de cette ville depuis des siècles. Pour quelle raison ?

– Parce que ce n'est rien qu'une bande d'enculeurs de chèvres qui ne pensent qu'au fric (Mrs. Galvez employa d'autres termes) et qu'en plus, non contents d'avoir tiré ce qu'ils voulaient de ce cañon, ils lui expriment les couilles avant de lâcher prise.

– Ils sont actuellement en train de construire un barrage sur la rivière pour éviter d'avoir à payer des amendes à l'Agence de protection de l'environnement, si je ne me trompe ? Est-ce en raison de la forte pollution acide de la rivière ? »

La Doña attendit que Norma eût traduit pour hocher la tête d'un petit mouvement sec.

« Par quel moyen pensez-vous qu'il serait possible, à ce stade, d'arrêter les travaux en cours ?

– La *dinamita.* »

Hunt parut réticent à poursuivre ce genre de questions jusqu'à leur terme. « Lors d'une tentative désespérée pour sauver votre ville, dit-il, essayant une autre stratégie, vous et les autres dames de Grace avez confectionné des centaines de piñatas. Pensez-vous vraiment que ce genre d'objet fasse obstacle à une multinationale ?

– Sans doute que non.

– Alors pourquoi vous être donné tout ce mal ?

– Et à votre avis qu'est-ce qu'on doit faire ? »

Elle l'avait coincé. Malcolm Hunt eut l'air de sécher. Son regard allait et venait de Norma à la Doña et de la Doña à Norma. « Eh bien, dit-il, la plupart des gens écrivent à leurs parlementaires.

– *No sé.* Nous ne sommes pas très fortes du côté courrier. Et j'ai pas l'impression qu'on ait des parlementaires dans le coin. On a un maire, Jimmy Soltovedas. Mais il ne me semble pas qu'on ait de parlementaire. » Elle prononça ce dernier mot en anglais, ce qui le démarqua du reste de son discours comme un juron ou un concept entièrement neuf. « *Si hay*, poursuivit-elle, s'il y en a un, on n'en voit pas la couleur. Sans doute qu'il s'en fout complètement. Et aussi parce qu'on sait pas comment se servir de la dynamite. Tout ce qu'on sait faire c'est des jolies choses avec du papier. Des fleurs, des *piñatas*, des *cascarones*. Et nous cousons aussi. C'est ce que nous autres, les dames, faisons ici. »

Je souris, en repensant à Jack qui obéissait à d'antiques manies et tournait trois fois sur le sol de la cuisine avant de se coucher pour rêver d'un nid dans l'herbe.

« Mais pourquoi des paons, quel en est l'historique ? » insista Malcolm, après avoir entendu la totalité de l'explication traduite. « Racontez-moi l'histoire des paons.

– Qu'est-ce que vous voulez savoir sur les paons ? » demanda la Doña, en lui adressant un regard vide. En espagnol, le nom précis du paon, c'est *pavo real*, « dinde royale », mais Mrs. Galvez fit l'impasse là-dessus.

« Comment sont-ils arrivés ici ? »

Doña Althea redressa la tête, ajusta son châle, se renversa en arrière et posa les mains sur ses genoux largement écartés sous sa jupe noire. « *Hace cien años*, commença-t-elle. Il y a plus de cent ans, ma mère et ses huit sœurs sont arrivées d'Espagne pour apporter lumière et bonheur aux pauvres mineurs de la vallée, qui n'avaient pas de femmes. C'étaient les neuf sœurs Gracela : Althea, Renata, Hilaria, Carina, Julietta, Ursolina, Violetta, Camila et Estrella. »

Elle prononça ces noms avec musicalité et lenteur, allongeant les syllabes et roulant les « r ». C'étaient des noms de princesses de contes de fées, mais l'histoire, ainsi racontée d'une voix forte, soutenue, était biblique. C'était la Genèse de Grace. Et de Hallie et de moi. La propre grand-mère de notre père – la mère de Homero Nolina, de là-haut dans le cimetière – était l'une de ces princesses : celle qui avait les cheveux roux et qui était irascible. Je me l'imaginais pieds nus, avec des cheveux bouclés comme ceux de Hallie qui s'échappaient d'un chignon. Je la voyais debout sur le pas de la porte ouverte, menaçant d'une cuiller à soupe les enfants arrogants de ses sœurs qui venaient taquiner les siens. Peut-être était-ce Ursolina, la petite ourse.

Lorsque nous étions petites, Hallie et moi, je lui racontais des histoires sans fin à propos de là où nous venions, pour la bercer jusqu'au sommeil. Elle se glissait dans mon lit dès que Doc Homer était endormi et je la prenais dans mes bras pour la protéger du vent qui souffle sur la tête des orphelines et les isole des enfants vivants, braillards, qui ont reçu la terre en partage. « Nous venons de Zanzibar, chuchotai-je, la bouche tout contre ses cheveux. Nous venons d'Irlande. Notre mère était une reine. La reine des Pommes de Terre. »

Je n'avais jamais réussi à savoir la vérité sur ma mère, mais désormais il existait une autre histoire. Une autre face. Je fermai les yeux et écoutai doña Althea avec une joie d'enfant. Je ne sais pas ce qu'ils ont entendu aux nouvelles de CBS. Mais moi, j'ai entendu une belle histoire à faire dormir avec trente ans de retard.

22

Sites en péril

Il plut. Il plut sans arrêt dans le cañon de Gracela. Février s'écoula derrière un masque de nuages. On aurait dit la fin du monde – ou son commencement.

Les vergers, dont l'extrémité noire des branches avait été inspectée durant tout l'hiver dans l'espoir d'y déceler les signes d'une vie latente, fleurirent soudainement, tous en même temps : poiriers, pruniers, pommiers, cognassiers, leur cycle, normalement décalé, se trouvant comprimé par ce temps bizarre en une seule explosion nuptiale. Par la fenêtre de ma salle de classe, je voyais les fleurs détrempées tomber comme de la neige mouillée.

L'eau, à Grace, se résume – comme le bonheur – à une affaire de tout ou rien. Quand on obtient de la pluie, on en a plus que son content, exactement comme lorsqu'on est heureux, amoureux et satisfait de la vie, on oublie avoir jamais été floué par le destin. Et *vice versa*. Je savais que, dans l'abstrait, j'avais été heureuse, et que, maintenant que j'étais de nouveau dans la peine, ce bonheur restait hors d'atteinte. Il correspondait à une mauvaise photo en couleurs d'un lieu où je ne serais pas allée. La mémoire court le long de profonds circuits fixes dans le cerveau, comme l'électricité le long de ses câbles ; seul un cataclysme peut faire que des électrons se cabrent sous le choc et se déversent dans un autre circuit. L'esprit humain semble condamné à croire, de façon plutôt simpliste, qu'il n'existe aucune autre possibilité que d'être là où nous sommes dans l'instant présent...

Mais non. En dépit de la promesse d'abondance qui dégoulina des toits en terrasses et bouillonna le long des ravines du cañon de Gracela pendant tout le mois de février, les pluies d'hiver se tarirent bientôt. Ensuite, il n'allait plus tomber une seule goutte jusqu'en juillet. Durant ces mois secs, le goût et l'odeur de la pluie seraient perdus pour nous au-delà du souvenir même des enfants et des extrémités des racines les plus profondes des arbres. C'est ainsi que sont les saisons dans les régions désertiques. Seule la rivière coulait sans interruption. La rivière était – à Grace – la mémoire de l'eau.

Nous ne reçûmes aucunes nouvelles de Hallie. Au début, j'essayais de me persuader qu'elle était déjà hors de danger. Par le passé, les deux semaines de délai de ses lettres m'avaient fait considérer Hallie d'un œil méfiant, comme une étoile à des milliers d'années-lumière qui aurait explosé il y a longtemps alors qu'on la voyait encore briller fallacieusement. Maintenant, j'essayais la méthode inverse : nous allions bientôt apprendre qu'elle avait été en sécurité tout le temps que nous nous étions inquiétés.

Mais ce ne fut pas le cas, et je cédai à la panique. Je me mis à appeler à Managua toutes les semaines. Le ministre de l'Agriculture, dont la secrétaire reconnaissait ma voix, disait qu'il n'y avait aucune raison pour moi de descendre en avion jusqu'au Nicaragua ; il n'y avait rien là-bas que je puisse faire à part attendre, ce que dont – impliquait-il – je m'acquittais déjà suffisamment mal là où j'étais. Sans être vraiment désagréable, il manifestait sa frustration comme n'importe lequel d'entre nous. Il me fit remarquer que si Hallie était quelqu'un d'exceptionnel pour ceux de nous qui l'aimaient, son cas ne l'était pas – les contras effectuaient des raids quotidiens de l'autre côté de la frontière pour attaquer des ouvriers dans leurs champs, parfois même des écoliers. Des milliers de civils étaient morts. « Si vous veniez ici, disait-il, vous vous rendriez compte. » Chaque foyer avait sa photographie encadrée sur une table témoignant d'un vide récent dans la famille, disait-il. Les enseignants et les travailleurs sociaux étaient le plus exposés.

Il me disait d'essayer de faire connaître la situation de Hallie plus largement au public des États-Unis. Que cela pourrait inciter ses geôliers à la modération ; ou bien (il me mit franchement en garde), cela aurait peut-être l'effet contraire.

Ne sachant que faire d'autre, j'écrivis des lettres. Emelina m'aida. Nous couvrions la table de sa cuisine de lettres en cours. Je faisais le brouillon des miennes sur du papier officiel du directeur du lycée de Grace, mais les en-tête intimidaient Emelina qui préférait le papier ligné des classeurs de ses enfants. Viola fit appel au club des Couseuses-Râleuses, si bien que nous eûmes des bénévoles dans la cuisine d'Emelina lors de sessions nocturnes d'écriture. Je dictais les grandes lignes et par la suite elles attrapèrent toutes le coup. Je vérifiais qui avait voté en faveur de l'envoi d'armes, qui avait voté contre, et d'une manière comme d'une autre, nous nous efforcions d'intégrer ces données. Je pense que nous avons dû expédier plus d'un millier de lettres. Lorsque nous oubliions à quels parlementaires nous avions écrit, nous leur adressions de nouveaux courriers. Nous écrivions aux stations de radio et à tout autre organe que nous pensions susceptible de lire son courrier. Parfois, je m'arrêtais et je posais la tête sur mes bras. Emelina me massait alors le cou sans rien dire, car toutes les deux nous soupçonnions les mots d'être superflus.

Il était possible qu'il y ait eu une certaine publicité autour de l'événement sans que nous le sachions. À Grace, nous ne recevions pas le *New York Times*. Je tenais pour certain qu'il y avait eu un petit article dans le journal matinal de Tucson dans la partie « finances » – Dieu sait pourquoi, juste à côté d'une rubrique donnant des conseils pour réduire ses hypothèques grâce à un double versement mensuel. Il y avait une petite photo de Hallie qui souriait, et que l'on décrivait comme étant une ex-employée de l'Université. Le journaliste qui avait appelé le ministre de l'Agriculture comme je le lui avais suggéré, dit qu'il supposait qu'elle avait été kidnappée par des agitateurs basés au Honduras. Cela avait entraîné la déclaration beaucoup plus longue d'un sénateur qui, lui, disait que la guerre civile au Nicaragua était une tragédie et que les États-Unis faisaient de leur mieux pour encourager la démocratie dans cette région où aucun citoyen américain ne pouvait espérer se rendre sans être pris au milieu de tirs croisés.

Le journaliste, croyant bien faire, me fit parvenir la coupure accompagnée d'un mot présentant ses meilleurs vœux à ma famille. L'ampleur de son ignorance renforça mon sentiment d'impuissance, comme je l'éprouve parfois en rêve lorsque mes muscles se dérobent et que la fuite devient impossible. Ce jour-là je pleurai sans retenue. À l'école, je demandai à mes élèves de lire *Silent Spring* pendant une heure, tandis que je sanglotais la tête posée sur la table. Ils étaient atterrés. Je soupçonnais les gens de Grace de marcher sur la pointe des pieds autour de moi, à la façon dont une ville détourne les yeux quand une de ses habitantes démentes soulève ses jupes pour se gratter et injurie les merles qui la regardent du haut de leur fil téléphonique.

Je cessai d'aller dîner chez Doc Homer. Nous n'étions pas les mieux placés pour nous réconforter l'un l'autre. Je pensais qu'il était capable de poursuivre sa routine – qui avait toujours été au cœur de sa résistance – quant à moi je ne crois pas avoir dormi une seule nuit depuis l'enlèvement de Hallie et j'atteignais un état d'épuisement anormal. Je repoussais les hallucinations. Tard, un soir, Hallie se présenta sur le seuil de ma chambre, toute petite, les yeux levés vers moi. Avec la même expression dans le regard que lorsqu'elle me demandait sans un mot de la laisser se glisser dans mon lit.

« Hallie, je me donne tellement de mal. Je ne sais pas comment te sauver. »

Elle se détourna et, en chaussettes, regagna l'obscurité.

Je me levai et fouillai fébrilement mes tiroirs afin de retrouver la coupure de journal avec sa photo. Je l'étudiai avec attention, pour essayer de me convaincre que Hallie n'était pas une enfant. Enveloppée dans le châle rouge et noir, j'étais transie de froid comme une branche gelée. Mes mains tremblaient. Je glissai la coupure dans une enveloppe et écrivis une note au président des États-Unis, en le suppliant de bien vouloir accepter simplement de la regarder. « C'est mon unique sœur, lui disais-je. Je commence à comprendre ce qu'est la responsabilité. Vous avez donné à ces hommes une juste cause à défendre et vous les avez armés. Si elle meurt, qu'aurez-vous à me dire ? » Je léchai l'enveloppe et la scellai. Je connaissais l'adresse par cœur.

Nous commençâmes à recevoir des réponses disant que le cas méritait certainement une enquête. Ce n'étaient pas des lettres de politesse car chacune d'elles était tapée par une secrétaire différente, mais elles disaient toutes la même chose. Il était surprenant de constater à quel point une phrase vide de sens répétée à l'infini finissait par ressembler à la réalité.

Au milieu de ce mois gris, le plus jeune des garçons d'Emelina se mit à marcher. J'étais seule avec lui quand cela arriva. Le soleil avait fait une brève apparition le temps que je rentre du lycée, et le bébé et moi mourions d'envie d'être dehors. Emelina me demanda si je pouvais simplement l'empêcher de manger de trop gros insectes et je lui avais promis de le surveiller du coin de l'œil. J'étais installée avec un livre dans la cour qui était illuminée de ce soudain rayon de soleil. Les fleurs penchaient la tête, leurs pétales endiamantés de gouttelettes comme les oreilles de veuves mornes et riches.

Depuis un moment déjà, Nicholas explorait les limites de son univers, marchant, sûr de lui, de la maison à l'arbre puis à la chaise longue jusqu'au mur, du moment qu'il y avait quelque chose à quoi s'accrocher. Parfois, ce qu'il touchait n'était que faussement rassurant. Aujourd'hui, je l'observais avec intérêt, de dos, avec sa combinaison rouge, tandis qu'il avançait le long d'une haute touffe de belles-de-nuit humides en en effleurant légèrement les feuilles, n'ayant aucune notion de la fragilité de l'appui qu'elles lui offraient.

Il repéra un colibri. Ce dernier bourdonnait autour des tubes rouges d'un pentstemon en pot isolé au centre de la cour. L'enfant suivait des yeux l'oiseau chatoyant dans ses brusques allées et venues ; Nicholas le voulait. Pendant un long moment, il fronça les sourcils devant le chemin de brique qui le séparait de l'oiseau puis se lâcha du mur. Il fit un pas, puis d'autres, encouragé par quelque improbable loi de gravité inversée. Au bout de deux pas, le colibri disparut, mais Nicholas continua de s'avancer vers l'espace qu'il venait d'occuper, les mains agrippées au vide. C'était comme si un ballon invisible avait flotté au-dessus de lui, attaché à la bretelle de sa combinaison, et l'avait tiré depuis le haut. Il oscillait, l'air conquérant, pointant un seul orteil à la fois sur le terrain, pivotant sur la pointe d'un pied et soudainement la ficelle fut coupée, et boum, il tomba par terre sur son derrière bien rembourré. Il me regarda et se mit à hurler.

« Mais tu marches ! dis-je à Nicholas. Je te promets que ça va devenir plus facile maintenant. Ce ne sera pas vrai du reste de ta vie, mais pour ça, oui. »

Je passai le reste de l'après-midi dehors, avec mon livre, le regardant subrepticement pendant qu'il recommençait ses essais sans fin. L'échec ne le décourageait pas du tout. La motivation accumulée dans ce petit corps était miraculeuse à voir. J'aurais aimé pouvoir faire des provisions de cette volonté de réussite et verser un peu de cet élixir, une goutte à la fois, sur mes élèves du lycée. Ils auraient soulevé des montagnes.

À présent, le club des Couseuses-Râleuses était riche au-delà de toute mesure historique. Dans la foulée de l'énorme succès de la vente de piñatas arriva un courant régulier de dons de l'extérieur. Loulou Campbell, la trésorière, avait de tout temps gardé les fonds du club dans une boîte à café dans l'arrière-boutique de l'Épicerie baptiste où elle travaillait. Mais lorsque le volume d'argent liquide eut dépassé la contenance de douze boîtes de lait maternisé premier-âge, elle se mit à avoir des bouffées d'angoisse. Loulou ouvrit un compte à la banque et confia le registre à doña Althea que des années de restauration de haut niveau avaient familiarisée avec l'opulence.

L'argent se languissait dans sa chambre forte tandis que les femmes en pesaient la signification. Ayant expédié leurs paons à travers le monde comme Noé l'avait fait de sa colombe durant le Déluge, elles attendaient que le monde en question leur inspirât une prochaine étape.

L'inspiration vint sous la forme d'un marchand d'art de Tucson. Du nom de Sean Rideheart, c'était un petit homme drôle, charmeur, qui comprenait aussi bien les gens qu'il s'y entendait en beauté. Le spectaculaire succès des piñatas de Grace (dont certaines avaient été revendues autour de cinq cents dollars) l'incita à faire un pèlerinage aux sources. Mr. Rideheart, déjà expert, était passé fin connaisseur : avant même d'avoir mis les pieds à Grace, il savait reconnaître les différents coups de patte. D'une valeur particulière étaient les œuvres de Mrs. Nuñez qui avait si bien su exploiter son *Encyclopédie Compton pour enfants*. Il désirait mieux connaître cette ville.

Je fis sa connaissance lors de sa troisième visite, au moment où il rencontra Viola. Il n'y avait pas cours ce jour-là – ce devait être, il me semble, l'anniversaire d'un Président – et je contemplais obstinément les nuages. Emelina me fichait la paix pendant mes mauvais jours ; j'avais la permission de ne rien faire, et même de ne pas faire semblant que je me sentais mieux, ce que je reconnaissais comme un acte de rare bonté humaine et que j'appréciais. Je passais la matinée assise dans la galerie d'Emelina, à regarder notre voisin, dont le toit était à hauteur de nos planchers. Nous étions en train de bénéficier d'une autre brève accalmie, comme si les nuages avaient décrété une mi-temps pour reprendre des forces. Notre voisin, Mr. Pye, mettait cet instant à profit pour inspecter son toit.

« Y a quèques fuites », lança-t-il amicalement. Je fis un geste de la main en retour, incertaine de ce qu'il fallait répondre. Je vis le haut de son casque d'ingénieur disparaître par à-coups le long de l'échelle, et reparaître très peu de temps après. Mr. Pye maniait l'échelle d'une main tout en gardant en équilibre un petit carton fatigué sur sa hanche. Cela me fit penser aux surprises qui étaient sorties de la kiva au pueblo de Santa Rosalia. Il s'agenouilla près de la cheminée, ouvrit la boîte tel un cadeau d'anniversaire, et en sortit précautionneusement quelques tuiles. Elles étaient vertes et en forme d'as de pique – parfaitement appariées à celles de son toit, mais d'un ton un peu plus vif. Vert pelouse plutôt que vieux bronze. Quelques mois plus tôt, je me souvenais d'avoir contemplé ce toit de tuiles anciennes et de m'être dit qu'elles seraient difficilement remplaçables.

La curiosité fut plus forte que ma lassitude. « Comment avez-vous réussi à assortir ces tuiles ? » lui lançai-je.

Il me regarda, perplexe.

« Où est-ce que vous avez trouvé ces tuiles neuves ? Elles sont parfaitement assorties. »

Il examina les tuiles qu'il avait à la main, comme s'il le remarquait pour la première fois, puis me répondit : « Ben, j'vous crois, elles viennent du même lot. J'en avais acheté deux cents de plus au moment où j'ai fait ce toit.

– À quelle époque c'était ? » demandai-je.

Il leva les yeux vers les nuages. J'ignore s'il interrogeait les nuages ou le passé. « Juste après la guerre, dit-il, ça devait être vers quarante-six. »

Juste à ce moment-là, Mr. Rideheart passait sur la route sous un parapluie bleu marine. Peut-être que, plus bas, d'où il venait, il pleuvait encore un peu. Il s'avança directement jusqu'à la galerie où j'étais assise, franchit les marches avec vivacité, secoua ses chaussures délicatement à plusieurs reprises comme pour en faire partir la boue (bien qu'elles aient été impeccables) et me tendit la main. J'avais pensé passer la journée, déprimée, engourdie, dans la solitude, et maintenant voilà que je me sentais gênée bien qu'honorée d'être assise au terme de la longue série d'efforts de Mr. Rideheart – comme une princesse dans un conte où abondent les épreuves insurmontables. Presque certaine, pourtant, qu'il n'avait pas fait tout ce chemin dans l'espoir de me trouver.

« Sean Rideheart », dit-il. Il avait des sourcils blancs et des yeux vert vif – un visage attirant.

« Codi Noline – je lui serrai la main – j'ai entendu parler de vous. Vous êtes le collectionneur de piñatas. »

Il se mit à rire. « On m'a donné bien des noms, dans ma jeunesse, mais celui-là c'est une première. Je suis à la recherche de Viola Domingos. » À mon invite, il prit place sur le seul siège de la galerie, en osier, de tempérament instable.

« Elle n'est pas là, dis-je. Il n'y a personne aujourd'hui. Viola et les enfants sont partis pour l'église. Il y a un genre de grande réjouissance là-bas, on repeint les saints.

– On repeint les saints ? » Mr. Rideheart tira un vaste mouchoir bleu de la poche de sa veste de tweed et nettoya ses verres de lunettes cerclés de métal avec le plus grand soin. Je l'observai un long moment, fascinée, jusqu'à ce qu'il lève les yeux vers moi.

« Les statues des saints, à l'église, expliquai-je. J'imagine qu'ils ont besoin d'être rafraîchis de temps à autre, comme tout le monde. Les femmes repeignent les saints, et les enfants se peignent mutuellement. »

Il remit ses lunettes et observa les toits en terrasses et les sommets des arbres qui descendaient la pente en gradins. Mr. Pye nous tournait le dos, à présent. Il était occupé, industrieux, à poser les tuiles qu'il avait mises de côté dans ce but dix ans avant la naissance de Hallie.

« Quel coin extraordinaire, finit par dire Mr. Rideheart. Vous habitez ici depuis combien de temps ? »

Il n'était pas facile de répondre à cette question. « J'y suis née, dis-je lentement. Mais actuellement je suis en visite prolongée. Mon temps est compté. »

Il soupira, embrassant du regard le chemin d'arbres en fleurs qui menait vers le barrage. « Ah oui bien sûr, mais n'est-ce pas le cas pour tout le monde. D'autant plus dommage. »

Au début, chez les Couseuses-Râleuses, l'opinion avait été divisée au sujet de Mr. Rideheart. Tandis qu'il était aimablement reçu dans les cuisines de la moitié des membres du club, où il buvait du thé, caressait ses moustaches blanches et écoutait avec sérieux les artistes de la piñata discuter de leurs méthodologies, l'autre moitié (sous la houlette de doña Althea) le soupçonnait d'être l'équivalent, version sud-ouest, d'un aventurier politique.

Mais, pour une fois, la Doña se trompait. Ses intentions étaient nobles et, en fin de compte, providentielles. Lorsque le club se réunit en mars à l'American Legion Hall à l'occasion de sa rencontre mensuelle, Mr. Rideheart fut invité en tant que conférencier. Il était censé parler de l'art populaire, ce qu'il fit, mais il s'intéressa surtout à Grace. Il révéla à ces femmes ce qu'elles avaient toujours su : que leur ville témoignait d'une mentalité et d'un tempérament totalement étrangers à son identité économique d'avant-poste de la société minière Black Mountain. Au cours du siècle dernier, alors que les hommes travaillaient sous terre pour dépouiller le cañon de ses richesses, là-haut, les femmes l'indemnisaient en nature. Elles le remboursaient sous forme de broderies, de paons, d'arbres fruitiers, de piñatas et d'enfants. Mr. Rideheart insinuait qu'il n'avait jamais connu d'endroit comparable au cañon de Gracela, et qu'on pouvait, qu'on devait le déclarer réserve historique. Il existait quelque chose qui s'appelait le Conservatoire national des sites historiques. Les éléments décisifs figurant sur cette liste, dit-il, étaient protégés des méfaits de l'industrie à l'instar des espèces en danger. Il reconnaissait que ce n'était pas parfait ; que figurer sur cette liste garantirait une mesure de protection contre les démolitions ou autres impacts négatifs. Autrement dit, l'homme pourrait toujours abattre l'éléphant bien que celui-ci ait été déclaré espèce en danger – ce qui ne le ressusciterait pas. Mais l'homme en sortirait entaché d'une bien mauvaise image.

« En réalité, ce ne sont pas nos maisons qui sont menacées par le poison et le barrage, fit remarquer Norma Galvez, ce sont les arbres. »

Mr. Rideheart répondit : « Vos arbres sont également historiques. »

Il connaissait tous les tenants et aboutissants de la conservation des sites classés. Il expliqua par où commencer, par où continuer, afin de veiller à ce que la rivière coule pure et sans obstacles. Il y aurait énormément de bureaucratie impliquée là-dedans, mais la procédure serait assez rapide. « Si l'on considère l'importance de la publicité qui l'a déjà mise en lumière, dit-il, en faisant un geste en direction de la fenêtre, ou peut-être des ondes invisibles de CBS, il me semble que cela pourrait se faire en moins de deux ans. »

Il dit que nous devrions faire des recherches afin de prouver l'ancienneté et la spécificité architecturale de la communauté. « Tout ce qui est photocopies, photographies, etc., peut s'avérer coûteux. Quelquefois, les communautés demandent une enveloppe de subventions. »

Après un court silence, Viola se prononça de manière succincte : « Nous n'avons pas besoin d'enveloppe de subventions. Nous sommes riches. » Un point c'était tout.

À un certain moment du printemps, je reçus une lettre de Carlo. Il avait réussi à mettre ses projets sur pied : il partait pour Telluride. Le changement de vitesses de notre vieille Renault avait fini par lâcher et il l'avait mise à la casse – il espérait que ça ne me peinerait pas trop. Il pensait prendre une moto, à moins que je ne vienne, auquel cas, nous achèterions une autre voiture.

J'étais dans un tel état, fonctionnant avec si peu de sommeil, tellement à bout de nerfs, que je ne savais que penser. Je savais qu'il faudrait que je me décide bientôt. Et j'étais touchée qu'il m'ait prise en compte quand il avait entrepris sa démarche comme si je faisais partie de la famille. Mais je ne ressentis rien à la lecture de ses mots ; sans doute était-ce simplement dû au vide identique à celui qui avait toujours existé entre nous. Les mots semblaient venir de très, très loin, avec la même tonalité étrange et comprimée d'une communication téléphonique par satellite. Je lisais chaque phrase avec soin, puis j'attendais de l'avoir enregistrée. Le nom de la ville fut la seule chose que je pus retenir clairement, avec ses syllabes pleines de résonance : Telluride. Un nom qui sonnait comme un ordre.

J'avais pris des distances vis-à-vis de Loyd à la suite de notre voyage. À cause de Hallie, bien sûr. Je me sentais coupable de ne pas avoir été là lorsque l'appel était arrivé. Loyd et moi avions ri et fait l'amour pendant toutes ces journées au cours desquelles la nouvelle était restée exposée comme un cadavre chez Doc Homer. Je ne l'avais même pas appelé le soir de notre retour en ville. Refusant que les vacances se terminent, nous étions allés directement passer la nuit chez Loyd. Chose étonnante, je n'avais jamais dormi dans son lit. Sa maison était entièrement son œuvre : un mobile-home adossé à la falaise de la partie haute du cañon de Gracela, posé sur des fondations de maçonnerie qu'année après année il avait construites lentement de ses mains. À force de travail, le gros œuvre avait peu à peu doublé la carcasse de métal, et pris la forme d'un rectangle de pierre, envahi de chèvrefeuille.

Dépouillé de sa verdure, le chèvrefeuille dessinait un rideau de dentelle sur la fenêtre de la chambre. Ses ombres se décalquaient avec légèreté sur les murs que je contemplai pendant les heures éclatantes du clair de lune de cette première nuit à la maison. Loyd me tint étroitement enlacée pendant qu'il dormait. Je ne parvins pas moi-même à trouver le sommeil, mais j'étais heureuse.

Le lendemain, au petit matin, il partit pour Yuma pour une période de sept jours, et je me rendis à pied chez Emelina afin de prendre mon petit déjeuner. Mais naturellement, à la façon dont les choses tournèrent, je ne mangeai pas – ni ce jour-là ni le suivant. Au moment où Loyd revint de Yuma, j'étais déjà bien trop mal pour en être émue.

C'était Uda Dell, au téléphone, qui me disait que Doc Homer était parti à Tucson se faire faire une tomographie. Elle appelait ça une « motographie ».

Je me relevai dans mon lit, en coinçant le récepteur pour tirer le châle autour de moi ; il n'y avait pas d'école en raison des vacances de printemps, de sorte que mon existence avait perdu le peu de sens de l'ordre qu'un travail quotidien pouvait encore m'imposer. « Quand est-il parti ? demandai-je. Simplement ce matin ? » Ce que je voulais lui demander c'était plutôt : « Pourquoi vous l'a-t-il dit à vous et pas à moi ? » Mais j'avais l'impression de connaître la réponse.

« Non, petite, il est parti hier. Il a pris le bus. » Uda paraissait occupée à l'autre bout du téléphone tandis qu'elle parlait. Toutes les quelques secondes, elle faisait une pause, et j'entendais un son aigu ascendant comme celui d'un tissu que l'on déchire.

« Vous a-t-il dit combien de temps il serait parti ? »

Il y eut un autre bruit de déchirure, puis la voix d'Uda. « Petite, il m'a absolument rien dit là-dessus. Je pense qu'il avait pas envie que ça se sache. Tu connais Doc Homer. Il aime pas qu'on fasse des histoires. [Déchirure...] Mais il venu me voir pour me demander de surveiller la maison. Au cas où toi ou quelqu'un d'autre le chercherait, il m'a simplement demandé de dire qu'il était parti à Tucson pour le week-end pour aller chercher des fournitures médicales. [Déchirure…] J'étais sûre qu'il y avait quelque chose qui clochait. Je l'avais jamais vu faire ça. Quand on a pu se passer de quelque chose pendant quarante ans, on peut encore s'en passer jusqu'au Jugement dernier, tu crois pas ? [Déchirure…] Alors je lui ai dit : “Doc vous me faites marcher ou quoi, il y de l'eau dans le gaz, c'est ça ?” alors il m'a répondu qu'en plus, il allait passer des tests pour son Alkazheimer et qu'on allait lui faire une motographie.

– Alors, bon, ça va », dis-je. C'était une épreuve que de suivre son raisonnement. Je voyais Uda d'ici : son large visage, aux joues bien rebondies et brillantes comme une prune. Je me frottai le haut de la tête et jetai un coup d'œil à la pendule, étonnée. J'avais sombré dans le sommeil à quatre heures du matin et – du jamais vu – j'avais dormi sept heures d'affilée.

« Alors, petite, je t'appelle pour te dire [Déchirure…] que ça me démangeait d'aller dans cette maison pour y faire du nettoyage. Je sais qu'il s'en est pas occupé, et j'voudrais pas le vexer, Dieu sait tout le bien que je pense de Doc, mais je crois bien qu'il faut que quelqu'un monte là-haut pour donner un coup. Et j'ai pensé que ça serait le bon moment, mais je trouvais que ça serait pas bien d'y aller. Parce que, depuis tout ce temps, j'ai toujours gardé la clé de quand je m'occupais de vous, les filles. Il a jamais voulu que je la lui rende. » Elle marqua un temps d'arrêt. « J'ai préféré appeler pour voir ce que tu en dirais. »

La clé était plus ou moins une affaire symbolique. Doc ne verrouillait jamais sa porte d'entrée. Personne ne le faisait à Grace. « Je crois que ce serait une bonne idée de faire le ménage, mais je crois aussi que cela le rendrait furieux. » J'hésitais, n'étant pas très sûre de mes fidélités. Dehors, par la fenêtre, j'apercevais John Tucker, dans la cour, équipé d'un mètre. Apparemment il mesurait les poutres centenaires qui supportaient le toit de la galerie à l'arrière de la maison. Je compris de quoi il s'agissait – l'inscription au registre du patrimoine. J'eus une idée lumineuse.

« Uda, je vais monter avec vous. Il faut que je fouille le grenier et que je retrouve des vieux documents sur la maison et le terrain pour la Conservation des sites historiques. J'avais l'intention de m'y mettre et vous pourriez me donner un coup de main. Nous n'aurons qu'à lui dire que vous m'avez aidée à chercher et que, emportées par notre élan, nous avons battu les tapis et épongé la salle de bains, pendant que nous y étions. En admettant qu'il s'en aperçoive. »

Uda se lança dans la conspiration avec la délectation d'une criminelle. Je tombai d'accord pour la retrouver chez Doc Homer une demi-heure plus tard.

Le grenier, d'une fraîcheur agréable, dégageait une odeur de sapin. Des décennies de chaleurs estivales avaient fait sortir des gouttelettes de résine des planchers bruts, lesquelles, par temps plus frais, se solidifiaient en petites billes ambrées qui s'éparpillaient dans toutes les directions quand nous déplacions les malles et les boîtes de carton. Cet après-midi reste fixé dans ma mémoire grâce à son odeur aiguë de résine et à ce cliquetis d'ambre particulier, pareil au son de roulements à billes dans une boîte. Il est surprenant que tant de souvenirs se construisent autour de choses que l'on n'a pas remarquées sur le moment.

Je fus étonnée de ce nous découvrîmes. La maladie de Doc Homer s'était surtout manifestée dans les pièces du bas ; ici, à l'étage, notre passé n'avait pas été touché par le chaos. Des empilements de cartons pleins de vieux vêtements appartenant à Hallie et à moi, de dissertations scolaires, d'albums de photos et de toutes sortes d'autres bricoles, étaient disposés en rangées nettes, étiquetés chronologiquement et par contenu. Je me sentais accablée par tant de preuves matérielles de notre passé familial. Je ne parvenais pas à comprendre pourquoi il les avait conservées. Il avait l'esprit tellement pratique. Par exemple, quel usage possible avait-il envisagé pour ce carton où était inscrit « ALICE, MATERNITÉ » ? Mais on ne se pose pas la question de l'intérêt d'un grenier. Les musées se justifient d'eux-mêmes.

« Regardez », dis-je à Uda, en penchant une boîte de carton pour qu'elle en vît l'intérieur : une trentaine de paires de chaussures orthopédiques noires, entassées de la plus petite à la plus grande, la pointe en l'air, aussi nettes que des œufs dans leur carton. Il y avait un peu plus de variété que dans mes souvenirs. Deux des paires étaient plutôt plus coquettes, des petits derbys noirs et marron. Une autre année – je m'en rappelais vaguement – on nous avait permis de les commander en daim anthracite.

Uda portait un grand tablier sur un vieux pantalon et une blouse à fleurs, et elle paraissait prête à tout. Ses boucles d'oreilles, des anneaux couleur lavande, étaient assorties à ses talons compensés, et elle avait noué un mouchoir sur ses cheveux. Je fus tentée de lui demander ce qu'elle déchirait ce matin. Elle se baissa à côté de moi et sortit une des chaussures les plus petites, la serrant dans sa paume comme un oiseau orphelin. « Mon Dieu, il prenait tellement soin de vous, les filles, et de vos pieds. Je me souviens de m'être dit, Ah, pitié ! quand ces filles seront assez grandes pour vouloir des talons, ce sera infernal. »

Je me mis à rire. « Il ne prenait pas seulement soin de nous. Il était obsédé. »

Uda baissa les yeux vers moi. « Ce qu'il voulait avant tout c'est que vous, les filles, soyez de bonnes petites, dit-elle. C'est difficile pour un homme seul, ma chérie. Tu ne peux pas savoir à quel point c'est difficile. Il se faisait un souci d'encre. Beaucoup de gens, tu sais, se seraient contentés de laisser leurs gamins aller à vau-l'eau. »

Elle s'interrompit, penchant un peu la tête, considérant la chaussure qu'elle avait à la main. « Une année, à Noël, je vous avais offert à toutes les deux des petits costumes de cow-boys, avec des carabines, et vous les adoriez, mais il a fallu qu'il vous ôte les carabines. Il refusait que vous fassiez même semblant de vous tuer. Je m'en suis vraiment voulu d'avoir fait ça. Réflexion faite, il avait raison. »

À mesure qu'elle parlait, toute l'histoire me revenait : les costumes de cow-boys et les carabines. Hallie et moi avions tenté de nous défendre sur le terrain moral, disant qu'il nous prenait ce qui nous appartenait. Il était debout devant la fenêtre, son mince visage tourné vers la lumière, s'adressant au monde extérieur : « Je n'accepterai pas que les voisins arment mes enfants comme des mercenaires. » Par la suite, je cherchai le mot « mercenaire » dans le dictionnaire et j'eus honte. Je dus expliquer la morale de l'armement à Hallie.

« Combien de temps vous êtes-vous occupée de nous ? demandai-je à Uda.

– Oh ! presque dix ans en tout, je pense. Jusqu'à l'âge de quatorze ans pour toi, et onze ans pour Hallie. Tu te souviens. Vous montiez chez moi après l'école et nous jouions à "Chat perché" et à "Loup y es-tu ?" dans le jardin. On s'amusait bien. Et je venais ici la nuit quand il devait s'occuper d'un bébé ou autre. Bien des soirs, vous vous êtes sauvées avec les petits Domingos, sans me dire où vous alliez. » Elle rit. « Une ou deux fois, je vous aurais bien flanqué une tannée. Vous étiez une paire de poisons. Elle était mauvaise et tu étais pire. »

Je me souvenais de ses bras lorsqu'ils étaient plus minces ; d'une Uda plus jeune. Et je me souvenais de moi, devant le comptoir de la cuisine, sur un tabouret, traçant à petits coups les empreintes de mes mains dans de la pâte farinée, pendant qu'elle tressait des lanières de pâte, blanches et minces comme des lambeaux de peau, pour en faire une impeccable croûte de tourte. J'étais en train de revivre en un éclair un torrent de souvenirs. J'avais peur de m'y noyer Mon crâne était tellement encombré d'images que j'en avais mal.

« Il vous a élevées pour faire de vous des bonnes filles », redit-elle. Elle allongea la main et me serra le haut du bras avant de remettre la chaussure dans sa boîte.

Je ne savais que lui dire de chercher, en vue du projet historique – tout document qui daterait la maison serait utile et, plus généralement, de vieilles photographies de toutes sortes. Uda semblait contente de mettre le nez au hasard dans les boîtes, quant à moi j'essayais de me repérer en lisant les étiquettes : PORCELAINE ET VAISSELLE PLATE. REGISTRES DE JARDINAGE. L'une d'elles indiquait le titre mystique d'ÉLECTRICITÉ. Je regardai dedans : des prises, du fil électrique, le réflecteur d'une lampe à infrarouge, une paire de gants de caoutchouc.

Je ne pus résister à me laisser distraire par celle qui indiquait TRAVAUX ARTISTIQUES, H., DE 3 À 6 ANS. Le sujet des pastels de Hallie c'était surtout nous deux, des sœurs dessinées en forme de bâtons et qui se tenaient par la main, ou simplement moi, avec mes cheveux vaguement orange qui rayonnaient de ma tête comme une tempête d'éruptions solaires. Nulle part ne figurait Doc Homer. Je me demandai s'il s'en était rendu compte. Sûrement. C'était lui qui avait ramassé chaque dessin, l'avait sauvé de la destruction et relégué dans une boîte étiquetée. L'archiviste invisible de nos vies.

Par curiosité, je cherchai la boîte correspondante intitulée TRAVAUX ARTISTIQUES, C. Comme je m'y attendais, elle était pleine de portraits de famille. Grande sœur, petite sœur, père, mère, avec un toit de guingois au-dessus de nos têtes et par-dessus tout ça, un soleil jaune, omniprésent. Cela ne représentait la réalité de personne d'autre que la mienne, mais voilà, elle existait. Ou peut-être, n'était-elle pas tant une affaire de réalité que d'attente – ce que je sentais que le monde me devait. Je tenais deux de nos dessins l'un à côté de l'autre et je conclus qu'il n'était pas surprenant que nous soyons différentes. Hallie et moi avions grandi dans des familles différentes.

« Voilà des photos », remarqua soudain Uda. Il y avait toute une rangée de boîtes marquées PHOTOGRAPHIES, accompagnées de suffixes indéchiffrables. J'en pris une marquée PHOTOGRAPHIES, AM JOUR GEN et découvris qu'elle était étonnamment légère, je l'emportais donc vers la fenêtre donnant à l'est et m'installai sur une grosse malle, posant la boîte sur mes genoux avant de l'ouvrir. À l'intérieur, il y avait des piles de tirages en 20 x 25, aux bords bruns roulottés comme des feuilles d'automne. Chacun d'eux représentait un nouveau-né au visage affolé et aux yeux couleur de bille blanche. Je les regardai l'un après l'autre, frappée de l'étrangeté de ces enfants. Bien sûr, j'étais au courant à propos de ces yeux, une anomalie de pigmentation qui était la preuve génétique d'une filiation Gracela des deux côtés. Mais je n'en avais jamais vu. Ils avaient tendance à foncer quelques heures après la naissance et, à notre époque, il était facile de traverser l'existence, que ce soit à Grace ou ailleurs, sans voir de nouveau-nés.

Au sommet de la pile de photos, il y avait une feuille manuscrite avec un en-tête : « Notes de méthodologie. » L'encre avait bruni. Ceci vaudrait pour tous ses articles sur la génétique : les annotations soigneuses de Doc Homer sur la façon dont il avait disposé l'appareil, la distance, la quantité de lumière. Apparemment il avait monté un dispositif qui employait des ampoules de flash très puissantes, du genre ancien, qui explosaient une fois utilisées. C'était avant l'avènement de l'électronique moderne.

Tous ces bébés. Comme ils avaient dû hurler dans la seconde qui avait suivi la photo prise au nom de la science. Ou au nom de son propre désir de se situer à part. Qu'existait-il de plus arrogant que de revenir faire une étude scientifique sur ses propres concitoyens, comme sur autant d'indigènes de Bornéo ? Je parcourus de nouveau les photos sans cesser de revenir sur un cliché, en particulier, qui me paraissait d'une troublante familiarité. Les yeux me regardaient comme s'ils me connaissaient. Je contemplai le bébé un long moment.

C'était moi.

« Tu avais l'air d'une vraie poupée », me dit Uda. Elle regardait par-dessus mon épaule.

« C'est moi ? Vous êtes sûre ? »

Elle prit le tas et les brassa comme dans un tour de cartes. Elle en sortit une autre photo. « Voilà Hallie. Vous ne vous ressembliez absolument pas à la naissance. » Pour elle, les yeux étaient un lieu commun, non pas un trait qui nous rapprochait, mais c'était le seul que je voyais. Pour moi, nous étions identiques.

Je tendis les deux photos vers la lumière, déroutée. Ces yeux étaient surnaturels. Nous étions deux bébés hors du commun. Exactement comme tous les autres de la pile de photos ; deux autres bébés de Grace. Doc Homer ne cherchait pas du tout à se démarquer, au contraire. Il prouvait que nous étions d'ici, que nous étions aussi pures que n'importe qui d'autre à Grace. Des deux côtés. *Le nom de notre mère était Althea. Sa famille le méprisait.*

« Nous sommes *puro* », dis-je tout haut. Puis je laissai tomber les photographies car j'entendis la petite explosion de verre du flash et devins aveugle. Je m'entendis pousser un curieux petit cri plaintif.

Puis Uda apparut dans mon champ de vision, en train de s'éloigner.

« Codi, mon petit, je descends secouer les tapis. J'essayerai de ne pas trop soulever de poussière. »

23

L'âme des bêtes

« Hallie, je vais mourir.

– Moi, c'est Codi.

– Je suis en train de mourir.

– Eh bien, oui, je sais. Nous tous aussi, plus ou moins. » Au bout d'une existence d'austérité affective, mon père et moi tombions dans le mélodrame. Lorsque je posais ma main sur la sienne, elle restait inerte sur le drap. C'est le diagnostic qui le tuait. Parfois, il en va ainsi.

« Où est Hallie ?

– S'il te plaît, ne recommence pas. Nous ignorons où elle est. Ne te fais pas de souci pour elle pour l'instant, entendu ? Nous ne pouvons rien faire. »

Il me jeta un regard accusateur : « Tu n'aurais pas dû monter sur le toboggan. Je t'ai défendue pour le principe mais c'était dangereux. »

Comment peut-on vivre avec des êtres bien-aimés une fois que leur cerveau a sombré dans l'anarchie ? Chaque jour, j'ai rejeté ses monologues déjantés, en espérant toujours que l'ordre émergerait, triomphant, dans l'univers de Doc Homer. Je me souviens d'un monument situé quelque part dans le désert, au nord de Tucson, à la mémoire d'un peloton, dévoué mais mal informé, d'hommes morts au cours d'une bataille liée à la guerre civile six mois après la reddition de Lee à

Appomattox[1]. C'est exactement ce que j'avais l'impression d'être – le soldat d'une cause perdue –, espérant encore que mon père guérirait. La douleur atteint le cœur à la vitesse électrique, mais la vérité progresse vers lui aussi lentement qu'un glacier.

Il ne prenait plus de Tacrine, son médicament expérimental ; à Tucson, les médecins s'étaient rendu compte que cela lui démolissait le foie. À présent, son cerveau détalait comme un crabe, constamment en quête de recoins sombres. Les personnes atteintes de ce mal peuvent traîner encore pendant six ou sept ans, avais-je lu, et c'est généralement ce qui se produisait. Mais pour Doc Homer, ce ne serait pas le cas.

« Est-ce que tu veux manger quelque chose ? Uda a apporté ce truc à base de biscuits, de noix et de pommes. Ça ressemble à un de tes mélanges.

– Non, merci. »

Sa chambre était la plus grande pièce de l'étage, avec ses murs vert foncé, son haut plafond blanc et ses fenêtres mansardées sur la partie ouest. Enfants, Hallie et moi étions rarement entrées dans cette pièce ; elle avait une aura d'importance et de secret, les deux choses qui attirent et effraient les enfants. Mais depuis deux jours que je prenais soin de Doc Homer ici, et quand je n'y pensais plus, j'avais conscience d'être la présence dominante dans la pièce. Avec mes grandes jambes et mes bottes, je me sentais pleine d'autorité en l'arpentant, arrangeant les rideaux, et déplaçant les meubles à ma convenance. J'avais essayé de tirer les persiennes, mais il les voulait ouvertes. Il insistait pour que la lumière entre, si bien que je laissais faire.

J'avais veillé nerveusement à son chevet jusque tard dans l'après-midi, à guetter un moment de lucidité. J'étais

1. Appomattox Court House, Virginie – Lieu où l'armée des confédérés du général Lee devait se rendre aux forces de l'Union du général Grant, au terme de la guerre civile américaine (9 avril 1865). *(N.d.T.)*

en train de me dire que ça ne venait pas. Je rapprochai ma chaise pour lui serrer fort la main afin de le forcer à me prêter attention. « Papa, j'aimerais te parler de maman.

– Ses reins n'étaient pas solides et on savait que cela pourrait arriver. Elle avait déjà souffert d'une insuffisance rénale au cours de la première grossesse. C'était risqué, elle le savait. »

Je n'essayai pas vraiment d'assimiler cette information. « Elle portait le nom d'Althea. Quels étaient ses liens avec doña Althea ?

– Aucun lien. » La réponse était arrivée, sèche et nette.

« Quel lien ? Je sais qu'elle était d'ici. J'ai trouvé des choses au grenier. Qu'était-elle, une petite-nièce ?

– Quelles choses, au grenier ?

– Une cousine ? » Je croisai les bras telle l'enfant têtue que j'étais.

Pas de réponse.

« Une petite-fille ? »

Son visage changea. « *Malcriado.*

– La famille de doña Althea ne voulait pas que tu l'épouses, c'est ça ? »

Il eut un petit rire bref, amer, d'une sonorité que je n'avais jamais entendue chez lui. « Nous étions des Nolina. » La façon dont il l'exprima en disait long.

« Et vous vous êtes mariés tout de même ? Vous vous êtes enfuis. » Je me penchai en avant et lui touchai le front, chose que je n'avais jamais faite jusqu'ici. Une sensation de fraîcheur et de finesse de peau, comme un légume. « C'est tellement romanesque. Tu ne sais pas que nous rêvons tous que nos parents l'aient fait ? Tu n'avais pas besoin de nous cacher une chose pareille.

– Tu ne comprends rien. » Il paraissait très lucide. Parfois, je le soupçonnais de feindre la confusion, ou du moins de l'utiliser à son avantage.

« C'est probablement vrai, dis-je, en ôtant ma main.

– Nous étions d'une famille peu estimée. Essaye de comprendre. Nous l'avons appris en même temps que les tables de multiplication et que le fait que les bêtes n'ont pas d'âme. Soit j'acceptais le verdict, soit j'avais la possibilité de prouver qu'il était faux.

– C'est ce que tu as fait. Tu as prouvé qu'il était faux. »

Dans la lumière oblique de l'après-midi, ses yeux étaient d'un bleu opalescent et sa peau translucide. Il regarda au plafond et j'eus une vision troublante de ses yeux de profil. « Je n'ai rien prouvé, dit-il. Je suis devenu un homme sans passé. Sans anges gardiens. En fin de compte, je me suis révélé une brute. Je n'ai pas racheté ma famille, je l'ai enterrée et j'ai bâti ma noble maison sur sa tombe. J'ai changé de nom.

– Tu as encore des tas d'anges gardiens.

– Je ne crois pas que beaucoup de gens en ville se rappellent que je suis un Nolina.

– Si, tu te trompes, ils se le rappellent. Je pense que les gens sont désolés. Et qu'ils t'aiment. Regarde ton réfrigérateur. »

Il me lança un regard bizarre, rempli d'amertume. Comment pouvait-il ne pas savoir que c'était vrai ? « Les réfrigérateurs ne conservent pas l'amour, dit-il.

– Et comment donc ! Le tien, si. Les femmes de cette ville te cuisinent des petits plats et des gâteaux comme si la fin du monde était proche. »

Il produisit un léger son en soufflant par le nez. Il ressemblait étrangement à un enfant.

« Ils n'arrivent sans doute pas à s'absoudre du passé, dis-je. Maman est morte avant qu'ils aient réussi à remettre les choses en ordre. Et par la suite, tu as en quelque sorte débranché ton téléphone, d'un point de vue affectif. »

Il détourna de nouveau les yeux. « Nous ne sommes pas d'ici, nous sommes venus du dehors. C'est notre mythe et, à Grace, tous les gens le croient, parce que c'est ce qu'ils veulent. Ils refusent de voir un Nolina en moi quand ils me regardent. Ils veulent quelqu'un en qui avoir confiance quand il s'agit des otites de leurs enfants. Et je suis cet homme. Si tu modifies suffisamment le présent, le passé s'y conforme.

– Non. Je suis bien certaine que tu te trompes là-dessus. Ce qui est vrai est vrai, quand bien même tu le nierais de toutes les façons possibles. »

Il ferma les yeux un instant. Je ne l'avais jamais vu fragile et affaibli. Tout le temps que j'avais été sa fille, il n'avait jamais été malade.

« Combien de temps vas-tu rester au lit ? demandai-je tout doucement au cas où il serait en train de s'endormir.

– Je suis épuisé.

– Je sais. Mais après un peu de repos, tu voudras peut-être te lever un moment. Je peux réchauffer de la soupe. »

Il n'ouvrit pas les yeux. « Tu crois que Hallie va revenir ?

– Je ne sais que penser. Nous devons nous convaincre que oui, tu ne crois pas ?

– Tu défends une vérité décrétée. Es-tu en train de me dire que nous sommes capables, par notre seule volonté, d'imposer à Hallie qu'elle revienne, saine et sauve ?

– Non. Je ne crois pas. Il nous faut simplement attendre. »

C'était la première conversation honnête que nous ayons eue au sujet de Hallie. Cela nous prit tous deux par surprise. Par la suite, nous restâmes un long moment silencieux, mais je savais qu'il ne dormait pas. Je voyais ses yeux aller et venir sous ses paupières comme s'il lisait ses propres pensées. Je me demandais bien à quoi elles ressemblaient, pendant ses moments de lucidité et de confusion. J'aurais vraiment aimé le savoir.

« Papa ? »

Il ouvrit lentement les yeux et fixa le plafond.

« M'as-tu réellement vue enterrer le bébé ? »

Il me regarda.

« Pourquoi n'avons-nous jamais parlé ? »

Il poussa un soupir. « Il arrive un point où on ne peut plus le faire.

– Tu aurais pu simplement me serrer dans tes bras, je ne sais pas, moi… »

Il se détourna. Ses cheveux gris, courts, se dressaient en volutes sur l'arrière de sa tête. Il dit : « On est vendredi, c'est ça ? L'analyse de Mrs. Nuñez doit rentrer aujourd'hui. Peux-tu tirer son bilan ?

– Oui, allez dors, maintenant, dis-je, en allongeant le bras pour lui tapoter l'épaule. Mais j'aimerais que tu te lèves et que tu t'habilles à un moment. Aujourd'hui ou demain, quand tu te sentiras capable de le faire.

– Je me sens bien.

– Parfait. Quand tu iras mieux, je veux que tu m'emmènes à l'endroit où je l'ai enterré. Je me souviens de beaucoup de choses de cette nuit-là. Du nettoyage de la salle de bains et de ce vieux pull noir de maman, de trucs comme ça. Mais je ne me souviens plus de l'endroit. »

Il ne promit rien. Je crois que, de nouveau, il avait oublié qui il était. Nous étions comiquement désynchronisés – un numéro de vaudeville familial. Ce que retrouvait l'un, l'autre le perdait.

Je reçus une lettre du conseil scolaire. Nous étions au début d'avril, bien après que j'ai mis fin à mes expéditions pleines d'espoir jusqu'à la boîte postale dont j'avais rendu la clé à Emelina, si bien que cette lettre apparut sur ma table au milieu de la vaisselle du petit déjeuner pendant que j'étais au lycée. Je la vis à la minute même où j'entrai, mais feignis de l'ignorer le plus longtemps possible. Je fis soigneusement le tour de l'autre côté de la table sur laquelle je lâchai une lourde pile de copies que je me mis à noter, tout en évitant de la regarder. « Un prédateur, c'est un gros qui mange les petits, écrivait Raymo. Un herbivore, c'est un mollasson de végétarien. Autrement dit, la viande qu'on mange. » Emelina l'avait coincée entre la tasse à café et un flacon d'aspirine. Pensait-elle qu'elle annonçait de mauvaises nouvelles ? Je cédai et l'ouvris fébrilement.

Je ne peux pas vraiment dire de quel genre étaient ces nouvelles. Des nouvelles surprenantes. On me notifiait que mon contrat allait être renouvelé pour l'année prochaine. Le trimestre n'était pas terminé, mais le conseil scolaire, conscient de ma situation exceptionnelle, voulait me donner un long préavis ; ils étaient désireux de me voir revenir à l'automne. Mon certificat d'enseignante temporaire pouvait facilement être prorogé, tout spécialement si j'avais l'intention de travailler à obtenir la certification. C'était un courrier personnel, rédigé de la part de tout le conseil et signé de quelqu'un que je connaissais de nom sans l'avoir jamais rencontré, un certain Mr. Leacock. Dans sa lettre, il évoquait la popularité dont je jouissais auprès des élèves et me félicitait de mes « présentations innovantes » et de l'« évolution dynamique d'un programme pertinent ». Il ne faisait mention ni de contraception ni de Mrs. Josephine Nash ni de couche d'ozone. Je me demandais dans quelle mesure ils étaient au courant ; cela m'angoissait un peu. Je lorgnais ce mot « dynamique » du coin de l'œil. Après m'être tuée à me faire accepter, j'avais finalement explosé, en partant dans une direction séditieuse et ainsi mérité une médaille d'or. « Nous sommes tous conscients de la difficulté d'intéresser les adolescents à une matière essentielle du cursus scolaire », écrivait Mr. Leacock. Quelqu'un avait apparemment compris que j'avais réussi dans cette entreprise. J'allais être couronnée prof de l'année ou quelque chose du même genre. Les professeurs et les enfants votaient tous, et à bulletin secret.

J'étais sidérée. Je fourrai la lettre dans la poche de ma vareuse de velours côtelé et partis faire une marche. Je grimpai rapidement la côte en passant devant le toit vert de Mr. Pye et devant Mrs. Nuñez qui, assise dans son fauteuil à bascule sur sa galerie, se penchait dangereusement en avant sur son siège dans l'espoir d'immobiliser une araignée véloce avec l'embout caoutchouté de sa canne. Elle brandit cette dernière en moulinant l'air avec jovialité à mon passage ; je lui rendis son salut. Je me posais des questions sur l'analyse qu'avait mentionnée Doc Homer dans son délire. Attendait-elle vraiment que quelqu'un, loin d'ici, examine ses cellules ou son sang et donne un verdict ? Ou bien était-ce une vieille histoire, une peine qu'elle était déjà en train de purger ?

En ville, le club 4-H[1] avait organisé une exposition de lapins et de poulets fantaisie dans des cages, devant le palais de justice. Dans le comté, une petite foire était prévue pour le week-end de Pâques. Les lapins étaient de race étrange, mais tous exactement semblables avec le bout des oreilles, des pattes et le poitrail marqués de noir et je pensai tout d'un coup qu'il serait tellement plus simple si les gens étaient tous comme eux, marqués d'une manière identique. À condition que je sois de la bonne race. Je changeais ma façon de penser : mes deux parents étaient nés à Grace de même que leurs parents avant eux. Il était possible que Doc Homer ait raison – j'avais si longtemps pensé autrement que c'était devenu vrai ; j'étais une étrangère, non seulement de conviction mais de chair et d'os.

Des enfants, à genoux à côté des cages, parlaient aux lapins à haute voix, introduisant des brins d'herbe fraîche arrachés à la pelouse du tribunal. Quelques chalands s'étaient laissé distraire de leurs courses de l'autre côté de la rue. Mary Lopez, une femme entre deux âges que j'avais rencontrée aux Couseuses-Râleuses, me fit signe de la main. Elle était là avec sa mère, une petite femme trapue à la longue natte noire qui lui tombait dans le dos. La vieille femme se penchait au-dessus des cages de lapins comme une enfant. Mary posa une main sur la nuque de sa mère d'un geste imperceptible qui me remua le cœur. Je pris le tournant en haut de la rue en direction de la maison de Loyd. Je savais qu'il était chez lui – ou le serait bientôt. Ces temps-ci son emploi du temps était assez régulier, assurant la navette de l'Amtrack jusqu'à Tucson, aller et retour. Nous restions en contact.

1. Institution américaine destinée à parfaire l'éducation morale et physique des jeunes des villes et des campagnes.

L'air sentait la terre fraîche, une odeur de printemps. J'avais le choix entre plusieurs trajets possibles et, par caprice, je pris une route moins familière. Je me retrouvai en train de marcher dans un quartier qui semblait vouloir m'attirer : l'ombre des tamaris, les chiens qui aboyaient sans se redresser. Une femme et son mari discutaient agréablement tout en cueillant des pamplemousses dans leur jardin. Les fruits bruissaient avec fermeté dans des sacs en papier pendant que la femme parlait d'une voix grave, régulière, et que l'homme répondait, sans discontinuer, un cycle d'irritation et d'amour tendres qui ne prendrait jamais fin.

« Oh quelle est jolie ! Vous êtes la nouvelle prof ? »

Je fis volte-face, surprise par un homme à vélomoteur. Je n'avais jamais posé les yeux sur lui auparavant, mais je fus totalement charmée de ses façons. Je me sentis comme la Miss Kitty du film *Gunsmoke*.

« Eh bien oui, dis-je.

– Vous voulez un bout de conduite ? Il y a deux méchants bouledogues plus haut, à l'angle.

– D'accord. » Je ramassai ma jupe et montai à califourchon à l'arrière de l'engin. Nous pétaradâmes en douceur devant les prétendus méchants bouledogues, affalés, leurs multiples mentons étalés sur leurs pattes.

« Mon fils Ricky fait partie des élèves de votre classe. Il dit que vous leur menez la vie dure.

– Ils me le rendent bien », dis-je.

Il rit. « Vous êtes la fille de Doc Homer, c'est ça ?

– Exact. Homer Nolina de la famille des minables Nolina. Fou d'amour, il a épousé sa cousine issue de germains. » Toute ma vie j'avais menti aux étrangers, pas étonnant. Elle était là la vérité et elle avait un côté conte de fées de deuxième catégorie. Mais ce que je voulais savoir, c'est si Doc Homer avait raison – si tout le monde avait oublié.

« Je n'ai jamais entendu parler de ça, dit mon chauffeur. J'ai simplement entendu dire qu'elle était morte.

– Elle est morte, oui. Mais elle est née et a été élevée ici même. Vous avez à peu près le même âge que moi, vous ne vous pouvez donc pas vous souvenir d'elle, mais c'est la vérité. Sa famille ne pensait pas de bien de mon père, à tel point qu'ils sont partis un certain temps et qu'il s'est mis à prendre des grands airs. »

Cela le fit rire. Mais il dit : « Vous ne devriez pas dire du mal d'un homme comme lui.

– Oh je sais. Doc Homer est enclin à se rendre utile. Mais je jure que, pour moi, la rancune a été le moteur de toute son existence.

– J'ai une vieille Ford qui fonctionne à peu près de la même façon. »

Dix secondes plus tard, il me déposait au bas du chemin qui menait chez Loyd. Il était assis dehors, en train de boire son café sous l'énorme prosopis qui ombrageait son jardin. Il sortait tout juste de la douche et n'était vêtu que de son pantalon de survêtement d'un gris doux. Ses cheveux humides retombaient librement sur ses épaules. Il parut très heureux de me voir, sans en être surpris : typique de lui. Rageant. Jack manifesta son enthousiasme en remuant la queue, mais Loyd s'abstint de tout mouvement désordonné. Il me laissa venir à lui, me baisser pour l'embrasser, m'asseoir sur un siège à côté de lui. Je pris curieusement conscience de son savoir-faire avec les animaux.

« Tu veux un café ?

– Non merci. »

Il restait assis à me regarder, souriant, en attente.

« Devine quoi », dis-je finalement, en lui tendant la lettre. Il la lut, avec un large sourire.

« Ça ne veut rien dire. Je peux encore décider de m'en aller.

– Ça veut dire quelque chose. Ça veut dire qu'ils te veulent, que tu restes ou non. Ça veut dire que tu es vraiment bonne dans ce que tu fais. »

Je repris la lettre et l'examinai, non les mots, mais l'objet en lui-même. « Je suppose que tu as raison, dis-je.

Je ne pense pas que quelqu'un m'ait jamais dit ça jusqu'ici. Pas dans une lettre. Je suppose que c'est quelque chose.

– Bien sûr, que c'est quelque chose.

– Je la voyais comme une décision de plus à prendre. Une complication.

– La vie est une complication.

– Évidemment, dis-je. La mort c'est sans doute du gâteau, en comparaison. »

Nous nous regardâmes pendant un moment. « Raconte-moi comment s'est passée ta journée, chéri », dis-je pour finir. Nous éclatâmes tous deux de rire.

« Une thune de plus sur le compte en banque, pépée.

– C'est donc ça ? Tu aimes conduire des trains ? Tu n'en parles jamais.

– Tu veux vraiment savoir ?

– Je pense bien.

– D'accord. Ouais, j'aime bien ça. Aujourd'hui, je suis parti à la pêche.

– Alors, pas d'Amtrack ?

– Non. Mission spéciale.

– Il fallait que tu ailles à la pêche ?

– Aller à la pêche c'est quand tu dois ramener un train dont l'équipe est restée en rade sur la voie principale.

– Toute l'équipe en panne ? » Je fus visitée par la pensée malvenue de Fenton Lee dans sa locomotive fauchée à la suite d'une collision frontale. Je savais que ce ne pouvait être ce dont parlait Loyd.

Il sourit. « En rade pendant les heures de service réglementaires. Ils avaient travaillé douze heures pleines mais il y avait des embrouilles quelque part et ils n'avaient pas encore atteint la gare. Tu ne peux pas travailler plus de douze heures d'affilée à cause de la fatigue et du danger ; c'est le règlement fédéral. Donc tu te contentes de t'arrêter là où tu te trouves et tu attends l'équipe de relève.

– Heureusement que les pilotes de ligne ne sont pas au même régime.

– Je parie qu'ils s'endorment aussi au volant plus fréquemment que nous ne le faisons.

– Alors vous êtes partis à la pêche.

– Moi, un autre mécanicien, un chef de train et un freineur, sommes tous allés gratos jusqu'à Dragoon pour ramener le train. L'équipe en panne est revenue à Grace en voiture.

– Et toi, alors, qu'est-ce que tu as fait, tu as ramené le train à Tucson ?

– Ouais.

– Ça veut dire quoi, qu'est-ce que tu fais exactement ? Il y a un volant de direction ? »

Il se mit à rire. « Non, tu actionnes des manettes, tu règles le frein, tu surveilles les signaux. Tu fais marcher ta tête. Aujourd'hui, il a fallu que je me creuse les méninges. J'étais le chef mécanicien et c'était un convoi vraiment très lourd, plus de dix mille tonnes. Il y avait deux locomotives de renfort couplées à l'arrière du train.

– Dix mille tonnes ? »

Il hocha la tête. « Un peu plus de deux kilomètres et demi de long.

– Et tu es dans la motrice. Et derrière, il y a deux locomotives qui poussent ?

– Ouais. Le plus difficile ça a été de franchir Dragoon. C'est une rampe qui n'en finit pas, une longue déclivité de Dragoon jusqu'au pont de Benson, et il y a une voie d'évitement où il faut parfois te ranger, à trente-cinq kilomètres à l'heure. Mais le train est tellement lourd qu'il n'a qu'une idée c'est de t'entraîner dans la pente. J'avais déjà cafouillé pas mal de fois dans cette côte. Entre toi et moi, une fois, je suis passé comme un dératé à quatre-vingt-dix à l'heure, en espérant que personne ne se présenterait sur la voie principale. Je n'aurais jamais pu prendre la voie d'évitement.

– J'imagine que personne ne s'est présenté.

– Non. Mais aujourd'hui, si, et j'ai réussi à nous en sortir. Aujourd'hui, j'ai fait exactement ce qu'il fallait. » Il me sourit au-dessus de sa tasse de café.

« Vas-y, raconte.

– Eh bien nous avons franchi le haut de la côte en dessous de la limite de vitesse et une fois la moitié du train passée de l'autre côté, j'ai mis la pression dans les freins au minimum. Ensuite, j'ai attendu que ça réagisse. Les freins réagissent tout le long du train, dans chaque wagon, de l'avant vers l'arrière. Et puis je me suis contenté de regarder monter le tachymètre.

– Tu accélérais encore ? Même après avoir freiné ?

– Tu as six mille tonnes de presque deux kilomètres de train qui descendent la colline derrière toi. Qu'est-ce que tu crois que ça peut faire ? »

Doc Homer avait aussi l'habitude de nous poser des colles, à Hallie et à moi, pour développer nos facultés cognitives.

« Mais il te reste encore quelques milliers de tonnes à faire grimper derrière toi.

– Exact. Un peu moins qui monte et un peu plus qui descend, à chaque minute. C'est la partie délicate. C'est le moment zen de la Southern Pacific. »

J'étais très impressionnée.

« Normalement, il faut que tu sois sacrément futé pour mettre le frein pendant que la moitié de ton train monte encore la côte. La queue du train peut se mettre à tirer vers l'arrière et à se séparer en deux.

– Oh, alors tu aurais deux trains.

– Alors, tu aurais droit aussi à des grandes vacances sans feuille de paye.

– Ah.

– Mais j'avais deux locomotives de secours capables de me pousser par l'arrière, si bien que j'étais pratiquement certain que le train ne casserait pas en deux. J'ai filé un message radio à mon mécanicien auxiliaire pour qu'il continue à pousser dans la montée à plein régime, régime maxi, puis de couper au minimum, une fois le sommet franchi.

– De sorte qu'il poussait pendant que toi tu freinais.

– Ouais. J'ai mis le frein suffisamment tôt, ce que je n'avais jamais réussi à faire jusqu'ici. On obtient presque l'inverse de ce que l'on croit être bien.

– Il n'y a donc personne pour te dire comment faire dans cette montée ?

– Non, parce que chaque train se comporte différemment en fonction de la côte à franchir. À chaque voyage, ça change complètement. Il faut apprendre à sentir ces choses-là.

– Donc, tu ne feras pas nécessairement la même chose la prochaine fois ?

– Pas exactement, non. Mais sur ce train-là, le réglage minimum a parfaitement suffi. Ensuite, j'ai donné du gaz pour maintenir le cap à soixante à l'heure. J'ai descendu la pente en passant par Sybil et Fenner, le dernier embranchement avant le pont de Benson. J'ai reçu un signal jaune après Sybil, c'est comme ça que j'ai su que je devais passer par Fenner. Ensuite nous avons reçu un signal clignotant jaune, et celui d'après, jaune suivi de rouge qui indiquait une voie d'évitement, et j'ai dû rétrograder jusqu'à trente-cinq à ce signal pour pouvoir m'engager dessus. Parce que, bien sûr, il y avait un train sur la voie principale direction est.

– Qu'est-ce qui se serait passé si tu avais été à quatre-vingt-dix comme la dernière fois ? »

Il me fit un clin d'œil. « Je ne recevrais pas de gentilles lettres me disant à quel point je suis bon dans mon boulot.

– Sérieusement. Que ferais-tu si tu voyais des phares te foncer dessus dans le noir ?

– Tu as su pour Fenton Lee, alors ?

– Qu'est-ce que tu ferais ? »

Loyd me regarda. « Je sauterais.

– Tu es sûr ?

– Ah ouais. Je l'ai déjà fait une fois quand j'étais chauffeur. Le mécanicien est arrivé trop vite sur l'embranchement et j'ai bien cru que ce con allait dérailler. J'ai giclé de là comme une volée de plombs. J'ai pris un énorme bleu aux fesses, et les gars se sont foutus de moi parce qu'en fin de compte ils n'ont pas déraillé. Rien à foutre. Il y des choses qui valent qu'on risque sa vie, mais un gros machin en fer n'en fait pas partie. »

Je le regardais boire son café. Avec la chaleur du soleil, ses cheveux avaient séché et repris leur lustre noir habituel. Les feuilles du prosopis projetaient des ombres duveteuses sur son visage et sur la pente musculeuse de sa poitrine. La vue de ses pieds nus m'émut bizarrement. J'eus désespérément envie de l'embarquer au lit.

« Bon. Tu es très doué pour le travail que tu fais, dis-je.

– Je commence.

– J'ignorais que c'était aussi compliqué. »

Il posa sa tasse et croisa les bras. « C'est drôlement bien pour un Indien, tu trouves pas ?

– Tu aurais pu m'en dire plus. »

Il sourit. « Codi, quelqu'un t'a-t-il jamais imposé des choses que tu ne voulais pas savoir ? »

Je calai, éludant la question. « Si je te disais que je veux aller tout de suite au lit avec toi, penserais-tu que je ne t'aime que pour ton intelligence ? »

Ses yeux brillèrent. « Je crois que je pourrais passer outre. »

Cette nuit-là, dans les bras de Loyd, je pleurai. Depuis cette journée dans le grenier avec Uda, désirs et colère s'étaient accumulés en moi et maintenant, ils déferlaient, ballottant mon cerveau en tous sens sur une piste folle menant vers le vide. Je parlai à Loyd des photographies et de choses sans rapport, de choses anciennes, comme la préparation de gâteaux avec Uda Dell. « J'ai fini par retrouver tous ces souvenirs qui m'échappaient jusqu'ici, mais je ne m'en sens pas mieux pour autant, dis-je.

– Quel genre de souvenirs ?

– Tout. En réalité, toute mon enfance. Dont j'ignorais que la plus grande partie était là. Et heureuse, dans l'ensemble. Mais Loyd, c'est comme si la bande magnétique s'était cassée quand j'avais quinze ans, et que ma vie n'ait commencé qu'à partir de là. La vie que j'avais vécue jusque-là avait été si différente – je ne sais pas comment te dire, mais je n'étais plus capable de renouer avec ce bonheur, j'avais tellement changé. C'était une autre petite fille, droite, aux yeux brillants, et qui jouait les braves pour sauver des coyotes de la noyade et les poulets de la marmite. Une petite idiote qui pensait que le soleil avait un visage souriant.

– Et qu'est-ce qui s'est passé quand elle avait quinze ans ? »

Je m'arrachai des bras de Loyd. L'avais-je incité à me poser cette question ? J'étais couchée, les yeux au plafond, me demandant si j'allais le lui dire. Si je n'avais plus que deux mois à rester à Grace, ce n'était pas assez long. « Je ne peux pas t'expliquer, dis-je. Je crois que tout d'un coup j'ai su que personne n'allait prendre soin de moi.

– Au lycée, tu avais plutôt l'air de bien savoir prendre soin de toi-même.

– Ce n'était sans doute qu'une apparence. Et c'est sans doute encore pareil maintenant. »

Loyd me ramena contre son épaule qui avait la dureté d'un porte-bébé indien sous ma tête. Il me caressait la joue. « Il te reste encore toute la famille qui t'a entourée dans ton enfance. Hallie se trouve quelque part. Elle reviendra. Et Doc Homer est toujours là.

– Aucun des deux n'est *ici*.

– Codi, pour chaque personne qui s'en va, il y en a une qui vient vers toi. Emelina pense que tu es sa sœur retrouvée. Tu sais ce qu'elle m'a dit ? Qu'elle voulait que tu restes pour toujours dans cette petite maison. Elle a dit que si je te laissais partir de Grace, elle me botterait le cul. Elle t'aime à la folie.

– Alors tout ça c'est un complot, dis-je.

– Ouais. Emelina m'a graissé la patte pour que je tombe amoureux de toi. » Il se mit à rire et me déposa un baiser sur les cheveux. « Chérie, il n'y a pas tant d'argent que ça sur la terre. »

Je n'avais pas envie d'être réconfortée. « Tu ne peux pas remplacer des gens que tu aimes par d'autres, dis-je. Ce n'est pas comme des vieilles godasses usées.

– Non. Mais tu peux être sûre que tu ne manqueras pas de gens à aimer.

– Je ne suis pas sûre de faire confiance à la vie à ce point. J'ai perdu ma mère. Tu ne peux pas savoir ce que c'est.

– Non, c'est vrai.

– Tu n'as aucune idée de toute cette histoire, Loyd. Tu ignores tout ce que j'ai perdu. »

Il m'entoura de ses bras et nous ne parlâmes plus, mais je sentais encore présent au fond de ma poitrine un petit nœud dur de colère auquel je m'accrochais. Mes ailes. La voie de mon salut.

J'avais enfin lu toutes les lettres de Hallie. Il y en avait une demi-douzaine que je n'avais jamais ouvertes, celles qui étaient arrivées après. Je savais qu'elle les avait postées avant d'être kidnappée – j'arrivais à en déchiffrer les tampons – mais je m'accrochais encore à l'espoir d'y trouver quelque indice qui aiderait à la faire revenir. Une fois que j'aurais ouvert ces lettres, cet espoir s'envolerait.

Pourtant j'avais dépassé un certain stade, à présent, comme le train de Loyd après avoir franchi le sommet de la colline. Le désir fou d'entendre Hallie, ne serait-ce que quelques minutes, se faisait plus pressant que tout ce que j'aurais pu avoir à perdre. Plus que jamais au cours de ma vie, j'avais besoin de lui demander que faire, comment vivre sans garanties, sans garde-fous.

Si bien que j'avais lu les lettres sans y trouver aucun indice. Seuls les détails ordinaires, navrants, de la guerre et de la vie rurale et de la lente progression de l'espoir.

J'avais oublié que sa dernière lettre, celle que j'avais lue pendant le voyage à Santa Rosalia, était un lot d'imprécations. Il fallut que je la sorte et que je la relise pour m'en souvenir, mais la hargne en avait disparu. « Si je reçois une autre lettre parlant de SAUVER LE MONDE, je t'envoie par retour du courrier une lettre piégée. » (Avais-je vraiment employé ces mots ? Pourtant, je savais que je l'avais fait, et plus d'une fois.) « Je n'espère pas voir la perfection avant de mourir. Ce qui te fait continuer, ce n'est pas une belle destination, mais simplement la route sur laquelle tu es, et le fait que tu saches conduire. » Deux heures après l'avoir postée, elle m'avait adressé des excuses désolées qui m'atteignaient maintenant, une existence plus tard. N'importe quel moment pouvait être ainsi, pensai-je. Un abîme infranchissable.

> Codi [écrivait-elle], je suis navrée, je ne me suis pas bien exprimée. Je déteste être l'objet d'une quelconque vénération. Je redoute de devenir une petite Doc Homer, dressée sur un piédestal de charité à dispenser mes bienfaits, faisant en sorte que chacun sache bien où est sa place. Je n'ai pas l'impression que cela se passe comme ça pour moi, mais c'est ce que tu redoutes le plus qui te suit à la trace. Je refuse que toi, plus que d'autres, tu me voies comme ça. Je ne suis pas en train de sauver le Nicaragua, je ne fais que ce que je supporte de faire dans la vie dans ces circonstances. Celles-ci étant qu'à Tucson, j'étais en train de crever au milieu des parasites de jardin. De travailler avec des réfugiés en même temps que je subventionnais la guerre qui les tuait. Il fallait que je m'en sorte.
>
> En vertu de notre citoyenneté, nous sommes d'un côté de cette guerre ou de l'autre. J'ai choisi mon camp. Et je sais que nous pouvons perdre. Je n'ai jamais vu des gens tant souffrir pour un idéal. Ils en ont marre à crever de l'embargo et de la guerre. Ils pourraient dire, oncle Sam, vote autre chose, simplement pour mettre fin à ce matraquage. Et tu sais quoi ? Ce n'est même pas ça que je prends en considération, là n'est pas le problème.
>
> Tu crois que la révolution est un grand tout ou rien. Moi, je la vois comme un matin de plus au milieu d'un champ de coton moite, à inspecter le dessous des feuilles pour voir ce qui s'est passé là, à inventer quelque chose qui n'ouvrira pas la voie à des problèmes plus graves la semaine d'après. En

ce moment précis, c'est ce que je fais. Tu me demandes pourquoi je n'ai pas peur d'aimer et de perdre, et la voilà ma réponse. Les guerres et les élections sont à la fois trop importantes et trop insignifiantes pour compter dans le long terme. Le travail quotidien – ça, ça se poursuit, ça s'additionne. Il va dans la terre, dans les récoltes, dans le ventre des enfants et leurs yeux brillants. Les bonnes choses ne se perdent pas.

Codi, voilà ce que j'ai décidé : le moins que tu puisses faire dans ta vie c'est de déterminer ce en quoi tu espères. Et le plus que tu puisses faire, c'est de vivre dans cette espérance. Non l'admirer de loin, mais vivre à plein dedans, sous son toit. Ce que je cherche est tellement simple que je ne peux pratiquement pas l'exprimer : l'élémentaire générosité. Assez à manger, assez d'espace pour circuler. La possibilité que les gosses puissent un jour grandir et ne soient ni les destructeurs ni les détruits. C'est à peu près tout. En ce moment même, je vis dans cet espoir, courant le long de son couloir en en touchant les murs des deux côtés.

Je ne peux pas te dire à quel point c'est bon de le vivre. Si tu savais. Je voudrais que tu arrêtes de battre ta coulpe en te reprochant d'être égoïste, et que tu le *sois* réellement, Codi. Tu es comme une mère. J'aimerais que tu saches comment te dissiper.

Je restai assise un long moment, essayant de comprendre quel genre de paix elle me demandait de faire.

Les autres étaient impersonnelles, pleines de descriptions et de l'habituel mélange de passages maniaco-dépressifs. Le temps avait été trop sec. Une expédition de tracteurs yougoslaves était arrivée et ça allait comme prévu. « Les John Deere étaient mieux, se lamentait-elle, mais il faut les manier comme des objets fragiles, ils peuvent tomber en rade à cause d'un boulon manquant. Les État-Unis refusent de faire du commerce avec nous, ce qui ne les empêche pas d'établir des listes secrètes, tatillonnes, de ce que nous obtenons du bloc de l'Est. L'embargo leur étant apparemment sorti de l'esprit. »

Dans une autre lettre, elle disait qu'elle entendait des tirs presque toutes les nuits. « Les gens parlent de la seconde reconstruction. Ils veulent dire après que les États-Unis les auront envahis. Nous nous levons chaque jour et scrutons l'horizon en cas d'holocauste. » Dans la même lettre, elle parlait de ses jeunes stagiaires et de la joie de voir une idée nouvelle s'enraciner dans un esprit ; je connaissais cet instant. Lorsque Raymo avait compris l'ADN, son expression s'était illuminée. Nous avions partagé quelque chose.

Je passai la plus grande partie de la nuit à relire les lettres, en remontant jusqu'à la première, celle qui était arrivée de la frontière du Guatemala où elle avait vu des femmes échapper à l'armée en portant leurs bébés et leur métier à tisser arrimés sur leur dos. Et plus tôt, sur la plage où elle avait observé un type qui vendait ses crevettes dans un seau dont le contrepoids était une cruche d'eau potable en plastique. Il buvait en même temps qu'il avançait, pour équilibrer sa charge. La pureté de la nécessité immédiate.

Mais les lettres prirent fin, s'achevant comme un livre ou une vie, et je n'eus plus d'autre choix de que revenir à la dernière, y cherchant désespérément un signe d'adieu. Il n'y en avait pas. C'était une description du spectacle des enfants, la veille de Noël, trois ou quatre mots sur Julio, et une histoire à son désavantage sur la façon dont elle avait cassé son assiette ce matin-là, au petit déjeuner. Naturellement, c'était un désastre ; il n'y avait qu'un exemplaire de chaque chose par personne à la maison. Elle était furieuse contre elle-même, de sa négligence, mais les femmes du voisinage avaient réussi à en trouver une nouvelle et plaisanté sur le fait qu'elle était en fer-blanc, incassable.

Rien d'autre. Ce qui se rapprochait le plus d'un pressentiment était arrivé quelques jours plus tôt, dans une note songeuse, parcimonieuse, qui disait : « Parfois, il m'arrive encore de faire des rêves américains. Littéralement, je veux dire. Je vois des fours à micro-ondes, des appareils de musculation et des rayons de supermarchés avec trente marques différentes de shampoing et je regarde ces choses bizarrement, dans mon rêve. Je suis là et je pense : “À quoi ça sert tout ça ? Quelle est donc la faim qui commande cet appétit.” Je crois que c’est la peur. Codi, j’espère que cela ne te fera pas de peine mais je pense que je ne rentrerai jamais. Je ne crois pas en être capable. »

Mon cauchemar personnel revint, sauf que cette fois je m’aperçus qu’il n’avait pas de rapport avec la cécité. C’était une ampoule de flash de l’appareil photo de mon père. Même dans mon rêve, je le savais, et je ne me réveillai pas au bruit d’explosion du verre. Je prenais le risque de rester là où j’étais et de poursuivre mon rêve. Ce que je vis ensuite, ce fut un visage de nouveau-né qui n’était pas le mien, mais celui de mon enfant, éclairé par le flash. Puis je vis son corps tout entier au clair de lune. C’était une fille de dix-sept ans, nue, avec de longs membres, et qui remontait le sentier menant vers la maison. J’étais dans la cuisine et je la voyais à travers l’écran grillagé de la porte tandis qu’elle s’avançait sur le chemin depuis la rivière. L’espace d’une seconde, elle disparut dans les ombres encrées sous les peupliers et j’en fus terrifiée, puis elle reparut à la lumière. Sa peau était d’une blancheur diffuse.

Je me disais : « Si elle essaye de franchir la porte grillagée et d’entrer dans la cuisine de Doc Homer, elle va s’évaporer. Elle ne doit pas pénétrer ici. » Alors je me précipitai dehors et la recueillis, pauvre fardeau de bras et jambes interminables. Je la transportai à travers le bois de peupliers et le long du sentier, loin de la maison. Au-dessus de nos têtes, une pleine lune couleur de craie, estompée d’un nuage, comme quelque chose de partiellement effacé. J’étais pliée en deux, je trébuchais et je me mettais à courir le long du lit de la rivière à sec, alourdie du poids absurde de cette enfant aux longues jambes, aussi grande que moi. Je ne lui parlais pas, ne la regardais pas, je me contentais de la porter.

Hallie me suivait le long du sentier. Je ne l'avais pas vue arriver, mais j'entendais sa voix toute proche derrière moi.

« Codi, arrête. Elle est trop lourde. Tu peux la déposer, à présent. » Je la serrais de toutes mes forces contre ma poitrine. « Non, je ne peux pas, elle va tomber.

– Laisse-la. Elle ne va pas tomber.

– Je ne peux pas. »

Hallie m'exhortait avec douceur. « Laisse-la. Lâche-la. Elle se mettra debout. »

Et je me réveillai les bras vides.

24

Celle qui avait de la chance

L'appel arriva à un moment ou à un autre avant que le jour ne se lève.

Tout en me brossant les dents, je regardais le miroir de près, prenant conscience de mon crâne, du fait que mes dents s'enracinaient dans de l'os et que mes pommettes et tous les autres os étaient juste sous la surface de ce qui m'était visible. Je me demandais comment j'avais pu ne pas les remarquer plus tôt, tous ces os. J'étais un squelette avec de la chair, des vêtements et des pensées. Tellement sûrs que nous sommes de cette rassurante distance qui sépare les vivants des morts. Je me rappelais comment j'avais eu recours à Mrs. Josephine Nash pour choquer mes élèves et forcer leur attention en cette première journée de lycée. Je croyais mieux qu'eux comprendre quelque chose à la mort. Je la croyais compréhensible.

J'étais encore devant la glace lorsque Loyd est entré. Je l'ai vu apparaître derrière moi. D'abord, il n'avait pas été là, ensuite il l'était. Il allait me conduire à Tucson. Il fallait que je me rende au consulat du Mexique pour y prendre une lettre recommandée et quelques documents, ensuite je signerais quelques autres paperasses en provenance du gouvernement du Nicaragua. Naturellement, il n'y avait pas de consulat nicaraguayen. C'était le ministre de l'Agriculture qui avait appelé. Nous étions en quelque sorte devenus amis bien qu'il soit peu probable que nous nous reparlions dans l'avenir. Ou si, peut-être. J'avais entendu dire de gens réunis par le malheur, qu'ils restaient en contact pendant des années et tenaient des réunions. Je pensais aux Boat People. À des directeurs d'entreprise coincés jusqu'au lendemain dans un ascenseur. De quelle manière commémoraient-ils l'événement ? Quels moments précis évoquaient-ils devant les autres ? Mes pensées s'égaillaient sur des chemins de hasard, comme ceux-ci, dans l'espoir d'aller se perdre dans un fourré.

Le ministre m'annonça qu'il y aurait un paquet qui viendrait plus tard. Non pas son corps, mais un colis d'effets personnels, quelques livres et des journaux intimes. Son assiette et sa tasse, ses vêtements, ces articles avaient été distribués aux voisins. Le corps resterait sur place. À un certain moment, elle avait demandé à être enterrée au Nicaragua si cela devait arriver un jour. Elle disait que le Nicaragua saurait faire bon usage de l'engrais.

Que m'a-t-elle dit personnellement en dernier ? De quoi avait-elle l'air ? Pourquoi suis-je incapable de me le rappeler ?

« Loyd, dit le visage dans le miroir. Qu'est-ce que je fais maintenant ?

– Tu enfiles tes chaussures.

– Bon. »

Le soleil se levait juste au moment où nous quittions Grace. Le monde paraissait inhospitalier.

« J'aurais dû y aller, dis-je.

– Et pour faire quoi ? »

Nous passâmes le long d'une ancienne décharge à l'extérieur de la ville. Je ne l'avais jamais remarquée, quoiqu'elle eût certainement été là bien avant que je ne sois née. Un homme se tenait sur le capot d'une voiture rouillée, s'abritant les yeux pour scruter le fond du ravin.

« Au téléphone, ils ont dit qu'elle avait les mains attachées, dis-je à Loyd. Il a raconté qu'ils l'avaient retrouvée comme ça. Mais ça, je n'en crois rien. Ça ne me paraît pas vraisemblable qu'elle ait laissé qui que ce soit l'attacher pour lui tirer une balle dans la tête.

– Ils se sont peut-être trompés, dit-il, peut-être que ça ne s'est pas passé exactement comme ça.

– Je connais ma sœur. Il me semble qu'elle aurait trouvé un moyen de s'enfuir.

– Attends de recevoir la lettre. Ça te dira tout.

– Ils se sont peut-être trompés, répétai-je. Peut-être. »

En l'espace d'une heure, le jour avait surmonté sa morosité première. À présent, il ressemblait à un jour normal, légèrement couvert. Cette normalité me mettait en rage, mais c'était un genre de colère d'impuissance qui ne renfermait aucun plaisir.

« Si je lui avais parlé de Doc Homer en décembre dernier, et dit à quel point il était mal, elle serait rentrée à la maison.

– Tu ne peux pas te le reprocher.

– Mais elle serait rentrée à la maison.

– Codi », dit Loyd, en me regardant sans terminer sa phrase. Son visage exprimait tant de peine que je ne voulus pas le voir. Il finit par dire : « Il va probablement te venir à l'esprit une centaine de petits détails qui auraient pu tout changer. Mais tu te trompes. Une vie comme celle de ta sœur n'a rien d'un petit poney qu'on peut diriger à volonté. C'est un train. Une fois qu'il a démarré, il est plus lourd que le ciel et la terre réunis : il reste sur sa lancée. »

Je n'ajoutai rien à cela. C'est à peine si Loyd se souvenait d'avoir rencontré ma sœur. Comment pouvait-il connaître le sens de sa vie ?

Sur l'Interstate, nous passâmes devant un accident terrible. Des voitures de flics et des ambulances étaient rassemblées, les gyrophares clignotant à tout va, faisant leur cirque. En nous rapprochant, nous dûmes ralentir ; une voie était bloquée par un semi-remorque dont l'avant était défoncé. Là-bas sur le terre-plein central, selon un angle qui n'avait aucun rapport avec le sens de la circulation, il y avait une décapotable blanche dont la carcasse était pliée en V de façon spectaculaire.

En la dépassant, je me rendis compte qu'en réalité ce n'était pas une décapotable ; le toit en avait été arraché et gisait de l'autre côté de la route. Un demi-cercle de verre et de chromes traversait l'autoroute comme une rivière remplie de bois flottant et d'épaves : une paire de lunettes de soleil, un sac de vinyle aux couleurs vives, un livre de poche. Au bout du camion remorque, il y avait un amas de ferraille. Je n'avais jamais vu une voiture aussi amochée.

« Je n'ai pas l'impression que quelqu'un ait pu se tirer vivant de là-dedans », dit Loyd.

Je pensai à Hallie qui, en sortant d'une bibliothèque, il y a des années, s'était souvenue d'avoir laissé ses lunettes de soleil et était retournée les chercher juste avant que la façade de marbre ne s'effondre. Elle aurait pu tout aussi bien mourir à ce moment-là. Cela ne faisait plus de différence à présent.

Celle qui avait une chance folle.

L'ambulance déboucha juste derrière nous, ses feux d'avertissement alternant comme des yeux qui clignaient follement. Nous nous en éloignâmes rapidement, sans aller trop vite. Loyd me vit regarder l'ambulance et jeta un coup d'œil dans le rétroviseur. « Ils n'ont pas l'air de se presser, on dirait. »

Juste au même moment, pendant que nous regardions, les lumières cessèrent de clignoter. Je compris que je venais juste d'être témoin de la mort de quelqu'un. Plus aucune raison de se presser désormais. Le désespoir envahit mes membres et je ne savais plus comment j'allais pouvoir survivre. J'imaginais sans arrêt à quoi avait dû ressembler cette petite voiture blanche une demi-heure plus tôt, et sa conductrice, quelque jeune femme qui écoutait la radio en vérifiant sa coiffure dans le rétroviseur, pensant à cet après-midi, à sa soirée ou à quelque menue course qui l'avait incitée à sortir.

« Pourquoi se préoccupe-t-on même de se lever le matin ? demandai-je à Loyd. Tu prends ton petit déjeuner, tu te nettoies les dents à fond pour avoir des gencives solides l'âge venant, et puis tu montes dans ta voiture, tu circules sur la route 10 et tu meurs. La vie est tellement bête que je ne la supporte plus.

– Hallie savait exactement ce qu'elle faisait. Il y avait rien de bête dans sa vie. »

Je criai pratiquement après Loyd : « Je ne pleure pas à propos de Hallie en ce moment. Je pleure à propos de cette fille qui vient juste de mourir dans l'ambulance. »

Il resta silencieux.

« Loyd, je ne sais pas ce que je vais faire. » J'avais peur que les muscles de ma poitrine ne se déchirent. Je pensai bêtement à la discussion de Doc Homer sur le tissu du foie et du cœur. Comme s'il importait qu'une partie de votre corps fût le siège de l'émotion, il pouvait se déchirer entièrement, ce n'était que de la chair. Doc Homer n'était même pas encore au courant. Je l'avais appelé et nous avions parlé et il était clair qu'il ne savait pas ce que je racontais. Il m'avait parlé de Hallie retenue après l'école. Peut-être ne comprendrait-il jamais, peut-être son esprit continuerait-il simplement à vagabonder sur d'autres pistes heureuses. Loyd me tendit son mouchoir dans lequel je m'efforçai de me moucher.

« Qu'est-ce qu'elle aurait aimé que tu fasses ?

– C'est elle qui aurait pleuré sur la personne à l'intérieur de cette saleté d'ambulance, qu'elle ne connaissait même pas. Pas moi. »

Je vis un éclair surgir des nuages sombres derrière les monts Catalina. Ce n'était pas l'époque de l'année propice aux orages. J'avais vu des photographies d'éclairs figés dans leur terrible splendeur, déchirant comme un couteau les rideaux du ciel. On dit que, pour prendre ce genre de photo, il suffit de laisser l'appareil ouvert par nuit noire pendant un orage, et qu'avec un peu de chance, on obtient une photo magnifique. On n'a aucune maîtrise.

« Hallie n'est pas morte, ce n'est qu'un rêve. » Je me renversai en arrière sur l'appui-tête et pleurai, mes doigts repliés contre ma bouche. Les larmes coulèrent dans l'échancrure de mon col et détrempèrent mon chemisier et pourtant je ne me réveillai pas.

25

La fuite

Monter dans le bus fut la chose la plus aisée du monde. Je n'avais pris avec moi que ce que j'étais capable de transporter. Emelina m'expédierait ma malle à Telluride.

Je remarquai de nouveau la décharge à la sortie de la ville. On aurait dû poser un panneau à cet endroit : BIENVENUE À GRACE. AU REVOIR GRACE. Des touffes d'herbe sèche pointaient des coques rouillées de grosses vieilles voitures qui faisaient le gros dos comme des éléphants, ces grandes bêtes moribondes de la plaine africaine. C'était au début de juin, peu après la fin de l'année scolaire. La terre était sèche comme du bois d'allumette et je me sentais aussi cassante qu'elle, comme si aucune pluie n'avait pu saturer mes épaisseurs externes et m'atteindre à cœur. J'étais une graine durcie au-delà de toute germination. Tout irait bien pour moi à Telluride. Carlo m'avait déniché un travail de modèle dans un stage d'arts plastiques pour cet été. Je resterais assise immobile pendant des heures tandis que des gens s'escrimeraient à capter les nuances de ma peau.

Uda Dell et Mrs. Quintana, l'assistante de Doc Homer depuis vingt et un ans, allaient se relayer auprès de lui. Son cabinet était fermé définitivement et désormais tout le monde partait se faire soigner au Nouveau-Mexique. Il n'y avait pas eu de drames lorsque cela était arrivé ; nous avions de tout temps cru qu'il était indispensable. Uda et Mrs. Quintana le révéraient. Je ne les voyais pas le nourrir ni lui boutonner sa chemise, mais je savais qu'elles se chargeraient de le faire. D'une manière ou d'une autre, le respect peut se muer en bonté, ce que l'amour n'est pas toujours capable de faire. Lorsque je montai là-bas pour lui dire au revoir, il était en train de manger un œuf à la coque et me déclara qu'il ne pouvait s'attarder, qu'il était pressé de se rendre à l'hôpital.

J'étais ballottée au gré des mouvements du bus Greyhound, me penchant dans les virages. Dans les moments de détente suffisante, je me faisais l'impression d'être un petit bloc de rocher dans l'espace, ne percevant de force d'attraction de nulle part : ni de là où j'allais ni de là où je venais. Ni de Carlo ni de Loyd, non plus que de Doc Homer. Ni de Hallie, qui n'existait pas.

« Où penses-tu que les gens vont quand ils meurent ? » m'avait demandé Loyd, la veille de mon départ. Il était sur le point de partir en train pour Tucson ; le jour d'après, il irait chercher l'Amtrack pour le ramener. Nous nous tenions sur le seuil de ma maison, sans avoir envie ni d'entrer ni de sortir, comme des novices qui tenteraient de mettre fin à une amourette. Sauf que ce n'était pas une conversation de novices.

« Nulle part. Je crois que lorsque les gens meurent, ils sont morts, un point c'est tout.

– Pas de ciel alors ? »

Je regardai le ciel. Il paraissait plutôt vide. « Non.

– La version pueblo, c'est que tout a commencé sous terre. Les gens, les animaux, tout. Et puis le blaireau, ayant creusé un trou, a laissé sortir tout le monde. Ils se sont extraits de là-dedans et, à partir de ce moment, ils ont vécu sur la terre. Quand ils meurent, ils retournent dessous. »

Je revoyais les kivas, les échelles et les milliers de murs de terre sèche de Santa Rosalia. J'entendais le cliquetis sec des clochettes de coquillage des danseurs du maïs : le chant exact des criquets qui montait de l'herbe. Je compris que Loyd était l'un des êtres les plus riches que j'eusse connu.

« J'essaye toujours de penser ainsi, dit-il au bout d'une minute. Qu'il a vécu une grande aventure ici, et qu'ensuite il est retourné chez lui. »

Leander, c'est-à-dire. J'eus mal au ventre à l'idée que Hallie servait d'engrais sous les tropiques. En me rappelant à quel point elle aimait ces imbéciles de bananiers et d'orchidées. Je dis : « J'ai l'impression que si je ne reste pas ici à pleurer Hallie, il n'y aura plus de famille pour en ressentir l'absence. Personne pour se souvenir d'elle.

– Et c'est ce que tu veux ? Qu'on oublie Hallie ? »

Je n'avais sûrement pas dit ce que je voulais. « Non. Je refuse simplement d'être celle qui reste à tant souffrir. Je voudrais être déjà partie. Si tu es déjà morte lorsqu'on te frappe d'un coup de couteau, tu ne sens rien.

– Partir ne te rendra pas morte. Tu seras tout bêtement vivante. Ailleurs.

– Ici, il y a Hallie. Quand je vivais ici, j'étais à moitié elle, à moitié moi.

– Partir ne changera pas ta manière de ressentir les choses.

– Mais je ne le saurai pas tant que je ne serai pas partie. »

Il prit ma main et l'examina de près comme si c'était un objet étranger, ce qu'elle me parut très exactement être. Il portait une chemise de velours côtelé vert, aux manches roulées jusqu'aux coudes, et j'eus l'impression que j'aurais pu garder les yeux fixés sur cette chemise aussi longtemps que Loyd choisirait de rester sur le seuil de ma maison. Il y avait tous ces petits sillons, le vert, la fibre du tissu. Si j'étais capable d'une attention aussi minutieuse, je serais capable de demeurer dans le monde, bien informée et sereine.

« De toute façon, tu te trompes, dit-il. Il y a de la famille ici pour la regretter.

– Doc Homer, Loyd, il est… je ne pense pas qu'il comprenne qu'elle n'est plus là.

– Je ne parlais pas de lui. »

Je changeai mon champ de vision de façon à inclure le bas du visage de Loyd et les pointes sombres de ses cheveux. Impossible d'enregistrer un être entier d'un seul coup. Comment avais-je pu vivre si longtemps et être aussi présomptueuse ?

« Je suis désolée pour tout, Loyd.

– Écoute, je sais ce que c'est. Tu penses que tu ne vas pas pouvoir survivre à ça. Et, en effet, tu n'y survivras pas. La personne que tu étais a disparu. Mais la moitié de toi qui est toujours vivante se réveillera un beau jour et prendra le dessus.

– Pourquoi faudrait-il que j'attende ça ? »

Il retourna ma main. « À ça, je ne peux pas répondre.

– Je suis désolée, Loyd.

– Moi aussi.

– Bon. Il faut que tu ailles au travail. » J'évitai ses yeux.

Loyd me prit le visage d'une main, posa l'autre au creux de mes reins et m'embrassa longuement. Sa bouche avait la fraîcheur du velours côtelé vert, quelque chose de simple que j'étais à même de comprendre. Nous avions commencé ce baiser debout, mais à la fin nous étions assis sur le pas de la porte.

« Il faut que tu t'en ailles », dis-je de nouveau. Ce fut la dernière chose, mes derniers mots à Loyd.

Quand lui et Jack furent partis, je restai un long moment à regarder la jungle vagabonde de la cour. Un oiseau-mouche, peut-être le même que celui qui avait incité Nicholas à marcher, faisait du sur place auprès des entonnoirs rouges des bignonias qui escaladaient mon mur. J'observais l'oiseau qui décrivait, dans son vol saccadé, un tracé invisible en dents de scie, s'arrêtant, puis se déplaçant sur la gauche, vers le haut, et retour, en couvrant un plan vertical avec tant de détermination qu'on aurait dit qu'il suivait une carte.

Je devinai la présence d'Emelina. Elle se tenait sur le seuil de sa porte de cuisine, abritant ses yeux, en train de m'observer. Je lui fis un signe de la main qu'elle ne me rendit pas. Son visage était tiré sous l'effet d'une colère muette, désarmée ; ce devait être la pire des choses qu'elle était capable d'exprimer à une amie. Elle ignorait mes ruses, qu'on pouvait simplement boucler son vieux cœur endurci et se mettre en route. Mon parcours devait lui être aussi indéchiffrable que celui de l'oiseau-mouche. Nous nous contentons d'être tous là, Emelina, avais-je envie de lui dire. À suivre nos cartes, à survivre à notre manière.

La porte de la cuisine se referma sans bruit et je compris que c'était son adieu le plus bienveillant. Le soleil était étrangement lumineux sur le mur blanchi à la chaux et l'oiseau-mouche était en suspens dans l'atmosphère, figé dans l'instant. Une photographie du temps présent.

Toute la matinée de mon dernier jour, des gens vinrent gratter doucement à ma porte comme des souris. Une légion de souris chargées de cadeaux. Pour la plupart, des femmes du club des Couseuses-Râleuses. Personne ne se montra aussi peu loquace qu'Emelina. Elles voulurent savoir ce que j'allais faire, où j'habiterais. Je fis mention du stage de l'école de peinture, sans plus de précisions.

« Nous t'aimons très fort, petite, dit Uda Dell. Je t'ai préparé un en-cas. Dedans, il y a des poivrons-bananes jaunes du jardin. Ils ne sont pas aussi gros que certaines années mais ils ont le goût qu'il faut. Reste donc un an de plus », ajouta-t-elle.

« As-tu un bon manteau pour l'hiver ? me demanda Norma Galvez. Il neige là-haut. Tu ferais aussi bien de rester ici. »

À leurs yeux, ma vie devait se réduire à une simple, à une pure affaire d'amour et de garde-robe adaptée. C'était comme si j'avais eu cinquante mères.

Dans la dernière heure précédant mon départ, je dus passer par la cuisine d'Emelina pour récupérer une paire de jeans dans la buanderie. John Tucker était en train de plier le linge. Il me dit qu'Emelina était couchée à l'étage avec un méchant mal de tête.

« Tu as un match de baseball aujourd'hui ? lui demandai-je.

– Ouais.

– Dommage, je ne serai pas là pour te voir gagner. »

Il sourit. En l'espace d'un an, je l'avais vu pousser comme une perche et perdre le plus gros de sa timidité. Sa voix commençait à muer. « Tu vas vraiment manquer à maman. Elle sera invivable le mois prochain. Elle va nous faire nettoyer à fond les poulaillers et tout le bazar.

– Tout est ma faute, dis-je en rattrapant un coin de drap qui se sauvait pour l'aider à le plier. Vous autres, les garçons, n'aurez qu'à m'envoyer des lettres d'injures à Telluride. »

Il se mit à rire. « D'accord.

– Si ça tourne trop mal, vous pouvez toujours vous échapper et venir me retrouver. Nous irons faire du ski. »

Il souleva son panier de linge et se dirigea vers l'escalier.

Quand je repassai par la cuisine, Viola était là, devant la table, tel un prédateur aux aguets.

« Assieds-toi, dit-elle. Économise tes souliers. »

J'étais sa proie de chair. Je m'assis.

« Oh ! là là ! gamine ! dit-elle.

– Qu'est-ce que ça veut dire ? Qu'il faut que je reste ici ?

– Évidemment que oui.

– Bon, dis-je.

– Mais personne n'a jamais rien pu te dire.

– C'est ce que je crois comprendre.

– Ça fait un moment que je voulais te parler.

– Je sais, Emelina est furieuse contre moi. »

Elle eut un geste d'impatience. « Si tu le sais pas déjà, c'est pas moi qui vais te l'apprendre.

– Oh. » Je pensais à ce qu'elle aurait peut-être d'autre à me révéler. « Je suis au courant, pour ma mère, dis-je. Je sais qu'elle était d'ici, qu'elle était une cousine ou quelque chose par rapport à doña Althea. Et qu'elle et Doc Homer se sont enfuis. »

Viola eut un léger sourire. « Sacré fils de pute. Il te l'a dit ?

– Plus ou moins. »

Elle rajusta son chignon à l'arrière de sa tête, le remettant en place en le plantant de quelques longues épingles vagabondes. « Eh bien, ce n'est pas de ça que je venais te parler. »

Nous restâmes à nous regarder mutuellement pendant un bon moment. Sur son T-shirt, était écrit AH ! LES PIZZAS DE MAMAN LENARDA. Je n'avais pas la moindre idée de sa provenance.

« Je ne suis pas censée te le dire, ajouta-t-elle.

– Qui dit ça ?

– Moi. Doc Homer me tuerait s'il le découvrait.

– Je ne pense pas qu'il y ait beaucoup de danger, Viola.

– Bon, mais c'est question de principes. »

À présent, j'étais pleine de curiosité. « Alors, vous m'avez fait asseoir pour me dire quelque chose, oui ou non ? »

Elle hésita, pesant maintenant de tout son poids sur ses coudes posés sur la table. « Je vous ai gardées, les filles, le jour où votre maman est morte.

– Vous nous avez gardées à la maison ? »

Elle fit oui de la tête. « J'étais censée le faire.

– Mais vous ne l'avez pas fait.

– J'ai pensé que tu avais le droit de dire au revoir à ta maman, comme tout le monde. De lui dire : "*Vaya con Dios.*" Ça ne regardait personne d'aller là-bas, ils y allaient comme au spectacle, mais ça te regardait toi, et tu n'avais pas la permission d'y aller. Hallie venait de naître, elle ne savait rien de toute façon, alors je l'ai laissée avec Uda Dell.

– Et vous m'avez emmenée dans le champ voir l'hélicoptère atterrir. »

Viola se renversa sur sa chaise. « Je ne dis pas que je l'ai fait, et je ne dis pas non plus que je ne l'ai pas fait.

– Alors qu'est-ce que vous dites ?

– Simplement que tu avais le droit. C'est tout. Maintenant, sauve-toi. *Que le vaya bien.* »

Le Greyhound était presque vide, courge sèche qui se balançait à travers le désert, déversant à l'occasion un pépin ou deux dans un avant-poste inhospitalier : Bowie, Willcox, Benson. Il faisait 45°C, là-bas, une chaleur que les gens n'auraient pas supportée à moins de devoir se rendre ailleurs à tout prix.

À la façon dont les choses avaient tourné, Grace ne connaîtrait pas la sécheresse. Les femmes des Couseuses-Râleuses avaient récupéré la rivière. Un vice-président de la compagnie minière Black Mountain était venu donner une conférence de presse à Phoenix pour annoncer qu'après soixante-dix années de relations productives et conviviales avec la population du cañon de Gracela, l'exploitation de la mine prendrait fin. En raison du fait que les opérations de lixiviation n'étaient plus rentables, dit-il. Le barrage serait démantelé. Naturellement, si cela avait entraîné des dégâts, toutes les réparations nécessaires seraient entreprises au profit de la population de Grace. Il ne fit pas mention de la pétition en faveur d'une inscription au registre du patrimoine qui avait été déposée une semaine plus tôt. On pouvait donc déplacer les montagnes. Maintenant, je le savais.

Lorsque mon bus fit escale à Willcox, une femme monta et choisit de s'asseoir à côté de moi plutôt que, je pense, de courir le risque de tomber plus mal. Elle était vêtue d'un ample jogging blanc et avait les cheveux d'une curieuse couleur métallique. Je passai les soixante-quinze kilomètres suivants à redouter une conversation que je n'étais pas d'humeur à soutenir, mais tout ce temps, elle ne cessa de froncer les sourcils en compulsant sa revue de jardinage.

Puis, soudainement, elle la brandit comme si cette dernière l'avait insultée. « Ça me tue de voir que des gens arrivent à faire pousser des belles-de-jour pareilles », dit-elle, en frappant la page du revers de sa main grassouillette.

Je jetai un coup d'œil sur les incroyables étalages floraux de son magazine. Je comprenais sa frustration. On voyait tout de suite que ces fleurs arrivaient par camion de quelque part, de serres climatisées, pour être disposées sur la pelouse juste avant la photo.

« Je me présente, Alice Kimball, expliqua la femme. Je récolte la pire espèce de limaces. »

Alice. Ma mère porterait-elle maintenant des joggings informes si ses organes ne l'avaient pas lâchée ? J'eus un semblant de sourire. « Où se mettent-elles ?

– Sur mes belles-de-jour. C'est ce que j'essaie de vous dire, de ma vie je n'ai été capable d'en faire pousser une. Les feuilles sont tellement pleines de trous qu'elles ont l'air minable. Et c'est qu'elles se mettent aussi dans la pelouse. Mon mari dit qu'il les entend brouter son herbe. Que faire ?

– Je ne suis pas la personne à qui il faut s'adresser. Mais ma sœur l'aurait été. Elle est ingénieur agronome, spécialisée dans les parasites et nuisibles. C'est elle qui répondait au numéro vert 626-PUCE à Tucson. »

Mrs. Kimball se dérida comme si je venais de lui offrir un bonbon à la menthe. « J'ai déjà appelé à ce numéro. Il y a une fille adorable au bout du fil, là-bas, qui vous dit tout ce que vous voulez savoir.

– C'est ma sœur à qui vous avez eu affaire. Hallie Noline. » J'étais étonnée de la coïncidence, mais encore une fois il était probable que la moitié des gens de Tucson avaient eu recours aux conseils de Hallie. Outre la moitié du Nicaragua. « Ça faisait partie de son travail. Elle a fait ça pendant six ans. »

Mrs. Kimball jeta un regard circulaire sur les sièges voisins au cas où Hallie se serait présentée pour lui offrir une consultation. « Vous voulez dire qu'elle est partie ? J'en pensais le plus grand bien.

– Ouais. Elle est partie. Elle a quitté le pays.

– Quitté le pays ?

– Elle est partie pour le Nicaragua. » Tout le monde ici devait la connaître de nom, pensai-je. Pendant la crise des otages en Iran, un symbole spécial apparaissait au moment des nouvelles : un homme aux yeux bandés, avec son nombre de jours de détention. Tout écolier levant les yeux de sa bande dessinée savait que cette histoire les concernait. Mais une nation savoure l'hostilité de ses ennemis, alors que Hallie avait prouvé la malveillance de certains hommes auxquels nous fournissions des mitrailleuses. Hallie était un squelette dans le placard national.

Certaines personnes étaient au courant. J'avais reçu une carte d'une religieuse de Minneapolis qui avait connu Hallie. Elle faisait partie de ces milliers de gens qui s'étaient rendus au Nicaragua pendant une semaine ou deux, disait-elle. Ils aidaient à la cueillette du café, ou bien, s'ils avaient une formation, ils accomplissaient d'autres tâches utiles. L'idée, c'était de se trouver justement là, dans cette zone dangereuse, de sorte que si les États-Unis attaquaient, ils le feraient aussi au détriment de certains de leurs propres concitoyens. Cette religieuse, sœur Sabina Martin, avait aidé à la vaccination. Elle avait rencontré ma sœur à la clinique de Chinandega, le jour où Hallie y avait transporté l'enfant qui avait avalé de l'herbicide de contact contenu dans une bouteille de Coca. La sœur et Hallie étaient restées une journée entière à son chevet, et elle me dit qu'aussi incroyable que cela puisse paraître, elle avait l'impression d'avoir bien connu Hallie à ce moment-là. Dans certaines situations, disait-elle, un après-midi peut équivaloir à une vie entière.

« Eh bien, dit Mrs. Kimball, au bout d'un moment. Elle doit vous manquer.

– Oui, quand ce sera bien entré dans ma tête. Il n'y a pas longtemps qu'elle est partie.

– Je sais ce vous éprouvez, dit Mrs. Kimball. J'ai perdu ma sœur en 1965. »

Je ne lui avais pas dit que Hallie était morte. Mrs. Kimball avait sauté sur le sujet de la mort de sa propre initiative. « Je suis désolée, dis-je, sans vouloir l'encourager à continuer, mais sans vouloir non plus l'ignorer.

– Elle est morte d'une rupture d'anévrisme depuis tout ce temps et il y a encore des jours où je me dis : “Ah, tiens, va falloir que je raconte ça à Phoebe !” Avant de me rendre compte. Je pense toujours qu'il est plus dur de croire qu'ils sont partis quand ça a été soudain.

– Ma sœur », dis-je, puis je m'interrompis, redoutant le mensonge que j'allais lui raconter. J'avais failli dire : « n'est pas morte ». J'entendis une voix familière dans ma tête, celle de la raconteuse d'histoires : « Je suis une joueuse de violoncelle qui se sauve de chez elle. Nous venons de Zanzibar, nous venons d'Irlande, notre mère est la reine des Pommes de Terre. » J'en avais fini de m'inventer pour d'autres gens. Je restai muette.

À quelques sièges de là, un couple d'adolescents s'étaient mis à se peloter avec enthousiasme. Je ne pouvais pas leur en tenir rigueur, le paysage était ennuyeux et vous aurait entraîné à bien des choses, mais ils me firent me sentir désespérément seule.

« Alors », dit Alice, se rappelant apparemment que c'était des parasites de jardin dont nous avions décidé de parler. « Qu'est-ce que vous feriez, vous, contre les limaces ?

– Vraiment, je n'en sais rien, je ne suis pas très douée en ce qui concerne les plantes. » Je réfléchis un moment à la question. « Je crois que ce que Hallie faisait, c'était de leur mettre de la bière, dans des petites boîtes de conserve. Ça les attire et elles tombent dedans, un truc comme ça. Je sais que ça peut paraître dément, mais je suis presque sûre que c'est ça.

– Eh bien. » Elle m'étudiait pensivement. « Nous ne buvons pas, mon mari et moi, mais j'imagine que je pourrais aller acheter de la bière pour les limaces. Vous connaissez la marque ?

– Je ne pense pas que ça ait une grande importance. Ce qu'il y a en rayon.

– Très bien, je vais faire ça », dit Mrs. Kimball. Elle ouvrit de nouveau sa revue à la page de ces râlantes belles-de-jour, mais la referma immédiatement, en marquant sa page d'un doigt. « Vous devriez essayer de rester en contact avec votre sœur, me dit-elle. Les jeunes pensent que rien n'arrive jamais. Il faut chérir sa famille tant qu'on l'a.

– En réalité, je n'en ai pas, dis-je, lui en voulant de ses suppositions. Elle a disparu. Ma mère est morte quand j'étais petite, et mon père sera sans doute mort avant la fin de l'année, mon bébé est mort, et maintenant, ma sœur est morte aussi. Peut-être ne suis-je pas aussi jeune que vous le pensez. »

Mrs. Kimball eut l'air abasourdi. « Votre sœur ? Celle du téléphone ?

– Elle a été tuée par les contras. Ceux de là-bas à qui nous envoyons tout cet argent. J'imagine que vous en avez entendu parler. »

Elle parut embarrassée. « Je ne sais pas. C'est possible.

– Ça a fait la une à Tucson, au moins l'espace d'une journée. On oublie, c'est tout. C'est la grande maladie américaine, nous oublions. Nous voyons les catastrophes défiler à la télévision, et à chaque fois nous disons : "Oublions ça. C'est le problème de quelqu'un d'autre." »

Je suppose que j'étais en train, comme l'aurait dit Rita Cardenal, de péter un plomb. Je m'abstins de regarder Mrs. Kimball, mais je vis son magazine glisser lentement vers ses genoux. Je jetai un coup d'œil au jardin coloré sur la couverture de sa revue et me sentis étrangement calme. « Ils l'ont kidnappée, un matin, dans un champ de coton, dis-je. Ils l'ont retenue prisonnière pendant des semaines et des semaines, et nous avons gardé espoir, mais ensuite, ils ont déménagé tout le monde dans un autre camp et ils ont tué certains des prisonniers. Huit d'entre eux. Hallie et sept hommes. Tous les hommes étaient des enseignants. Ils leur ont attaché les mains derrière le dos, leur ont tiré une balle dans la tête et les ont laissés assis en rang sur le bord de la route, dans une forêt, tout près de la frontière. Tous orientés vers le sud. »

Je sentais une boule dure dans la poitrine car c'était la seule image que je voyais très distinctement. Je la vois encore. Ma voix me donnait l'impression de sortir de la gorge de quelqu'un d'autre, quelqu'un qui aurait eu une sœur morte et serait capable de parler de ces choses. « L'homme qui les a trouvés, remontait en voiture depuis Esteli par la route, et d'abord, quand il les a aperçus tous assis là, il s'est dit : "Ah, ça fait trop. Je ne peux pas les prendre, ils ne tiendront pas dans ma voiture." »

Mrs. Kimball et moi restâmes silencieuses après ça. Je jetai un coup d'œil par la fenêtre. Loin au sud, des formes coniques peu élevées montaient sur le fond de ciel clair, uniforme. Ces montagnes lointaines se trouvaient sans doute au Mexique, je le savais, bien que les frontières sur cette terre aride n'eussent pas voulu dire grand-chose. J'entendis Mrs. Kimball tourner une page de sa revue. Nous étions restées silencieuses pendant plus d'une heure avant qu'elle ne commence à me parler de ses belles-de-jour, mais le silence se remarquait davantage maintenant que nous l'avions interrompu par notre petite conversation. La conscience est tout. Une fois, Hallie m'avait fait remarquer que les gens s'inquiétaient beaucoup plus de l'éternité *après* leur mort que de celle qui avait précédé leur naissance. Mais c'était la même quantité d'infini qui se déroulait dans toutes les directions à partir de là où nous étions.

Mon avion était censé décoller pour Denver, mais il s'attarda sur la piste un très long moment. J'étais assise près du hublot et je pus voir les autres avions lever le nez les uns après les autres et rejoindre le sillon d'une route invisible dans le ciel. Je n'étais pas impatiente. Normalement, à ce stade du vol, mon cœur se mettait à battre la chamade et ma bouche se remplissait de coton, mais aujourd'hui mes entrailles me fichaient la paix. C'était sans importance surtout si nous allions terminer dans la fournaise d'un crash.

Je me disais que peut-être les contrôleurs aériens essayaient de décider si nous méritions de partir ; nous n'étions qu'un petit bimoteur, à peine rempli. À quelques sièges devant moi, une mère faisait la leçon à son gamin d'âge préscolaire qui pleurait d'avance en sachant qu'il aurait mal aux oreilles au décollage. Ils n'en étaient pas à la première étape de leur voyage.

« Tu déglutis, mon chéri. N'oublie surtout pas de déglutir, ça soulage les oreilles. Et de bâiller.

– J'arrive pas à bâiller.

– Bien sûr que si. » Elle lui fit la démonstration, sa voix s'enflant avec le bâillement : « Pense que tu as très, très envie de dormir. » Les gens se mirent à bâiller tout du long jusqu'à la zone fumeurs tellement la force de suggestion de la mère était grande. Je me sentis envahie de tristesse.

Le siège de ma rangée qui donnait sur le couloir central était occupé par une adolescente et le siège vacant entre nous se remplissait de ses débordements d'affaires. Elle y jeta une brosse à cheveux, un fer à friser – vlan ! vlan ! – et tira un miroir conséquent d'une trousse de maquillage de la taille de mon sac de voyage. Elle se mit à se pommader soigneusement les paupières de traits d'ombre. Quand elle cilla, ses paupières battirent tels des pavillons étrangers.

« Laisse un peu tomber, Brenda, dit l'homme qui était assis de l'autre côté de l'allée. Tu ne vas pas voir ton chéri pendant dix jours entiers. Pourquoi ne pas en profiter pour laisser ton visage respirer ? »

Brenda ignora le conseil, profondément absorbée dans la contemplation de son miroir pendant que ses parents assis aux places B et C lui jetaient le mauvais œil. La mère portait une combinaison à pois avec des boucles d'oreilles également à pois, le tout un peu trop tapageur, même pour un premier jour de vacances. L'homme portait un radieux pantalon de golf qui jurait avec son humeur. Il était difficile de les ignorer, mais Brenda avait de l'entraînement.

Elle jeta un coup d'œil serein à son poignet gauche, orné de trois montres distinctes aux bracelets de plastique de trois nuances différentes rappelant son fard à paupières. Chaque mèche de ses cheveux semblait avoir été laquée individuellement et maintenue en place par la torture. Quoi qu'on pût en penser esthétiquement, le résultat était admirable. La plupart des gens s'investissaient moins dans leur boulot.

« Brenda, chérie, je te prie d'écouter quand ton père te parle, dit la femme à pois. Peux-tu faire un effort s'il te plaît ? Vous entendre vous chamailler ton père et toi pendant une semaine et demie ne correspond pas à mon idée des vacances.

– Vous auriez dû me laisser à la maison, dit tranquillement Brenda, les yeux droit devant elle. "Chéri, j'ai l'impression que nous avons oublié quelque chose. Est-ce que j'ai laissé le fer allumé ? Non, nous avons oublié Brenda." » Elle me lança un coup d'œil et je crois que j'eus un léger sourire. En l'occurrence, je ne pouvais m'empêcher de prendre le parti de Brenda. Au cours de ma période d'enseignement, j'avais acquis de la sympathie pour la gent adolescente. Si j'avais dû voyager avec ces deux-là, je me serais probablement barbouillé la figure en bleu – de dépit.

Après quelques secousses, l'avion se mit à rouler en grinçant le long de la piste, puis il prit de la vitesse. Nous décollâmes sans aucune annonce préalable. « Équipage, préparez-vous au décollage » sortit en une seule éructation brouillée de l'interphone et des femmes en escarpins et tailleurs sombres se précipitèrent comme mues par une sirène d'alerte aérienne. Je fermai les yeux et renversai la tête en arrière, essayant de m'accrocher à mon indifférence viscérale, mais tout lâcha. Mon cœur m'avait rattrapée. J'entendis le petit garçon bavarder avec sa mère et je bâillai de nervosité. Tant de choses dans la vie relèvent de l'instinct : le désir, le bâillement, la peur, la volonté de vivre. Nous quittâmes la terre et grimpâmes droit dans le vide.

J'avais pour habitude de compter les secondes le temps du décollage, l'esprit occupé à évoquer des flashes d'information du genre : « Il s'est écrasé dans un pré quelques secondes seulement après le décollage... » J'ignore où j'étais allée chercher l'idée qu'il fallait sept minutes pour dépasser un péril imminent. Je comptais jusqu'à soixante puis je recommençais. Nous étions dans les airs depuis peut-être trois ou quatre minutes lorsque la voix grave du pilote texan émergea de l'interphone. « Chers amis, vous voudrez bien nous excuser du retard au décollage. Nous avons eu des difficultés à faire démarrer une de ces vieilles carnes de moteurs. »

L'annonce me fit rouvrir les yeux de frousse. Je lançai un regard à Brenda, qui arrondit les siens de manière comique. « Super ! dit-elle.

– Charmant d'apprendre que l'on traverse ce ciel accueillant à bord d'un seau rempli de boulons. »

Brenda éclata de rire. « Comme la voiture de mon petit copain.

– J'ai l'impression que nous serions davantage en sécurité dans la voiture de votre petit copain.

– Tout le monde n'est pas de cet avis », dit-elle inclinant la tête en direction de l'autre côté de l'allée.

Je refermai les yeux. J'essayais de me détendre, mais ne pouvais m'empêcher de guetter tout changement de diapason dans les bruits du moteur. Ils me paraissaient anormaux. Soudainement, je me confiai à Brenda : « Vous savez, je déteste voyager en avion. J'ai une trouille horrible. »

N'ayant jamais franchement admis la chose jusqu'ici, je fus surprise qu'elle sorte aussi naturellement. En fait, la vérité suppose très peu d'entraînement. Brenda allongea le bras et me tapota la main.

« Allô, ici le capitaine Sampson. Je suis désolé de vous annoncer que le moteur nous lâche une fois de plus. »

Malgré moi, je jetai un coup d'œil sur l'aile afin de vérifier si quelque chose était vraiment tombé. Mon cœur battait fort avec des sautes de rythme et je sentais que j'allais mourir de peur. Le bout des doigts de ma main droite posé sur mon poignet gauche, je traquais les ratés de mon cœur affolé. Si j'étais réellement sur le point de mourir, je voulais en être la première avertie.

Au bout d'une minute, durant laquelle j'imaginai le capitaine Sampson et son copilote tenter le tout pour le tout, la voix traînante, paternelle, crachota de nouveau dans l'interphone. « Nous pourrions sans doute pousser jusqu'à Stapleton avec un seul moteur, dit-il, mais nous préférons jouer la carte sécurité. Nous faisons demi-tour sur Tucson pour voir si on peut nous fournir un autre matériel. »

Je détestai le son du mot « matériel ». J'eus des visions d'hommes en bleus de travail accourant pour nous ficeler un moteur de secours sous l'aile. Si tant est que nous parvenions jusqu'à l'aéroport. Soudain nous penchâmes si brutalement que mon estomac chavira. Je devais avoir blêmi car Brenda allongea de nouveau le bras et me pressa la main.

« Essayez de penser à quelque chose qui détend, dit-elle. Imaginez-vous en train d'embrasser votre petit copain.

– Ça détend ? »

Elle sourit. « Non, mais pendant ce temps-là vous ne pensez à rien. »

Elle avait raison, cela fit effet une seconde ou deux. Je pensai au dernier baiser échangé avec Loyd sur le pas de ma porte à Grace. Mais cela me serra également le cœur, ce qui fit que, distrait, il négligea sa tâche une fois de plus. Une nausée montait du fond de ma gorge. Je fermai les yeux, mais le vertige est une détresse interne ; faire fi du monde ne change rien à l'affaire. L'avion pencha de nouveau dangereusement.

Nous étions dans une position qui n'avait rien de naturel, à la verticale dans l'atmosphère, en chute libre, sans rien pour nous retenir.

Lorsque enfin nous reprîmes l'équilibre, j'ouvris les yeux. Nous survolions Tucson en rase-mottes et je fus réconfortée – de façon parfaitement irrationnelle, je le sais – par la proximité des choses. Des pâtés de maisons se serraient les uns contre les autres comme pour se rassurer, et entre eux s'étendaient de vastes pans de désert couleur chair. Le sol tavelé était parcouru des minces nervures ramifiées de cours d'eau, comme des veines sur le dos de la main. On avait l'impression qu'il y avait de l'eau dans les rivières, ce qui n'était pas le cas, à ma connaissance. À cette époque de l'année, elles n'étaient que des fleuves de sable à sec.

La poussée d'adrénaline m'avait comme lavée. Je regardai intensément par la fenêtre et réalisai brusquement que tout ce que je voyais abondait en couleurs. Un voile aquarellé de lumière d'été était posé sur les monts Catalina. La fin d'une dépression possède cette clarté : c'est comme si vous aviez vécu sous l'eau sans jamais le réaliser jusqu'à ce que vous remontiez respirer. J'avais cessé de voir les couleurs depuis que j'avais perdu Hallie. Je réfléchis profondément, essayant de me rappeler. Cela paraissait incroyable, mais il n'y en avait pas. Ou presque pas. La chemise verte en velours côtelé de Loyd et les fleurs rouges et l'oiseau-mouche se détachant sur le mur éclairé violemment, le moment où Emelina me disait au revoir. Et c'était tout. Avant ça, la dernière chose en couleur dont je me souvenais nettement, c'était Santa Rosalia dans ses nuances infinies de brun.

Je ris de moi d'avoir dans mes veines le sang phobique de ma mère. Et d'avoir dit à Alice Kimball comment se débarrasser des limaces. D'avoir pratiqué tous ces métiers de la famille sans autorisation. Il me paraissait extraordinaire et fortuit d'être en vie. Je me sentais envahie de tous ces messages sensoriels qui constituent la vie, au contraire de la survie, et je reconnaissais en cela quelque chose de proche de la joie. Tandis que nous survolions la ville pendant la descente, chaque bâtiment, chaque jardin apparaissait comme magnifiquement distinct. J'oubliai mon cœur, le laissai se débrouiller tout seul. Nous passâmes au sud du centre-ville, au-dessus de la gare de dépôt où les wagons couverts étaient alignés, pimpants et désassortis comme un jouet d'enfant assemblé sans souci d'harmonie de couleurs. Juste après la gare, il y avait une école avec une double rangée de bus scolaires couleur de maïs et garés en cercle, exactement comme un de ces colliers indiens bon marché pour touristes. Des piscines étincelantes dans les jardins, qui miroitaient comme des pépites de turquoise. La terre s'étendait au-dessous de moi comme l'aurait fait un amant, ne dissimulant rien, offrant le moindre des émouvants clichés de la région et j'eus envie de descendre et de baiser le sol.

Je passai un marché avec ma mère. Si j'arrivais entière, je ne quitterais plus la terre de sitôt.

L'Amtrack ne partait pas avant trois heures et demie. J'arrivai avec un peu d'avance. L'employé de la gare refusa de me vendre un billet pour ma destination, prétextant que ce n'était pas un arrêt voyageurs. J'argumentai. Je savais que le train y faisait escale pour changer d'équipe. Pour finir, je me rendis compte qu'il pouvait bien me vendre un ticket pour n'importe quelle destination de la ligne en partance vers l'est, que ça n'avait aucune importance, puisque je savais où descendre.

Nous quittâmes la gare, et je me pelotonnai, serrée au fond du vaste siège inclinable, me laissant bercer comme un bébé au gré des rails. Le wagon sentait la fumée et le vieux cuir. J'étais assise de biais sur le siège, faisant face à la fenêtre, les jambes repliées sous moi. Tucson, Arizona, passa assez lentement pour qu'on lui fasse signe, qu'on la remarque et qu'on l'abandonne. À une allure régulière, mesurée, ces choses se révélaient à moi : l'envers des cours de brique, l'envers des barrios, une vaste usine à ciel ouvert où des Mexicaines décoraient des carreaux de faïence. Nous dépassâmes des constructions dont les hauts murs aveugles étaient peints à la bombe aérosol d'immenses secrets visibles seulement des voyageurs de la Southern Pacific. Puis arriva le vaste désert sans fin – des kilomètres et des kilomètres de désert. Je comprenais le charme du voyage en train. On ne pouvait s'empêcher de savoir où l'on était passé.

À un moment, je m'endormis, à un autre, je me réveillai. J'avais l'impression d'avoir vécu toute ma vie à bord de ce train. Nous approchions Grace sous un angle qui était nouveau pour moi. Nous ne longeâmes pas la décharge. Il y avait un tunnel qui traversait les falaises de granit et nous le pénétrâmes à grande vitesse – la roche sombre amplifiant la clameur fusante de tonnes en propulsion – puis le calme, soudain, le retour à la lumière aveuglante. Je clignai des paupières pour me protéger la vue de ce monde surexposé. Au moment où mes yeux s'habituaient, nous étions en plein dans la ville, derrière la vieille prison, dans un soupir de freins, au ralenti. Nous glissâmes sous le long hangar de bois du dépôt. Le soleil étincelait sur son toit de tôle ondulée, et je remarquai un caroubier au tronc de la taille d'un tonneau à pluie. Ce devait être le mâle – le compagnon de celui qui était à côté de la boutique de spiritueux. Celui que j'avais cherché.

Le chef de train eut l'air un peu surpris lorsque je tirai mon sac du porte-bagages et sautai sur l'aire de ciment du dépôt.

« Ça n'est pas une gare, ma belle », dit-il, en me regardant du haut de la portière. C'était un très vieil homme à la peau sombre dont l'uniforme semblait capable de se tenir tout raide sans lui.

« Je sais.

– Vous ne pourrez pas remonter, me prévint-il. Dix minutes, le temps de changer d'équipe et nous repartons pour El Paso.

– Je sais. Je ne veux pas remonter. J'habite ici.

– Comme vous voudrez », dit-il. Il recula à l'intérieur du wagon et me dit au revoir par la fenêtre. Sa main gantée voleta comme une colombe.

À une centaine de mètres en amont de la ligne je vis l'assistant conducteur descendre de l'échelle de la locomotive. C'était quelqu'un avec qui j'étais allée au lycée –

Roger Bristol. Loyd balança le sac de Roger puis le sien, l'un après l'autre, puis se laissa glisser avec aisance le long de l'échelle comme s'il était né pour ça. Il s'entretint brièvement avec deux autres hommes – l'équipe de relève, j'imagine. Ils durent utiliser leur jargon magique regorgeant d'images. Ils se séparèrent et la nouvelle équipe grimpa dans la locomotive. Les deux autres hommes se dirigèrent vers le dépôt, transportant leurs sacs et leurs gamelles : l'un court et massif, l'autre plus grand, carré d'épaules, les cheveux noués en queue-de-cheval. De loin, les gens qu'on aime paraissent toujours admirablement proportionnés.

Bientôt, le train se remit en branle, très lentement, à la vitesse d'un être vivant. Il était encore possible de courir et de le rattraper. Loyd et Roger avançaient vers moi sans me voir. Debout là, à le regarder, sachant ce qu'il ne savait pas, j'avais tant de pouvoir sans en avoir aucun. J'étais à l'extérieur, dans une autre dimension. J'y avais toujours vécu.

Puis il s'arrêta net, juste une seconde. Je m'en souviendrais. Le train démarrait et Roger avançait mais Loyd restait immobile.

Il fut près de moi en un instant, avec une lueur dans l'œil et son sac jeté en travers de l'épaule comme un voyageur prêt.

« Merci pour le bout de conduite », dis-je.

Il me passa un bras autour du cou et me donna le genre de baiser qu'aucune idiote n'aurait laissé passer deux fois.

26

Les cinquante mères

Pendant plusieurs jours, je n'eus qu'une obsession : nous ne disposions pas de corps. Je voulais organiser l'enterrement de Hallie mais je ne savais que faire. J'étais certaine que ses restes n'auraient pas dû avoir autant d'importance mais, lors de funérailles, le corps offre aux gens dans la peine un lieu où poser les yeux. Nous nous asseyons devant, le portons sur nos épaules, le suivons en procession dans la rue et finalement désespérons de l'accompagner en terre. Imposant un ordre du jour, le corps m'aurait dicté ce qu'il fallait faire à la place de Hallie, disparue.

Je me mis en quête de quelque chose d'autre qui, dans mon esprit, la représenterait : la *semilla besada*, un de ces arbres surnaturellement abondants qui, dans des temps anciens, était décoré comme un arbre de Noël des symboles de l'espérance des gens. Nous pourrions célébrer des funérailles, dehors, sous ses ombrages. Je voulais retrouver le prunier précis où nous avions dissimulé une mèche de nos cheveux mêlés. Je savais dans quel verger, mais je fus incapable de retrouver l'arbre. Soit qu'il eût disparu, soit qu'il ne fût plus exceptionnel. Peut-être les arbres autour de lui avaient-ils étendu leurs racines pivotantes et rencontré la même veine nourricière.

C'était en juin, la semaine qui précédait le trentième anniversaire de Hallie. La couronne des arbres était entièrement verte, chacune d'elles comme nimbée d'une lumière intense. Les fleurs étaient tombées et avaient laissé derrière elles des fruits naissants, s'enflant par bouquets de trois ou quatre, que la nature ou la main de l'homme n'avaient pas encore amputés. Chaque arbre de chaque verger semblait avoir été touché par la bonne fortune. De sorte que c'est là que nous célébrâmes la cérémonie, dans l'antique verger des Domingos.

J'avais demandé au gens d'apporter quelque chose qui leur rappelait Hallie. J'étendis par terre le châle rouge et noir et nous nous tînmes autour. Au lieu de décorer l'arbre de nos espoirs pour l'avenir, nous décorâmes une couverture des icônes du passé. Toutes les femmes du club des Couseuses-Râleuses étaient là. J.T. et Emelina, bien sûr, et Loyd. Tous mes élèves aussi. Doc Homer ne réussit pas à venir. Il n'allait plus très loin de chez lui ces temps derniers, ni très loin hors de sa tête non plus.

L'entrée en matière fut maladroite. J'évoquai la dernière fois que j'avais serré Hallie dans mes bras, pensant ainsi la retenir et suspendre nos existences en ce lieu précis. Je dus reprendre mon souffle à plusieurs reprises. « Hallie a demandé à être enterrée au Nicaragua, dis-je. C'est ce qu'elle voulait. Fertiliser la terre d'une jungle. Mais moi j'ai également souhaité faire quelque chose ici. » Je m'interrompis car, à mes yeux, tout cela ne me paraissait que bavardage. Les mots ne recouvrent que l'expérience des vivants. Je regardais autour de moi ces visages sans prétention, semblables à des tranches de pain, toutes ces robes, ces chaussures noires, et je levai les yeux sur le feuillage laqué éclairé d'en haut. C'était par une belle journée chaude et je n'avais aucunement envie de pleurer. Les robes noires me faisaient penser à la Grèce. Rien ne semblait tout à fait réel.

Plusieurs paons s'étaient rassemblés dans les arbres derrière nos têtes, un peu en retrait, mais curieux, espérant sans doute obtenir quelque nourriture. Un paon ne fait pas de différence entre un pique-nique et un enterrement. Les signes extérieurs sont les mêmes.

« Est-ce que nous ne devrions pas chanter ? demandai-je.

– Si, dit Emelina. Il le faut.

– Mais quoi ? » Aucune chanson qu'aimait particulièrement Hallie ne me venait à l'esprit, à part des bêtises du temps de notre adolescence. *Mother and Child Reunion* et *Maggie May*. Je revoyais Hallie marcher sur la lune sur l'air de *Thriller*, après réflexion je me dis que, dans l'abstrait, je ne la reverrais jamais et ce que cela signifiait vraiment. Dans mon for intérieur, je me demandai encore quand elle rentrerait à la maison. J'étais incapable de me concentrer. Quelqu'un suggéra *Let the Circle Be Unbroken*, que nous chantâmes, ensuite nous entonnâmes *De Colores* que tout le monde connaissait. Cassandro, le mari de Norma Galvez, joua de la guitare.

Puis le silence retomba. Les gens oscillaient un peu d'un pied sur l'autre, d'un même mouvement repris plusieurs fois et qui parcourait la foule, comme chez les danseurs de Santa Rosalia. Sauf qu'il n'était pas conscient et n'avait pas été répété. Je sortis quelques lettres de ma poche et en lus des passages qu'Emelina m'avait aidée à choisir. Je lus ce que Hallie avait écrit à propos de son refus de sauver le monde, qu'on ne choisissait pas sa voie en fonction de la récompense qui était au bout, mais de ce que l'on ressentait au fur et à mesure que l'on avançait. Puis je lus certaines choses qu'elle disait à propos de l'amnésie des nations. Lesquelles refusaient de vendre des pièces détachées de tracteur, et se demandaient ensuite pourquoi on devait se tourner vers la Yougoslavie pour en acheter des neufs. Je me rendais compte que ma lecture pouvait paraître un peu incohérente, mais je sentais qu'il y avait là une certaine logique et que les gens la supportaient. J'avais vraiment l'impression qu'ils m'auraient bien écoutée toute la journée, et qu'une telle patience était sans doute la meilleure part de l'amour.

Je lus une citation qu'elle m'avait écrite et qui me paraissait importante, une chose qu'avait dite le père Fernando Cardenal, alors en charge de la campagne d'alphabétisation : « On apprend à lire pour découvrir la réalité dans laquelle on vit et pour agir ensuite en protagoniste de l'histoire plutôt qu'en spectateur. » J'attendis une minute, le temps qu'un paon eût cessé son cri. Puis je lus quelques mots de Hallie : « Le moins que l'on puisse faire dans sa vie c'est de définir ses espérances. Et le mieux… »

Un autre paon, tout près, se mit soudainement à brailler. Je vis les jumeaux d'Emelina tendre le cou dans l'espoir de le repérer. Je repris : « Et le mieux que l'on puisse faire, c'est de vivre dans ces espérances. Ce que je veux est tellement simple que c'est à peine si je peux en parler. Une générosité des plus élémentaires. Assez à manger, assez d'espace pour bouger. La possibilité que les gamins puissent un jour grandir sans devenir les destructeurs ou les détruits. »

Je terminai en lisant la lettre de sœur Sabina Martin. Elle y disait que des milliers de gens se joignaient à nous pour pleurer Hallie. « Je sais que cela ne diminuera pas votre chagrin, écrivait-elle. Mais je crois que cela rendra la présence de Hallie plus importante. Qu'elle ne sera certainement pas oubliée. »

Plusieurs paons avaient sauté à terre et produisaient des sons insistants, gutturaux, dans leur impatience d'obtenir de quoi manger. Je vis Glen et Curtis s'éclipser à travers les arbres à la poursuite d'un mâle qu'ils n'attraperaient jamais.

« Voici ce que j'ai apporté. » Je m'agenouillai sur le châle au crochet et déposai en son milieu une paire de petites chaussures noires de Hallie, datant de l'école primaire. Ça aurait pu être les miennes, impossible de l'affirmer, mais je dis qu'elles avaient appartenu à Hallie. « Je les ai apportées parce qu'elles me rappellent mon enfance avec Hallie. Nous étions obligées de porter ces horreurs. Une des choses importantes que nous avons vécues ensemble. Je ne sais pas. Nous nous sentions parfois bien seules. » Je me relevai et regardai les arbres à travers les larmes qui voilaient mes yeux.

Viola vint déposer quelques soucis. Elle portait sa robe de deuil en polyester toute saison et elle transpirait – de larges taches d'humidité soulignaient sa poitrine. « Quand il m'arrive de penser à vous, les enfants, je revois les *cempazuchiles* et nous, là-haut au cimetière, à l'occasion de la Toussaint. Vous étiez toujours d'un grand secours. »

Je regardai Viola. Elle me rendit mon regard en se frottant l'arête du nez. Il y eut l'éclair le plus fragile d'un sourire.

Plusieurs femmes avaient apporté des objets prétendument laissés par nous lorsque, enfants, nous venions jouer chez elles : une poupée aux déplaisants yeux de verre et à la tête horriblement grêlée là où les cheveux étaient partis, un cheval en plastique plutôt massif, une poule en métal qui, lorsqu'on lui appuyait dessus, produisait un cot-cot métallique et pondait un petit œuf de marbre. Et aussi un pull rose, taille 6 ans. Mrs. Nuñez jurait qu'il avait appartenu à Hallie. « Il était derrière le réfrigérateur. Je ne l'ai retrouvé que l'année dernière quand l'appareil a lâché et qu'il a fallu qu'on appelle quelqu'un pour l'enlever et nous en remettre un autre. La poussière ! J'ose à peine vous en parler ! Et voilà qu'il y avait ce petit tricot de Halimeda Noline. Elle avait l'habitude de s'installer sur le haut du frigo, parce que je lui disais qu'elle n'aurait pas le droit de boire de la bière tant qu'elle ne serait pas aussi grande que son papa. »

C'était la vérité, pile poil. Je me souvenais d'elle blottie là-haut parmi les bocaux hermétiques et les boîtes de biscuits apéritifs aux couleurs vives. Je contemplai le pull rose fraîchement lavé, étendu, les manches écartées et pensai à quel point Hallie avait été petite à une époque. Les demoiselles Colder et Dann étaient à peine en train d'exposer un livre d'images qui paraissait ancien, que mes oreilles s'emplirent d'un grondement et que je perdis le fil de ce qu'elles disaient. La manifestation physique, je pense, d'un insupportable chagrin. Malgré tout, c'est dans de telles circonstances que l'on découvre que toutes les douleurs sont supportables. Loyd se tenait d'un côté de moi et Emelina de l'autre et, toutes les fois où je croyais que j'allais tomber ou tout bonnement cesser d'exister, la pression de leurs épaules me retenaient sur place.

J'entendais les paroles des gens, mais ma vue était brouillée par des pluies d'étincelles bleues. Ou bien c'était le monde qui n'était plus centré. À d'autres moments je voyais sans pouvoir entendre. Doña Althea s'avança pesamment avec sa canne, et déposa une piñata en forme de paon, miniature parfaite. L'objet trôna là sur la pile de ces jouets de l'enfance, avec ses petits yeux brillants et les plumes de sa queue impeccablement taillées. C'était une œuvre d'art exquise qui aurait pu faire les honneurs de la galerie de Mr. Rideheart, mais elle était destinée à Hallie. J'essayai d'écouter ce que la Doña disait : « J'en ai fait de pareilles pour chacune de vous, petites, pour votre *cumpleaños*, quand vous avez eu vos dix ans. »

À ma grande surprise, cela aussi était vrai. Je me rappelais chaque jouet, chaque fête d'anniversaire, chacune de ces cinquante mères qui s'étaient tenues en marge de mon enfance, prêtes à contribuer à ce qui était nécessaire à l'époque.

« *Gracias, Abuelita* », dis-je à mi-voix à doña Althea tandis qu'elle s'en allait d'un pas lourd.

Elle ne me regarda pas, mais elle m'entendit le dire et elle ne nia pas être ma parente. De sa petite tête couronnée d'une belle tresse blanche, elle fit un léger signe. Ni étreintes, ni amour avoué. Nous étions tous un peu guindés, je le comprenais. Les constellations familiales sont des choses fixes. Elles ne changent pas sous prétexte que vous avez appris le nom des étoiles.

Uda Dell passa en dernier. « J'ai apporté ce bouquet de zinnias, car, tous les printemps, Hallie m'aidait à retourner ma plate-bande de zinnias. » Elle déposa le modeste bouquet bariolé en ajoutant : « Et c'est aussi moi qui ai crocheté ce châle.

– Ah oui ? »

Elle me regarda, surprise. « Juste après la mort de ta maman. Eh bien, je suppose que tu ne t'en souviens pas.

– Ce châle nous a aidées à traverser bien des moments difficiles », dis-je. Je me sentais un peu plus d'aplomb sur mes jambes. Je repliai les coins du châle et ramenai le tout en balluchon contre ma poitrine. Presque tout ce que Hallie et moi avions jamais fait était là avec nous, dans le verger des Domingos. Tout ce que nous avions été, je l'étais à présent.

« Merci », dis-je à tous.

Je leur tournai le dos et me dirigeai seule avec mon fardeau le long de l'ancienne route du Poney vers la maison de Doc Homer.

Homero

27

Restes humains

Il y a des femmes dans toutes les pièces de cette maison, pense-t-il : Mrs. Quintana à l'étage, et maintenant, Codi, qui se tient debout dans la cuisine avec son bébé. De ses bras et de sa poitrine, elle enserre le balluchon de laine noire qui l'alourdit comme quelque chose d'antique, fait de pierre. Ce poids l'incite à vouloir se détourner. Il pense : « Voici l'empreinte fossile de nos vies. »

« Je vais enterrer ceci. Veux-tu m'aider ? » Elle le regarde et ses larmes ruissellent. Le chagrin a sur son visage la fraîcheur du pollen.

« Tu l'as déjà enterré.

– Non, non, non ! » hurle-t-elle, elle claque la porte grillagée derrière elle. Il la suit sur le sentier, mais, cette fois, elle ne se dirige pas vers le lit de la rivière, elle bifurque et se rend directement derrière la maison, dans le jardin. Lorsqu'il la rattrape, légèrement à bout de souffle, elle se tient là, avec ses bottes plantées dans le sol comme des souches. Debout, à côté de l'ancien carré de terre où Hallie cultivait son jardin. Quelques touffes d'artichauts retournées, sur le pourtour, à l'état sauvage de chardons. Codi laisse tomber le fardeau noué et s'en va chercher une bêche dans la cabane aux outils. Elle revient et creuse vigoureusement la terre. Celle-ci n'a pas été retournée depuis des années.

« Es-tu sûre que ce soit un bon endroit ? » demande-t-il.

Sans mot dire, elle pose le pied sur la bêche dont

l'extrémité entame la terre sableuse sans relâche, et dégage, creuse, dégage un trou profond, carré.

« Tu auras peut-être envie d'avoir un jardin ici, un de ces jours. Quand la maison t'appartiendra. »

La bêche s'arrête soudainement. « Tu savais que j'allais rester ? »

Elle le dévisage.

Il lui rend son regard, dans l'attente.

« J'ai parlé du bébé à Loyd. Hier, je l'ai emmené là-bas près du lit de la rivière à l'endroit que tu m'as indiqué. Je me souviens de chaque minute de cette nuit-là. Tu m'as donné des pilules, tu te rappelles ? Tu voulais vraiment m'aider. » Elle lève les yeux au ciel, recourant aux lois de la pesanteur et aux minuscules digues jumelles de ses paupières pour retenir ses larmes. « Alors, Loyd est au courant maintenant. Il est triste. Je n'avais pas pensé à ça – qu'il serait triste. Je pensais que le bébé n'appartenait qu'à moi.

– Il n'était pas seulement à toi.

– Je sais. » Elle s'essuie les joues du dos de la main, laissant une légère salissure sous chaque œil. Elle le regarde très bizarrement. « Il se peut que nous en ayons un autre. Loyd et moi. Je ne sais pas. On aura tout le temps de voir.

– Oui.

– Tu savais que j'étais une bonne prof de sciences nat ? Les gosses et les professeurs ont tous voté. Ils trouvent que je suis pleine d'enthousiasme. Qu'est-ce que tu penses de ça ?

– C'est ce à quoi je m'attendais.

– Je leur apprends à acquérir une mémoire culturelle. » Elle contemple ses mains et se met à rire, mais elle a l'air triste. « Je veux faire d'eux des gardiens de la terre », dit-elle.

Il regarde aussi ses mains. Elles lui rappellent quelque chose. Les mains de qui ?

« Tu ne peux pas vraiment trouver bien que je reste, si ? demanda-t-elle, brusquement en colère. Tu m'as élevée pour que je tourne le dos à cet endroit. Ça a marché pour toi, à la différence que tu savais que c'était vraiment chez toi. Tu savais que tu avais un chez-toi. Tu avais donc le choix.

– Tout ça, c'est très bien, dit-il, mais n'empêche que tu voudras peut-être un jardin. Ces touffes d'artichauts donnent encore. Chaque été elles fleurissent comme si leurs cœurs en dépendaient. Peu importe qu'on n'en fasse pas la récolte. » Il attrape l'extrémité d'une feuille argentée entre ses doigts. On dirait une lame de couteau mais elle est souple et molle.

Elle le regarde un long moment en souriant, puis elle baisse les yeux sur le balluchon. « Ce n'est pas grave si on enterre ça ici, dit-elle. Ce ne sont pas des restes humains. »

Pas des restes humains. Pas. Des restes. Humains. Les quatre mots résonnent dans sa tête comme de grosses cloches anciennes, quatre notes descendantes qui sonnent, résonnent, tempo accéléré, jusqu'à se heurter l'une l'autre.

« Comme c'est vrai », dit-il, enfin.

Elle égalise les bords du trou pour en faire un beau carré, bien net, puis laisse tomber le balluchon dedans. Elle jette une poignée de terre par-dessus et reste là, les yeux baissés.

« Nous sommes deux pauvres âmes pleines de cicatrices, tu ne crois pas, Codi ?

– Je ne sais pas ce que nous sommes. Je m'efforce de définir mes espérances.

– L'espérance, c'est la chose la plus dangereuse qui soit. »

Une sorte d'éclair brille dans ses yeux. D'amour ou de colère. Mais elle ne dit rien.

« L'espérance implique que l'on donne beaucoup de soi.

– C'est un alibi lamentable.

– Oh oui, tout à fait lamentable, mais voilà. Difficile de donner quand on est en butte à la désapprobation générale et que l'on a le cœur qui saigne d'avoir été transpercé.

– C'est vrai. Nous avons été profondément blessés. Pourtant nous avons beaucoup donné au monde, papa. Nous lui avons donné Hallie.

– Oui. Absolument. »

Elle commence à pelleter de la terre dans la tombe. Il pense au fait que toutes ces particules de terre sont à présent réorganisées. Aucune strate définie. Alice était la jardinière. Lorsqu'elle a terminé, elle se place à côté de lui et il lui prend le coude. Ils se tiennent côte à côte dans leur petit jardin de sable et d'enfants enterrés. Les os du bras de sa femme sont aussi minces que des sifflets. « Sais-tu à quel point je t'aime ? » lui demande-t-il.

Elle le regarde avec intensité, puis lui presse la main. « Hallie s'est révélée une protagoniste de l'histoire, dit-elle.

– Elle voulait sauver le monde.

– Non, papa, ce n'est pas vrai. Elle voulait se sauver elle. Exactement comme nous tous. »

Il regarde la grande fille vivante que sa femme est soudainement devenue. Il ne s'irrite plus de ces changements. « Se sauver de quoi ?

– Du désespoir. Du sentiment d'être inutile. J'ai presque décidé que la chose la plus importante qui sépare les gens heureux des autres, c'est le sentiment d'être un objet pratique, dont on se sert, comme un pull-over ou une clé à molette. »

Il demande : « Sommes-nous les autres gens ? » Il est curieux de l'apprendre.

« Tu n'es pas inutile. Tu t'es donné à cette ville pendant quarante ans. Âme pleine de cicatrices ou non.

– Oui. Mais je me suis donné pour de mauvaises raisons. Comme tu me l'as fait remarquer. »

Elle rit. « J'ai fait ça, moi ? Bigre ! » Elle tire sur le bout d'une feuille d'artichaut argentée. « J'avais une peur bleue de devenir exactement comme toi. » Elle le regarde et rit de nouveau. Elle dit : « Grands dieux, jamais je n'aurais pu être exactement comme toi. »

Ils sont dans le jardin, dans une forêt naine d'artichauts. Elle vient de creuser un trou et d'y enterrer Dieu sait quoi et s'est maintenant confessée de son mépris ou de son admiration. Il attend de voir ce qui va se passer ensuite.

« Peut-être la raison pour laquelle tu t'es donné à cette ville n'est-elle pas si importante. Peut-être que l'important c'est simplement que tu l'aies fait. Peut-être que cela fait de toi un brave homme. Tu sais ce que m'a dit Loyd, une fois ?

– Non.

– Il pense que les rêves des gens sont formés à partir de ce qu'ils font dans la journée. De la même façon qu'un chien qui course les lapins, rêvera de lapins. C'est ce que tu fais qui façonne ton âme, et non l'inverse. »

C'est ce que tu fais qui construit ton âme. Debout face à lui, regardant fixement dans la tombe, il voit deux petites filles tristes coiffées de chapeaux de cow-boys. Est-ce qu'il a fait ça ? « Je ne pense pas que devriez être ici », leur dit-il.

De ses yeux bleu pâle qui ne cillent pas, l'aînée soutient son regard. « Pourtant nous sommes là, papa.

– Oui, en effet.

– Pourquoi ne veux-tu pas de nous ?

– Mais si, oh mon Dieu. »

Il s'agenouille et les prend toutes deux dans ses bras et les attire contre sa poitrine. Il comprend pour la première fois de sa vie que l'amour ne pèse rien. Oh, mon Dieu, ses filles sont légères comme des oiseaux.

Cosima

28

Le jour de la Toussaint

Le cañon de Gracela, si on le réduit à l'essentiel, forme une grande cuvette de granit remplie d'air. C'est une merveilleuse chambre d'échos. Les voix des femmes et des enfants dans le cimetière arrivaient jusqu'à nous, Viola et moi, tout du long, depuis l'autre côté du cañon, portées par d'invisibles courants d'air, de même que les corbeaux et les esprits de tous ces vieux ossements qu'entretenaient leurs enfants. L'après-midi tirait vers sa fin et nous marchions lentement. Viola, qui avait passé la matinée à superviser les activités familiales, me dit qu'elle était fatiguée. Mais elle m'avait promis de me conduire, le jour qui me conviendrait, à l'endroit où nous avions vu ma mère disparaître. Je le choisis à un moment particulier de 1989, une fin de décennie, le jour de la Toussaint, profitant du moment où nous étions tous là-haut à décorer les tombes. Je ne sais pas pourquoi.

J'avais fini de balayer les tombes de mon père et des autres Nolina et les avais décorées de petits bouquets de soucis au chevet et au pied. C'était comme si l'on avait bordé des enfants dans leur lit. J'étais leur historienne et leur ange gardien. Je n'avais jamais retrouvé Ursolina, la petite ourse. J'imagine qu'elle doit se trouver quelque part, plus près de la mine, là où la terre a été remuée trop souvent pour témoigner de ce qui y est enterré. Le reste de la famille, malgré les nombreuses exhumations qu'elle a dû subir, est encore réuni, ce qui est très surprenant.

J'étais restée à genoux dans la terre, à disposer une bordure de galets de la rivière autour de Doc Homer. Il avait disparu depuis deux ans, mais j'avais mis beaucoup de temps à me décider. Les garçons d'Emelina avaient remonté des pierres jusqu'ici à mon intention. Une fois sorties de l'eau et empilées dans la brouette, elles avaient perdu leur lustre et pris en séchant une couleur uniforme de poussière blanchâtre et j'avais craint qu'à la fin de tout ce travail elles ne se révèlent décevantes, mais ça allait. Régulières et en forme de navire, polies par l'abrasion des forces naturelles. Je les plaçai bout à bout autour du monticule de terre, en les enfonçant les unes contre les autres et en les poussant d'avant en arrière afin qu'elles trouvent leur place naturelle. En travaillant, je pensai aux murs maçonnés de Kinishba qui renfermaient ces ossements d'enfants.

Lorsque je me relevai enfin et essuyai mes mains gercées sur mon jean, je me rendis compte que, si je n'avais pas réalisé quelque chose d'aussi beau qu'à Kinishba, j'avais toutefois marqué une délimitation précise. Ça lui plairait. Finalement, j'avais mis un peu d'ordre dans son cosmos.

Je clignai des yeux sous le soleil. De l'autre côté d'une centaine de tombes et de nombreuses personnes, je vis Viola dans sa robe noire qui se tenait sur une petite élévation, ses cheveux gris s'échappant de son chignon. Elle avait une main appuyée au creux de ses reins, tandis que Mason et Nicholas dansaient devant elle, les mains pleines de friandises, lui mendiant quelque chose, l'épuisant. Nicholas avait trois ans et demi, John Tucker parlait d'abandonner l'école pour devenir conducteur de locomotive pour la Southern Pacific. Je pensai : « Je ne peux pas attendre éternellement. » Si bien que j'allai vers elle pour le lui demander immédiatement, et elle répondit : très bien, que nous irions après le déjeuner. « J'en ai presque terminé ici, dit-elle en brisant d'un coup de molaires le crâne en sucre d'une *calavera*. Ils n'ont pas besoin de moi pour savoir par quel bout tremper les fleurs. »

Nous prîmes la route la plus rapide pour regagner la ville, puis coupâmes à travers la colline derrière le lycée et les arbres magnifiques alourdis de fruits que le club des Couseuses-Râleuses avaient repris à la compagnie minière Black Mountain. De là, nous remontâmes l'ancienne route du Poney en direction de la mine abandonnée. Le sommet des montagnes de résidus aplatis était creusé de cuvettes qui retenaient la pluie et j'avais remarqué que des brins d'herbe à lapin commençaient à y pousser.

La route était escarpée. Aucun parcours sortant de Grace n'était facile à monter. Deux fois, je dus demander à Viola de me laisser reprendre souffle. Le poing sur le sternum, haletant abondamment, un peu confuse de mon infirmité, tout en étant également heureuse de cette manifestation extérieure de ce qui n'était encore qu'un état interne. J'étais enceinte.

« Je me sens comme privée d'énergie. Je rentre à la maison après la classe et je dors jusqu'à ce que Loyd me réveille pour le dîner et ensuite je retourne me coucher. » Ce nouveau rapport au sommeil était pour moi un miracle.

« Ah ouais, dit-elle. Toute ta vigueur va au bébé. Dès le départ, on sait qui commandera. »

Les quelques premières semaines sont une période surnaturelle. En apparence, on reste tellement comme d'habitude que personne ne peut deviner en vous regardant que vous vivez un séisme de l'âme. On a été déchirée, investie d'un enchantement antique, incompréhensible. C'est la seule chose dont on ne se remet jamais tout à fait : le fait de renfermer son propre avenir.

J'avais écrit cela à Hallie sur les pages d'un carnet relié dont elles ne seraient jamais arrachées pour être postées. Ces lettres, je les gardais. Je lui disais avoir l'impression que quelqu'un avait emménagé. Que c'était un choc. Tu réalises que tu n'es pas le centre de l'univers et que soudainement tout bascule, que tu es née pour être parent. Tu ne te préoccupes plus du tout d'être l'enfant de quelqu'un. Ça t'aide à pardonner des choses.

Nous atteignîmes le sommet du cañon là où commençait la croûte de sel blanc des anciens champs de luzerne. Épuisée depuis deux décennies, la terre s'étirait, blanche et craquelée comme un énorme plat de porcelaine qui serait tombé des cieux. Mais désormais l'herbe à lapin commençait aussi à pousser ici, surmontée de ses fleurs dorées en plumeaux, et elle croissait en culture renégate dans les longues rigoles rectilignes des anciens fossés d'irrigation.

Un vent montait du sud et Viola et moi sentions la pluie venir. De hauts nuages d'orage, toutes voiles déployées et chargés de grêle, se frayaient hâtivement un chemin dans le ciel. Les cheveux de Viola lui fouettaient le visage tandis qu'elle marchait. Je lui demandai : « Vous saviez que ses reins avaient déjà lâché quand elle était enceinte de moi ?

– Bien sûr, elle a été très malade les deux fois.

– Mais elle n'a pas flanché et elle a tout de même eu Hallie.

– On ne réfléchit pas tant que ça. Tu te lances et tu fais tes enfants. »

Je voulais croire que ma mère avait réfléchi. Et que Hallie était son dernier acte d'amour délibéré – un acte aux conséquences imprévues, dont certaines fleurissaient à présent dans la terre d'un autre pays. Je dis : « J'ai toujours su que j'étais montée ici ce jour-là. Je me souviens d'avoir vu l'hélicoptère.

– Tu te souviens de ça ?

– Je le pensais. Mais les gens me disaient que non, alors j'avais presque décidé que je l'avais inventé. »

Viola me prit la main. Quand elle me la serra, j'éprouvai la douceur de sa chair et la dureté du métal de son alliance. « Non, si tu te souviens de quelque chose, c'est que c'est vrai, dit-elle. À terme, c'est ce qui te reste. »

Je reconnus l'endroit quand nous y arrivâmes. Nous y étions déjà.

Voici ce dont je me souviens : Viola me tient la main. Nous sommes à la lisière du champ, loin des autres gens.

Nous nous tenons là à regarder vers le centre de cet océan de luzerne. J'y distingue ma mère, petit fardeau blanc de rien, et je vois bien que nous n'assistons pas vraiment à un drame. Simplement à la fin d'une vie. L'hélicoptère est déjà dans les airs et il y demeure, bulle ronde distincte, sans destination, expédiant des vagues de vent circulaires qui cinglent la luzerne. Les gens se baissent, apeurés, comme s'ils étaient visités par un fléau ou un dieu. Le vent malmène leurs cheveux. Puis l'hélicoptère penche un peu et la carcasse de verre capte le soleil. Un instant, il plane au-dessus de nous, vide et étincelant, puis s'élève telle une âme.

Rivages poche / Bibliothèque étrangère

Harold Acton	*Pivoines et Poneys* (n° 73)
Sholem Aleikhem	*Menahem-Mendl le rêveur* (n° 84)
Kingsley Amis	*La Moustache du biographe* (n° 289) *Sur la fin* (n° 404)
Jessica Anderson	*Tirra Lirra* (n° 194)
Reinaldo Arenas	*Le Portier* (n° 26)
Beryl Bainbridge	*Georgie* (n° 367)
James Baldwin	*La Chambre de Giovanni* (n° 256)
Melissa Bank	*Manuel de chasse et de pêche à l'usage des filles* (n° 326)
Quentin Bell	*Le Dossier Brandon* (n° 102)
Stefano Benni	*Baol* (n° 179)
Ambrose Bierce	*Le Dictionnaire du Diable* (n° 11) *Contes noirs* (n° 59) *En plein cœur de la vie,* vol. I (n° 79) *En plein cœur de la vie,* vol. II (n° 100) *De telles choses sont-elles possibles ?* (n° 130) *Fables fantastiques* (n° 170) *Le Moine et la fille du bourreau* (n° 206)
Elizabeth Bowen	*Dernier Automne* (n° 265) *Eva Trout* (n° 358) *L'Adultère* (n° 376)
Paul Bowles	*Le Scorpion* (n° 3) *L'Écho* (n° 23) *Un thé sur la montagne* (n° 30)
M. E. Braddon	*Le Secret de lady Audley* (n° 340)
Louis Buss	*Le Luxe de l'exil* (n° 327)
Robert O. Butler	*Un doux parfum d'exil* (n° 197) *Étrange Murmure* (n° 270) *La Nuit close de Saigon* (n° 296) *La Fille d'Hô Chi Minh-Ville* (n° 339)
Calamity Jane	*Lettres à sa fille* (n° 232)
Peter Cameron	*Week-end* (n° 245)

	Année bissextile (n° 303)
	Andorra (n° 433)
Ethan Canin	*L'Empereur de l'air* (n° 109)
	Blue River (n° 157)
Truman Capote	*Un été indien* (n° 9)
Willa Cather	*Mon ennemi mortel* (n° 74)
	Une dame perdue (n° 101)
	Destins obscurs (n° 117)
	La Mort et l'Archevêque (n° 144)
	Mon Ántonia (n° 159)
	La Maison du professeur (n° 217)
	L'Un des nôtres (n° 285)
	Des ombres sur le rocher (n° 337)
Daniel Chavarría	*Madrid cette année-là* (n° 341)
G. C. Chelli	*L'Héritage Ferramonti* (n° 290)
Rafael Chirbes	*Tableau de chasse* (n° 316)
Fausta Cialente	*Les Quatre Filles Wieselberger* (n° 10)
Barbara Comyns	*Les Infortunes d'Alice* (n° 94)
Joseph Conrad	*Le Duel* (n° 106)
Lettice Cooper	*Une journée avec Rhoda* (n° 137)
	Fenny (n° 264)
G. Culicchia	*Patatras* (n° 227)
	Paso Doble (n° 309)
Silvio D'Arzo	*Maison des autres* (n° 78)
Robertson Davies	*L'Objet du scandale* (n° 234)
	Le Manticore (n° 260)
	Le Monde des Merveilles (n° 280)
	Les Anges rebelles (n°435)
A. Davis-Gardner	*Un refuge en ce monde* (n° 118)
	Felice (n° 203)
Andrea De Carlo	*Oiseaux de cage et de volière* (n° 178)
Walter de la Mare	*L'Amandier* (n° 108)
	Du fond de l'abîme (n° 141)
	À première vue (n° 219)
D. Del Giudice	*Le Stade de Wimbledon* (n° 209)
Erri De Luca	*Une fois, un jour* (n° 119)
	Acide, Arc-en-ciel (n° 201)
	En haut à gauche (n° 251)
	Tu, mio (n° 315)

Alfred Döblin	*L'Assassinat d'une renoncule* (n° 25)
H. von Doderer	*Un meurtre que tout le monde commet* (n° 14)
Michael Dorris	*Un radeau jaune sur l'eau bleue* (n° 121)
Karen Duve	*Déluge* (n° 405)
J. M. Falkner	*Le Stradivarius perdu* (n° 153)
Sergio Ferrero	*Le Jeu sur le pont* (n° 370)
	Dans l'ombre (n° 410)
Eva Figes	*Lumière* (n° 5)
Ronald Firbank	*La Fleur foulée aux pieds* (n° 304)
	Les Excentricités du cardinal Pirelli (n° 305)
Richard Ford	*Rock Springs* (n° 220)
Janet Frame	*Les hiboux pleurent vraiment* (n° 375)
Mavis Gallant	*Les Quatre Saisons* (n° 82)
	Voyageurs en souffrance (n° 175)
	L'Été d'un célibataire (n° 205)
	Chroniques de Mai 68 (n° 246)
Jane Gardam	*La Dame aux cymbales* (n° 276)
William Gass	*Au cœur du cœur de ce pays* (n° 146)
Kaye Gibbons	*Ellen Foster* (n° 4)
	Une femme vertueuse (n° 31)
Barry Gifford	*Les Vies parallèles de Jack Kerouac* (n° 81)
	Paysage avec voyageur (n° 133)
Lars Gustafsson	*Musique funèbre* (n° 135)
Thomas Hardy	*Les Yeux bleus* (n° 371)
MacDonald Harris	*La Valise de Hemingway* (n° 149)
Robert Hellenga	*Les Seize Voluptés* (n° 415)
C. Isherwood	*Le Condor* (n° 28)
	Octobre (n° 284)
Henry James	*Mémoires d'un jeune garçon* (n° 27)
	Owen Wingrave (n° 36)
	Le Dernier des Valerii (n° 62)
	Un épisode international (n° 97)
	Carnet de famille (n° 292)
	La Tour d'ivoire (n° 355)
Diane Johnson	*Nuits persanes* (n° 185)
Elizabeth Jolley	*L'Héritage de Miss Peabody* (n° 87)
	Tombé du ciel (n° 131)
	Foxybaby (n° 161)
	Le Puits (n° 282)

Francis King	*La Maison des ténèbres* (n° 349)
B. Kingsolver	*L'Arbre aux haricots* (n° 224)
	Les Cochons au paradis (n° 242)
	Les Yeux dans les arbres (n° 331)
	Une rivière sur la lune (n° 439)
Rudyard Kipling	*Le Miracle de saint Jubanus* (n° 85)
B. Kirshenbaum	*Poésie, sexe et mélancolie* (n° 422)
Fatos Kongoli	*Le Paumé* (n° 271)
	L'Ombre de l'autre (n° 301)
	Le Dragon d'ivoire (n° 366)
Mirko Kovăc	*La Vie de Malvina Trifković* (n° 111)
Gavin Lambert	*Le Crime de Hannah Kingdom* (n° 104)
Wendy Law-Yone	*Tango birman* (n° 342)
Ella Leffland	*Rose Munck* (n° 134)
David Lodge	*Jeu de société* (n° 44)
	Changement de décor (n° 54)
	Un tout petit monde (n° 69)
	La Chute du British Museum (n° 93)
	Nouvelles du Paradis (n° 124)
	Jeux de maux (n° 154)
	Hors de l'abri (n° 189)
	L'homme qui ne voulait plus se lever (n° 212)
	Thérapie (n° 240)
	Les Quatre Vérités (n° 362)
Rosetta Loy	*Les Routes de poussière* (n° 164)
	Un chocolat chez Hanselmann (n° 255)
	Madame Della Seta aussi est juive (n° 318)
	La Porte de l'eau (n° 399)
Alison Lurie	*Les Amours d'Emily Turner* (n° 7)
	La Ville de nulle part (n° 21)
	La Vérité sur Lorin Jones (n° 32)
	Des gens comme les autres (n° 38)
	Conflits de famille (n° 46)
	Des amis imaginaires (n° 71)
	Comme des enfants (n° 107)
	Femmes et Fantômes (n° 182)
	Liaisons étrangères (n° 207)
	Ne le dites pas aux grands (n° 279)
	Un été à Key West (n° 300)
Norman Maclean	*Montana, 1919* (n° 140)
	La Rivière du sixième jour (n° 213)
	La Part du feu (n° 243)

Javier Marías	*L'Homme sentimental* (n° 24)
	Le Roman d'Oxford (n° 114)
	Un cœur si blanc (n° 186)
	Ce que dit le majordome (n° 237)
	Demain dans la bataille pense à moi (n° 253)
	Quand j'étais mortel (n° 295)
Olga Masters	*Le Cœur labyrinthe* (n° 115)
Jay McInerney	*Toute ma vie* (n° 229)
Steven Millhauser	*La Galerie des jeux* (n° 37)
V. Molina Foix	*La Femme sans tête* (n° 377)
Rick Moody	*Purple America* (n° 374)
Lorrie Moore	*Des histoires pour rien* (n° 8)
	Vies cruelles (n° 61)
	Anagrammes (n° 91)
	Que vont devenir les grenouilles ? (n° 236)
	Déroutes (n° 411)
Frank Moorhouse	*Quarante/Dix-sept* (n° 112)
Guido Morselli	*Dissipatio* (n° 173)
John Mortimer	*Félix aux enfers* (n° 363)
Alice Munro	*Les Lunes de Jupiter* (n° 147)
	Amie de ma jeunesse (n° 198)
	Secrets de Polichinelle (n° 328)
	L'Amour d'une honnête femme (n° 416)
Vladimir Nabokov	*L'Enchanteur* (n° 215)
Roger Nimier	*Les Indes Galandes* (n° 64)
Whitney Otto	*Le Jour du patchwork* (n° 184)
Cynthia Ozick	*Le Rabbi païen* (n° 29)
Grace Paley	*Les Petits Riens de la vie* (n° 1)
	Plus tard le même jour (n° 13)
	Énorme changement de dernière minute (n° 163)
Victor Paskov	*Ballade pour Georg Henig* (n° 33)
Pier Paolo Pasolini	*Descriptions de descriptions* (n° 168)
Walker Percy	*Le Cinéphile* (n° 18)
	L'Amour parmi les ruines (n° 88)
	Les Signes de l'apocalypse (n° 172)
Annie Proulx	*Nœuds et dénouement* (n° 267)
	Cartes postales (n° 332)
	Les Pieds dans la boue (n° 406)
Barbara Pym	*Adam et Cassandra* (n° 15)

	Secret, très secret (n° 35)
	Lorsqu'un matin d'orage (n° 47)
Elisabetta Rasy	*La Première Extase* (n° 228)
Simon Raven	*Les Mauvaises Fréquentations* (n° 324)
	Les riches payent tard (n° 350)
Laura Restrepo	*Douce Compagnie* (n° 293)
Bernice Rubens	*Le Visiteur nocturne* (n° 329)
Umberto Saba	*Couleur du temps* (n° 6)
	Comme un vieillard qui rêve (n° 17)
Lisa Saint-Aubin de Terán	
	Les Jours de l'Orénoque (n° 90)
John Saul	*Baraka* (n° 142)
	De si bons Américains (n° 183)
	Mort d'un général (n° 216)
	Paradis Blues (n° 338)
	L'Ennemi du bien (n° 432)
Karel Schoeman	*En étrange pays* (n° 249)
Budd Schulberg	*Un homme dans la foule* (n° 76)
	Le Désenchanté (n° 77)
	Le Visage de Hollywood (n° 156)
Carl Seelig	*Promenades avec Robert Walser* (n° 65)
Jane Shapiro	*Le Mari dangereux* (n° 389)
Carol Shields	*Swann* (n° 126)
	La République de l'amour (n° 160)
Jane Smiley	*Portraits d'après nature* (n° 148)
	L'Exploitation (n° 199)
	Un appartement à New York (n° 218)
	Moo (n° 277)
	Chagrins (n° 308)
	Le Paradis des chevaux (n° 427)
Natsumé Sôseki	*Oreiller d'herbes* (n° 2)
	Clair-obscur (n° 22)
	Le Voyageur (n° 122)
	Le 210e jour (n° 286)
	À travers la vitre (n° 359)
Muriel Spark	*La Porte Mandelbaum* (n° 319)
Elizabeth Spencer	*Nouvelles du Sud* (n° 188)
Tilman Spengler	*Le Cerveau de Lénine* (n° 151)
R. L. Stevenson	*Fables* (n° 20)

	La Magicienne (n° 34)
	Olalla (n° 56)
W. Stockenström	*Le Baobab* (n° 323)
Italo Svevo	*Le Destin des souvenirs* (n° 12)
Paco I. Taibo II	*Le Rendez-vous des héros* (n° 204)
Elizabeth Taylor	*Angel* (n° 41)
	Mrs. Palfrey, Hôtel Claremont (n° 67)
	Cher Edmund (n° 98)
	Noces de faïence (n° 125)
	Une saison d'été (n° 155)
	La Bonté même (n° 190)
	Le Papier tue-mouches (n° 250)
	Une partie de cache-cache (n° 273)
	Le Cœur lourd (n° 307)
	Vue sur le port (n° 373)
J. Turner Hospital	*L'Opale du désert* (n° 398)
	Comme un tigre en cage (n° 436)
Gore Vidal	*Un garçon près de la rivière* (n° 269)
	Myra Breckinridge et Myron (n° 383)
Alberto Vigevani	*Le Tablier rouge* (n° 136)
	Un été au bord du lac (n° 195)
Evelyn Waugh	*Trois nouvelles* (n° 138)
Fay Weldon	*Copies conformes* (n° 128)
Paul West	*Le Médecin de Lord Byron* (n° 50)
Rebecca West	*Femmes d'affaires* (n° 167)
Thomas Wharton	*Le Champ de glace* (n° 372)
Joy Williams	*Dérapages* (n° 120)
Tim Winton	*Cet œil, le ciel* (n° 225)
	La Femme égarée (n° 262)
Virginia Woolf	*La Vie de Roger Fry* (n° 397)
Banana Yoshimoto	*N.P* (n° 274)
	Lézard (n° 354)
	Dur, dur (n° 428)
E. Zamiatine	*Seul* (n° 16)
	Le Pêcheur d'hommes (n° 19)
Chiara Zocchi	*Olga* (n° 423)

Imprimé en france
Achevé d'imprimer en septembre 2003
sur les presses de l'Imprimerie Maury-Eurolivres
45300 Manchecourt
pour le compte
des Éditions Payot & Rivages
106, bd Saint-Germain - 75006 Paris

Dépôt légal : septembre 2003
N° d'imprimeur : 21050